작은 아씨들

작은 아씨들

루이자 메이 올컷 지음 • 서현정 옮김 • 박희정 그림

위즈덤하우스

차례

1   순례자 놀이 ⋯ 7

2   메리 크리스마스 ⋯ 28

3   로렌스 저택의 소년 ⋯ 47

4   짐 ⋯ 67

5   이웃 친구 ⋯ 89

6   베스, 아름다운 궁전에 가다 ⋯ 110

7   에이미와 굴욕의 골짜기 ⋯ 124

8   조, 마음속의 적을 만나다 ⋯ 137

9   메그, 허영의 시장에 가다 ⋯ 157

10   피크위크 클럽과 새집 우편함 ⋯ 188

11   엄마의 실험 ⋯ 208

12 로렌스 캠프 ⋯ 228

13 상상 속의 성 ⋯ 265

14 비밀들 ⋯ 283

15 전보 ⋯ 301

16 편지 ⋯ 317

17 작은 믿음 ⋯ 332

18 어둠의 날들 ⋯ 345

19 에이미의 유언장 ⋯ 359

20 일급비밀 ⋯ 375

21 로리의 장난과 조의 화해 ⋯ 388

22 즐거운 초원 ⋯ 411

23 마치 할머니, 상황을 정리하다 ⋯ 424

1

순례자 놀이

"선물 없는 크리스마스는 크리스마스도 아니야." 카펫 위에 누운 조가 투덜거렸다.

"가난한 거 진짜 싫어!" 메그는 입고 있는 낡은 드레스를 내려다보며 한숨을 내쉬었다.

"어떤 여자애들은 아무것도 갖지 못하는데 어떤 여자애들은 예쁜 걸 잔뜩 가지다니 너무 불공평해." 속상한 듯 코를 훌쩍이며 에이미도 한마디 거들었다.

"그래도 우린 아빠도 계시고 엄마도 계시고 또 서로가 있잖아." 구석에 있던 베스가 불만 없다는 듯 말했다.

기운을 북돋아 주는 이 말에, 벽난로 불빛 속에 있던 네 소녀의 얼굴이 환하게 밝아졌다. 하지만 조의 우울한 말에 모두의 얼굴은 다시 어두워졌다.

"아빠는 지금 안 계시잖아. 아마 오랫동안 못 오실걸."

조는 '어쩌면 영원히 못 오실지도 몰라'라고는 말하지 않았다. 하지만 멀리 전쟁터에 있는 아버지를 떠올리며 다들 같은 생각을 하고 있었다.

한동안 다들 말이 없었다. 그러다 메그가 분위기를 바꾸려고 입을 열었다. "얘들아, 엄마가 이번 크리스마스에 선물을 주고받지 말자고 하신 건 모두에게 이번 겨울이 힘들 것 같아서잖아. 엄마는 남자들이 군대에서 고생을 하는데 우리만 즐겁게 지내려고 돈을 쓰는 건 옳지 않다고 생각하셔. 우리가 대단한 일은 못 해도 조금의 희생은 할 수 있잖아. 그리고 기꺼이 그렇게 해야 해. 물론 나도 기쁘지만은 않지만." 이렇게 말하고서 메그는 갖고 싶은 예쁜 것들을 떠올리며 아쉬운 듯 고개를 내저었다.

"하지만 우리가 돈을 안 쓴다고 해서 도움이 되는 것도 아니잖아. 우리가 각자 1달러씩 모아 그 돈을 성금으로 낸다고 해서 군대에 큰 도움이 되지는 않을 거야. 엄마나 언니 아니면 너희한테 선물을 바라지 말아야 한다는 데에는 나도 동의해. 하지만 난 『운디네와 신트람』이라는 책이 정말 사고 싶어. 그 책 정말 오래전부터 갖고 싶었단 말이야." 책벌레 조가 말했다.

"난 새 악보 사려고 했었어." 베스가 작게 한숨을 내쉬며 말했다. 하지만 목소리가 너무 작아서 곁에 있던 벽난로 청소 솔과 주전자 손잡이 수건 말고는 아무도 베스의 말을 듣지 못했다.

"나는 멋진 파버 색연필 한 상자 갖고 싶어. 그거 꼭 필요하단 말이야." 에이미가 단호하게 말했다.

"엄마가 우리 돈에 대해서는 아무 말씀도 안 하셨어. 아마 엄마도 우리가 모든 걸 포기하기를 바라지는 않으실 거야. 그러니까 각자 갖고 싶은 것 사서 크리스마스 기분 내자. 우리 모두 열심히 애썼으니까 그만한 자격은 있어." 조가 남자처럼 부츠 뒤축을 살펴보며 소리쳤다.

"난 확실히 그럴 자격 있어. 집에서 혼자 있고 싶은 생각이 간절한데도 그 못된 애들을 거의 하루 종일 가르치잖아." 메그가 다시 불평을 늘어놓았다.

"언니가 힘든 건 내가 힘든 것의 절반도 안 돼." 조가 말했다. "만날 신경질만 부리면서 사람을 달달 볶고, 쉴 새 없이 심부름 시키고, 불평만 늘어놔서 내가 창밖으로 뛰어내리든가 뺨이라도 때리고 싶게 만드는 할머니랑 몇 시간씩 같이 있는 기분이 어떤지 알아?"

"짜증 내는 건 나쁜 행동이지만…… 설거지하고 집안 청소하는 건 세상에서 제일 재미없는 일인 거 같아. 그 일 하다 보면 짜증이 나. 손도 거칠어지고, 피아노 연습할 시간도 없어." 베스가 이번에는 모두 들을 수 있을 만큼 큰소리로 말하고는 한숨을 내쉬며 거칠어진 자신의 손을 내려다봤다.

"그래도 내가 제일 힘들어." 에이미가 소리쳤다. "언니들은 공부 못한다고 놀리고, 옷 때문에 놀리고, 아빠가 가난하다고 '꼬리표' 붙이고, 코가 못생겼다고 놀리는 못된 여자애들이 있는 학교는 안 가잖아."

"그럴 때는 '명예훼손(libel)'이라는 말이 더 어울려. '꼬리표 (label)'라는 말을 쓰니까 아빠가 피클병조림이라도 된 거 같잖아." 조가 깔깔 웃으며 한마디 했다.

"내가 쓰는 단어 뜻은 나도 다 알아. 그러니까 언니는 그렇게 '붕자적('풍자적'을 잘못 발음한 것 – 옮긴이)'으로 말하지 마. 대화할 땐 올바른 단어를 사용하면서 '어히력('어휘력'을 잘못 발음한 것 – 옮긴이)'을 기르는 게 중요하단 말이야." 에이미가 똑똑한 척 말했다.

"얘들아, 서로 싸우지 마. 넌 우리가 어렸을 때 아빠가 잃은 돈이 아직 우리한테 있으면 좋겠다고 바란 적 없니, 조? 그러면 얼마나 행복하고 좋을까. 걱정이 없다면 말이야." 잘살았던 과거를 기억하는 메그가 말했다.

"그런데 언니가 지난번에는 우리가 킹 씨네 아이들보다 훨씬 더 행복하다고 말했잖아. 개들은 돈이 많은데도 늘 서로 싸우고 짜증 낸다고 하면서 말이야."

"내가 그렇게 말하긴 했지, 베스. 맞아, 우리가 더 행복하다고 생각하기는 해. 우리 모두 힘든 역할을 맡아 하고 있지만 서로 재미있게 지내잖아. 조의 말대로 하자면 우리는 신나는 패거리잖아."

"조 언니는 그런 속된 말 자주 써." 에이미가 카펫 위에 누워

기지개를 켜는 조를 나무라듯 바라보며 말했다. 그러자 조가 벌떡 일어나 앉아 앞치마 호주머니에 양손을 집어넣고 휘파람을 불기 시작했다.

"그러지 마, 조. 사내애 같잖아."

"그래서 일부러 이러는 건데."

"나는 무례하고 숙녀답지 못한 여자애들 싫어."

"나는 예쁜 척, 얌전한 척하는 애들 싫어."

"자매들끼리 싸우면 안 돼요." 중재자 역할을 도맡아 하는 베스가 우스꽝스러운 표정을 지으며 노래하듯 말하자 두 사람의 날카롭던 목소리가 웃음소리로 바뀌면서 '싸움'이 끝났다.

"너희 둘 다 혼나야 돼." 메그가 맏언니답게 훈계를 시작했다. "조세핀, 너도 이제 그 정도 나이가 됐으면 사내아이처럼 굴지 말고 좀 더 얌전하게 행동해야지. 어렸을 때는 사내아이들처럼 굴어도 큰 흉이 되지 않아. 하지만 이제 키도 그만큼 컸고 머리도 틀어 올렸으니까 네가 아가씨라는 사실 잊지 마."

"난 아가씨 하기 싫어! 머리 틀어 올렸다고 아가씨가 되어야 한다면 스무 살 될 때까지 양 갈래로 땋고 다닐 거야." 이렇게 소리치며 조는 틀어 올린 머리를 감싼 헤어네트를 벗겨 갈색 말갈기처럼 치렁치렁한 머리카락을 풀어 헤쳤다. "나이 들어서 '마치 양이라고 불리고, 긴 드레스 입고, 과꽃처럼 얌전 빼고 있는 건 생각만 해도 싫어. 난 여자로 태어난 것부터가 싫어. 난 사내아이들이 하는 놀이가 재미있고, 사내아이들이 하는 일이 좋고 사내아이들처럼 행동하는 게 좋단 말이야. 남자로 태어나지 않은 게 정말 속상해. 그리고 아빠와 같이 전쟁터에 가서 싸우고 싶은데 그것도 못 하고 집에서 늙은 할망구처럼 뜨개질이나 하고 있어야 하는 것도 너무 화나."

조가 짜고 있던 파란색 군인 양말을 들고 흔들자 양말에 꽂혀 있던 뜨개바늘들이 캐스터네츠처럼 달가닥거렸다. 그 바람에 공처럼 말아 놓은 털실 뭉치가 거실을 가로질러 데구루루 굴러갔다.

"가엾은 조 언니. 얼마나 속상할까! 하지만 어쩔 수 없는 일이잖아. 그러니까 애칭을 사내아이처럼 만들고 우리 자매들한테 오빠나 남동생처럼 구는 걸로 만족해." 그 많은 설거지를 하고 온 집 안 먼지를 터는데도 여전히 부드러운 손길로 베스는 자기 무릎에 기댄 조의 거친 머리를 쓰다듬으며 말했다.

"그리고 에이미 너는," 메그가 다시 말을 이었다. "지나치게 까다롭고 고지식해. 지금은 잘난 척하는 게 재미있을지 몰라도 조심하지 않으면 어른이 돼서 잘난 척만 하는 멍청이가 될지도 몰라. 네가 품위 있는 척하려고 하지 않을 때는 예절을 잘 지키고 고상하게 말하는 게 보기 좋아. 하지만 네가 이상하고 엉뚱한 말을 하는 건 조가 속된 말을 쓰는 것만큼이나 안 좋아."

"조 언니가 말괄량이고 에이미가 멍청이면 나는 뭐야?" 베스가 자신에게도 관심을 가져 달라는 듯 물었다.

"넌 그냥 착한 아이지." 메그가 다정하게 말했다. 그 말에 아무도 반대하지 않았다. 이 귀여운 '생쥐'는 가족 모두의 사랑을 독차지하는 존재였기 때문이다.

어린 독자들은 '책 속에 등장하는 사람들이 어떤 모습일까' 궁금해하기 마련이다. 그래서 네 자매의 모습을 간단히 설명하고자 한다. 지금 네 자매는 석양빛을 받으며 앉아 뜨개질을 하고 있다. 밖에는 12월의 눈이 조용히 내리고, 집 안에서는 벽난로가 바스락거리며 밝게 타오르고 있다. 오래되어 낡았지만 포근한 방에는 색 바랜 카펫에 가구들은 평범해도 벽에 좋은 그림이 한두 개 걸려 있고, 벽에 움푹 들어간 공간인 벽감에는 책들이 꽂혀 있다. 창틀에는 국화와 크리스마스로즈가 피어 있어 평화롭고 즐거운 분위기가 가득하다.

네 자매의 맏이이며 메그라는 애칭으로 불리는 마거릿은 열여섯 살로, 통통하고 하얀 피부, 큼직한 눈, 숱 많고 부드러운 갈색 머리, 귀여운 입 그리고 자랑거리인 하얀 손까지, 아주 예쁜 아가씨다. 조라는 애칭으로 불리는 둘째 조세핀은 열다섯 살로, 큰 키에 마르고 피부가 가무잡잡해서 언뜻 보면 망아지가 떠오른다. 긴 팔다리를 주체하지 못해서 늘 멋대로 흔들어 대고, 단호해 보이는 입매에 웃기게 생긴 코, 그리고 마치 모든 것을 꿰뚫어보는 것 같은 날카로운 회색 눈을 가졌다. 좀 거센 면이 있지만 유머 감각이 풍부하고, 사려 깊고 친절하다. 길고 숱 많은 머리카락이 유일하게 예쁘다고 할 만한 자랑거리이지만 언제나 헤어네트로 애써 감싸 틀어 올리고 있다. 둥근 어깨에 손발은 큼직하고 옷차림도 늘 단정하지 않은 조는 빠르게 여인으로 성장하고 있지만 자신은 그런 사실이 싫고 불만스럽다. 모두들 베스라고 부르는 엘리자베스는 장밋빛 뺨에 부드러운 머릿결, 반짝이는 눈을 한 열세 살 소녀다. 수줍음을 많이 타서 목소리가 작고, 늘 조용하고 차분하며 좀처럼 흥분하는 일이 없다. 네 자매의 아버지는 베스를 '작은 평온'이라고 부르는데, 자신만의 세상에 살면서 자신이 믿고 사랑하는 몇몇 사람들하고만 어울리는 셋째에게는 딱 맞는 별명이다. 에이미는 네 자매 중에 막내인데 자신이 이 집에서 제일 중요한 존재라고 생각한다, 비록 혼자만의 생각이긴 하지만. 푸른 눈동자, 어깨 위로 드리운 금빛 곱슬머리, 창백할 정도로 하얀 피부에 가냘픈 몸매까지, 마치 눈의 요정 같은 막내는 늘 얌전한 아가씨처럼 예의 바르게 행동한다. 이 네 자매의 성격에 대해서는 차차 살펴보도록 하자.

시계가 여섯 번 울렸다. 그러자 베스가 난로 바닥의 재를 한번 뒤엎고 나서 슬리퍼 한 켤레를 따뜻하게 데우려고 난로 옆에 내려놓았다. 그 낡은 슬리퍼를 난로 옆에 둔다는 것은 엄마가 돌아올 시간이 가까워졌다는 뜻이다. 엄마를 맞이할 생각을 하자 네 자매는 기분이 좋아지고 얼굴이 환해졌다. 메그는 훈계를 멈추고 램프 불을 켰다. 에이미는 누가 시키지도 않았는데 안락의자에서 일어났고 조는 피곤한 것도 잊고 일어나 앉아 엄마 슬리퍼를 난롯불에 좀 더 가깝게 옮겼다.

"이거 많이 낡았네. 엄마 슬리퍼 새로 사야겠어."

"내 돈으로 엄마 슬리퍼 사 드릴래." 베스가 말했다.

"안 돼, 내가 사 드릴 거야!" 에이미가 큰소리로 말했다.

"내가 맏이니까……." 메그가 말을 시작하는데 조가 단호한 목소리로 끼어들었다.

"아빠가 안 계시는 지금은 내가 이 집에서 남자 노릇을 해야 돼. 그러니까 엄마 슬리퍼는 내가 사 드릴 거야. 아빠가 집에 안 계실 때는 내가 엄마를 돌봐 드려야 한다고 아빠가 나한테 말씀 하셨단 말이야."

"그러면 우리 이렇게 하는 게 어떨까." 베스가 말했다. "우리 각자 엄마한테 크리스마스 선물을 하는 거야. 자기 물건은 사지 말고."

"정말 너다운 생각이다. 착하기도 하지! 어떤 선물을 해 드릴 까?" 조가 신이 나서 크게 떠들었다.

네 자매 모두 잠시 아무 말 없이 생각에 잠겼다. 그러다 메그 가 마치 자신의 예쁜 손을 보자 좋은 생각이 떠올랐다는 듯 먼 저 입을 열었다. "난 엄마한테 좋은 장갑을 한 켤레 선물할 거 야."

"난 군용 슬리퍼. 최고의 선물이지." 조가 소리쳤다.

"난 손수건. 가장자리에 모두 예쁜 단을 댄 걸로." 베스가 말 했다.

"난 작은 향수 한 병 선물할 거야. 엄마는 향수 좋아해. 그리고 많이 비싸지도 않아서 엄마 선물 사고 나면 내가 갖고 싶은 거 살 돈도 남을 거야." 에이미도 말했다.

"선물은 어떻게 드리지?" 메그가 물었다.

"선물을 모두 탁자 위에 두고 엄마를 모셔 와서 직접 풀어 보시게 하자. 우리 생일에 그렇게 했던 거 기억 안 나?" 조가 말했다.

"내 생일 때 머리에 왕관 쓰고 큰 의자에 앉아 있으면 모두들 행진하는 것처럼 와서 선물 주고 뽀뽀해 줄 때 굉장히 떨렸어. 선물이랑 뽀뽀 받는 건 좋은데 선물 꾸러미를 푸는 나를 앉아서 빤히 바라보는 언니들이랑 에이미가 무시무시했거든." 차와 함께 먹을 빵을 굽는 열기에 얼굴까지 달아오른 베스가 말했다.

"엄마한테는 우리가 각자 갖고 싶은 걸 사기로 했다고 말한 다음에 엄마를 깜짝 놀라게 해 드리자. 선물은 내일 오후에 사러 가야 돼, 메그 언니. 크리스마스 저녁 연극 때문에 할 일이 많단 말이야." 조가 뒷짐을 지고 얼굴을 쳐든 채 방 안을 왔다 갔다 하며 말했다.

"난 이번까지만 연극 같이 하고 앞으로는 안 할래. 이제 그럴 나이는 지났잖아." 말은 그렇게 했어도 '예쁘게 분장' 할 때는 어린아이처럼 좋아하는 메그였다.

"아마 그렇게는 안 될걸. 머리 길게 풀어 내리고 하얀 드레스 입고 금색 종이로 만든 장신구 달고 걸어 다니는 역할 하라고 하면 언니는 분명 또 한다고 할 거잖아. 우리 중에 언니가 연기 제일 잘한단 말이야. 언니가 그만두면 우리 극단은 끝이야."

조가 말했다. "오늘 밤에 연습해야 돼. 에이미, 이리 와서 기절하는 장면 해 봐. 그 장면 연기할 때 너 부지깽이처럼 뻣뻣하잖아."

"안 되는 걸 어떡해. 난 기절하는 사람 한 번도 못 봤단 말이야. 언니가 하는 것처럼 털썩 쓰러졌다가 새파랗게 멍들면 어떻게 해. 편하게 쓰러질 수 있다면 그렇게 할 거야. 하지만 그렇게 할 수 없다면 우아하게 의자 위로 쓰러지고 싶어. 휴고가 총을 들고 나한테 오든 말든 그런 건 관심 없어." 에이미가 말대꾸를 했다. 에이미가 이 역할에 뽑힌 건 연기를 잘해서가 아니라 비명을 지르면서 주인공한테 안겨 나갈 수 있을 만큼 몸집이 작다는 이유에서였다.

"이렇게 해. 두 손을 마주 잡고 비틀비틀 방을 가로질러 가면서 '로드리고! 저를 구해 주세요! 저를 구해 주세요!'라고 울부짖어." 조가 소름 끼칠 정도로 실감 나게 소리를 질렀다.

에이미는 조가 가르쳐 주는 대로 했다. 하지만 두 손을 앞으로 쑥 내밀고, 기계처럼 뻣뻣하게 꿈틀거리며 움직였다. "아야!" 하고 내지르는 소리는 두렵거나 분노했다기보다는 바늘에 찔려서 지르는 비명 같았다. 조는 답답하다는 듯 앓는 소리를 내질렀고 메그는 깔깔 웃음을 터뜨렸다. 베스는 이 우스운 광경을 쳐다보느라 그만 빵을 태우고 말았다.

"아무리 가르쳐도 소용이 없네. 그냥 그때 가서 최선을 다해. 그리고 관객들이 화내도 내 탓은 하지 마. 이번에는 메그 언니

차례야."

이번에는 모든 게 수월하게 흘러갔다. 돈 페드로는 세상을 향한 두 페이지에 걸친 긴 연설을 한 번도 쉬지 않고 끝까지 해냈다. 마녀 하갈은 주전자 한가득 두꺼비를 담아 괴상한 묘약을 넣고 펄펄 끓이면서 무시무시한 주문을 외웠다. 로드리고는 자신을 묶은 쇠사슬을 남자답게 끊어 냈고, 휴고는 큰소리로 "하! 하!" 외치며 비소를 먹고 후회 속에 고통스럽게 죽어 갔다.

"지금까지 했던 연극들 중에 최고야." 악당 역할을 맡아 쓰러졌던 메그가 일어나 앉아 팔꿈치를 문지르며 말했다.

"이렇게 멋진 극본을 쓰고 연기도 하다니, 조 언니 정말 대단해. 조 언니는 셰익스피어야!" 자매들 모두 멋진 재능을 타고났다고 믿는 베스가 감탄하며 말했다.

"별거 아니야." 조가 겸손하게 말했다. "나도 〈비극 오페라 마녀의 저주〉가 꽤 괜찮은 작품이라고 생각해. 하지만 뱅쿠오(『맥베스』의 등장인물. 맥베스에 의해 목숨을 잃고 유령이 되어 맥베스를 괴롭힌다 – 옮긴이)가 드나들 바닥 문만 만들 수 있었다면 〈맥베스〉를 선택했을 거야. 늘 그 살해 장면을 해 보고 싶었거든. '내 앞에 보이는 것이 단검이냐?'" 조는 예전에 본 유명한 비극 배우처럼 눈을 부라리며 허공에서 손을 움켜쥔 채 중얼거렸다.

"아니야. 네 눈앞에 보이는 건 긴 포크야. 엄마 슬리퍼를 거기 꽂아서 벽난로에 데우고 있었잖아. 베스, 넌 조의 연극에 푹 빠졌구나!" 메그가 소리치자 모두들 웃으면서 연극 연습이 끝났다.

"너희 모두 즐겁게 웃는 걸 보니 나도 기쁘다."

문에서 밝은 목소리가 들렸다. 그러자 배우들과 관객들 모두 돌아서서 엄마를 맞이했다. 진심으로 즐겁게 '내가 도와줄까?' 라고 묻는 듯한 통통한 얼굴의 엄마는 눈에 띄는 미인은 아니다. 하지만 원래 아이들 눈에는 자기 엄마가 예뻐 보이기 마련이어서, 네 자매는 회색 망토와 유행에 뒤처진 보닛(끈을 턱 밑에서 묶는 옛날 여자 모자 – 옮긴이) 차림에도 불구하고 엄마가 세상에서 제일 아름답다고 생각했다.

"얘들아, 오늘 하루는 어떻게 지냈니? 난 할 일이 너무 많았어. 내일 보낼 선물 상자들 포장하느라 저녁 식사 시간에 집에 올 수가 없었단다. 집에 찾아온 손님은 없었니, 베스? 감기는 좀 어떠니, 메그? 조, 너 굉장히 피곤해 보이는구나. 아가, 넌 이리 와서 엄마한테 뽀뽀해 주렴."

마치 부인은 네 딸에게 차례로 안부를 물으면서 젖은 옷과 보닛을 벗고 따뜻한 슬리퍼를 신었다. 그런 다음 안락의자에 앉아 에이미를 무릎에 앉히고는 하루 중에 제일 행복한 시간을 시작했다. 자매들은 엄마가 편히 쉴 수 있도록 각자 분주하게 움직였다. 메그는 차 탁자를 차렸고 조는 난로에 피울 장작을 가져오고 의자들을 정리하다가 손에 닿는 모든 것을 떨어뜨리고, 뒤집고, 쨍그랑 소리를 냈다. 베스는 조용하지만 바쁘게 거실과 주방을 종종걸음으로 오갔다. 그사이 에이미는 두 손을 포개고 앉아 언니들에게 이거 해라 저거 해라 지시했다.

자매들이 탁자에 모이자 부인은 기쁜 얼굴로 말했다. "저녁 먹고 나서 너희한테 줄 게 있어."

그러자 자매들의 얼굴에 햇살처럼 밝은 미소가 빠르게 번져 갔다. 베스는 뜨거운 비스킷을 들고 있으면서도 두 손을 꽉 움 켜쥐었고 조는 냅킨을 던져 올리며 소리쳤다. "편지다! 편지가 왔다! 아빠를 위하여 만세 삼창!"

"그래, 긴 편지가 왔어. 아빠는 잘 지내신대. 우리가 걱정하는 것보다는 더 편하게 이 추운 계절을 보낼 수 있을 것 같다고 하 시는구나. 크리스마스를 맞아 모두에게 사랑이 넘치는 기도를 보내셨고, 너희에게는 특별히 전할 말도 있다고 하셨어." 마치 부인은 보물이 들어 있기라도 한 것처럼 호주머니를 톡톡 두드 리며 말했다.

"서둘러, 얼른 끝내. 손가락 꼼지락거리지 말고 접시 위에 그 림 그리지 마, 에이미." 조가 소리쳤다. 조는 얼른 편지를 보려고 서두르며 차를 마시다 사레들리고, 빵을 카펫 위에 떨어뜨렸는 데 하필이면 버터 바른 쪽이 아래로 가게 떨어뜨렸다.

베스는 더 이상 아무것도 먹지 않고 조용히 탁자에서 물러나 늘 앉는 그늘진 구석 자리에 앉았다. 그리고 다른 식구들이 준 비될 때까지 조용히 즐거운 기다림에 빠졌다.

"아빠가 군인이 될 만큼 힘이 세지도 않고 무거운 짐을 끌기 에는 나이가 너무 많이 드셨는데도 종군 목사로 참전하신 건 정 말 대단하다고 생각해요." 메그가 다정하게 말했다.

"천막에서 잠자고, 맛없는 것만 먹고, 주석 잔으로 마시려면 너무 힘들 거야." 에이미가 한숨을 내쉬며 말했다.

"아빠는 언제 돌아오실까요, 엄마?" 베스가 살짝 떨리는 목소리로 물었다.

"아프지 않으신 이상은 몇 달 동안 못 오실 거야, 아가. 아빠는 버틸 수 있는 한 그곳에 계시면서 당신이 할 일을 충실히 하실 거다. 그러니까 우리도 아빠가 제대하실 때까지는 얼른 돌아오시라고 부탁해서는 안 돼. 자, 그럼 내가 편지를 읽어 줄게."

모두들 벽난로 앞으로 갔다. 엄마는 큰 의자에 앉고 베스는 엄마의 발치에, 메그와 에이미는 의자 양쪽 팔걸이 옆에 앉았다. 그리고 조는 의자 등받이에 기대섰다. 편지 때문에 감정에 변화가 생기거나 눈물 흘리게 되더라도 다른 식구들한테 들키지 않으려고 그 자리를 택한 것이다.

지금 같은 시절에 오가는 편지는 감정을 자극하기 마련이다. 특히 전쟁터에 나간 아버지들이 가족에게 보내는 편지는 당연히 눈물샘을 자극한다. 하지만 네 자매의 아빠는 전쟁터에서 겪는 힘든 일이나 위험한 일에 대해서는, 또한 집과 가족에 대한 그리움에 대해서는 많이 적지 않았다. 대신 군부대 생활, 행군, 전쟁 소식을 즐겁고 희망적으로 생생하게 묘사했다. 그래도 편지 마지막에는 딸들에 대한 사랑과 그리움이 가득했다.

아이들에게 내 사랑과 입맞춤을 전해 주오. 낮에는 그 아이들을 생각하고 밤이면 아이들을 위해 기도하며, 항상 딸들이 주는 사랑으로 위안을 받는다고 전해 주오. 아이들을 만나는 그날까지 남은 일 년이라는 세월이 너무나 길게 느껴질 수도 있소. 하지만 지금의 힘든 날들이 헛되이 흘러가지 않도록 우리가 다시 만날 날을 기다리며 각자 맡은 역할을 열심히 해 나가라고 말해 주오. 우리 아이들은 내가 해 줬던 말들을 전부 다 잘 기억할 거라 생각하오. 그래서 당신 말 잘 듣고, 각자 할 일을 열심히 하고 자신의 결점에 용감히 맞서 싸워 그것을 무찔러서, 내가 집에 돌아갔을 때는 더 사랑스럽고 더 자랑스러운 작은 아씨들이 되어 있을 거라 믿소.

엄마가 편지를 여기까지 읽자 모두들 코를 훌쩍거렸다. 조는 코끝에 맺힌 굵은 눈물방울이 뚝 떨어졌지만 창피하지 않았다. 에이미는 예쁜 곱슬머리가 헝클어지건 말건 개의치 않고 엄마 어깨에 얼굴을 묻고는 흐느껴 울며 말했다. "난 정말 이기적인 돼지야! 하지만 아빠가 나한테 실망하시지 않게 이제는 착한 사람이 되도록 노력할 거야."

"우리 모두 그럴게요!" 메그도 말했다. "난 외모에 너무 신경 쓰고 일하는 걸 싫어했는데 견딜 수만 있다면 앞으로는 절대 안 그럴게요."

"나도 아빠가 날 부르는 '작은 아씨'라는 이름에 어울리는 사람이 되도록 노력할게요. 제멋대로 거칠게 구는 짓 안 할게요.

다른 곳에서 다른 일 하고 싶다는 생각 버리고 여기서 내가 해야 할 일을 열심히 할게요." 조가 말했다. 하지만 머릿속으로는 남부에 가서 적과 싸우는 것보다 집에서 성질부리지 않고 얌전히 있는 게 더 힘들겠다고 생각했다.

베스는 아무 말도 하지 않고 파란 군용 양말로 눈물만 훔치고는 시간을 허투루 보내지 않고 자기 역할을 다하겠다는 듯 정성껏 다시 뜨개질을 시작했다. 그러면서 일 년이 지나 행복한 그날이 되었을 때 아빠가 바라는 사람이 되어 있겠노라고, 그 작은 영혼은 마음속으로 다짐했다.

조의 말이 끝나고 이어지던 침묵을 깨고 마치 부인이 밝은 목소리로 말했다. "너희가 어렸을 때 『천로역정』(영국 작가 존 버니언의 소설로, 순례자가 천국으로 가는 길을 우화적으로 그린 작품 – 옮긴이) 놀이 하던 거 기억나니? 큰 짐이라며 내 가방을 너희 등에 끈으로 묶어 주고, 모자와 지팡이 그리고 종이 두루마리를 주면 너희는 파멸의 도시라고 정한 지하 창고에서 시작해 위로 위로, 집 꼭대기까지 올라가서 너희가 모은 예쁜 것들로 장식한 그곳을 천상의 도시라고 부르며 노는 걸 정말 좋아했잖니."

"그 놀이 정말 재미있었어요. 특히 사자 옆을 지나가고, 아볼루온(『천로역정』에 나오는 마왕이자 성경 속 사탄의 이름 – 옮긴이)과 싸우고, 홉고블린(옛날이야기에 등장하는 말썽쟁이 요정 – 옮긴이)들이 사는 죽음의 그늘 계곡을 지나가는 장면 할 때 진짜 재미있었어요." 조가 말했다.

"나는 짐 꾸러미가 계단 아래로 굴러 떨어지는 부분이 재미있었어요." 메그가 말했다.

"나는 다 함께 꽃들과 작은 나무들과 예쁜 것들로 꾸민 납작 지붕으로 올라가 햇빛을 받으며 서서 즐겁게 노래 부를 때가 제일 좋았어요." 베스는 즐거웠던 그때가 머릿속에 떠오른 듯 미소를 지으며 말했다.

"나는 별로 기억나는 게 없어요. 지하 창고랑 깜깜한 출입구가 무서웠고, 집 꼭대기에서 케이크랑 우유 먹는 게 좋았다는 거 빼고는요. 내가 이렇게 나이를 많이 먹지만 않았으면 그 놀이 다시 할 수 있을 텐데." 에이미는 또다시 열두 살이라는 나이가 대단한 어른이라도 되는 듯 말했다.

"이 놀이를 하는 데에 나이는 아무 상관이 없어. 우리는 언제든, 이런저런 방식으로 이 놀이를 하며 살아가지. 우리 짐은 여기 있고 길은 우리 앞에 있어. 선함과 행복을 얻고자 하는 갈망은 수많은 난관과 실수를 극복하고 평화가 있는 진정한 천상의 도시로 우리를 이끌어 줄 거야. 자, 나의 어린 순례자들아, 놀이가 아니라 진짜 순례를 시작하자꾸나. 아버지가 집으로 돌아오시기 전까지 얼마나 먼 길을 가게 될지 알고 싶구나."

"정말이에요, 엄마? 짐은 어디 있는데요?" 엄마의 말을 곧이곧대로 알아들은 에이미가 물었다.

"너희는 각자의 짐이 무엇인지 지금 말했어, 베스만 빼고. 내 생각에 베스는 짊어져야 할 짐이 없을 것 같네." 마치 부인이 말했다.

"아니에요, 저도 짐이 있어요. 제 짐은 설거지랑 청소, 그리고 좋은 피아노를 가진 여자애들을 부러워하는 것과 사람들을 무서워하는 거예요."

베스가 말한 짐이 재미있어서 모두들 웃음이 터져 나올 뻔했지만 아무도 웃지 않았다. 그러면 베스의 마음이 상할 것 같아서였다.

"그럼 그 놀이 해 봐요." 메그가 신중하게 말했다. "그 놀이를 하는 것도 좋은 사람이 되는 한 방법인 것 같아요. 그리고 그 이야기는 우리 모두에게 도움이 될 것 같아요. 우리 모두 좋은 사람이 되기를 바라지만 그건 쉬운 일이 아니잖아요. 좋은 사람이 되어야 하는 걸 잊어버리고 최선을 다하지 않을 때도 많고요."

"오늘 밤은 우리가 절망의 구렁텅이(『천로역정』에 나오는 장소 중 하나 - 옮긴이)에 있었는데 『천로역정』에 나오는 돕는 자처럼 엄마가 오셔서 우리를 구렁텅이에서 구해 주신 걸로 해요. 순례를 하려면 책에 나오는 기독교 신자처럼 두루마리를 읽어야 되는데, 이 장면은 어떻게 하면 좋을까요?" 의무를 다해야 한다는 지루함에 조금이라도 재미가 생길 것 같은 희망으로 눈을 반짝이며 조가 물었다.

"너희 베개 밑을 살펴보렴. 크리스마스 아침에 말이야. 그러면 너희를 인도해 줄 책을 찾게 될 거야." 마치 부인이 말했다.

엄마와 딸들이 새로운 계획에 대해 이야기하는 동안, 나이 든 하녀 헤너가 탁자 위를 정리했다. 곧이어 반짇고리 네 개가 탁자 위에 자리 잡으면서 자매들은 부지런히 바늘을 움직여 마치 할머니를 위해 이불보를 만들었다. 바느질은 재미없었지만 오늘 밤에는 아무도 불평을 하지 않았다. 자매들은 조의 계획에 따라 긴 솔기를 네 개로 나눠서 각각 유럽, 아시아, 아프리카, 아메리카라고 이름 붙였는데, 그렇게 했더니 바느질이 멋지게 잘 됐다. 특히, 각 대륙에 있는 나라 이름 말하기를 할 때는 바느질이 더 잘 되었다.

9시가 되자 자매들은 바느질을 멈추고 잠자리에 들기 전에 평소처럼 노래를 불렀다. 낡은 피아노를 이렇게 멋지게 연주할 수 있는 사람이 베스 말고 또 있을까. 베스는 누렇게 변색된 건반을 부드럽게 눌러 자매들이 부르는 단순한 노래에 경쾌한 반주를 더했다. 플루트 소리처럼 목소리가 아름다운 메그가 엄마와 함께 합창을 이끌었다. 에이미는 귀뚜라미처럼 조잘거렸다. 조는 음정을 제멋대로 부르다가 엉뚱한 곳에서 목소리가 떨리거나 튀어나와, 감정을 살려야 하는 노래의 분위기를 망치곤 했다. 자기 전에 노래를 부르는 것은 자매들이 혀짤배기소리를 하던 오래전부터 이어져 온 전통이다.

"빤딱 빤딱 짜근 별."

이런 전통이 생긴 건 마치 부인이 가수처럼 노래를 잘 부르기 때문이었다. 이 집에서 아침에 제일 먼저 들리는 소리는 마치 부인의 목소리다. 마치 부인은 집안 여기저기를 돌아다니며 종달새처럼 노래한다. 그리고 저녁에 이 집에서 마지막으로 들리는 소리 역시 부인의 경쾌한 목소리다. 자매들은 아무리 나이를 먹어도 엄마의 자장가를 들으며 잠이 들었다.

2

❧❧❧ ❦❦❦

메리 크리스마스

크리스마스를 맞이하는 잿빛 새벽, 제일 먼저 조가 눈을 떴다. 벽난로 앞에는 양말이 걸려 있지 않았다. 조는 선물이 가득 들어서 축 처진 양말이 벽난로 앞에 걸려 있던 오래전이 떠올라 잠시 실망했다. 문득 엄마와의 약속이 생각나 베개 밑에 손을 넣었더니 자그마한 진홍색 책이 나왔다. 조가 잘 아는, 가장 훌륭한 삶에 대한 아름다운 옛날이야기 책이었다. 이 책이라면 그 어떤 길고 긴 순례도 잘 이끌어 줄 수 있을 거라고 조는 생각했다. 조는 "메리 크리스마스"라고 인사하며 메그를 깨워서는 베개 밑에 뭐가 있는지 보라고 채근했다. 메그의 베개 밑에서는 똑같은 그림이 그려진 초록색 책이 나왔다. 책 속에 엄마가 적은 짧은 글이 있었는데 이 글 덕분에 자매에게는 작은 책이 말할 수 없이 소중한 보물처럼 보였다. 베스와 에이미도 곧 잠에서 깨어 베개 밑을 뒤져서 선물을 찾아냈다. 베스의 것은 비둘기 같은 옅고 밝은 회색이었고 에이미의 것은 파란색이었다. 둘이 앉아서 각자의 선물을 보며 이야기를 나누는 사이 동쪽 하늘이 장밋빛으로 물들며 아침이 밝아 왔다.

허영심이 조금 있긴 하지만 다정하고 독실한 메그의 성격은 알게 모르게 동생들에게 영향을 미쳤는데, 특히 조에게 큰 영향을 미쳤다. 조는 언니를 굉장히 사랑했고, 상냥하게 조언을 하는 메그의 태도에 조는 언니가 하는 말이라면 무조건 순종했다.

"얘들아." 메그는 옆에서 고개를 푹 숙인 조부터 나이트캡을 쓴 나머지 두 동생까지 둘러보며 심각한 목소리로 말을 시작했다. "엄마는 우리가 이런 책을 읽고 좋아하고 마음에 새겨 두기를 바라서. 그러니까 지금 당장 시작하자. 예전에는 책 읽기도 충실히 했는데, 아빠가 떠나시고 전쟁 때문에 마음이 어수선해져서 많은 걸 게을리하고 있어. 너희는 하고 싶은 대로 해도 괜찮아. 하지만 나는 내 책을 이 탁자 위에 두고 매일 아침 눈뜨자마자 조금씩 읽겠어. 그러면 기분이 좋아지고 하루를 보내는 데 도움이 될 거야."

메그는 책을 펼쳐 읽기 시작했다. 조도 언니를 감싸 안고는 좀처럼 볼 수 없는 차분한 표정으로 언니 볼에 자기 볼을 맞대고서 함께 읽었다.

"메그 언니 정말 훌륭해! 얘, 에이미, 우리도 언니들처럼 하

자. 어려운 단어는 내가 가르쳐 줄게. 우리가 모르는 건 언니들이 가르쳐 줄 거야." 예쁜 책 선물과 언니들의 모습에 깊이 감명받은 베스가 속삭였다.

"내 책이 파란색이라서 좋아." 에이미가 말했다. 겨울 햇살이 스며 들어와 반짝이는 머리들과 진지한 얼굴들을 부드럽게 어루만지는 방 안에는 크리스마스 선물로 받은 책의 책장을 넘기는 소리만 조용히 들렸다.

"엄마 어디 계세요?" 메그는 30분이 지나서야 크리스마스 선물에 대해 감사 인사를 하려고 조와 함께 달려 내려가면서 물었다.

"주님만 아시겠죠. 처음 보는 비렁뱅이가 와서 애걸하니까 필요한 게 없는지 보겠다며 마님이 곧장 따라가셨지 뭐예요. 마님처럼 먹을 거, 마실 거, 입을 거, 땔감까지 남들한테 다 퍼 주는 사람은 처음 봤다니까." 메그가 태어났을 때부터 이 집에 함께 살아서 하녀라기보다는 가족 같은 헤너가 대답했다.

"그럼 곧 오시겠네요. 헤너, 케이크도 다 됐으니까 준비됐네요." 메그는 적당한 때에 내놓으려고 소파 밑에 감춰 두었던 선물 바구니를 살펴보며 말했다. "그런데 에이미가 선물한다던 향수는 안 보이네?" 작은 병이 보이지 않자 메그가 물었다.

"방금 전에 에이미가 리본으로 장식한다고 꺼내 갔어." 조가 뻣뻣한 새 군용 슬리퍼를 좀 부드럽게 만들려고 발에 신고 방 안을 돌아다니며 대답했다.

"내가 선물하기로 한 손수건들 참 예쁘지? 헤너가 내 대신 빨아서 다림질해 줬어. 이름은 내가 직접 수놓은 거야." 비뚤비뚤하지만 힘들게 수놓은 글자들을 자랑스럽게 내려다보면서 베스가 말했다.

"와, 얘 좀 봐. 'M. March(마치 부인 - 옮긴이)'가 아니라 'Mother(어머니 - 옮긴이)'라고 수놓았잖아. 너 정말 웃긴다!" 조가 손수건들 중 하나를 집어 들고 소리쳤다.

"그래야 하는 거 아니야? 메그 언니도 이름 약자가 'M. M.'이잖아. 난 이건 엄마 말고 다른 사람이 쓰는 건 싫어. 그래서 이렇게 수놓는 게 더 낫다고 생각했단 말이야." 베스가 곤란한 얼굴로 말했다.

"괜찮아. 아주 좋은 생각이야. 상당히 합리적인 생각이기도 하고. 이렇게 하면 다른 사람이 실수로 이 손수건 쓰는 일은 없을 거야. 엄마가 아주 기뻐하시겠네." 메그가 조를 향해서는 인상을 쓰더니 베스를 향해서는 미소를 지으며 말했다.

"엄마 오신다. 바구니 숨겨, 얼른!" 현관문이 쾅 닫히며 복도를 걸어오는 발소리가 들리자 조가 소리쳤다.

그런데 엄마 대신 에이미가 서둘러 들어오더니 자신을 맞이하는 언니들을 보고는 당황한 표정을 지었다.

"너 어디 갔었니? 뒤에 감춘 건 뭐야?" 게으른 에이미가 이렇게 이른 시각에 후드 망토 입고 외출을 했다는 데에 놀란 메그가 물었다.

"비웃지 마, 조 언니. 선물 공개할 때까지는 아무도 모르게 할 생각이었단 말이야. 향수 작은 걸 큰 걸로 바꾸러 갔었어. 그래서 가진 돈 다 쓰고 왔어. 이제는 이기적으로 행동하지 않으려고 진짜로 노력하는 중이야."

이렇게 말하면서 에이미는 싸구려 작은 병과 바꾼 큼직한 유리병을 언니들 앞에 내놓았다. 자신은 생각하지 않고 진실하고 겸손하게 행동한 어린 동생의 수고에 메그는 그 자리에서 에이미를 꼭 안아 주었다. 조는 에이미를 '최고'라고 불러 주었다. 그사이 베스는 창문으로 달려가 제일 예쁜 장미 한 송이를 꺾어 큼직한 향수병에 장식했다.

"오늘 새벽에 좋은 사람이 되는 것에 대해 읽고 이야기하고 나니까 내가 준비한 선물이 부끄러워졌어. 그래서 일어나자마자 가게로 달려가서 바꿨어. 이제는 내 선물이 제일 커서 기분이 좋아."

또 한 번 현관문 소리가 쾅 울리자 네 자매는 서둘러 선물 바구니를 소파 밑에 밀어 넣고 아침 식사를 위해 식탁에 모여들었다.

"메리 크리스마스, 엄마! 아주 많이 축하해요! 책 고맙습니다. 우리 전부 조금씩 읽어 봤는데, 매일 그렇게 읽기로 했어요." 네 자매가 입을 모아 소리쳤다.

"메리 크리스마스, 딸들! 벌써 읽기 시작했다니 기쁘구나. 계속 그렇게 읽기를 바란다. 그런데 식탁에 앉기 전에 엄마가 하고 싶은 말이 있어. 우리 집에서 멀지 않은 곳에 얼마 전 아기를 낳은 불쌍한 여인이 살고 있어. 갓 태어난 아이 말고도 여섯 아이가 더 있는데, 집에 불을 피우지 못해서 여섯 아이들이 얼어 죽지 않으려고 한 침대에 모여 있더구나. 먹을 것도 없는데, 그 집 큰아들이 우리 집에 와서 춥고 배고프다고 하소연을 했어. 애들아, 혹시 너희 아침 식사를 그 가족에게 크리스마스 선물로 보내 줄 생각 없니?"

벌써 한 시간이나 아침 식사를 기다린 네 자매는 이날따라 유난히 배가 고팠다. 잠시 모두 아무 말도 하지 않았다. 그러다 조가 갑자기 소리쳤다.

"식사 시작하기 전에 오셔서 정말 다행이에요!"

"그 불쌍한 아이들한테 음식 가져다주는 거 제가 도와드려도 돼요?" 베스가 꼭 하고 싶다는 듯 물었다.

"나는 크림하고 머핀 선물할 거야." 에이미도 자신이 제일 좋아하는 것을 포기하며 씩씩하게 말했다.

메그는 벌써 메밀 빵을 포장해서 큰 접시에 담고 있었다.

"너희가 이렇게 기꺼이 도와줄 거라 짐작했어." 마치 부인은 흐뭇하게 미소를 지으며 말했다. "너희 모두 나랑 같이 가자. 그리고 돌아오는 길에 아침으로 먹을 빵과 우유를 사고, 대신 저녁 식사 때 맛있는 걸 먹도록 하자."

모두들 금세 준비를 마치고 줄지어 집을 나섰다. 다행히 이른 시간이고 뒷골목을 통해 간 덕분에 사람들을 거의 마주치지 않았고, 이 재미있는 일행을 보고 웃는 사람도 없었다.

유리창은 깨졌고, 난로에는 불도 안 켜져 있고, 낡아서 너덜너

덜한 침대보밖에 없는 방. 이 방에는 병든 엄마와 칭얼거리며 우는 아기, 창백한 얼굴에 굶주린 아이들이 몸을 녹이려고 낡은 이불 한 장 밑에 옹기종기 모여 있었다. 하지만 네 자매를 보자 이들 가족의 큰 눈과 새파랗게 질린 입술 가득 미소가 떠올랐다.

"오, 하느님! 천사들이 오셨네!" 불쌍한 여인이 기뻐하며 소리쳤다.

"후드 망토 쓰고 장갑까지 낀 우스꽝스러운 천사들이에요." 조의 말에 모두들 웃음을 터뜨렸다.

잠시 뒤 정말 천사들이 다녀간 것처럼 방 안의 분위기가 바뀌었다. 헤너는 가져온 땔감으로 난로에 불을 피우고 낡은 모자들과 자신의 숄로 깨진 유리창 틈새를 막았다. 마치 부인은 아기 엄마에게 차와 귀리죽을 건네면서 앞으로 도움을 주겠다며 위로했고, 그녀의 아기에게 마치 자신의 아이에게 하듯 정성스럽게 옷을 입혀 주었다. 그사이 네 자매는 식탁을 차리고, 굶주린 아기 새 같은 아이들을 불 옆으로 데려와서 먹였다. 자매들은 웃고, 떠들며 아이들이 쓰는 독일어가 섞인 서툰 영어를 알아들으려고 애썼다.

"신난다!" "천사야!" 보랏빛으로 언 손을 따뜻한 불에 녹이고 맛있게 음식을 먹으며 가여운 아이들이 소리쳤다. 자신들을 천사라고 부르는 말을 처음 들어 본 네 자매는 아주 기분이 좋았다. 특히, 태어난 후로 줄곧 '산초'라는 사내아이 이름이 별명처럼 따라다닌 조는 더 기분이 좋았다. 네 자매는 아무것도 먹지 못했지만 행복한 아침 시간을 보냈다. 가난한 집에 따뜻함을 남기고 집으로 돌아오는 길, 자신들의 아침 식사를 남에게 내어주고 고작 빵과 우유로 크리스마스 아침 식사를 때우면서도 즐거워하는 이 네 자매만큼 행복한 사람들은 이 도시에 없으리라.

"우리 자신보다 이웃을 더 아끼는 것, 정말 좋은 일 같아." 엄마가 불쌍한 후멜 가족에게 줄 옷을 챙기러 위층에 올라간 사이, 선물들을 꺼내 장식하며 메그가 말했다.

대단하고 화려하게 꾸미지는 않았지만 사랑 가득한 작은 꾸러미들이 놓여 있었다. 거기다 빨간 장미와 하얀 국화, 그리고 치렁치렁한 덩굴식물이 꽂힌 키 큰 꽃병이 한가운데 서 있어서 탁자를 우아하게 만들어 주었다.

"엄마 오신다! 연주 시작해, 베스! 문 열어, 에이미. 만세 삼창하자!" 조가 큰소리로 떠들며 껑충껑충 뛰어다니는 사이 메그가 엄마를 모시러 갔다.

베스는 자신이 아는 곡 중에 제일 즐거운 곡을 연주했고, 에이미가 문을 활짝 열었다. 그러자 메그가 우아하게 엄마를 모시고 들어왔다. 마치 부인은 놀라고 또 감동한 얼굴이 되어 미소 가득한 눈으로 선물들을 살펴보고 선물에 붙은 카드들을 읽었다. 그런 다음 자리에서 슬리퍼를 신어 보고, 새 손수건은 호주머니에 넣고, 에이미의 향수를 뿌리고, 장미는 가슴에 꽂았다. 그리고 새 장갑은 "딱 맞네"라는 칭찬을 받았다.

실컷 웃고 뽀뽀하고 이야기하면서, 소박하지만 사랑이 넘치는 즐겁고 행복한 시간을 보냈다. 그 후로도 오래오래 모두의 기억에 남을 작은 파티였다. 그러고는 곧 각자 할 일로 돌아갔다.

아침 자선 활동과 파티를 하는 데에 너무 많은 시간을 보내서 이후의 시간은 저녁 파티 준비에 전부 쏟아야 했다. 극장에 가기에는 아직 어리고, 집에 극단을 불러 사설 공연을 할 만큼 부유하지도 않기 때문에 네 자매는 머리를 짜냈고, '필요는 발명의 어머니'라는 말대로 필요한 건 직접 만들었다. 그중에는 판자로 만든 기타, 배 모양의 낡은 버터 그릇에 은종이를 덮어 만든 골동품 램프, 낡은 무명에 피클 공장의 주석 조각을 붙인 반짝거리는 우아한 드레스, 주석 항아리 뚜껑을 떼면 남는 다이아몬드 모양의 종이로 장식한 갑옷까지, 아주 똑똑하게 잘 만든 것도 많다. 가구들을 이리저리 뒤집어 놓으면 커다란 거실은 여러 장면의 배경으로 변한다.

이 극단은 남자 출연 금지다. 그래서 조가 남자 역할을 맡았다. 조는 남자 연극배우를 아는 어떤 부인에게서 친구가 얻어다 준 적갈색 가죽 부츠를 신고는 신나게 남자 행세를 한다. 이 부츠와 낡은 펜싱 칼, 그리고 어느 화가가 그림 그릴 때 입던 트임 있는 딱 붙는 조끼는 조가 제일 아끼는 보물이어서 연극할 때마다 등장한다. 또 함께하는 인원이 많지 않아서 주연 배우 둘이서 여러 역할을 나눠서 맡는다. 이 두 배우는 서너 가지 역할을 하고, 여러 가지 의상을 잽싸게 갈아입고 무대에 등장했다가 나가고, 무대 뒤에서 연극이 진행되도록 관리하는 등 힘든 일을 척척 해낸다. 이렇게 연극을 하면 기억력 훈련도 되고, 누구에게도 해롭지 않게 즐길 수 있으며, 쓸쓸하고 게으르게 보내거나 이롭지 못한 일에 쓰일지 모르는 많은 시간을 이롭게 쓸 수도 있다.

크리스마스 저녁, 열두 명의 소녀들이 침대에 모여 앉았다. 극장으로 따지자면 2층 특별석인 셈이다. 소녀들은 앞에 드리워진 파란색과 노란색 친츠(꽃무늬가 염색된 화려한 면직물 – 옮긴이) 커튼을 기대에 찬 눈으로 바라보았다. 커튼 뒤에서는 쿵쿵대고 부스럭대는 소리가 계속 들리고, 램프 연기가 피어오르고, 흥분하면 발작적으로 웃음이 터지는 에이미가 킥킥대는 소리도 들렸다. 곧이어 종이 울리더니 커튼이 양옆으로 열리면서 비극 오페라가 시작되었다.

연극 안내문에 '우울한 숲'이라고 적힌 장면이 시작되었다. 녹색 천이 깔린 바닥에 나뭇잎이 담긴 단지 서너 개가 놓여 있고 저 멀리 동굴이 보인다. 이 동굴은 빨래 건조대로 지붕을 만들고 뚜껑을 여닫을 수 있는 책상들로 벽을 만들었다. 동굴 안에는 불을 활활 피운 자그마한 난로가 있고 그 위에는 검정색 냄비가 놓여 있다. 그리고 늙은 마녀가 허리를 숙여 냄비를 들여다보고 있다. 무대가 어두워서 난로 불빛이 선명하게 보였고 마녀가 냄비 뚜껑을 열자 진짜 김이 쓱 피어올랐다.

연극이 시작되고 찾아온 첫 번째 긴장감이 잦아들자 새 인물이 등장했다. 축 늘어진 모자, 신비로운 망토와 부츠 차림에 검은 수염이 난 악당 휴고였다. 그는 허리에 칼을 차고 챙그렁 소리를 내며 성큼성큼 들어섰다. 흥분해서 왔다 갔다 하던 휴고는 자기 이마를 철썩 때리더니 노래를 했다. 로드리고에 대한 증오, 자라에 대한 사랑, 그리고 전자를 죽이고 후자를 차지하겠다는 신나는 결심을 열정적으로 노래했다. 감정이 격해져 이따금 소리를 지르기도 하는 거친 목소리가 아주 인상적이어서, 그가 숨을 쉬기 위해 잠시 노래를 멈추자 관객들이 박수를 쳤다. 휴고는 관객의 찬사에 익숙한 듯 허리 숙여 인사를 하고는 동굴로 살며시 다가가 마녀 하갈에게 이렇게 명령했다. "여봐라, 천한 것아! 냉큼 나와라!"

그러자 머리에 회색 말총을 뒤집어쓰고 빨간색과 검정색이 뒤섞인 가운과 신비한 글자가 적힌 망토를 입고 지팡이를 짚은 메그가 나타났다. 휴고는 자라의 사랑을 차지할 수 있는 묘약과 로드리고를 해치울 수 있는 독약을 내놓으라고 요구했다. 그러자 하갈은 두 가지 약을 모두 다 주겠다며 고운 목소리로 열정적인 노래를 부르더니, 사랑의 묘약을 만들어 줄 정령을 소환했다.

여기로. 여기로. 그대의 집으로.
공기의 정령이여, 내게로 오라!
장미에서 태어나 이슬을 먹었으니,
주술과 묘약을 만들어 줄 수 있느냐?
요정처럼 빠르게 내게 내놓아라.

내가 원하는 것은 향기로운 묘약.

달콤하게, 빠르게 그리고 강하게

정령이여, 내 노래에 응답하라!

부드러운 음악이 이어지더니 동굴 뒤에서 반짝이는 날개에 장미 화관을 쓴, 황금빛 머리의 하얗고 작은 형체가 나타났다. 그 형체가 요술 지팡이를 휘두르며 이렇게 노래했다.

여기 내가 왔다.

저 먼 은빛 달에 있는

공기의 성에서.

마법의 주문을 줄 테니,

조심히 사용하여라!

그러지 않으면 그 힘이 곧 사라지리라!

그러더니 정령은 마녀의 발치에 금박을 입힌 작은 병을 떨어뜨리고는 사라졌다. 하갈은 또다시 노래를 불러 새로운 유령을 불러냈다. 이번에는 쾅, 하는 소리와 함께 조금 전과는 다른 까맣고 못생긴 도깨비 같은 요정이 나타났다. 요정은 꽥꽥거리는 소리로 응답하고는 휴고에게 검은색 병을 던져 주고 비웃듯 깔깔 웃으며 사라졌다. 휴고는 높은 음정으로 고맙다는 노래를 부르고는 못생긴 요정한테 받은 병을 부츠 속에 넣고 사라졌다.

그러자 하갈은 과거에 휴고가 자신의 친구들을 죽였으므로 그를 저주한다고, 그의 계획을 망쳐서 복수할 것이라고 노래했다. 곧이어 커튼이 닫히고 관객들은 쉬는 시간을 이용해 사탕을 먹으면서 연극에 대해서 이야기를 나눴다.

한참 동안 쿵쿵대는 소리가 들리고 나서야 다시 커튼이 열렸다. 걸작이라고 부를 만큼 멋진 무대를 보자 아무도 늦었다고 불평하지 않았다. 무대는 정말 근사했다! 천장까지 닿을 만큼 높은 탑이 우뚝 서 있었다. 탑 중간쯤에 있는 창문 안에서 램프가 밝게 빛나면서 하얀 커튼 뒤로 자라가 파란색과 은색이 어우러진 아름다운 드레스 차림으로 로드리고를 기다리고 있는 모습이 보였다. 이윽고 로드리고가 나타났다. 깃털 꽂은 챙 모자, 빨간 망토, 길게 늘어뜨린 밤색 머리카락을 어깨 위에서 리본으로 묶어 장식하고 이마 위로 애교머리를 내린 스타일에 기타까지, 멋진 모습의 로드리고는 부츠를 신는 것도 잊지 않았다. 탑 아래에 무릎을 꿇은 로드리고가 달콤한 음조의 세레나데를 불렀다. 그러자 자라가 응답을 하면서 두 연인의 노래가 대화하듯 이어졌다. 그리고 이 연극에서 가장 극적인 효과를 사용할 순간이 왔다. 로드리고가 다섯 단짜리 밧줄 사다리를 꺼내 한쪽 끝을 위로 던져 올리고는 자라에게 탑을 내려오라고 했다. 자라가 조심스럽게 격자 창문을 빠져나와 로드리고의 두 어깨에 손을 짚고 막 뛰어내리려는 순간, '애석하구나, 자라!' 자라가 자신의 드레스 자락이 얼마나 긴지 잊은 것이다. 드레스 자락이 창틀에 걸렸다. 그 바람에 탑이 휘청거리다 앞으로 기울어져 쾅 쓰러지면서 불행한 두 연인을 덮치고 말았다!

모두가 꺅 하고 비명을 지르는 가운데, 무너진 탑 사이에서 적갈색 부츠를 신은 두 발이 허우적대더니 금발 머리가 소리를 지르며 나타났다. "이럴 줄 알았어! 이럴 줄 알았다니까!" 잔인한 왕 돈 페드로가 아무 일 없었다는 듯 아주 침착하게 무대로 나와 자기 딸을 서둘러 옆으로 끌어내고는 말했다. "웃지 마. 아무 일도 없는 것처럼 계속해!"

돈 페드로는 씩씩대고 화를 내면서 로드리고에게 일어나서 왕국을 떠나라고 명령했다. 로드리고는 탑이 무너져서 당황한 기색이 역력했지만 늙은 돈 페드로에게 저항했다. 이 모습에 감명을 받은 자라도 돈 페드로의 명령을 거역했다. 돈 페드로는 두 연인을 성에서 가장 깊숙한 지하 감옥에 가두라고 명령했다. 그러자 땅딸막한 하인이 대사를 잊어버린 것이 확실해 보이는 불안한 얼굴로 쇠사슬을 가지고 나타나 두 연인을 끌고 갔다.

3막의 배경은 성 안의 홀이다. 하갈이 두 연인을 풀어 주고 휴고를 해치우기 위해 성으로 찾아왔다. 휴고가 오는 소리에 하갈은 몸을 숨겼다. 휴고는 사랑의 묘약과 독약을 와인 잔 두 개에 각각 따른 다음 겁먹은 표정을 한 꼬마 하인에게 이렇게 명령했다. "이것을 감옥에 갇힌 죄수들에게 가져다주고 내가 곧 갈 것이라고 전해라." 하인이 휴고를 옆으로 데려가 이야기하는 사이, 하갈은 사랑의 묘약과 독약을 탄 와인 잔 두 개를 다른 와인 잔 두 개와 바꿔치기했다. 겁먹은 하인 페르디난도가 바꿔치기한 와인 잔들을 가져가자, 하갈은 로드리고에게 먹이려던 독이 든 와인 잔을 다시 가져왔다. 한참 동안 떠드느라 목이 말랐던 휴고가 그 와인 잔을 들고 벌컥벌컥 마셨다. 그러더니 정신이 혼미해지며 한참 동안 자신의 목을 부여잡고 비틀거리고 쿵쿵 걸어가다가 결국 털썩 쓰러져 죽었다. 그사이 하갈은 자신이 한 일을 힘찬 노래로 설명했다.

정말 손에 땀을 쥐게 하는 장면이었다. 악당이 죽은 것보다 그의 긴 가발이 굴러 떨어진 것 때문에 더 놀란 사람도 있을지 모른다. 게다가 죽은 휴고는 커튼이 닫히기도 전에 먼저 무대를 떠났다. 하지만 아주 적절하게 나타나 멋지게 노래한 하갈 덕분에 무대는 잘 마무리되었다.

4막에서는 자라가 자신을 버렸다는 소식을 듣고 절망한 로드리고가 스스로를 칼로 찌르려 했다. 그가 단검으로 심장을 찌르려는 순간, 그의 창문 밑에서 노랫소리가 들렸다. 진심으로 로드리고를 사랑하지만 지금 위험에 처해 있으며 그가 오면 자신을 구할 수 있다는 자라의 노래였다. 그때 창문으로 열쇠가 날아 들어와 로드리고는 그 열쇠로 감옥 문을 열고 자신을 묶은 쇠사슬을 필사적으로 끊어 내고는 연인을 구하러 달려갔다.

5막은 자라와 돈 페드로의 폭풍 같은 장면으로 시작되었다. 돈 페드로는 자라에게 수녀원에 가라고 했지만 자라는 그 말을 따르지 않았다. 자라의 애절한 호소가 끝나 갈 즈음 로드리고가 뛰어 들어와 그녀에게 청혼했다. 하지만 돈 페드로는 허락하지 않았다. 로드리고가 부자가 아니기 때문이었다. 둘은 과장된 행동을 하며 소리를 질렀지만 합의에 이르지 못했다. 로드리고가 기진맥진한 자라를 데려가려 하는데, 겁쟁이 하인이 어느새 사라졌던 하갈의 편지와 가방을 가지고 등장한다. 편지에는 하갈이 엄청난 재산을 젊은 연인에게 물려줄 것이며 둘의 결혼을 허락하지 않으면 돈 페드로에게 엄청난 저주가 내릴 것이라고 적혀 있었다. 가방을 열자 반짝이는 동전들이 무대 위로 쏟아졌다. 그 돈이 '고집쟁이 아버지'의 마음을 바꿔 놓았다. 그는 불평한마디 없이 두 연인의 결혼을 허락했다. 모두 즐겁게 합창을 하고, 두 연인이 무릎 꿇고 돈 페드로의 축복을 받는 가장 낭만적인 장면과 함께 연극의 막이 내렸다.

요란한 박수 소리가 터져 나왔다. 그런데 뜻밖의 소동이 벌어졌다. 아기 침대를 이용해 만든 특별석이 갑자기 접히면서 들떠 있던 관객들이 그 속에 갇힌 것이다. 그러자 로드리고와 돈 페드로가 달려가 모두를 특별석에서 무사히 데리고 나왔다. 많은 이들이 소리 죽여 웃었다. 좀처럼 흥분이 가라앉지 않아 다들 떠들고 있는데 헤너가 들어와 말했다. "마치 부인께서 많이 칭찬하셨어요. 다들 내려와서 저녁 식사 해요."

이 말에 손님들은 물론이고 배우들도 깜짝 놀랐다. 그리고 식탁을 보고 또 한 번 놀랐다. 엄마가 모두를 위해 솜씨를 발휘했는지, 부유하던 지난 시절 이후로 처음 보는 멋진 음식들이 기다리고 있었다. 분홍색과 하얀색 아이스크림이 두 접시나 있고, 케이크와 과일에 예쁜 프랑스제 봉봉캔디(속에 부드러운 잼 같은 단것이 든 사탕 – 옮긴이)도 있고, 식탁 한가운데에는 온실에서 키운 꽃으로 만든 멋진 꽃다발이 네 개나 있었다!

모두들 한 마디도 못 했다. 한동안 식탁을 빤히 보다가 엄마를 돌아보았다. 엄마는 굉장히 기쁜 얼굴이었다.

"요정이 다녀갔나?" 에이미가 물었다.

"산타클로스가 다녀갔나 봐." 베스가 말했다.

"엄마가 하신 거지." 메그가 회색 수염과 하얀 눈썹 분장을 했는데도 예쁘게 미소 지으며 말했다.

"마치 할머니가 기분이 좋아서 음식을 보내셨나 봐." 조가 갑자기 생각난 듯 말했다.

"다 틀렸어. 로렌스 씨가 보내신 거야." 마치 부인이 말했다.

"로렌스 저택 남자아이의 할아버지 말씀하시는 거예요? 그분이 어떻게 이런 일을 할 생각을 하셨지? 우린 그분을 모르잖아요." 메그가 소리쳤다.

"헤너가 그 집 하인한테 너희가 아침에 한 일을 이야기했다더구나. 그분이 까다로운 노신사이기는 하지만 오늘 아침에 너희가 한 일을 듣고 기뻐하셨대. 그분은 오래전에 너희 외할아버지와 친분이 있었는데, 오늘 아침의 일에 경의를 표하기 위해 아이들에게 작은 선물을 보내는 것으로 우정을 표현하고 싶으니 허락해 달라는 정중한 편지를 보내셨단다. 그 청을 거절할 수 없어서, 빵과 우유만으로 때운 아침 식사를 보상할 이런 작은 파티를 저녁에 할 수 있게 된 거야."

"그 남자애가 자기 할아버지한테 부탁했을 거야. 분명히 그랬을 거야! 멋진 녀석이네. 친하게 지내면 좋겠는데. 걔는 우리하고 친해지고 싶어 하는 것 같은데 숫기가 없어. 그리고 메그 언니는 너무 고지식해서 그 아이와 마주칠 때 내가 걔한테 말 거는 걸 허락 안 할 거야." 조가 말하는 사이 접시가 이 손에서 저 손으로 옮겨 다니고, 아이스크림이 눈에 띄게 줄어들면서 "오!" "와!" 하는 감탄사가 터져 나왔다.

"이웃에 있는 큰 저택에 사는 사람들 말하는 거지, 그렇지?" 손님으로 온 소녀들 중 하나가 물었다. "우리 어머니가 로렌스 씨를 아는데, 그분 굉장히 거만하고 이웃들과 어울리는 걸 안 좋아한대. 말을 타거나 가정 교사와 함께 산책할 때 말고는 손자를 집 밖에 나가지 못하게 하고 공부도 굉장히 많이 시킨대. 우리 집에서 그 아이를 파티에 초대한 적이 있는데 오지 않았어. 어머니는 그 아이가 우리 같은 여자아이들과는 절대 말을 안 하지만 알고 보면 괜찮은 애라고 하셨어."

"우리 고양이가 달아난 적이 있는데 그 남자애가 고양이를 데려다줘서 담장 너머로 이야기를 나눴어. 이야기가 잘 통해서 크리켓 이야기도 했는데 메그 언니가 오는 걸 보더니 가 버렸어. 나중에 반드시 걔하고 친해질 거야. 걔는 좀 놀아야 돼. 꼭 그래야 돼." 조가 단호하게 말했다.

"예의 바른 아이더구나. 꼬마 신사 같았어. 정식으로 기회가 오면 네가 그 아이와 친해지는 거 엄마도 반대하지 않아. 꽃은 그 아이가 직접 가지고 왔더구나. 위층에서 무슨 일이 있는지 제대로 알았다면 그 아이를 초대할 수 있었는데 그러지를 못했어. 웃고 떠드는 소리가 들리니까 굉장히 아쉬운 얼굴을 하면서 가더라. 아무래도 그렇게 재미있게 논 적이 없나 봐."

"엄마가 초대 안 해서 다행이에요." 조는 웃음을 터뜨리며 자기 부츠를 내려다보았다. "나중에 또 연극을 하게 되면 그때는 걔가 와도 괜찮아요. 어쩌면 걔가 연극을 도와줄 수 있을지도 몰라요. 그러면 재미있지 않겠어요?"

"난 꽃다발 받아 본 적 한 번도 없는데, 정말 예쁘다." 메그가 꽃들을 찬찬히 살펴보며 말했다.

"정말 예쁘구나. 하지만 나는 베스가 준 장미꽃 향이 훨씬 더 달콤하네." 마치 부인이 자신의 허리띠에 꽂은 반쯤 시든 장미의 향기를 맡으며 말했다.

베스가 엄마에게 안기며 부드럽게 속삭였다. "아빠한테도 꽃을 보내 드리고 싶어요. 아빠는 우리처럼 크리스마스를 즐겁게 보내지 못하실 것 같아서 슬퍼요."

3

❧⟫⟫⟫ – ⟪⟪⟪❧

로렌스 저택의 소년

"조! 조! 어디 있니?" 메그가 다락방 계단 발치에서 소리쳤다.

"여기." 위에서 쉰 목소리가 대답했다.

메그가 뛰어 올라가 보니, 조가 이불을 몸에 두른 채 사과를 먹으면서 햇빛이 들어오는 창문 옆에 있는 다리 세 개짜리 낡은 소파에 앉아 『레드클리프의 후계자』를 읽으며 눈물을 흘리고 있었다. 이곳은 조가 집에서 제일 좋아하는 장소다. 쥐가 한 마리 살고 있지만 전혀 신경을 거스르지 않기 때문에 사과 여섯 개와 좋아하는 책 한 권을 챙겨 와서 혼자만의 조용한 시간을 즐기는 중이었다. 메그가 나타나자 생쥐 스크래블이 쪼르르 쥐구멍으로 달려갔다. 조는 고개를 흔들어 뺨에 흐른 눈물을 날려 버리고는 언니가 들려줄 소식을 기다렸다.

"굉장한 소식이야! 들어 봐! 가디너 부인한테서 내일 저녁에 오라는 정식 초대장이 왔어!" 메그가 고급스러운 종이를 흔들면서 큰소리로 말하더니 소녀답게 들뜬 목소리로 초대장을 읽었다.

"'가디너 부인께서 새해 전야를 기념하는 작은 무도회에 마치 양과 조세핀 양을 초대하고자 하십니다.(과거 서양에서는 맏딸에게는 Miss라는 칭호 뒤에 성을 쓰고 나머지 딸들은 Miss 뒤에 이름을 썼다. - 옮긴이)' 엄마는 분명히 허락하실 거야. 우리 뭘 입어야 되지?"

"그런 거 물어서 뭐 해. 포플린(튼튼하게 짠 면직물 - 옮긴이) 드레스 입을 게 뻔한데. 우리한테 그거 말고는 없잖아." 조가 입에 사과를 가득 문 채로 대답했다.

"나도 실크 드레스가 있으면 얼마나 좋을까!" 메그가 한숨을 내쉬며 말을 이었다. "열여덟 살이 되면 실크 드레스 사 준다고 엄마가 말씀하셨어. 그런데 2년이나 남았잖아."

"우리 포플린 드레스도 실크처럼 보여. 우리한테 잘 어울리잖아. 언니 드레스는 거의 새것 같아. 생각해 보니까 내 건 타고 찢어졌네. 어떡하지? 탄 자국 아주 끔찍한데, 그건 수선할 수도 없단 말이야."

"되도록 앉아만 있어. 남들한테 등이 보이지 않게 하고. 앞쪽은 괜찮잖아. 나는 머리에 새 리본을 달 거야. 엄마가 작은 진주 핀을 빌려주시겠지. 내 새 신발도 예쁘고, 장갑도 잘 어울릴 거야. 내가 바라는 만큼 예쁜 건 아니지만."

"내 장갑은 레모네이드가 묻었어. 새걸 살 수도 없으니까 그냥 장갑 없이 갈래." 옷차림에 별 관심 없는 조가 말했다.

"너도 장갑 꼭 있어야 돼. 안 그러면 나 안 갈 거야." 메그가 단호하게 소리쳤다. "장갑이 제일 중요한 거야. 장갑 안 끼면 춤 못 춘단 말이야. 네가 장갑 안 끼면 난 너무 창피해서 쓰러질지도 몰라."

"그럼 나 그냥 가만히 있을게. 난 남자랑 같이 춤 안 춰도 괜찮아. 빙글빙글 돌아다니는 거 하나도 재미없거든. 그보다는 여기저기 뛰어다니는 게 더 좋아."

"엄마한테 새 장갑 사 달라고 할 수는 없잖아. 너무 비싸기도 하고. 넌 조심성이 너무 없어. 또 장갑 못 쓰게 만들면 이번 겨울에는 다른 걸 사 주지 않겠다고 엄마가 말씀하셨잖아. 어떻게든 고쳐 볼 방법 없을까?" 메그가 걱정스러운 듯 물었다.

"구겨서 손에 쥐고 있으면 얼룩 묻은 거 남들이 못 볼 거야. 그 정도는 할 수 있어. 아니다, 좋은 방법이 있어! 언니랑 내가 깨끗한 것 한 짝 그리고 얼룩 묻은 것 한 짝, 이렇게 끼는 거야. 괜찮은 방법 아니야?"

"네 손이 내 손보다 크잖아. 네가 내 장갑 끼면 다 늘어날 거야." 장갑을 끔찍이 아끼는 메그가 말했다.

"그럼 내가 장갑 안 낄게. 난 남들이 뭐라고 하든 신경 안 써." 책을 집어 들며 조가 말했다.

"그냥 네 생각대로 하자. 그러면 되잖아! 대신 더럽히면 안 돼. 그리고 얌전하게 행동해야 돼. 손을 등 뒤로 돌리지도 말고 사람을 노려보지도 말고, '크리스토퍼 콜럼버스!'라고 소리치지도 마. 알았지?"

"내 걱정은 하지 마. 접시처럼 얌전히 있을게. 말썽 안 피울게, 장담은 못 하겠지만. 그럼 언니는 가서 답장 써. 난 이 멋진 책 마저 읽어야 되니까."

메그는 가서 '고마운 초대를 받아들이겠습니다' 하는 답장을 썼다. 그런 다음 드레스들을 살펴보고는 즐겁게 노래하면서 진짜 레이스를 드레스에 달았다. 그사이 조는 사과를 네 개나 먹으면서 책을 다 읽고 생쥐 스크래블과 한바탕 신나게 뛰어놀았다.

12월 31일, 네 자매가 항상 함께 있던 거실이 텅 비었다. 네 자매 중 어린 둘은 드레스 도우미 역할에, 위의 둘은 '파티 준비'라는 중요한 일에 정신을 빼앗겼기 때문이다. 몸단장은 간단했지만 아래위층으로 오르락내리락 뛰어다니고 웃고 떠들며 야단법석이었다. 그러다 갑자기 온 집 안에 머리카락 타는 냄새가 진동했다. 메그가 앞머리 몇 가닥을 곱슬곱슬하게 만들어 이마 위로 드리우고 싶다고 해서, 조가 언니의 머리카락을 종이로 감아 뜨거운 집게로 꽉 집어서 모양을 만드는 중이었다.

"그렇게 연기 나도 괜찮은 거야?" 침대에 앉아서 구경하던 베스가 물었다.

"젖은 머리가 마르는 중이라서 그래." 조가 대답했다.

"냄새 너무 이상해! 깃털 타는 냄새 같아." 에이미가 으스대는 태도로 자신의 예쁜 곱슬머리를 쓰다듬으며 말했다.

"잘 봐. 이제 종이 떼어 내면 앞머리가 반지처럼 동글동글하게 말려 있을 거야." 조가 집게를 내리며 말했다.

조가 머리카락에서 종이들을 떼어 냈다. 그런데 앞머리는 반지처럼 동글동글하지 않았다. 탄 머리카락이 종이에 붙어 떨어졌기 때문이다. 놀란 조가 가엾은 언니 눈앞에 타 버린 머리카락 뭉텅이를 내려놓았다.

"어머, 어머, 어머! 너 무슨 짓 한 거야? 다 망쳐 놨잖아! 나 파티 못 가! 내 머리카락, 아, 어떡해!" 메그가 제멋대로 구불거리는 앞머리를 보고 절망적인 얼굴을 하며 흐느껴 울었다.

"내가 하는 게 다 이렇지 뭐! 그러니까 나한테 부탁하지 말았어야지. 내가 손대는 건 다 망치잖아. 정말 정말 미안하긴 한데, 집게가 너무 뜨거웠단 말이야. 그래서 이렇게 된 거야." 불쌍한 조가 후회의 눈물을 흘리며 까맣게 탄 핫케이크 같은 머리카락을 보고 중얼거렸다.

"망치지 않았어. 그냥 조금 탄 것뿐이야. 리본으로 묶어서 앞머리를 조금만 내려오게 해 봐. 그러면 지난번하고 똑같은 모양이 될 거야. 이렇게 하고 다니는 여자애들 많이 봤어." 에이미가 언니를 달래며 말했다.

"괜히 꾸미려다가 더 망쳐 버렸어. 머리 손질하지 말 걸 그랬어." 메그가 화나서 소리쳤다.

"나도 그렇게 생각해. 부드럽고 예뻤잖아. 하지만 금방 다시 자랄 거야." 베스가 다가와 앞머리가 엉망이 된 언니에게 입을 맞추며 위로했다.

그 뒤로도 이런저런 사소한 말썽이 있은 후에야 메그는 간신히 준비를 끝마쳤다. 온 가족이 힘을 모은 끝에 조도 머리치장을 마치고 드레스를 차려입었다. 소박한 드레스 차림이었지만 둘 다 예뻤다. 메그는 갈색과 은빛이 도는 연초록색 드레스에, 레이스가 달린 파란 벨벳 헤어네트와 진주 핀으로 머리를 장식했다. 조는 신사복처럼 빳빳한 린넨 칼라가 달린 적갈색 드레스에 하얀 국화 두 송이를 장식으로 달았다. 깨끗한 장갑과 얼룩 묻은 장갑을 한 짝씩 나눠 낀 자매는 자연스러우면서도 예뻐 보였다. 하지만 메그가 빌려 신은 높은 구두는 너무 꽉 죄어서 발이 아팠고, 조의 머리에 꽂은 열아홉 개의 핀도 두피를 찔러 대서 여간 불편한 게 아니었다. 그렇지만 예쁘게 보이려면 이 정도는 참아야 한다.

"얘들아, 재미있게 놀다 오렴." 얌전하게 걸어가는 두 자매를 보며 마치 부인이 말했다. "저녁은 많이 먹지 말고 헤너를 보낼 테니까 11시에는 출발해야 한다."

두 자매가 현관문을 쾅 닫고 나가자 이번에는 창문에서 목소리가 새어 나왔다.

"얘들아, 얘들아! 깨끗한 손수건은 챙겼니?"

"네, 네, 아주 멋진 걸로 챙겼어요. 메그 언니는 향수도 뿌렸대요." 조가 웃으며 큰소리로 대답했고 자매는 계속 걸어갔다.

"지진이 나서 도망갈 때도 엄마는 손수건 챙겼냐고 물을걸."

"엄마의 여러 가지 귀족적인 취향 중 하나잖아. 진짜 숙녀라면 깨끗한 신발, 장갑, 그리고 손수건을 갖춰야 하니까 저렇게 확인하시는 건 당연한 일이야." 자신도 다양한 '귀족적인 취향'을 가지고 있는 메그가 말했다.

"드레스 등에 있는 불탄 자국 보이지 않게 조심해, 조. 나 리본 제대로 됐어? 내 머리 '많이' 이상해?" 가디너 부인 저택의 드레싱룸에서 한참 동안 거울을 보며 옷과 머리를 살피던 메그가 물었다.

"나 아무래도 실수할 거 같아. 내가 뭐 잘못하면 언니가 윙크해서 알려 줘, 알았지?" 칼라를 살짝 비틀어 똑바로 하고 머리를 대충 쓸어 넘기며 조가 말했다.

"안 돼. 윙크는 숙녀답지 못한 행동이야. 네가 잘못하면 내가 눈썹을 치켜올리고 잘하면 고개를 끄덕일게. 자, 어깨 똑바로 하고, 보폭을 좁게 해서 걸어. 처음 소개받은 사람하고 악수하면 안 돼. 그러는 거 아니야."

"그런 별난 예절들을 어떻게 다 기억해? 난 절대 기억 못 할 거야. 음악 신난다, 그지?"

자매는 조금은 떨리고 두려운 마음으로 아래층으로 내려갔다. 파티에 거의 참석해 본 적 없는 이 자매에게는 이렇게 규모가 작고 아담한 모임도 대단한 파티로 보였다. 우아하고 위풍당당한 가디너 부인이 자매를 친절하게 맞이하고는 여섯 딸 중 맏이인 샐리에게 안내했다.

샐리를 잘 아는 메그는 금세 마음이 편해지며 분위기에 익숙해졌다. 하지만 여자아이들과 잘 어울리지도 않고 여자아이들이 좋아하는 잡담도 즐기지 않는 조는 벽을 등진 채 꽃밭에 들어온 망아지마냥 멀뚱멀뚱 가만히 서 있기만 했다. 저쪽 편에서 소년들 대여섯이 스케이트에 대해서 와자지껄 떠들고 있었다. 스케이트를 좋아하는 조는 소년들 틈에 끼어서 이야기를 하고 싶었다. 그래서 메그한테 그런 자신의 속마음을 넌지시 알렸지만 언니가 절대 안 된다는 듯 냉큼 눈썹을 치켜올리는 바람에 꼼짝할 생각도 못 했다. 아무도 조에게 말을 걸어오지 않았다. 함께 있던 소녀들이 하나둘 다른 곳으로 가 버리고 결국 조 혼자 남았다. 하지만 드레스 등에 있는 탄 자국을 들킬까 봐 마음대로 돌아다닐 수도 없는 조는 춤이 시작될 때까지 혼자 멍하니 사람들 구경만 했다.

춤이 시작되자마자 메그는 춤 신청을 받았다. 미소를 지으며 경쾌하게 춤추는 모습에 메그의 구두가 꽉 조여서 발이 아플 거라고는 아무도 짐작하지 못했다. 머리숱 많은 빨간 머리 청년이 자기 쪽으로 걸어오는 것을 본 조는 춤 신청을 받을까 봐 겁이 나서 커튼 뒤로 슬쩍 숨었다. 거기 숨어서 조용히 사람들 구경이나 할 작정이었다. 그런데 그곳에 수줍음 많은 사람이 한 명 더 숨어 있었다. 등 뒤로 커튼을 내리던 조의 눈앞에 '로렌스 저택'의 소년이 서 있었던 것이다.

"깜짝이야, 누가 여기 있는 줄 몰랐어요!" 커튼 속으로 숨어 들어올 때만큼 빠르게 밖으로 튀어 나갈 준비를 하며 조가 소리 쳤다.

소년은 조금 당황한 얼굴이었지만 웃으면서 기분 좋게 말했다. "나는 신경 쓰지 말아요. 괜찮다면 그냥 여기 있어요."

"내가 방해한 거 아닌가요?"

"아니에요. 그냥, 아는 사람도 별로 없고, 어색해서 여기 있었어요."

"나도 그래요. 그쪽이 괜찮으면 다른 데 가지 말고 여기 그냥 있어요."

소년은 주저앉아 부츠만 바라보았다. 조는 예의도 차리고 어색한 분위기도 풀어 보려고 말을 걸었다.

"반갑게도 전에 그쪽을 본 적 있어요. 우리 집 근처에 살잖아요. 그렇죠?"

"바로 옆집인데." 소년은 고개를 들더니 대놓고 웃었다. 도망친 고양이를 데려다주러 갔을 때 크리켓에 대해 함께 수다를 떤 적이 있는데, 조가 처음 보는 사람 대하듯 어색하게 격식을 차리는 모습이 재미있어 보였기 때문이다.

소년이 웃자 조도 긴장이 풀렸다. 그래서 같이 웃으며 다정하게 말했다.

"그쪽에서 보내 준 크리스마스 선물 덕분에 정말 즐거운 시간 보냈어요."

"할아버지께서 보내신 건데."

"하지만 그쪽에서 말했기 때문에 할아버지께서 그런 결정을 내리신 거잖아요. 아닌가?"

"고양이는 잘 지내요, 마치 양?" 소년이 점잖게 물었다. 소년의 까만 눈동자는 개구쟁이처럼 반짝거렸다.

"잘 지내요. 안부 물어봐 줘서 고마워요, 로렌스 씨. 나는 마치 양이 아니에요. 그냥 조라고 불러 줘요." 조가 말했다.

"나도 로렌스 씨 아닌데. 로리라고 불러 줘요."

"로리 로렌스라고 하니까 좀 이상한데."

"원래 이름은 테오도어인데 난 그 이름이 마음에 안 들어. 그 이름을 쓰면 남들이 애칭으로 도라라고 불러서, 대신에 로리라고 부르라고 했어."

"나도 내 이름이 싫어. 너무 여성스럽잖아! 조세핀 대신에 조라고 불러 주는 게 더 좋아. 사내아이들이 도라라고 못 부르게 하려고 어떻게 했어?"

"패 줬지."

"마치 할머니를 팰 수는 없잖아. 그냥 무시하는 수밖에 없네." 조는 한숨을 내쉬며 단념하듯 중얼거렸다.

"조, 춤 안 좋아해?" 이렇게 부르는 게 당연하다는 얼굴로 로리가 물었다.

"아주 넓은 곳에서 모든 사람들이 신나게 춤출 때는 좋아. 하지만 이런 곳에서는 난 항상 말썽을 일으켜. 남의 발을 밟든지 아니면 엄청난 짓을 저지른단 말이야. 그래서 말썽 안 피우려고 숨어 있는 거야. 예쁘게 돋보이는 건 메그 언니나 하라고 해야지. 그쪽은 춤 안 춰?"

"가끔은 춰. 그런데 외국에 오래 나가 있어서 여기서 어떻게 행동해야 하는지 잘 몰라."

"우와, 외국에 나가 봤구나!" 조가 소리쳤다. "외국 이야기 좀 해 줘! 남들 여행한 이야기 듣는 거 진짜 좋아하거든."

로리는 무슨 이야기부터 해야 할지 몰랐다. 그런데 조가 신이 나서 이것저것 물어보는 데에 대답을 하다 보니 어느새 로리는 스위스 브베에 있는 학교를 다녔고, 그 학교에서는 남자아이들이 절대 모자를 쓰지 않으며, 학교 옆 레만 호수에는 배가 여러 척 있고, 휴일에는 선생님들과 스위스 여기저기를 걸어서 여행했다는 것까지 줄줄이 이야기하게 되었다.

"거긴 진짜 별로네!" 조가 큰소리로 말했다. "파리에는 가 봤어?"

"지난겨울에 가 봤어."

"프랑스어 할 줄 알아?"

"브베에서는 프랑스어 말고 다른 언어는 금지야."

"그럼 프랑스어 좀 해 봐. 난 프랑스어를 읽을 줄은 아는데 발음이 잘 안 돼."

"켈 농 아 세트 쥔 드무아젤 앙 레 팜투플 졸리?(Quel nom à cette jeune demoiselle en les pantoufles joli?)" 로리가 부드럽게 말

했다.

"정말 친절한 사람이네! 그러니까 지금 한 말이…… '예쁜 신발을 신은 저 아가씨는 누구인가요?' 이 뜻이지, 그렇지?"

"위, 마드무아젤(Oui, mademoiselle. 맞아요, 아가씨.)"

"우리 언니 마거릿이야. 그쪽도 알잖아! 우리 언니 예쁘지?"

"그럼. 독일 소녀들 같아. 생기 있고 차분하면서 품위 있게 숙녀처럼 춤을 추잖아."

조는 로리가 언니에 대해 남자답게 칭찬하는 말에 신이 나서 나중에 언니에게 알려 주려고 머릿속에 이 말들을 잘 담아 두었다. 둘은 커튼 사이로 밖을 훔쳐보고 사람들을 평가하고 조잘조잘 떠들었고, 그러다 보니 어느새 서로 오래전부터 알던 사이처럼 느껴졌다. 사내아이처럼 구는 조 덕분에 로리는 부끄러움이 사라지고 마음이 편해졌다. 조는 불탄 자국 있는 드레스에 신경 쓰지 않아도 되고 눈치 주는 사람도 없어서 원래의 명랑한 모습을 되찾았다. 조는 '로렌스 저택 사내아이'가 그 전보다 더 마음에 들었다. 그래서 언니와 동생들에게 설명해 주려고 로리를 몇 번이고 자세히 살펴봤다. 마치 집안 자매들에게는 남자 형제가 없고 사촌 중에도 남자가 드물어 남자아이에 대해서는 아는 게 거의 없었다.

'검은 곱슬머리에 피부색은 짙고, 큰 검은 눈동자에 코는 길고, 치아는 가지런하며 손발은 작네. 키는 나랑 비슷한데 사내아이치고는 아주 예의 바르고, 그러면서도 명랑해. 나이는 몇 살일까?

몇 살이냐고 묻고 싶어서 좀이 쑤셨지만 조는 꾹 참으면서 평소답지 않게 에둘러 물어볼 방법을 생각해 내려고 애썼다.

"곧 대학에 가지? 책에 코 박고 있는 거 봤어……. 아니, 그러니까 내 말은 열심히 공부하고 있었다는 뜻이야." 자기도 모르게 '책에 코 박고 있다'는 상스러운 말이 튀어나온 바람에 조는 얼굴이 빨갛게 달아올랐다.

로리는 당황하지 않고 미소를 지으며 어깨를 으쓱하고는 대답했다.

"2, 3년 안에는 아니야. 어쨌든 열일곱 살 전에는 안 갈 거야."

"그럼 열다섯 살이야?" 로리가 열일곱 살은 되었을 거라고 짐작했던 조가 물었다.

"다음 달에 열여섯이야."

"난 대학교 정말 가고 싶은데. 그쪽은 좋아하는 것처럼 안 보이네."

"난 진짜 싫어! 헛소리해 대는 거 말고는 하는 것도 없는데. 그리고 이 나라 사람들 하는 짓도 마음에 안 들고."

"그럼 뭘 하고 싶은데?"

"이탈리아에서 내 방식대로 즐기면서 살고 싶어."

조는 그게 어떤 방식인지 아주 많이 궁금했다. 하지만 검은 눈썹을 치켜세운 로리의 얼굴이 화난 것처럼 보여서 발로 박자를 맞추며 이야기 주제를 바꿨다. "멋진 폴카네. 나가서 춤추지 그래?"

"그쪽이 추면 나도 출게." 로리는 프랑스 사람처럼 묘하게 고개 숙여 인사하며 대답했다.

"난 안 돼. 메그 언니한테 춤 안 추겠다고 했단 말이야. 왜냐하면…….." 조는 이유를 설명할지 아니면 웃을지 정하지 못한 얼굴로 말을 멈췄다.

"왜냐하면?" 로리가 궁금한 듯 물었다.

"소문 안 낼 거지?"

"절대 안 낼게!"

"그게, 그러면 안 되는데 난로 앞에 서 있다가 드레스가 타 버려서 이렇게 탄 자국이 생겼어. 열심히 수선하기는 했는데 이렇게 자국이 보이잖아. 메그 언니가 남들이 이거 못 보게 가만히 서 있으라고 했어. 웃고 싶으면 웃어. 웃긴 거 나도 아니까."

하지만 로리는 웃지 않았다. 잠깐 아래를 내려다보더니 무슨 생각인지 알 수 없는 표정을 짓고는 부드러운 목소리로 이렇게 말했다.

"그런 건 신경 쓰지 마. 내가 좋은 방법을 가르쳐 줄게. 저 쪽에 긴 홀이 있어. 거기서 마음껏 춤을 추면 돼. 아무도 우리한테 신경 안 쓸 거야. 자, 가자."

조는 고맙다고 말하고서 커튼 밖으로 나갔다. 그런데 로리가 낀 멋진 진주색 장갑을 보자 '나도 깨끗한 장갑을 꼈으면 좋았을 텐데' 하는 생각이 들었다. 홀에는 아무도 없었다. 두 사람은 신나게 폴카를 췄다. 로리는 춤을 잘 췄다. 로리가 가르쳐 준 독일식 스텝이 신나서 조는 빙글빙글 돌고 깡충깡충 뛰었다. 음악이 끝나고 계단에 앉아 숨을 고르면서 로리가 하이델베르크의 학생 축제 이야기를 신나게 하고 있는데 메그가 동생을 찾아 다가왔다. 언니가 손짓하는 바람에 조는 마지못해 언니를 따라 홀 옆의 작은 방으로 들어갔다. 방에 들어가자 메그가 창백한 얼굴로 소파에 앉아 발을 만졌다.

"발목을 삐었어. 바보 같은 구두 굽이 돌아가는 바람에 발목이 비틀렸어. 너무 아파서 서 있기도 힘들어. 이런 상태로 집에 어떻게 가니." 메그가 아파서 몸을 이리저리 흔들며 말했다.

"그런 이상한 거 신고 있다가 발 다칠 줄 알았다니까. 큰일이네. 전세 마차 불러서 타고 집에 돌아가든지 아니면 여기 밤새 있든지, 그거 말고는 다른 방법이 없잖아."

"전세 마차는 너무 비싸서 안 돼. 그게 아니라도 우린 마차 못 빌려. 다른 사람들은 다 자기 마차를 타고 왔고, 전세 마차 마구간까지는 멀고 마차를 부르러 갈 사람도 없잖아."

"내가 가면 되잖아."

"안 돼, 절대로. 벌써 10시가 넘었어. 밖은 이집트처럼 깜깜하단 말이야. 그리고 손님이 많아서 난 여기서 자고 갈 수도 없어. 샐리 친구들이 머물고 있거든. 헤너가 올 때까지 쉬다가 어떻게든 가도록 할게."

"내가 로리한테 부탁해 볼게. 걔라면 가 줄 거야." 조가 좋은 생각이 떠올라 마음이 놓인다는 얼굴로 말했다.

"세상에, 안 돼! 아무한테도 부탁하지 말고 말도 하지 마. 내 고무 덧신 좀 가져다줘. 이 구두는 우리 짐 속에 넣어 두고. 춤은 더 이상 못 추겠어. 저녁 식사가 끝나자마자 헤너가 오는지 보고, 오면 나한테 바로 알려 줘."

"이제 다들 저녁 먹으러 가고 있어. 난 언니하고 같이 있을게. 그게 낫겠어."

"아니야, 그러지 마. 너도 얼른 가. 난 커피나 좀 가져다줘. 나 너무 피곤해. 꼼짝도 못 하겠어."

메그는 고무 덧신이 보이지 않게 치맛자락 밑에 감추고서 기대 누웠고 조는 허둥대며 식당을 찾았다. 식당인 줄 알고 열어 본 문은 도자기 장식장이었다. 또 다른 문을 열어 보니 집주인인 가디너 씨 혼자 간식을 먹고 있었다. 세 번째 문을 열고서야 간신히 식당을 찾은 조는 서둘러 식탁으로 달려가 커피 잔을 집어 들다가 그만 커피를 흘리고 말았다. 그 바람에 드레스 등 쪽에 있는 탄 자국만큼이나 흉한 커피 얼룩이 드레스 앞자락에 떡하니 생겨 버렸다.

"난 몰라! 나 왜 이렇게 덤벙대는 거야!" 조는 한탄을 하며 메그한테 빌린 장갑으로 드레스에 묻은 커피 자국을 문질러 닦았다.

"도와줄까?" 누군가 다정하게 물었다. 로리였다. 그는 한 손에는 커피가 가득 든 잔을, 다른 한 손에는 얼음 접시를 들고 서 있었다.

"메그 언니가 너무 지쳐서 뭘 좀 가져다주려던 참인데 누가 밀치는 바람에 이 꼴이 되어 버렸어." 조는 얼룩진 드레스 자락에서 커피색 물든 장갑으로 시선을 옮기며 속상한 듯 말했다.

"큰일이네! 난 이걸 줄 사람을 찾고 있었는데. 그럼 이걸 언니한테 줄까?"

"와, 고마워. 언니 어디 있는지 가르쳐 줄게. 그걸 내가 직접 가져다주겠다는 말은 안 할래. 그랬다가는 또 사고 칠 게 뻔하니까."

조가 길 안내를 했다. 로리는 숙녀를 모시는 일에 익숙한 사람처럼 작은 탁자에 조를 위한 커피와 얼음까지 챙겨 오는 친절을 베풀어서 메그는 로리를 '착한 소년'이라고 말했다. 세 사람은 봉봉캔디를 먹으며 이야기를 나누다가 우연히 들른 젊은이 두세 명과 함께 게임을 했다. 한창 게임을 하고 있는데 헤너가 왔다. 그러자 발이 아픈 것도 잊어버리고 벌떡 일어나던 메그가 아파서 소리를 지르며 조를 붙잡았다.

"쉿! 아무 말도 하지 마." 메그는 작게 속삭이고서 다시 이렇게 말했다. "괜찮아요. 발을 살짝 삔 것뿐이니까. 별일 아니에요." 그러고는 자기 물건을 챙기러 절뚝거리며 계단을 올라갔다.

헤너가 야단을 치자 메그는 울음을 터뜨렸다. 조는 어쩔 줄 몰라서 쩔쩔매다가 자기가 문제를 해결하기로 마음먹었다. 살짝 그 자리를 빠져나온 조는 아래층으로 달려 내려가 하인을 불러 전세 마차를 불러 줄 수 있는지 물었다. 그런데 하필 그 사람은 임시 고용된 하인이라 이 지역에 대해 아무것도 몰랐다. 조가 다시 도와줄 사람을 찾고 있는데 조가 하는 이야기를 들은 로리가 다가와 자기가 타고 온 할아버지 마차를 함께 타고 가자고 제안했다.

"아직 너무 이른데……. 우리 때문에 굳이 일찍 갈 필요 없어." 조는 안심한 표정이었지만 선뜻 로리의 제안을 받아들이지 못했다.

"난 원래 파티에서 일찍 돌아가. 정말이라니까. 내가 집까지 데려다줄게. 허락해 줘. 우리 집 가는 길이 그쪽 집 가는 길이잖아. 그리고 지금 밖에 비도 온대."

결국 그렇게 하기로 했다. 메그에게 일어난 작은 사고를 이야기하고서 조는 고맙다며 제안을 받아들인 다음, 위층으로 뛰어올라가 메그와 헤너를 데리고 내려왔다. 헤너는 고양이처럼 비를 싫어했다. 그래서 로리의 마차를 타고 가는 것에 반대하지 않았다. 지붕 있는 고급 마차에 타자 마치 집안 식구들은 축제라도 하는 듯 신이 나면서도 우아해진 기분이 들었다. 로리가 마부석으로 자리를 옮긴 덕분에 메그는 맞은편 좌석에 발을 올려놓을 수 있었고, 두 소녀는 파티에 대해 신나게 떠들 수 있었다.

"난 아주 재미있었어. 언니는 어땠어?" 조가 올렸던 머리를 헝클어뜨려 풀어내리고 편하게 앉으며 물었다.

"나도 그랬어, 다치기 전까지는. 샐리 친구 애니 모팻이 내가 마음에 들었는지 샐리가 자기 집에 놀러 올 때 나도 같이 와서

64

일주일 동안 머무르지 않겠냐고 물었어. 샐리는 봄에 갈 거래. 그때 오페라 공연을 한대. 엄마만 허락해 주시면 정말 완벽할 거야." 메그는 생각만 해도 즐거운 듯 대답했다.

"내가 피했던 빨간 머리 남자랑 언니가 춤추는 거 봤어. 그 사람 괜찮았어?"

"아, 아주 괜찮았어! 정확히 말하자면 그 사람 머리는 빨간색이 아니라 적갈색이야. 아주 예의 바른 사람이었어. 그 사람하고 기분 좋은 레도바(체코에서 생겨나 빅토리아 시대 유럽에서 인기 있던 춤으로, 왈츠 또는 마주르카풍이 있고 폴카풍이 있다 – 옮긴이)를 같이 췄어!"

"그 사람 새로운 춤 출 때 발작하는 메뚜기 같아서 로리랑 나랑 얼마나 웃었는지 몰라. 우리 소리 못 들었어?"

"못 들었어. 그런데 그건 아주 무례한 행동이야. 넌 내내 거기 숨어서 뭐 했어?"

조는 파티에서 자신이 한 모험담을 늘어놓았고 이야기가 끝날 즈음 집에 도착했다. 조와 메그는 여러 번 고맙다고 말하고 "잘 자요"라고 밤 인사를 하고서 식구들을 깨우지 않으려고 살금살금 방으로 들어갔다. 하지만 문이 삐걱 열리는 소리가 나자마자 나이트캡을 쓴 두 동생이 졸음 가득하면서도 호기심 어린 목소리로 소리쳤다. "파티 이야기 해 줘! 파티 이야기 해 줘!"

'예의범절에 어긋나는 짓'이라는 메그의 잔소리에도 조가 동생들을 위해 몰래 가져온 봉봉캔디와 그날 밤의 흥미진진한 이야기들을 선물로 받은 두 동생은 곧 얌전해졌다.

"내가 연 파티에서 내 마차를 타고 집에 돌아와 하녀의 시중을 받으며 내 드레스를 입고 앉아 있는 부잣집 아가씨가 된 기분이야." 조가 메그의 발에 아르니카 약물을 발라 주는 동안 메그는 머리를 빗질하며 말했다.

"머리카락이 타고, 드레스는 낡고, 장갑은 짝짝이고, 작은 구두를 신어서 발목도 삐었지만 우리가 부잣집 아가씨들보다 더 재미있는 시간을 보냈을 거야."

나도 조의 말이 맞다고 생각한다.

4

짐

"세상에, 이런 짐을 짊어지고 살아가는 거 너무 힘들어." 파티에서 돌아온 다음 날 아침. 휴일이 끝나고 즐거웠던 지난 한 주를 떠올리자, 메그는 싫어하는 일을 하면서 지내야 할 앞날이 쉽게 받아들여지지 않았다.

"일 년 내내 크리스마스나 새해 첫날이었으면 좋겠어. 그러면 신나겠지?" 우울한 듯 하품을 하면서 조가 대꾸했다.

"막상 그렇게 되면 지금보다 절반도 즐겁지 않을걸. 멋진 저녁 식사를 하고 예쁜 꽃다발을 받고 파티에 가고 마차를 타고 집에 오고 마음껏 책 읽고 쉬고 청소도 안 하고 살 수 있으면 좋긴 하겠지만. 다른 사람들처럼 말이야. 그렇게 살 수 있는 여자애들이 늘 부러워. 나도 화려하게 살고 싶어." 메그는 낡은 옷 두

벌 중에 어느 쪽이 더 낡았는지 고르면서 말했다.

"어쨌든 우린 그렇게 살 수 없잖아. 그러니까 불평 그만하고 엄마가 하는 것처럼 우리 짐을 짊어지고 걸어가자. 나한테는 마치 할머니가 바다의 노인(소설 『아라비안나이트』에서 신드바드에게 업혀 다니며 괴롭히는 노인으로, 힘겨운 짐이나 걱정거리를 뜻한다 – 옮긴이)이야. 하지만 불평하지 않고 할머니를 업고 다니는 법을 배우면 책에서처럼 할머니가 내 등에서 굴러 떨어지든, 아니면 내가 신경 쓰지 않아도 될 만큼 가벼워지든 하겠지."

이렇게 말하며 상상력을 발휘하자 조는 기분이 좋아졌다. 하지만 메그는 조금도 기분이 좋아지지 않았다. 말썽꾸러기 네 명을 가르쳐야 하는 자신의 짐이 조의 짐보다 훨씬 더 무겁게 느껴졌다. 그래서 평소처럼 목에 파란색 리본을 묶고 머리도 잘 어울리게 매만져서 예쁘게 꾸밀 마음도 들지 않았다.

"예쁘게 꾸며서 뭐 해. 그 못된 꼬맹이들 말고는 나 볼 사람도 없는데. 내가 예쁜지 안 예쁜지 신경 쓰는 사람도 없고." 메그는 투덜거리면서 서랍을 쾅 닫았다. "난 즐거운 일은 거의 해 보지도 못하고 하루 종일 힘들고 억척스럽게 일만 하다가 심술궂은 할머니로 늙어 갈 거야. 왜냐하면 난 가난하고 다른 여자아이들처럼 재미있게 살 수도 없으니까. 너무 속상해!"

메그는 속상한 얼굴로 아래층으로 내려갔고 아침 식사 시간 내내 기분이 좋지 않았다. 다른 식구들도 기분이 언짢아 보였다. 누구 하나 선뜻 조잘대는 사람이 없었다. 베스는 머리가 아프다며 소파에 앉아 어미 고양이와 새끼 고양이 세 마리만 쓰다 듬었다. 에이미는 지금 하는 공부가 수업 시간에 배우지 않은 내용이라고 투덜대고 지우개가 없어졌다며 짜증을 냈다. 조는 평소처럼 휘파람을 불며 부산하게 움직였다. 마치 부인은 즉시 보내야 하는 편지를 마무리하느라 정신이 없었다. 그리고 헤너 는 자기답지 않게 늦게 일어났다는 사실에 화가 나 있었다.

"이렇게 엉망진창인 집은 없을 거야!" 잉크병을 쏟은 데다 양 쪽 구두끈은 끊어지고 모자까지 깔고 앉은 조가 참지 못하고 소 리쳤다.

"이 중에서 제일 못된 건 조 언니야!" 에이미가 몽땅 다 틀린 연산 문제 풀기를 포기하고 석판 위에 눈물을 뚝뚝 떨구며 대꾸 했다.

"베스, 꼴 보기 싫은 고양이들 지하 창고에 두지 않으면 다 물 에 빠뜨려 버릴 거야." 손이 닿지 않는 등에 달라붙어 가릉거리는 새끼 고양이들을 떼어 버리려고 팔을 뻗으며 메그가 소리쳤다.

조는 웃고, 메그는 야단치고, 베스는 애원하는 와중에 에이미 는 9 곱하기 12가 뭔지 모르겠다며 징징거렸다.

"딸들! 딸들! 제발 1분만이라도 좀 조용히 해 줄 수 없겠니. 아침 우편배달 시간 전에 이 편지를 끝내야 한단 말이야." 마치 부인이 편지에서 잘못된 문장에 세 번째 가위 표시를 하며 소리 쳤다.

잠시 조용해진 분위기를 깨고 헤너가 쿵쿵대며 들어오더니 뜨거운 파이 두 개를 식탁 위에 턱 내려놓고는 다시 쿵쿵대며 밖으로 나갔다. 추운 겨울 아침에 손에 쥐면 포근하고 따뜻해서 털토시 없는 마치 집안 자매들이 '털토시'라고 부르는 이 파이는 이 소녀들에게 일종의 전통 같은 음식이다. 아무리 바쁘고 또 화가 나는 날이라도 헤너는 춥고 먼 길을 가야 하는 자매들에게 파이 만들어 주는 걸 잊지 않았다. 가엾은 이 자매들은 달리 점심 먹을 기회도 없고 오후 3시 전까지는 집에 돌아오지도 못하기 때문이다.

"고양이 잘 붙잡고 머리 아픈 건 빨리 나아, 베스. 다녀오겠습니다, 엄마. 아침엔 악당으로 집을 나서지만 돌아올 때는 착한 천사가 돼서 집에 올게요. 가자." 조는 『천로역정』의 순례자들도 자기들보다는 형편이 나은 거라고 생각하며 터벅터벅 걸었다.

두 자매는 모퉁이를 돌기 전에 꼭 뒤를 돌아본다. 어머니가 창가에 서서 고개를 끄덕이고 미소를 지으며 손을 흔들어 주기 때문이다. 그런 엄마 모습을 보지 못하면 두 자매는 하루를 버틸 수 없을 것 같았다. 기분이 어떻든 창가에서 손 흔드는 엄마의 얼굴이 햇살처럼 마음을 환하게 밝혀 주니까.

"엄마가 손으로 키스를 날려 주는 대신 주먹을 휘두르는 게 우리한테 더 어울려. 우리처럼 싸가지 없는 깍쟁이들은 아마 없을 거야." 질척거리는 길바닥에서 매서운 바람을 맞으며 조가 씁쓸하게 소리쳤다. "그런 끔찍한 표현은 쓰지 마." 세상과 멀어지고 싶은 수녀처럼 베일로 얼굴을 꽁꽁 감싼 메그가 말했다.

"난 이런 센 말이 좋아. 의미를 분명하게 보여 주는 느낌이 든단 말이야." 머리에서 벗겨져 막 날아갈 뻔한 모자를 낚아채며 조가 대꾸했다.

"너 자신에 대해서는 네 마음대로 불러도 괜찮아. 하지만 나는 악당도 아니고 깍쟁이도 아니야. 그렇게 불리는 것도 싫고."

"언니는 오늘 확실히 화도 났고 짜증도 심해. 부잣집 아가씨가 아니라서 그런 거 다 알아. 가엾은 우리 언니! 조금만 참아. 내가 돈 많이 벌면 멋진 마차도 타고, 아이스크림도 먹고, 하이힐도 신고, 작고 예쁜 꽃다발 들고 빨간 머리 남자들이랑 파티도 가게 해 줄게."

"너 참 웃긴다, 조!" 메그는 동생의 말도 안 되는 소리에 웃음을 터뜨렸다. 그래도 기분이 조금은 나아졌다.

"내가 웃긴 사람인 걸 다행으로 여겨. 나까지 인상 구기고 언니처럼 우울해했다면 아마 우린 지금쯤 더 괴로웠을 거야. 항상 기분 좋아질 수 있는 일을 찾아낼 수 있어서 얼마나 다행인지 몰라. 그만 투덜대. 집에 갈 때는 기분 좋게 가. 우리 언니 착하지."

낮 동안 각자 가 있을 곳으로 헤어져야 하는 갈림길에서 조는 기운을 북돋아 주려고 언니의 어깨를 두드렸다. 그러고 나서 두 자매는 작고 따뜻한 파이를 꼭 껴안고 각자의 길로 걸어갔다. 차가운 겨울 날씨와 힘든 노동, 그리고 노는 걸 좋아하는 젊음의 욕구가 채워지지 않는 불만족스러운 현실에도 불구하고 애써 기운을 내면서 말이다.

아버지 마치 씨가 불운한 친구를 돕다가 재산을 모두 날린 후, 네 자매 중 위의 두 딸은 적어도 자신들에게 필요한 돈은 직접 벌게 해 달라고 부모에게 간청했다. 부모는 용기, 근면성, 그리고 독립성은 어려서부터 기르는 게 좋다고 생각해 흔쾌히 승낙했고, 메그와 조는 어려움이 많아도 언젠가는 성공할 것이라는 의지를 가지고 일을 시작했다. 보모 겸 가정 교사 일자리를 구한 메그는 작은 봉급에도 부자가 된 기분이 들었다. 자기 말처럼 '부유한 삶'을 좋아하는 메그에게 가장 큰 근심거리는 가난이었다. 예쁜 집에 살면서 하고 싶은 것 다 하고 갖고 싶은 것 다 가질 수 있던 시절을 기억하는 메그는 동생들에 비해 가난한 삶을 더 힘겨워했다. 남들을 부러워하거나 불만 갖지 않으려고 애쓰지만 소녀라면 예쁜 것이 갖고 싶고 멋진 친구들과 어울리고 싶고, 멋지고 행복하게 살고 싶은 게 당연한 일이다. 매일 가는 킹 씨 저택에는 메그가 갖고 싶은 모든 것이 있었다. 그 집의 다 자란 딸들이 밖에 나올 때마다 메그는 그들의 귀여운 무도회 드레스와 꽃다발을 곁눈질하고, 극장, 연주회, 썰매 파티와 온갖 신나는 일들에 대해 떠드는 이야기를 엿듣고, 자신에게는 너무도 소중한 돈을 쓸데없는 일에 낭비하는 모습을 봤다. 가엾은 메그는 좀처럼 불평을 하지 않았다. 하지만 아직은 자신이 인생을 행복하게 살 수 있는 축복받은 사람이라는 사실을 모르기 때문에, 세상이 불공평하다고 생각하면서 가끔씩 주변 사람들에게 짜증을 내곤 했다.

조는 다리가 불편해서 시중들어 줄 활동적인 사람이 필요하던 마치 할머니를 돌보는 일에 딱 맞았다. 자식이 없는 마치 할머니는 조의 아버지이자 자신의 조카가 재산을 잃고 생활이 어려워지자 네 자매 중 한 명을 입양하겠다고 제안했는데, 거절을 당하자 몹시 화를 냈다. 지인들은 부자인 마치 할머니의 재산을 상속받을 기회를 놓쳤다며 걱정해 주었지만, 그런 얘기를 들어도 돈에 관심 없는 마치 부부는 이렇게 말했다.

"우리는 돈 때문에 딸들을 포기할 수 없어요. 돈이 많든 적든 우리 가족은 함께 사는 게 행복해요."

그 일이 있은 뒤로 마치 할머니는 한동안 조카네 가족과 연락을 끊고 살았다. 그러다 우연히 친구의 집에서 만난 조의 우스꽝스러운 얼굴과 털털한 태도를 보고 마음에 들어, 조를 말동무로 삼겠다고 제안했다. 그 역할은 조에게 어울리는 일이 아니었다. 하지만 더 나은 일자리가 나타나지 않자 조는 마치 할머니의 말동무 일을 받아들였고, 화 잘 내는 노인을 모두의 예상과 달리 잘 모셨다. 그래도 가끔 태풍이 닥칠 때가 있는데, 한번은 조가 씩씩대며 집에 오더니 더 이상 못 참겠다고 선언했다. 그럴 때마다 마치 할머니가 재빨리 상황을 정리하고는 급하게 조를 불렀고 그러면 조는 차마 거절하지 못했다. 조도 마음속으로는 이 화 잘 내는 할머니를 조금은 좋아하고 있었기 때문이다.

그런데 조가 진짜로 마음에 들어하는 것은 마치 할머니 저택에 있는 넓은 서재의 수많은 책들인 것 같다. 서재는 마치 할아버지가 돌아가신 후에 먼지와 거미줄로 뒤덮여 있었다. 조가 기억하는 마치 할아버지는 큼직한 사전들로 기찻길을 만들고 다리를 만들도록 허락해 주고, 라틴어 책들 속에 있는 괴상한 그림에 대해 이야기해 주고, 길에서 만날 때마다 생강 과자 그림이 그려진 카드를 사 주던 친절한 분이었다. 어둡고 먼지투성이인 이 서재에는 높은 책꽂이 위마다 반신상들이 놓여 있고 푹신한 의자들, 지구본 여럿이 있는데, 이곳에서 조의 마음에 제일 드는 건 엄청나게 많은 책들이다. 이 서재 안을 돌아다니면 조는 정말 행복했다. 할머니가 낮잠을 자거나 손님이 찾아와 바쁠 때면 조는 서둘러 이 조용한 서재로 와서 커다란 의자에 쪼그리고 앉아 책벌레답게 시집, 연애 소설, 역사책, 여행기, 화집까지 가리지 않고 다 읽었다. 하지만 행복이란 오래 지속되지 않는 법. 이야기의 재미있는 부분이 시작되거나, 노래에서 제일 아름다운 가사가 시작되거나 아니면 탐험가가 제일 위험한 모험을 하려는 순간이면 "조-세-핀! 조-세-핀!" 하고 찢어질 듯한 목소리가 들려왔다. 그러면 조는 천국을 버리고 달려가 뜨개실을 감거나, 푸들 강아지 목욕을 시키거나, 몇 시간씩 신학자 벨샴의 재미없는 책을 할머니에게 읽어 드려야 했다.

조의 꿈은 아주 멋진 일을 하는 것이다. 그 멋진 일이라는 게 뭔지는 아직 정하지 못했지만 시간이 지나면 정해질 거라고 믿고 있다. 지금은 마음껏 읽지도, 뛰지도, 말을 탈 수도 없다는 게 속상했다. 급한 성격에다 하고 싶은 말은 못 참고 쉽게 흥분하는 탓에 걸핏하면 말썽을 일으키는 조의 삶은 재미있는 일과 안타까운 일의 연속이었다. 그래도 마치 할머니에게서 받는 교육은 조에게 꼭 필요한 것이었다. 할머니가 쉴 새 없이 "조-세-핀!"이라고 불러 대긴 하지만, 조는 자신에게 필요한 돈을 직접 번다고 생각하면 늘 행복했다.

한편 베스는 수줍음을 너무 많이 타서 학교도 다니지 못할 정도다. 학교에 다니려고 시도는 해 봤지만 너무 힘이 들어서 포기하고 집에서 아빠에게 배웠다. 아빠가 전쟁터에 나가고 엄마까지 군인 구호회 활동에 시간과 힘을 쏟게 된 후에도 베스는 혼자서 열심히 공부를 했다. 그리고 집안 살림을 좋아해서 헤너를 도와 가족들이 편하게 지낼 수 있도록 집을 깨끗하게 가꾸면서도 칭찬 들을 욕심 없이 그저 가족들에게 사랑받기만을 바랐다. 언니들과 동생이 없는 낮이 길고 지루할 수도 있지만 베스는 상상의 친구들을 만들어 낼 줄 알고 또 천성적으로 바쁘게 움직이는 아이라서 외롭거나 지루하지 않았다. 아직 어린아이인 베스에게는 매일 아침 옷을 갈아입히고 돌봐 주어야 하는 인형이 여섯 개나 있고, 사랑을 듬뿍 줄 애완동물들도 있다. 이 인형들과 동물들은 멋지고 예쁜 것들이 아닌, 전부 물려받거나 버림받은 것들이었다. 에이미는 못생기거나 오래된 것을 싫어하기 때문에 두 언니가 나이 먹으면서 안 쓰게 된 인형들은 전부 베스에게 돌아갔다. 그런 이유로 베스는 물려받은 인형들을 더 소중하게 아꼈고 낡은 인형을 위한 병원도 만들었다. 천으로 된 부분을 핀으로 찌르지도 않았고, 인형들에게 못된 말을 하거나 때리지도 않았다. 못생기고 낡은 인형들이 슬퍼하지 않도록 늘 사랑으로 입히고 보살피고 안아 주었다. 베스의 인형 집에는 조가 가지고 놀던 낡은 인형도 하나 있다. 조가 거칠게 가지고 놀다가 잡동사니 자루에 처박아 둔 인형을 베스가 구해 준 것이다. 베스는 인형의 없어진 머리 윗부분에는 작은 모자를 씌워 묶어 주었고, 팔다리가 떨어져 나간 자리가 보이지 않도록 몸통을 담요로 똘똘 감싼 다음 제일 좋은 침대를 이 불쌍한 인형에게 줬다. 이 인형에게 베스가 쏟는 큰 사랑을 누군가 알게 된다면 그 사람은 웃을지는 몰라도 분명 크게 감동받을 것이다. 베스는 이 인형에게 꽃도 가져다주고, 책도 읽어 주고, 맑은 공기를 마실 수 있도록 코트 안에 감춰서 함께 산책도 나간다. 밤에는 자장가를 불러 주고, 자기 전에는 인형의 지저분한 얼굴에 뽀뽀하고는 "잘 자, 가엾은 아이야"라고 인사하는 것도 잊지 않는다.

이런 베스에게도 다른 자매들처럼 불만이 있었다. 아기 천사가 아닌 평범한 소녀답게, 조의 표현을 빌리자면 '훌쩍거릴' 때가 있었다. 베스가 속상한 건 음악 수업을 받을 수 없고 피아노가 없다는 사실 때문이다. 베스는 음악을 정말 좋아해서 누가 도와줬으면 좋겠다 싶을 정도로(그 '누구'가 마치 할머니라고 여기서 굳이 말하지는 않겠다) 열심히 낡은 피아노로 배우고 연습했다. 하지만 아무도 도와주지 않았고, 베스가 혼자 있을 때면 음정도 맞지 않는 누런 피아노 건반 때문에 눈물을 훔치는 것 역시 아무도 보지 못했다. 베스는 자신이 만든 노래를 어린 종달새처럼 예쁘게 불렀고, 엄마와 자매들을 위해서라면 지친 기색 없이 언제든 피아노를 연주했다. 그리고 날마다 희망을 잃지 않고 이렇게 다짐했다. "내가 계속 착하게 살면 언젠가 내 음악을 하게 될 거야."

세상에는 베스처럼 부끄러움 많고 말수가 적어서 누가 부르기 전까지는 구석에 조용히 있다가 남을 도와주어야 할 때면 자기 일 하듯 열심히 기쁘게 나서는 사람들이 많다. 이런 사람들은 난로 위의 꼬마 귀뚜라미가 귀여운 울음소리를 멈추기 전까지는, 그리고 햇살처럼 환하고 귀여운 그 모습이 사라지고 침묵과 그림자만 남기 전까지는 얼마나 많은 희생을 했는지 주위 사람들이 전혀 깨닫지 못한다.

에이미는 인생에서 가장 큰 고민거리가 뭐냐고 질문을 받는다면 아마 두 번 생각할 것도 없이 "내 코예요"라고 대답할 것이다. 에이미가 아기였을 때 조가 실수로 동생을 석탄 통에 떨어뜨렸는데 그 사고 때문에 자기 코가 못생겨졌다고 에이미는 늘 우긴다. 그렇다고 해서 이 아이의 코가 볼품없이 크게 부었거나 새빨간 건 아니다. 아무리 잡아당겨도 오뚝한 코가 되기는 불가능할 정도로 좀 낮을 뿐이다. 이 코에 대해서 아무도 신경 쓰지 않는데도 에이미는 불만이고, 그럭저럭 못나지 않게 자라고 있는데도 에이미는 그리스인처럼 콧대가 높기를 원해서 종이 가득 멋진 코를 그리며 속상한 마음을 달랬다.

언니들이 '꼬마 라파엘로(르네상스 시대의 유명한 이탈리아 화가 - 옮긴이)'라고 부를 정도로 그림 솜씨가 뛰어난 에이미는 꽃을 정밀 묘사하거나, 요정을 그리거나, 실험적인 묘한 그림체로 이야기를 구현하는 것으로는 만족하지 못했다. 학교 선생님들은 에이미가 수학 문제를 풀어야 하는 시간에 석판에 동물을 그리고, 지도책 여백에 지도를 베껴 그리고, 책에서 우스꽝스러운 그림이 튀어나와 곤란해지는 일을 저지르곤 한다며 걱정했다. 하지만 에이미는 열심히 공부했고 다른 학생들의 모범이 될 정도로 행동을 바르게 하기 때문에 야단맞는 것은 겨우 면했다.

에이미는 학급 친구들에게도 인기가 많았다. 조금 거만하면서도 우아한 태도가 인기를 차지하는 주된 이유였지만 그림을 잘 그릴 뿐만 아니라 연주도 열두 곡이나 할 줄 알고, 코바늘 뜨개질도 할 줄 알고, 프랑스어를 읽을 때 단어를 3분의 2 이상 틀리지 않는 것까지, 재주가 여럿 있는 것도 친구들의 관심을 끌기에 충분했다. 이렇게 재주가 많은 것에 대해 에이미는 "아빠가 부자였을 때 조금씩 배웠어"라고 겸손하게 말했는데 이런 모습도 친구들에게 감동을 주었고, 단어를 일부러 길게 늘여서 발음하는 것도 친구들 눈에는 '굉장히 우아하게' 보였다.

하지만 사실 에이미는 응석받이에 버릇이 없는 편이다. 모두에게 귀여움을 받아서인지 허영심도 조금 있고 이기적인 면도 있다. 그런데 이 아이의 허영심을 꺾는 것이 하나 있었으니, 바로 사촌의 옷을 물려 입어야 한다는 사실이다. 사촌 플로렌스의 엄마는 패션 감각이 없어서 에이미는 파란 보닛이 아닌 빨간 보닛을 쓰고 어울리지 않는 드레스, 몸에 맞지 않는 요란한 앞치마를 입어야 했다. 물려받은 옷은 전부 다 잘 만든 훌륭한 것들이고, 많이 입지도 않은 새것들이었다. 하지만 예술가 기질이 있는 에이미의 눈에는 하나같이 마음에 들지 않았는데, 특히 올해 겨울, 학교 갈 때 입는 드레스는 우중충한 자주색에 노란 물방울무늬가 있는 데다 밑단 장식도 없어 더 마뜩잖았다.

"유일하게 위안이 되는 건," 에이미는 눈에 눈물이 그렁그렁한 채 메그 언니에게 말했다. "마리아 파크스의 엄마와는 다르게 우리 엄마는 내가 버릇없이 굴어도 드레스 단을 접어 올리지 않는다는 점이야. 그건 정말 끔찍하거든. 마리아 파크스가 아주 못되게 군 날은 드레스가 무릎까지 올라올 정도로 단을 접어 올려 버렸대. 그래서 걔는 아예 학교도 못 왔어. 그런 모-오-욕에 비하면 내 납작한 코와 노란 폭죽 무늬가 있는 자주색 드레스는 얼마든지 견딜 수 있을 것 같아."

메그는 에이미의 친구이자 감시자 역할을 했다. 반면에 조는 서로 반대되는 모습에 끌려서인지 베스와 친했다. 수줍음 많은 베스도 조에게만은 자기 생각을 솔직히 이야기했다. 덤벙거리는 조를 식구들 중에서 제일 잘 다루는 사람이 바로 베스였다. 메그와 조는 서로 아주 친했지만 각자 동생을 한 명씩 맡아서 돌봤다. 동생을 돌보는 자신을 '놀이 엄마'라고 부르면서 모성 본능을 발휘해 동생들을 버려진 인형 보살피듯 돌봤다.

"누구 이야기할 사람 없니? 오늘 너무 우울한 하루였어. 재미 있는 일 좀 있었으면 좋겠어." 그날 저녁 동생들과 함께 모여 바 느질을 하던 메그가 말했다.

"나 오늘 마치 할머니랑 불편한 시간을 같이 보냈어. 하지만 내가 이겼으니까 무슨 일이 있었는지 이야기해 줄게." 이야기하 기를 좋아하는 조가 말을 시작했다.

"내가 끝도 없는 벨샴 책을 낭독하다가 늘 하던 대로 점점 소 리를 줄였거든. 그래야 빨리 잠드시니까. 할머니가 잠들면 난 재미있는 책을 꺼내서 깨어나시기 전까지 미친 듯이 읽거든. 그 런데 나도 졸리기 시작해서 할머니가 잠들기 전에 입을 벌리고 하품을 했어. 그랬더니 할머니가 책이 통째로 들어갈 정도로 입 을 딱 벌리고 뭐 하는 짓이냐고 물으시는 거야.

'저도 그랬으면 좋겠네요. 그렇게 해서 내용을 다 알 수 있으 면 좋을 텐데.' 나는 농담처럼 들리지 않게 하려고 조심하면서 말했어.

할머니는 내가 잘못한 거라며 길게 잔소리를 늘어놓더니 앉 아서 내 잘못에 대해 생각하라고 하고는 당신은 잠깐 '생각에 잠기겠다'고 하셨어. 그런데 생각에 굉장히 오래 잠겨 계시는 거야. 얼마 안 가서 할머니 모자가 무거운 달리아 꽃봉오리처럼 끄덕이기 시작하길래 나는 주머니에서 『웨이크필드의 목사』 책을 쓱 꺼내서 한쪽 눈으로는 할머니를 감시하면서 다른 쪽 눈으로는 책을 읽었어. 그러다 다들 물에 빠지는 장면이 나와서 그만 할머니 앞이라는 걸 잊고 큰소리로 웃어 버린 거야. 그 소리에 할머니가 깨 버렸지. 그런데 낮잠을 자고 나서 기분이 좋아지셨는지 할머니는 훌륭하고 교훈적인 벨샴의 책 대신에 내가 얼마나 시시한 책을 읽는지 보여 달라며 내가 보던 책을 소리 내서 읽어 보라고 하셨어. 나는 최선을 다해서 재미있게 읽었고 할머니도 꽤 재미있어하시는 눈치였어. 이렇게 말씀하시긴 했지만 말이야. '도통 무슨 소리인지 모르겠구나. 애야, 앞으로 돌아가서 시작해 보렴.'

그래서 다시 앞으로 돌아가서 정말 있는 힘껏 재미있게 읽어드렸어. 그러다가 약 올리려고 아슬아슬한 부분에서 일부러 멈추고는 '할머니 피곤하실 텐데 이제 그만 읽을까요?'라고 물었거든? 그랬더니 할머니가 손에서 놓쳤던 뜨개질감을 집으면서 안경 너머로 나를 노려보더니 심술궂은 목소리로 이러시는 거야. '그 장은 마저 다 읽어라. 그리고 버릇없이 굴면 못 써.'"

"그럼 마치 할머니께서 그 책 재미있다고 인정하신 거야?"

"어휴, 언니도 참, 그건 아니지! 하지만 할머니는 재미없는 벨샴 책은 더 읽으라고 안 하셨어. 그리고 오늘 오후에 내가 장갑 때문에 집에 왔다가 다시 뛰어가 보니까 할머니가 『웨이크필드의 목사』를 아주 뚫어지게 보고 계시는 거야. 내가 홀에서 쿵쿵대고 춤을 춰도 모를 정도로 큰소리로 웃으시더라. 할머니도 마음만 먹으면 정말 재미있게 살 수 있는 분이셨던 거지. 난 할머니가 부자지만 별로 부럽지 않아. 돈 많은 사람들도 가난한 사람들만큼 걱정거리가 많을 거야." 조가 말했다.

"그 말 들으니까 할 이야기가 생각났네." 메그가 말했다. "조가 이야기한 것처럼 재미있는 일은 아니지만 집에 돌아오면서 이 일에 대해 많이 생각했어. 오늘 킹 씨 집에 갔더니 다들 너무 허둥대고 있는 거야. 내가 가르치는 아이들 중 하나가 그러는데 킹 씨의 맏형이 끔찍한 일을 저질러서 자기 아버지가 그 사람을 멀리 보냈다는 거야. 킹 부인은 울고 킹 씨가 크게 고함지르는 소리도 들렸고, 그레이스와 엘렌은 내 옆을 지나갈 때 일부러 나를 외면했어. 아마 울어서 빨갛게 된 눈을 들키지 않으려고 그랬던 것 같아. 물론 난 무슨 일인지 더 자세히 묻지는 않았어. 하지만 무척 안타까웠어. 그리고 우리 집에는 말썽을 피우고 가족들을 수치스럽게 만들 못된 남자 형제가 없는 게 천만다행이라는 생각이 들었어."

"나는 학교에서 수치를 당하는 게 못된 남자 형제들이 말썽 피우는 것보다 훨씬 더 고-오-통스러운 일이라고 생각해." 자신의 인생 경험이 대단히 심각한 일이라도 되는 것처럼 에이미가 고개를 설레설레 저으며 끼어들었다. "수지 퍼킨스가 오늘 예쁜 홍옥수(줄무늬가 없는 붉은빛 반투명 보석 – 옮긴이) 반지를 끼고 왔거든. 나 그게 정말 갖고 싶었어. 그래서 내가 그 아이였으면 정말 좋겠다고 생각했어. 그런데 걔가 데이비스 선생님을 왕주

먹코 곱사등이로 그려 놓고는 '학생 여러분, 내가 여러분을 감시하고 있습니다!'라는 말이 적힌 풍선이 입에서 튀어나오게 그린 거야. 우리 모두 그 그림을 보고 웃었는데 갑자기 데이비스 선생님이 나타났어. 그러더니 수지한테 석판을 가지고 앞으로 나오라고 하는 거야. 걔는 너무 무서워서 몸이 마-아-비됐어. 그래도 앞으로 나갔지. 그래서 어떻게 됐는지 알아? 선생님이 걔 귀를 잡아당겼어. 귀 말이야! 얼마나 끔찍했을지 상상해 봐! 귀를 잡아서 수지를 강단 위로 끌어 올리더니 모두 다 볼 수 있도록 석판을 들고 그 자리에 30분 동안 서 있게 했어."

"애들이 그림 보고 안 웃었어?" 이야기에 흥미가 생긴 조가 물었다.

"웃다니! 한 명도 안 웃었어. 모두 생쥐처럼 꼼짝도 못 하고 앉아 있었고 수지는 눈물을 줄줄 흘리면서 울었어. 정말 그랬어. 그때는 걔가 조금도 부럽지 않았어. 그런 일을 당한다면 홍옥수 반지가 백만 개가 있어도 행복하지 않을 것 같았거든. 난 그런 끔찍한 일은 절대, 절대 겪고 싶지 않아." 이렇게 말하고서 에이미는 자신이 미덕을 갖췄고 긴 단어를 두 개나 단숨에 발음했다는 자부심에 뿌듯해하면서 다시 그림을 그렸다.

"오늘 아침에 내가 좋아하는 걸 봤어. 저녁 시간에 이야기하려고 했는데 잊어버렸어." 베스가 뒤죽박죽인 조의 바구니 속을 정리해 주면서 말했다. "헤너 대신 굴을 사러 갔는데 로렌스 씨가 생선 가게에 와 계셨어. 내가 큰 통 뒤로 숨어서 그분은 나를 못 보셨지. 로렌스 씨는 생선 가게 주인 커터 씨하고 이야기하느라 바쁘셨어. 그때 들통과 대걸레를 든 불쌍한 아주머니가 와서는 아이들한테 저녁을 만들어 줄 게 없고 낮에 돈도 별로 못 벌었다면서 커터 씨한테 걸레질을 할 테니까 생선을 얻을 수 있느냐고 물었어. 커터 씨가 바빠서 그랬는지 좀 매정하게 '안 돼요'라고 하는 거야. 그래서 그 아주머니가 배고프고 슬픈 얼굴로 돌아가려는데 로렌스 씨가 가지고 계시던 지팡이의 구부러진 한쪽 끝으로 큰 생선 한 마리를 들어 올려서 아주머니한테 내미셨어. 아주머니는 놀라면서도 기뻐하면서 두 팔로 생선을 받아 안고는 로렌스 씨한테 고맙다고 몇 번이나 인사를 했어. 로렌스 씨는 아주머니한테 '가서 요리하는 데 쓰시오'라고 말씀하셨고, 아주머니는 아주 행복한 얼굴로 서둘러 갔어. 그분 정말 훌륭하지 않아? 참, 그 아주머니가 미끈거리는 커다란 생선을 안고서 그랬어. 로렌스 씨가 천국에서 누울 침대에는 데이지 꽃이 만발할 거라고. 그 모습이 얼마나 웃겼는지 몰라."

자매들은 베스의 이야기에 웃다가 어머니에게 이야기 하나 해 달라고 했다. 그러자 마치 부인이 잠깐 생각하더니 진지하게 말했다.

"오늘 군인 구호회 사무실에 앉아서 파란색 플란넬 재킷을 재단하고 있는데, 문득 너희 아버지가 너무 걱정되면서 만약 그이에게 무슨 일이라도 생긴다면 우리는 정말 슬프고 의지할 곳도 없겠다는 생각이 들더구나. 현명한 일은 아니지만 그렇게 계속 걱정을 하고 있는데 나이 든 할아버지 한 분이 주문할 것을 가지고 왔어. 가난하고 지치고 걱정이 많아 보였어. 그분이 내 옆에 앉길래 그분에게 말을 건넸어. 할아버지는 가져온 종이를 나한테 주지도 않고 멍하니 있었거든.

할아버지한테 '아드님이 군대에 가셨어요?'라고 물었어. 그랬더니 그 할아버지는 '네, 부인. 넷을 군대에 보냈는데 둘이 죽었습니다. 한 아이는 감옥에 있고 지금 저는 남은 한 아이한테 가야 하는데, 그 아이는 많이 아파서 워싱턴 병원에 있답니다'라고 작은 소리로 대답하는 거야. 나는 불쌍하다는 생각보다는 존경심이 들어서 '나라를 위해 큰일을 하셨군요'라고 말했단다.

'해야 할 일을 한 것뿐입니다. 부인. 만약 내가 아직 쓸모가 있다면 내가 군대에 갔을 겁니다. 내가 쓸모가 없어서 아들들을 군대에 보냈습니다. 아무것도 바라지 않고요.'

그분은 너무도 기쁘게 말했어. 그 모습이 정말 진실해 보였고, 자신이 가진 것을 전부 다 바친 게 참 기뻐 보였어. 그분을 보자 나 자신이 부끄러워지더구나. 나는 너희 아버지 한 사람만 군대에 보냈으면서도 그렇게 많이 걱정하는데 그 할아버지는 아들을 넷이나 군대에 보냈으면서도 불평 한마디 하지 않았어. 나는 나를 위로해 줄 딸들이 집에 있는데 그 할아버지는 남은 아들이 아주 먼 곳에 있을 뿐만 아니라 아마도 마지막 작별인사를 준비하고 있을 거야. 그 할아버지에 비해 내가 얼마나 큰 축복을 받았는지 생각해 보니 내가 부자가 된 것 같고 정말 행복해지더구나. 그래서 나는 그 할아버지께 좋은 꾸러미를 만들어 드리고, 돈도 좀 드리고 교훈을 주셔서 고맙다고 진심으로 감사 인사도 했단다."

"엄마, 이야기 더 해 주세요. 지금 해 주신 것처럼 도덕적인 이야기요. 설교하려고 지어낸 이야기 말고 진짜 있었던 이야기요. 그 이야기는 나중에 다시 생각해 보면 재미있단 말이에요." 잠시 이어진 침묵을 깨고 조가 말했다.

그러자 마치 부인은 미소를 짓고는 또 다른 이야기를 시작했다. 마치 부인은 이 어린 관객들에게 오랫동안 이야기를 해 주었기 때문에 어떤 이야기를 해야 이들이 좋아하는지 잘 알고 있었다.

"옛날에 네 명의 소녀가 있었어. 이 아이들에게는 먹을 것과 마실 것, 입을 것이 넉넉하게 있었지. 편안하고 즐겁게 살 수 있고 그들을 사랑하는 다정한 친구들과 부모님이 있는데도 이 아이들은 만족하지 못했단다. (여기까지 이야기가 이어지자 네 자매는 무슨 내용인지 다 안다는 얼굴로 서로를 바라보고는 부지런히 바느질을 하기 시작했다.) 이 소녀들은 좋은 사람이 되고 싶어서 훌륭한 결심을 많이 했어. 하지만 그 결심을 모두 다 지키지는 못했어. 자신들이 이미 얼마나 많이 가지고 있는지, 그리고 즐거운 일을 얼마나 많이 할 수 있는지도 모른 채 '우리한테 이것만 있다면'이라거나 '우리가 이것만 할 수 있다면'이라는 말을 항상 했단다. 어느 할머니를 찾아가 행복해질 수 있는 주문을 가르쳐 달라고 부탁했어. 할머니가 이렇게 말했어. '불만족스러울 때는 너희가 가진 축복을 생각하고 고맙게 여기렴.' (여기까지 이야기를 들은 조가 할 말이 있는 듯 고개를 들었지만 아직 이야기가 끝나지 않은 것을 알고는 마음을 바꿔 아무 말도 하지 않았다.)

똑똑한 소녀들은 할머니의 충고를 따르기로 결심했고, 오래 지나지 않아 자신들이 정말로 행복해졌다는 사실에 깜짝 놀랐어. 첫 번째 소녀는 돈 많은 부자들도 수치스러운 일을 당하고 슬픈 일을 겪는다는 것을 알게 되었어. 두 번째 소녀는 주어진 안락한 삶을 즐기지 못하고 짜증 잘 내고 쇠약한 어느 늙은 여인을 보면서 가난하지만 어리고, 건강하고, 자비심이 있는 자신이 훨씬 더 행복하다는 것을 깨달았어. 세 번째 소녀는 저녁 밥상을 차리는 게 싫지만 저녁밥을 구걸하는 것보다는 낫다는 걸 깨달았단다. 그리고 네 번째 소녀는 홍옥수 반지보다도 좋은 행동이 더 귀중하다는 사실을 깨달았어. 그래서 네 소녀는 더 이상 불평하지 않고, 이미 받은 축복을 소중히 여기고, 그 축복이 더 늘어나지는 않을망정 모두 사라지지 않도록 주어진 축복에 어울리는 사람이 되기 위해 노력하기로 결심했단다. 엄마는 이 소녀들이 할머니의 충고를 받아들인 것에 대해 절대 실망하거나 후회하지 않았을 거라고 믿어."

"저기, 엄마, 우리 일을 이용해서 우리를 공격하고 우리를 야단치는 대신 설교하시다니, 얄미워요." 메그가 소리쳤다.

"난 이런 설교가 좋아. 아빠가 이런 식으로 이야기해 주셨잖아." 베스가 조의 바늘꽂이 쿠션에 바늘들을 찔러 넣으며 말했다.

"나는 언니들만큼 불평 많이 안 해. 그래도 이제부터는 더 많이 조심할 거야. 수지의 파멸을 보고 경고를 받았거든." 에이미가 진지하게 말했다.

"우리한테 필요한 교훈이었어요. 앞으로도 잊지 않을게요. 만약 잊어버리면 『톰 아저씨의 오두막』에 나오는 클로에 아줌마처럼 말해주세요.'너희가 입은 자비를 생각하렴. 얘들아, 너희가 입은 자비를 생각해'라고요." 이런 짧은 설교에서도 농담거리를 찾지 않고는 못 배기지만 다른 자매들과 마찬가지로 교훈을 마음속 깊이 간직하는 조가 말했다.

5

이웃 친구

"너 대체 지금 뭘 하려고 그러니, 조?" 눈 내리는 어느 오후. 고무장화를 신고, 낡은 자루를 후드처럼 머리에 뒤집어쓰고, 한 손에는 빗자루를, 다른 한 손에는 부삽을 들고 쿵쿵대며 복도를 걸어가는 조를 보고 메그가 물었다.

"운동하러 나가는 거야." 장난꾸러기처럼 눈을 반짝거리며 조가 대답했다.

"오늘 아침에 두 번이나 나갔다 왔으면 충분한 것 같아. 날씨도 춥고 하늘도 흐린데. 나처럼 그냥 따뜻하고 뽀송뽀송한 벽난로 앞에 있는 게 더 나을 거야." 메그가 몸을 부르르 떨며 말했다.

"그런 충고는 사양할게. 하루 종일 집에 가만히 있는 건 못 하겠어. 고양이처럼 벽난로 앞에서 꾸벅꾸벅 조는 것도 싫어. 나는 모험이 좋아. 밖에 나가서 모험을 할 거야."

메그는 다시 벽난로에 발을 녹이며 『아이반호』를 읽었고 조는 씩씩하게 눈을 쓸어 길을 내기 시작했다. 눈은 가벼웠다. 해가 나서 베스가 불쌍한 인형들을 산책시키러 나올 때 걸어 다닐 수 있도록 조는 정원에도 여기저기 길을 냈다.

마치 자매들의 집은 정원을 사이에 두고 로렌스의 저택과 이웃해 있다. 이 동네는 도시 외곽에 위치해서 작은 숲과 잔디가 있고 넓은 정원들에 길도 한적해 시골 분위기가 난다. 정원을 사이에 둔 이 두 집은 낮은 산울타리를 경계로 사유지가 나뉘어 있다. 울타리 한쪽의 낡은 갈색 저택은 여름이면 벽을 뒤덮는 덩굴이 없어서 맨몸을 드러낸 듯 초라해 보였다. 반면에 그 옆에 있는 위풍당당한 대저택은 넓은 마차 보관소와 잘 가꾼 정원과 온실이 있고, 고급스러운 커튼 사이로는 온갖 예쁜 것들이 엿보여서 필요한 모든 것을 갖춘 편안함과 부유함이 느껴졌다. 하지만 이 대저택은 생기 없고 쓸쓸해 보였다. 잔디밭에 뛰어노는 아이들도 없고, 창가에서 미소 짓는 엄마의 모습도 보이지 않았다. 노신사와 그의 손자 말고는 드나드는 사람도 거의 없었다.

조는 이 멋진 저택을, 온갖 화려한 보물들과 재미있는 일들이 가득하지만 저주에 걸려 사람들에게 잊힌 성이라고 상상했다. 그래서 오래전부터 이 저택 안을 구경하고 싶었고 여기 사는 '꼬마 로렌스'에 대해 알고 싶었다. 그 남자아이는 방법만 알면 세상에 나와 사람들과 어울리고 싶어 하는 것처럼 보였다. 가디너 씨 파티 이후로 조는 더욱 꼬마 로렌스가 궁금했고 그 아이와 친구가 되는 계획을 여러 가지 세웠다. 그런데 요즘은 꼬마 로렌스가 보이지 않아서 조는 그 아이가 멀리 떠났다고 생각했다. 그러던 어느 날, 로렌스 저택 위층 창문 사이로 남달리 얼굴이 검은 그 아이가 나타나 베스와 에이미가 눈싸움을 하고 있는 정원을 아쉬운 얼굴로 내려다보는 것이 눈에 띄었다.

"그 애한테는 친구랑 놀이가 필요해." 조는 혼잣말을 했다. "개네 할아버지는 그 아이한테 뭐가 필요한지 몰라. 그래서 종일 혼자 가둬 두는 거야. 개는 같이 놀 기운찬 남자 친구들이나 아무튼 어리고 생기 넘치는 상대가 필요해. 나는 아량이 넓으니까 로렌스 저택에 찾아가서 노신사께 그 이야기를 해 줄 거야."

조는 이런 자기 생각이 마음에 들었다. 원래 조는 위험하고 대담한 일을 좋아하고 메그는 항상 조의 별난 말썽 때문에 화를 내곤 했다. 조는 '로렌스 저택 찾아가기' 계획을 잊지 않고 있었다. 그래서 눈 오는 오후, 할 수 있는 일을 해 보기로 결심했다. 로렌스 씨가 마차를 타고 떠나는 것을 본 조는 길을 만든다는 핑계로 눈을 쓸면서 울타리까지 가서는 멈춰 서서 염탐을 했다. 로렌스 저택은 조용했다. 아래층은 창문마다 커튼이 닫혀 있었다. 하인들도 보이지 않았다. 위층 창문에서 가는 손에 턱을 괸 검은 곱슬머리 말고 다른 사람은 보이지 않았다.

'저기 있네.' 조가 생각했다. '가엾은 녀석! 이런 우울한 날 혼자 쓸쓸한데 아프기까지 하다니! 너무 안됐다! 눈덩이를 던져

서 밖을 내다보게 해야지. 그래서 다정한 말을 건네는 거야.'

한 주먹 가득 눈을 위로 던져 올리자 검은 곱슬머리가 휙 고개를 돌려 얼굴을 보였다. 생기 없던 표정은 금세 사라지고 큰 눈이 환하게 빛나면서 미소를 지었다. 조는 고개를 끄덕이고는 큰소리로 웃다가 빗자루를 흔들며 소리쳤다.

"잘 지냈어? 어디 아파?"

로리가 창문을 열더니 까마귀처럼 꺽꺽대는 쉰 목소리로 말했다.

"많이 좋아졌어. 고마워. 심한 감기에 걸려서 일주일 동안 집에 갇혀 있었어."

"안됐네. 그럼 뭐 하고 놀아?"

"할 거 아무것도 없어. 여긴 무덤처럼 심심해."

"책 안 읽어?"

"별로. 책 못 읽게 해."

"책 읽어 줄 사람 없어?"

"할아버지가 가끔 읽어 주시긴 하는데, 할아버지는 내 책들을 안 좋아해. 브룩 선생님한테 계속 부탁하는 것도 싫고."

"그럼 만나러 오는 사람은 있어?"

"만나고 싶은 사람 없어. 친구들은 오면 소란만 피울 텐데, 그러면 내가 머리가 아파."

"책도 읽어 주고 같이 놀아 줄 착한 여자아이는 없어? 여자아이들은 조용하고 간호해 주는 걸 좋아하잖아."

"아는 여자아이가 없어."

"나 알잖아." 이렇게 말하고서 조는 웃음을 터뜨렸다가 얼른 멈췄다.

"그렇구나! 그럼 우리 집에 올래?" 로리가 소리쳐 물었다.

"난 조용하지도 않고 착하지도 않은데. 그래도 엄마가 허락해 주시면 갈게. 엄마한테 가서 물어볼게. 착한 아이답게 창문 닫고 내가 갈 때까지 기다려."

이 말을 남기고 조는 빗자루를 어깨에 걸치고는 가족들이 뭐라고 할까, 생각하면서 씩씩하게 집으로 걸어갔다. 로리는 손님이 온다는 생각에 살짝 흥분해서 준비하러 달려갔다. 마치 부인 말대로 로리는 '꼬마 신사'였기 때문에 곱슬거리는 머리를 빗고, 깨끗한 칼라를 목에 채우고, 하인이 여섯 명이나 있는데도 늘 지저분한 방을 직접 정리하면서 손님 맞을 준비를 했다. 금세 요란하게 종소리가 들리더니 단호한 목소리가 '로리 씨'를 찾아왔다고 말했다. 그러자 놀란 얼굴을 한 하인이 달려 올라와 어린 아가씨가 찾아왔다고 전했다.

"알았어. 이리로 모셔 와요. 조 양이에요." 이렇게 말하고서 로리는 조를 맞이하러 자신의 작은 응접실로 갔다.

조는 빨간 볼에 친절해 보이는 표정으로 한 손에는 뚜껑 덮은 접시를, 다른 손에는 베스의 아기 고양이 세 마리를 들고 느긋하게 기다리고 있었다.

"나하고 이렇게 짐 보따리가 함께 왔어." 조가 씩씩하게 말했다. "엄마가 안부 전해 달래. 그리고 내가 그쪽한테 뭔가 해 줄수 있어서 기쁘다고 하셨어. 메그 언니는 자기가 만든 푸딩을갖다주라고 줬어. 언니가 아주 잘 만들었어. 베스는 자기 고양이들이 위로가 될 거라고 생각하네. 그쪽이 싫어할 건 알지만베스가 꼭 뭔가 해 주고 싶어 해서 거절할 수가 없었어."

뜻밖에도 베스가 빌려준 고양이들은 로리에게 꼭 맞는 선물이었다. 고양이들을 보면서 웃다 보니 로리는 수줍음을 잊고 쉽게 말을 걸었다.

"너무 예뻐서 못 먹겠어."

조가 접시를 덮은 뚜껑을 열자 초록색 잎들과 에이미가 키운진홍색 제라늄으로 만든 화환으로 둘러싸인 푸딩이 나타났다.

"별거 아니야. 다들 친절을 베풀고 싶어서 이런 걸 챙겨 준 거야. 푸딩은 차 마실 때 같이 먹을 수 있게 달라고 하인한테 이야기해 둬. 간단한 거니까 먹을 수 있을 거야. 부드러워서 목이 아파도 잘 넘어갈 거야. 방이 참 아늑하네."

"깨끗하게 치우기만 한다면 그런 편이지. 그런데 하녀들이 게을러. 어떻게 해야 하녀들이 방 치우는 데에 신경 쓰게 만들 수있는지 모르겠어. 그게 좀 걱정이야."

"내가 딱 2분 안에 정리할 수 있는데. 난로 바닥만 쓸고 그리고…… 벽난로 위 선반의 물건들을 똑바로 세우고…… 책들은여기 놓고, 병들은 저기 놓고, 소파는 햇빛을 똑바로 보지 않는방향으로 돌리고, 납작해진 쿠션들은 툭툭 쳐서 부풀어 오르게 만들면 돼. 자, 다 됐다."

정말로 그랬다. 조는 큰소리로 웃고 말하면서 물건들을 이리 저리 옮기고, 방 안의 분위기를 바꿨다. 로리는 바삐 움직이는 조를 가만히 지켜보았다. 조가 소파에 앉으라고 손짓하자 만족한 듯 한숨을 내쉬며 소파에 앉았다.

"진짜 고마워! 진작 이렇게 할걸. 이제는 의자에 좀 앉아. 내가 손님 대접을 할게."

"안 돼. 오늘은 내가 돌봐 주러 온 거잖아. 책 읽어 줄까?" 옆에서 눈길을 끄는 책들을 호기심 어린 눈으로 살피며 조가 물었다.

"고마워. 그 책들은 다 읽었어. 너만 괜찮다면 난 그냥 이야기나 했으면 좋겠는데." 로리가 대답했다.

"나도 괜찮아. 네가 말리지만 않으면 난 하루 종일도 이야기할 수 있어. 베스가 나는 멈추는 법을 모른대."

"늘 집에 있고 가끔 작은 바구니를 들고 밖으로 나오는, 볼이 발그레한 아이가 베스지?" 로리가 궁금하다는 듯 물었다.

"맞아. 걔가 베스야. 내가 정말 아끼는 동생이고 늘 착한 아이지."

"예쁜 사람이 메그, 그리고 곱슬머리가 에이미, 맞지?"

"어떻게 알았어?"

로리는 얼굴이 붉어졌지만 솔직하게 말했다.

"그게, 너희가 서로를 부르는 소리를 자주 들었어. 나 혼자 여기 있으면 너희 집을 보지 않을 수가 없는데 항상 재미있는 시간을 보내는 것 같더라. 무례한 짓이라는 건 아는데, 너희 집은 가끔 꽃이 놓인 창문의 커튼을 닫지 않을 때가 있어. 그럴 때 램프에 불을 켜면, 벽난로가 있고 너희가 어머니와 함께 탁자에 모여 앉은 모습이 마치 그림을 보는 것 같아. 어머니 얼굴은 내가 있는 자리에서 정확히 마주 보이는 곳에 있는데 창틀의 꽃들 너머로 보이는 그분 얼굴이 너무 아름다워서 도저히 보지 않을 수가 없었어. 너도 알다시피 나는 어머니가 없잖아."

로리는 자기도 모르게 살짝 씰룩거리는 입술을 들키지 않으려고 벽난로 속 불을 쿡쿡 쑤셨다. 로리의 고독하고 허전한 눈빛이 조의 따뜻한 마음속으로 곧장 날아왔다. 조는 자기 생각은 무조건 현실적이라고 믿었고, 여느 열다섯 살 아이답게 순수하고 솔직했다. 로리는 아프고 외로워. 난 가족들의 사랑을 듬뿍 받으며 행복하니까 이 행복을 로리와 함께 나누고 싶어. 조는 아주 다정한 얼굴과 평소답지 않게 부드러운 목소리로 이렇게 말했다.

"앞으로는 절대 커튼 안 닫을게. 보고 싶은 만큼 마음껏 창문 안을 볼 수 있도록 내가 허락할게. 하지만 내 생각에는 창문 안을 훔쳐보는 것보다는 네가 우리 집에 직접 와서 우리를 만나는 게 더 좋을 것 같아. 우리 엄마 참 좋은 분이니까 너한테도 아주 잘 해 주실 거야. 베스는 내가 애걸복걸하면 너한테 노래를 불러 줄 테고, 에이미는 춤을 출 거야. 메그 언니와 나는 웃긴 연극 소품으로 너를 웃게 해 줄게. 그래서 우리 재미있는 시간 보내는 거야. 너희 할아버지가 허락하실까?"

"너희 어머니께서 할아버지한테 부탁하면 허락하실 거야. 우리 할아버지 굉장히 다정하셔, 보기에는 안 그렇지만. 그리고 내가 하고 싶은 건 거의 다 허락하셔. 내가 남들한테 폐를 끼칠까 봐 걱정하시는 것뿐이야." 로리는 점점 더 밝아졌다.

"우린 남이 아니야. 이웃이잖아. 폐 끼칠까 봐 걱정할 필요 없어. 우리는 너와 친해지고 싶어. 난 널 만나려고 오래전부터 애썼어. 우린 여기 산 지 오래되지 않았지만 너 빼고 다른 이웃들하고는 다 알고 지내."

"할아버지가 책에만 매달려 사시고 밖에서 일어나는 일에는 무관심하시다는 거 너도 알 거야. 내 가정 교사인 브룩 선생님도 여기 살지는 않아. 그래서 난 함께 다닐 사람이 없어서 집에 틀어박혀서 혼자 지내는 거야."

"안됐네. 그러지 말고 큰마음 먹고 용감하게 나가서 오라는 곳은 다 다녀 봐. 그러면 친구도 많이 생길 거고 재미있는 곳도 많이 가게 될 거야. 계속 밖에 나가면 수줍음은 사라질 테니까 걱정하지 마."

로리는 얼굴이 다시 빨개졌지만 수줍음 탄다는 말을 들은 게 기분 나쁘지는 않았다. 조가 호의를 가지고 말한 것이 전해졌기 때문이다. 그래서 직설적인 조의 말이 친절하게 다가왔다.

로리는 벽난로를 빤히 보고 조는 신이 난 듯 주위를 둘러보았다. 그렇게 잠시 침묵이 이어지다가 로리가 물었다. "학교 다니는 건 재미있어?"

"난 학교 안 다녀. 이래 봬도 나 일해서 돈 버는 사람이야, 아직 어른은 아니지만. 난 친척 할머니 시중드는 일을 해. 그런데 정말 까다로운 분이야." 조가 대답했다.

로리는 뭔가 물어보려고 입을 열었다. 하지만 남의 사생활에 대해 꼬치꼬치 캐묻는 건 예의가 아니라는 생각이 들어서 다시 입을 다물고는 어색한 표정을 지었다. 조는 예의 바른 로리의 태도가 마음에 들었다. 마치 할머니에 대해 농담하는 게 나쁘다고 생각하지 않는 조는 신경질쟁이 할머니에 대해, 할머니의 뚱보 푸들과 스페인어를 할 줄 아는 앵무새에 대해, 또 자신이 좋아하는 그 집 서재에 대해 자세하고 생생하게 설명했다. 로리는 조의 이야기에 푹 빠졌다. 그래서 마치 할머니에게 청혼하러 온 고지식한 노신사에 대한 이야기를 듣던 중에, 앵무새 폴리가 노신사의 가발을 홱 낚아채 그를 당황하게 만들었다는 대목에서 로리가 눈물이 뺨 위로 흘러내릴 만큼 깔깔 웃는 바람에 큰일이라도 난 줄 안 하녀가 방 안으로 고개를 쑥 들이밀고 살피기까지 했다.

"와! 정말 재미있다. 이야기 더 해 줘. 부탁이야." 로리가 소파 쿠션에 얼굴을 묻고 있다가 고개를 들며 빨갛게 상기된 채 말했다.

친구가 계속 웃자 신이 난 조는 이야기를 이어 갔다. 자매들과 함께 하는 놀이와 함께 세운 계획들, 희망, 아빠에 대한 걱정, 그리고 자매들이 사는 작은 세계에서 벌어지는 제일 재미있는 일들에 대해 이야기했다. 그런 다음 둘은 책에 대해서 이야기를 나눴다. 조는 로리가 자신처럼 책을 좋아하고 자신보다 더많이 읽었다는 사실에 무척 기뻐했다.

"너도 책 좋아하면 내려가서 우리 집에 있는 책 보자. 할아버지는 외출하셨으니까 겁내지 않아도 돼." 로리가 자리에서 일어나며 말했다.

"난 겁나는 거 없어." 고개를 홱 들며 조가 대꾸했다.

"나도 그럴 줄 알았어." 감탄하는 얼굴로 로리가 소리쳤다. 하지만 속으로는 조도 자기 할아버지가 기분 나쁠 때 만나면 조금은 겁이 날 거라고 생각했다.

여름처럼 따뜻한 저택 안에서 로리는 이 방 저 방으로 안내하다가 조가 관심을 보이는 것이 있으면 무엇이든 멈춰 서서 살펴볼 수 있게 해 주었다. 그러다 서재에 들어서자 조는 특히 신날때면 늘 하던 대로 손뼉을 치고 팔짝팔짝 뛰었다. 서재 안에는 책이 줄지어 꽂혀 있고 그림과 동상들도 있었으며, 눈길을 빼앗는 작은 장식장들에는 동전과 신기한 물건들이 들어 있었다. 안락의자들, 묘하게 생긴 탁자들, 청동 동상들도 있었는데, 무엇보다도 멋진 건 예스러운 타일들로 장식된 거대한 벽난로였다.

"정말 부자구나!" 조는 한숨을 내쉬며 푹신한 벨벳 의자에 몸을 묻었다. 그러고는 만족스러운 얼굴로 주위를 둘러보았다. "테오도어 로렌스, 넌 세상에서 제일 행복한 사람이야." 조는 감탄하듯 말했다.

"사람이 책만 가지고 살 수는 없어." 로리가 맞은편에 있는 탁자 위에 걸터앉아 고개를 저으며 말했다.

로리가 다른 말을 더 하기 전에 종소리가 울렸다. 조가 화들짝 놀라며 벌떡 일어났다. "어떡해! 너희 할아버지 오셨나 봐!"

"정말이면 어떡할 거야? 넌 겁나는 거 없다고 했잖아." 로리가 짓궂은 얼굴로 물었다.

"너희 할아버지는 아주 조금 겁나는 거 같아. 왜 그런지는 모르겠어. 엄마가 여기 와도 된다고 허락하셨고, 내가 온 것 때문에 네가 더 나빠지지도 않았잖아." 마음을 진정시키고 그렇게 말하면서도 조는 문에서 눈을 떼지 못했다.

"난 오히려 몸이 더 좋아졌어. 그래서 아주 고마워. 다만 나한테 이야기를 많이 해 주느라 네가 피곤할까 봐 걱정이야. 정말 즐거웠어. 웃음을 멈출 수가 없었어." 로리가 말했다.

"의사 선생님이 오셨습니다, 도련님." 하녀가 손짓하며 말했다.

"잠깐 혼자 있어도 괜찮겠어? 나 의사 선생님 만나고 와야 하거든." 로리가 말했다.

"난 신경 쓰지 마. 여기라면 얼마든지 혼자 있을 수 있어." 조가 대답했다.

로리가 서재에서 나가자 조는 혼자서 즐겁게 시간을 보냈다. 조가 노신사의 멋진 초상화 앞에 서 있는 사이 다시 서재 문 열리는 소리가 들렸다. 조는 뒤도 돌아보지 않고 단호하게 말했다. "너희 할아버지 많이 겁내지 않아도 될 것 같아. 할아버지 눈이 친절하게 생겼잖아. 입매는 엄숙해 보이지만 말이야. 의지가 아주 굳은 분처럼 보여. 우리 외할아버지만큼 멋진 분은 아니지만 너희 할아버지 마음에 들어."

"고맙소, 아가씨." 뒤에서 걸걸한 목소리가 말했다. 조 뒤에 서 있는 사람은 로리가 아니라 로리의 할아버지인 로렌스 씨였다.

가엾은 조는 얼굴이 새빨갛게 달아올랐고 자기가 한 말을 생각하자 심장이 불편할 정도로 빨리 뛰기 시작했다. 도망쳐 버릴까 하는 생각이 머리를 스쳤다. 하지만 그건 겁쟁이나 할 짓이다. 만약 그런다면 언니와 동생들이 비웃을 게 뻔하다. 조는 도망치지 않고 이 곤란한 상황에서 벗어날 방법을 찾아보기로 했다. 조가 다시 보니 짙은 회색 눈썹 아래로 생기 있는 눈동자가 보였다. 그 눈은 초상화에 있는 눈보다 더 친절해 보였고 장난스럽게 반짝였다. 그 모습에 조는 두려움이 많이 사라졌다. 불안한 침묵을 깨고 노신사가 불쑥 말했다. 처음보다 목소리가 더 걸걸하게 들렸다. "그래, 내가 겁나지 않는다고 했던가?"

"많이 겁나지 않는다고요."

"그리고 내가 아가씨의 외할아버지만큼 멋지지는 않다고 생각한다고 했나?"

"그렇습니다."

"그리고 내가 의지가 굳은 사람이고?"

"그렇게 보인다고만 말했습니다."

"그런데도 내가 마음에 든다, 이건가?"

"네, 그렇습니다."

대답이 마음에 들었는지 노신사는 짧게 웃음을 터뜨리며 조와 악수를 했다. 그러고는 손가락으로 조의 턱을 살짝 들더니 심각한 표정으로 조의 얼굴을 살펴보고는 손을 떼고서 고개를 한 번 끄덕한 다음 말했다. "외할아버지의 얼굴은 안 닮았지만 성격은 닮은 것 같구나. 멋진 사람이었지. 하지만 그보다는 용감하고 정직한 사람이라는 점 때문에 그 사람이 내 친구라는 걸 자랑스럽게 여겼단다."

"감사합니다." 할아버지가 자신과 생각이 똑같아서 조는 마음이 굉장히 편해졌다.

"그래, 내 손자와는 무엇을 하고 있었지?" 다음 질문이 예리하게 날아왔다.

"이웃끼리 친해지려던 중이었습니다." 이렇게 말하고서 조는 왜 이 저택에 찾아왔는지 설명했다.

"그러니까 내 손자가 기운 날 일이 필요하다고 생각했다는 게냐?"

"네, 로리는 좀 외로워 보이는데 어린 친구들이 있으면 도움이 될 거예요. 저희 집에는 여자아이들뿐이지만, 할 수 있다면 기꺼이 도와드릴게요. 왜냐하면 저희는 할아버지께서 보내 주신 멋진 크리스마스 선물을 잊지 않고 있거든요." 조가 열심히 말했다.

"쯧쯧, 그건 내 손자가 한 일이다. 그 가엾은 여인은 어떻게 지내니?"

"잘 지내고 있습니다." 이렇게 대답하고서 조는 엄마가 부유한 친구들의 지원을 받아 도와주는 후멜 가족에 대한 것을 아주 빠르게 이야기했다.

"제 아버지처럼 좋은 일을 하는구나. 날이 좋은 때에 아가씨 어머니를 만나러 방문하마. 어머니께 그렇게 전해 다오. 차 마실 시간을 알리는 종소리구나. 우리는 손자 때문에 차를 일찍 마신단다. 함께 가자. 이웃끼리 계속 친해져야지."

"제가 함께 가도 괜찮다면 가겠습니다."

"괜찮지 않다면 함께 가자고 안 했겠지."

로렌스 씨는 옛날식 예절대로 팔짱을 끼라며 구부린 팔을 조에게 내밀었다.

'메그 언니가 이 일을 알면 뭐라고 할까?' 이런 생각을 하고 걸어가면서도 조는 식구들에게 여기서 있었던 일을 이야기하는 모습을 상상하면서 눈을 반짝거렸다.

"애야! 손님을 어떻게 대접하는 게냐?" 노신사가 손자에게 말했다. 로리가 서둘러 계단을 뛰어 내려오다 근엄한 할아버지가 조와 팔짱을 끼고 있는 걸 보고 화들짝 놀랐다.

"돌아오신 줄 몰랐습니다." 로리가 말했다. 조는 로리를 향해 의기양양하게 고개를 살짝 끄덕여 보였다.

"네가 계단을 그렇게 요란하게 뛰어 내려오는 걸 보니 그 말이 맞는 것 같구나. 차 마시러 가자. 신사답게 굴어라."

로렌스 씨는 쓰다듬듯 손자의 머리카락을 잡아당기더니 계속 걸어갔다. 로리가 두 사람 뒤를 따라오며 인류의 진화 단계를 우스꽝스럽게 흉내 내는 바람에 조는 하마터면 큰소리로 웃음을 터뜨릴 뻔했다.

차를 네 잔 마시는 동안 로렌스 씨는 거의 아무 말도 하지 않았다. 대신 금세 오랜 친구처럼 수다를 떠는 손자와 조를 지켜보았다. 그리고 손자가 평소와 다르다는 것을 눈치 챘다. 지금 손자의 얼굴은 화색이 돌고 생기가 넘쳤다. 태도도 활기차고 정말로 재미있다는 듯 웃었다.

'저 아가씨 말이 맞았어. 로리는 외로웠던 거야. 옆집 소녀들이 어떻게 로리를 도와줄 수 있는지 지켜봐야겠어.' 두 사람을 지켜보고 대화를 들으면서 로렌스 씨는 생각했다. 그는 조의 남다르고 직설적인 태도가 마음에 들었다. 조가 마치 자신을 이해하듯 로리를 이해하는 것처럼 보였다.

로렌스 저택 사람들이 조가 말한 대로 '고지식하고 답답한 사람들'이었다면 이렇게 편하게 대하지 못했을 것이다. 그런 사람들과 같이 있으면 조는 늘 부끄럽고 어색했다. 그런데 로렌스 씨와 로리와 함께 있는 지금은 편해서 평소대로 행동할 수 있고 좋은 인상을 줄 수 있었다. 차를 마시고 다들 자리에서 일어났을 때 조는 집에 돌아가겠다고 했다. 그런데 로리가 보여 줄 게 더 있다고 하더니 온실로 데려가서 조를 위해 불을 밝혔다. 온실은 요정이 사는 곳 같았다. 조는 통행로를 따라 이리저리 걸으며 꽃들이 핀 양쪽 벽을 구경했다. 부드러운 빛, 축축한 습기, 달콤한 꽃향기, 머리 위로 드리운 멋진 덩굴과 나무들……. 그 사이 새로 사귄 친구는 두 손 가득 예쁜 꽃들을 꺾어 왔다. 그러더니 잘 묶으면서 조가 좋아하는 행복한 표정을 지으며 말했다. "이거 어머니한테 드리고 보내 주신 약 잘 먹었다는 말 전해 줘."

다시 저택으로 돌아가 보니 로렌스 씨가 넓은 거실 벽난로 앞에 서 있었다. 하지만 조는 뚜껑이 열린 그랜드 피아노에 정신을 빼앗겼다.

"너 피아노 쳐?" 놀랍다는 얼굴로 로리를 돌아보며 조가 물었다.

"가끔." 로리는 겸손하게 대답했다.

"지금 쳐 줘. 부탁이야. 나 꼭 듣고 싶어. 베스한테 이야기해 주고 싶단 말이야."

"네가 먼저 칠래?"

"난 칠 줄 몰라. 멍청해서 못 배웠어. 하지만 음악은 정말 좋아해."

로리가 피아노를 치고 조는 헬리오트로프(연보라색 꽃이 피는 향기로운 정원 식물 - 옮긴이)와 월계화 향기를 맡으며 귀를 기울였다. 로리가 피아노 실력이 대단한데도 잘난 척하지 않았다는 사실에 조는 '꼬마 로렌스'에 대한 인상이 더 좋아졌다. 조는 베스도 로리의 연주를 들었으면 좋겠다고 생각했다. 하지만 그 생각을 말로 옮기지는 않았다. 그의 연주 실력을 거듭 칭찬하기만 했는데, 로리가 창피해서 결국 할아버지가 도와주러 나섰다. "그 정도면 됐다. 됐어요, 아가씨. 칭찬을 지나치게 많이 하는 건 이 아이한테 좋지 않아. 연주 실력이 나쁘지는 않지만, 나는 이 아이가 좀 더 중요한 일을 하길 바란단다. 이제 가려고? 너 한테 정말 고맙구나. 다음에 또 와 주렴. 어머니께 안부 전해 다 오. 의사 선생, 잘 가시게."

로렌스 씨는 친절하게 악수를 했다. 하지만 얼굴은 마치 화난 사람 같았다. 다시 홀로 돌아온 조는 자신이 뭐 실수한 거라도 있냐고 로리에게 물었다. 로리는 고개를 가로저었다.

"그런 거 없어. 나 때문이야. 할아버지는 내가 노는 거 싫어하셔."

"왜?"

"나중에 이야기해 줄게. 존이 집까지 데려다줄 거야. 내가 못 가니까."

"그럴 필요 없어. 내가 어린애도 아니고 한 걸음이면 갈 수 있 는데 뭐. 얼른 나아야 돼, 알겠지?"

"알았어. 어쨌든 나중에 또 올 거지, 그지?"

"네가 다 나은 다음에 우리 집에 놀러 온다고 약속하면 나도 또 올게."

"그렇게 할게."

"안녕, 로리."

"잘 가, 조, 안녕."

조가 이날 오후의 모험담을 이야기하자 가족들은 직접 로리를 찾아가고 싶어졌다. 저마다 울타리 너머 대저택에 대해 마음에 드는 점이 생겼기 때문이다. 마치 부인은 아직도 자신의 아버지를 기억하는 로렌스 씨를 만나 아버지에 대해 이야기를 나누고 싶었다. 메그는 대저택의 온실이 몹시 궁금했다. 베스는 그랜드 피아노를 쳐 보고 싶어서 한숨이 나왔고, 에이미는 멋진 그림들과 동상들이 보고 싶었다.

"엄마, 로렌스 씨는 왜 로리가 노는 걸 안 좋아할까요?" 호기심 많은 조가 물었다.

"나도 잘 모르겠는데, 아마 당신의 아들 그러니까 로리의 아버지가 음악가인 이탈리아 여성과 결혼한 것이 자존심 강한 그분 마음에 들지 않았기 때문에 그런 것 같구나. 로리의 어머니는 착하고 사랑스럽고 실력 있는 분이었어. 하지만 로렌스 씨는 그 사람을 싫어해서 아들이 결혼한 후에는 한 번도 아들을 만나지 않았단다. 로리가 어렸을 때 부부가 죽어서 로렌스 씨가 로리를 데려왔어. 내 짐작으로는 이탈리아에서 태어난 로리가 별로 건강하지 않아서 손자까지 잃을까 봐 염려하는 것 같아. 그래서 지나칠 정도로 로리에 대해 걱정을 하게 된 거지. 로리는 자기 어머니를 많이 닮아서 선천적으로 음악을 좋아해. 내 생각에는 로렌스 씨께서 손자가 음악가가 될까 봐 걱정하는 듯해. 로리의 연주를 보면 당신이 싫어하던 며느리 생각이 날 테니까 말이야. 그래서 조가 말한 것처럼 '노려보셨을' 거야."

"어머머, 로맨틱하기도 해라!" 메그가 소리쳤다.

"말도 안 돼." 조가 말했다. "로리가 하고 싶다면 음악을 하게 허락해야죠. 로리가 가기 싫다는데도 억지로 대학을 보낼 게 아니라."

"그래서 눈도 그렇게 멋지게 까맣고 태도도 그렇게 멋졌구나. 이탈리아 사람들은 다 멋진 것 같아." 조금은 감상적인 메그가 말했다.

"걔 눈과 태도에 대해 언니가 뭘 안다고 그런 말을 해? 언니는 걔하고 말도 거의 안 해 봤잖아." 전혀 감상적이지 '않은' 조가 소리쳤다.

"나도 가디너 씨 댁 파티에서 걔 봤잖아. 너한테 하는 태도 보면 예의범절을 잘 안다는 걸 알 수 있어. 엄마가 보낸 약 이야기를 한 것도 착하고 말이야."

"푸딩 이야기한 거잖아."

"둔하긴, 네 이야기를 한 거잖아."

"그랬나?" 그렇게 말하며 조는 짐작도 못 했다는 듯 눈을 휘둥그렇게 떴다.

"너 같은 여자애 처음 본다. 칭찬을 듣고도 칭찬인 줄 모르다니 말이야." 메그가 이런 문제에 대해서는 모르는 게 없다는 듯 말했다.

"그건 다 그냥 별 뜻 없이 한 소리야. 그리고 언니, 바보 같은 소리 좀 그만해, 괜히 내 즐거움 망치지 말고. 로리는 좋은 애야. 난 걔가 마음에 들어. 난 칭찬이나 별 뜻 없는 말 가지고 로맨틱하니 어쩌니 하는 생각 안 해. 우리 다 개한테 친절하게 대해 줘야 돼. 왜냐하면 개는 엄마가 없잖아. 로리가 우리 집에 놀러 와도 되죠, 그렇죠 엄마?"

"물론이지, 조. 네 친구는 언제든지 환영이야. 그리고 엄마가 메그한테 해 주고 싶은 말이 있는데, 어린아이들은 될 수 있는 한 오래 어린아이로 남아 있는 게 좋아. 굳이 어른들이 하는 행동 따라 하지 않아도 된다."

"난 아직 열세 살도 안 됐지만 내가 어린아이라고 생각 안 해요." 에이미가 말했다. "베스 언니는 어떻게 생각해?"

"나는 우리의 '천로역정'을 생각하고 있었어." 지금 이어지던 대화를 전혀 듣지 않고 있던 베스가 대답했다. "절망의 구렁텅이에서 빠져나와 착한 사람이 되기로 결심하면서 좁은 문을 통과하고 가파른 언덕을 올라가잖아. 그러니까 저 건너편에 있는, 아름다운 것들로 가득한 저택은 바로 아름다움의 궁전인 거야."

"그곳에 가려면 먼저 사자를 통과해야 돼." 조는 마치 예언자라도 되는 듯 말했다.

6

❀➳➳ ⫷❀⫷

베스, 아름다운 궁전에 가다

다 둘러보려면 시간이 많이 걸리기는 하지만 로렌스 저택은 아름다운 궁전이 맞았다. 그런데 베스는 아름다운 궁전으로 가는 길에 있는 사자들을 통과하지 못했다. 그중에서도 가장 큰 사자는 로렌스 씨였다. 로렌스 씨가 마치 자매들 집을 방문해 자매들 한 사람 한 사람한테 재미있거나 친절한 이야기를 건네고, 어머니와 지나간 옛이야기를 여러 번 나누고 나자 다들 이 할아버지에 대한 두려움이 사라졌지만 베스만은 예외였다.

아름다운 궁전으로 가는 길을 막는 또 다른 사자는 마치 자매들 집은 가난하고 로리는 부자라는 사실이었다. 이 사실 때문에 자매들은 보답할 수 없는 호의를 받는 것을 주저했다. 그런데 정작 로리는 엄마처럼 따뜻하게 대해 주는 마치 부인과 자매들의 따뜻한 환대, 그리고 소박한 집에서 느끼는 아늑함과 푸근함 때문에 오히려 자신이 큰 도움을 받고 있다고 여겼다. 오래지 않아 이 사실을 알게 된 자매들은 더 이상 자존심을 내세우지 않고 누가 더 부자인가도 따지지 않고 이웃과 마음을 주고받게 되었다.

새로운 우정이 봄날의 풀처럼 쑥쑥 자라나는 동안 즐거운 일들이 많이 일어났다. 마치 집 식구들 모두 로리를 좋아했다. 로리는 가정 교사에게 '마치 자매들 모두 다 멋진 소녀들'이라고 살짝 말했다. 어린 나이에 어울리게 밝고 명랑한 네 자매는 외로운 소년을 친구로 받아들여 아껴 주었고 로리는 이 순진한 소녀들과 함께 있는 것이 무척 좋았다. 엄마도 누이도 없던 로리는 금세 마치 가족과 친해졌고, 그들에게 영향을 받으면서 바쁘고 활기차게 사는 그들과 달리 나태하게 사는 자신이 부끄러워졌다. 갈수록 로리는 공부가 지겹고 사람들과 어울리는 게 재미있었다. 그러자 가정 교사 브룩은 어쩔 수 없이, 로리가 무단으로 수업을 빠지고 마치 자매들 집으로 도망친다고 로렌스 씨에게 보고했다.

"신경 쓰지 말게. 그 아이한테 휴가를 주고 나중에 보충 수업을 하게." 로렌스 씨가 말했다. "옆집의 똑똑한 숙녀가 그러더군. 로리가 공부를 너무 많이 한다면서, 또래 친구들과 어울리고, 놀고, 운동을 할 필요가 있다고 말이야. 내 생각에도 그 숙녀 말이 맞는 것 같아. 내가 할머니처럼 그 아이를 너무 애지중

지혔다는 생각이 들었네. 그 아이가 행복하기만 하다면 하고 싶은 대로 하게 내버려 둘 참이야. 작은 수녀원 같은 이웃집에서는 큰 말썽도 일으키지 않을 테고 마치 부인이 우리보다 그 아이를 더 잘 돌보고 있다네."

네 자매와 로리는 함께 즐거운 시간을 보냈다. 재미있는 놀이도 많이 했고 신나는 순간도 많았다. 썰매와 스케이트를 타러 가기도 하고, 오래된 거실에서 즐겁게 저녁 시간을 함께 보내고, 가끔은 로렌스 저택에서 작은 파티를 열기도 했다. 메그는 원할 때마다 온실을 산책하면서 작은 꽃다발을 실컷 만들 수 있었다. 조는 새로 발견한 서재를 욕심스럽게 탐험하고 나름대로 비평을 해서 노신사를 포복절도하게 만들기도 했다. 에이미는 그림들을 베껴 그리기도 하면서 아름다운 미술품들을 마음껏 감상했다. 그리고 로리는 지금까지 한 중에 제일 즐겁게 대저택의 주인 역할을 했다.

베스는 그랜드 피아노가 몹시 치고 싶은데도 메그가 '더없는 행복의 저택'이라고 부르는 이웃집에 갈 용기가 나지 않았다. 딱 한 번, 조와 함께 이웃집에 가려고 시도했다. 그런데 이 소녀가 얼마나 마음이 약한지 몰랐던 로렌스 씨가 숱 많은 눈썹 아래 눈으로 빤히 바라보며 "어이!"라고 큰소리로 부르자, 베스는 나중에 엄마에게 설명한 대로 '발이 타타타타 소리 나게 뛰어서' 집으로 도망쳤다. 그리고 그랜드 피아노가 있든 말든 다시는 로렌스 저택에 가지 않겠다고 결심했다. 아무리 설득하고 달래도 베스는 두려움에서 벗어나지 못했다.

누구를 통해서인지는 모르겠지만 이 소식을 듣게 된 로렌스 씨가 문제를 해결하러 나섰다. 어느 날 마치 자매 집에 잠깐 들른 로렌스 씨가 대화를 자연스럽게 음악으로 이끌어 가서는 자신이 본 위대한 가수들과 자신이 들은 훌륭한 파이프 오르간에 대해서 이야기했다. 그 이야기에 마음을 빼앗긴 베스가 구석에 숨어 있지 못하고 조금씩 조금씩 가까이 다가왔다. 그러다 로렌스 씨 등 뒤까지 다가와 걸음을 멈추고는 그 자리에 서서 예쁜 눈을 활짝 뜨고 두 볼이 빨갛게 달아오른 채로 신나게 이야기를 들었다. 로렌스 씨는 베스가 파리만큼 작아서 보이지도 않는 것처럼 로리의 수업과 교사들 이야기만 하다가 갑자기 생각난 듯 마치 부인에게 이런 이야기를 했다.

"손자 녀석이 요즘은 음악을 등한시하고 있어요. 나로서는 다행인 일이지. 나는 그 아이가 음악을 지나치게 좋아하게 될까 봐 걱정이었으니까. 그런데 피아노가 연주해 줄 사람을 애타게 기다리게 되었답니다. 우리 집 피아노가 음에 이상이 생기지 않도록 따님들 중에 누가 이따금 와서 피아노 연주를 해 줄 수 없을까요?"

그 순간 베스가 박수를 치지 않으려고 두 손을 꼭 맞잡은 채로 앞으로 한 걸음 나왔다. 로렌스 씨의 말은 도저히 거부할 수 없는 유혹이었다. 그 멋진 악기를 연주할 수 있다는 생각만으로도 베스는 숨이 막힐 것 같았다. 마치 부인이 대답을 하기도 전에 로렌스 씨가 어색하게 슬쩍 고개를 끄덕이더니 미소를 짓고는 이렇게 말을 이었다.

"다른 사람과 만나거나 이야기를 할 필요도 없어요. 언제든 와도 돼요. 나는 피아노가 있는 곳에서 정반대에 있는 서재에서 꼼짝도 안 할 거요. 로리는 하루의 거의 대부분을 밖에 나가 지내고, 하인들도 9시 이후에는 거실에 얼씬도 하지 않아요."

여기까지 말하고서 갈 것처럼 로렌스 씨가 일어서자 베스는 말을 하기로 결심했다. 마지막 설명까지 들어 보니 더 바랄 게 없었다.

로렌스 씨가 말했다. "따님들한테 내 이야기를 전해 주세요. 하지만 아무도 관심 없다고 해도 신경 쓰지 말아요."

바로 그때 로렌스 씨의 손 안으로 작은 손이 쏙 들어왔다. 베스가 너무도 감사하다는 얼굴로 로렌스 씨를 올려다보며 여전히 두려우면서도 솔직하게 말했다.

"관심 있어요. 아주, 아주 많이요!"

"네가 음악을 좋아한다는 아이냐?" 로렌스 씨는 '어이' 하고 부르지 않고 그저 다정한 얼굴로 베스를 내려다보며 물었다.

"저는 베스예요. 음악을 많이 좋아해요. 제가 연주하는 걸 아무도 안 듣는다면…… 그리고 아무도 저를 방해하지 않는다면 제가 갈게요." 베스는 무례하게 보일까 봐 두려워서 바들바들 떨면서도 용기 있게 말했다.

"그런 일은 절대 없을 게다. 우리 집은 낮 시간의 절반은 비어 있으니까 와서 네 마음대로 피아노를 두드리렴. 그렇게 해 주면 내가 고맙겠구나."

"정말 친절하시네요."

베스는 다정한 얼굴로 내려다보는 로렌스 씨를 장미처럼 빨갛게 달아오른 얼굴로 쳐다보았다. 이제 더 이상은 무섭지 않았다. 감사의 뜻으로 로렌스 씨의 큰 손을 꽉 잡았다. 그가 준 소중한 선물에 대해 고맙다고 달리 표현할 말이 생각나지 않았기 때문이다. 노신사는 베스의 앞머리를 살짝 쓰다듬더니 허리를 숙여 아이의 볼에 입을 맞추고 다른 사람들한테 들리지 않게 작은 목소리로 이렇게 속삭였다. "예전에 나에게도 너 같은 눈동자를 가진 손녀가 있었단다. 신의 축복이 너와 함께하기를 빈다. 잘 있어요, 아가씨." 그러고서 로렌스 씨는 서둘러 돌아갔다.

베스는 엄마와 함께 이 엄청난 기쁨을 나누다가 그 자리에 없어서 아직 아무것도 모르는 다른 가족들에게 이 영광스러운 소식을 알리려고 위층으로 달려 올라갔다. 그날 저녁 내내 베스는 행복에 겨워 노래했다. 그리고 베스가 밤중에 자다가 에이미의 얼굴을 피아노처럼 두드려 동생의 잠을 깨우는 바람에 가족들이 얼마나 많이 웃었는지 모른다.

다음 날, 로렌스 씨와 로리가 집을 나서는 모습을 본 베스는 가려다가 포기하기를 두세 번 거듭한 끝에 용기를 내서 옆문으로 집을 나가 생쥐처럼 조용히 로렌스 저택 거실로 찾아갔다. 그곳에 베스가 그토록 꿈에 그리던 그랜드 피아노가 있었다. 우연인지 아닌지 모르겠지만 피아노 위에는 아름다우면서도 치기 쉬운 악보도 몇 개 놓여 있었다. 몇 번이나 멈춰서 두리번거리며 주위를 살피던 베스는 드디어 바들바들 떨리는 손으로 피아노를 살짝 건드려 보았다. 그러더니 곧바로 두려움도 잊고 자기 자신도 잊고 주위의 모든 것을 다 잊어버리고, 사랑하는 친구의 목소리 같은 음악이 주는 크나큰 즐거움에 푹 빠져들었다.

헤너가 저녁 식사 시간이 되었다고 데리러 올 때까지 베스는 정신없이 피아노를 쳤다. 집에 돌아와서도 밥 먹을 생각도 하지 않고 가만히 앉아서 세상의 행복을 모두 가진 얼굴로 가족들에게 미소를 지어 보였다.

그 뒤부터 날마다 갈색 후드를 쓴 작은 아이가 울타리를 지나 로렌스 저택의 멋진 거실을 음악으로 가득 채우고는 아무도 모르게 빠져나왔다. 로렌스 씨가 종종 서재 문을 열어 놓고 자신이 좋아하던 옛날 분위기를 즐긴다는 걸 베스는 전혀 몰랐다. 로리가 홀 앞에 지키고 서서 하인들이 거실로 가지 못하게 막는다는 것도 몰랐고, 선반에 있는 피아노 연습 책들과 새로운 악보들 역시 자신만을 위해 누군가 그곳에 가져다 놓았다는 것도 알지 못했다. 물론 로렌스 씨가 집에 찾아와서 음악에 대해 이야기했을 때도 그저 자신에게 도움이 되는 이야기를 해 준 게 고맙다는 생각만 했다. 베스는 진심으로 혼자만의 시간을 즐겼고, 흔한 일은 아니지만 자신이 그토록 바라던 꿈이 이루어졌다고 생각했다. 이런 일이 일어난 데에 너무도 감사해하던 베스는 꿈이 이루어지고 큰 축복이 찾아오는 게 당연할 만큼 착한 아이였다.

"엄마, 저, 로렌스 씨를 위해서 슬리퍼를 만들고 싶어요. 저한 테 너무나도 큰 친절을 베풀어 주셔서 꼭 감사를 전하고 싶은데 그거 말고는 제가 할 줄 아는 게 없어요. 해도 돼요?" 로렌스 씨가 집에 방문하고 몇 주 후 베스가 물었다.

"되고말고. 로렌스 씨가 아주 기뻐하실 거야. 감사를 전하는 건 아주 좋은 일이란다. 다른 아이들도 도와줄 거고 만드는 비용은 내가 주마." 좀처럼 자신을 위해 뭔가를 부탁하는 일이 없는 베스가 하는 부탁이었기 때문에 마치 부인은 기쁘게 딸의 청을 들어주었다.

베스는 두 언니와 함께 여러 번에 걸쳐 심각하게 이야기한 끝에 문양을 선택하고 재료를 사고 나서 슬리퍼 만들기를 시작했다. 짙은 보라색 바탕에 얌전하면서도 생기 있는 팬지 꽃 무늬가 들어간 천은 선명하게 눈에 띄었다. 베스는 아침 일찍부터 저녁 늦게까지 열심히 수를 놓았고, 까다로운 부분을 할 때만 살짝살짝 얼굴을 들었다. 바느질 속도가 빨라서 지치기 전에 슬리퍼를 완성했다. 그리고 나자 베스는 아주 짧고 꾸밈없는 편지를 쓴 다음 로리의 도움을 받아서 로렌스 씨가 일어나기 전 아침 무렵에 그의 책상 위에 몰래 선물을 가져다 놓았다.

흥분된 비밀 작전이 끝나고 베스는 조용히 기다렸다. 하루가 지나고 다음 날이 되었다. 그런데도 연락이 오지 않자 베스는 혹여 자신이 짜증 잘 내는 이웃의 심기를 불편하게 만들었을까 봐 겁이 나기 시작했다. 오후가 되어 베스는 심부름을 하러 외출했다. 매일 하는 운동을 시키겠다면서 고장 난 불쌍한 인형 조애너도 데리고 나갔다. 그러고서 돌아오는 길에 집 앞에 다다랐을 때였다. 거실 창문에서 세 명, 아니 네 명의 머리가 왔다 갔다 하다가 베스를 보자마자 손을 흔들어 대더니 여러 명의 신난 목소리가 소리쳤다.

"노신사한테서 편지 왔어. 얼른 와서 읽어 봐!"

"와, 베스 언니, 할아버지가 언니한테……." 에이미가 까불거리며 손짓을 해 대기 시작했지만 조가 창문을 쾅 닫는 바람에 더 이상은 동생이 보이지 않았다.

베스는 잔뜩 긴장한 채 발걸음을 재촉했다. 현관 앞에 다다르자 언니들과 동생이 의기양양하게 베스를 붙잡고 거실로 데려가더니 모두 똑같은 곳을 가리키며 동시에 말했다. "저기 봐! 저기 봐!" 자매들이 가리키는 곳을 본 베스는 기쁘고 또 놀라서 얼굴이 새하얗게 질렸다. 자매들이 가리킨 곳에는 자그마한 업라이트 피아노가 있었다. 윤이 나는 피아노 뚜껑 위에는 겉에 '엘리자베스 마치 양'이라고 적힌 편지가 흡사 간판처럼 놓여 있었다.

"나한테 주는 거야?" 숨이 턱 막혀 조에게 꼭 매달린 베스는 금방이라도 쓰러질 것만 같았다. 그 정도로 감격스러웠다.

"그래, 너한테 주신 거야, 귀여운 동생아! 로렌스 씨 정말 굉장하지 않니? 이 세상에서 제일 훌륭한 분이라고 생각 안 해?

편지 안에 열쇠가 있어. 아직 편지는 안 열어 봤어. 안에 뭐라고 써 있는지 너무너무 궁금해." 조가 동생을 꼭 껴안고 편지를 건네며 소리쳤다.

"언니가 읽어 줘. 난 너무 떨려서 못 읽겠어. 와, 너무 예뻐!" 베스는 선물 때문에 흥분해서 조의 앞치마에 얼굴을 묻으며 말했다.

조가 편지를 펼치더니 첫 문장을 보고는 웃음을 터뜨렸다.

마치 양.
안녕하신지요…….

"너무 근사하다! 나도 이렇게 인사말 쓴 편지 받아 봤으면 좋겠어!" 옛날식 표현이 우아하고 멋지다고 생각하는 에이미가 말했다.

살아오면서 많은 슬리퍼를 신어 봤지만 아가씨가 보내 준 것만큼 잘 맞는 것은 처음이었습니다.

조는 계속해서 편지를 읽었다.

팬지는 내가 제일 좋아하는 꽃입니다. 슬리퍼를 볼 때마다 이걸 준 친절한 아가씨가 떠오를 겁니다. 슬리퍼를 선물 받은 은혜를 갚고 싶습니다. 이 '노신사'는 곁을 떠난 어린 손녀가 한때 가지고 있던 것을 전하려 하는데 아가씨가 허락해 주리라 믿습니다. 마음 깊이 감사하며 원하는 모든 것이 이루어지기를 바랍니다.

당신에게 감사하는 친구이자 충성스러운 벗
제임스 로렌스

"자, 베스, 실컷 자랑해도 돼. 로리한테 들었는데 로렌스 씨는 죽은 손녀를 굉장히 사랑했대. 그래서 그 아이가 가지고 있던 물건들을 전부 소중하게 간직하고 있었대. 생각해 봐. 그런 분이 너한테 이 피아노를 보내셨어! 그 아이도 크고 파란 눈인 데다 음악을 좋아했대." 조는 너무 흥분해서 바들바들 떠는 베스를 달래며 말했다.

"정교하게 생긴 초 받침들 좀 봐. 멋진 초록 실크는 가운데에 황금 장미를 넣어 주름 잡았네. 예쁜 받침대랑 등받이 없는 피아노 의자도 있고. 전부 다 완벽해." 메그는 피아노 뚜껑을 열어서 구경하며 말했다.

"'충성스러운 벗, 제임스 로렌스.' 언니한테 이렇게 썼다는 것밖에 생각이 안 나. 친구들한테 다 말해야지. 다들 너무 멋지다고 생각할 거야." 편지에 크게 감동받은 에이미가 말했다.

"한번 쳐 봐요. 이 작은 피아노 소리 좀 들어 보게." 언제나 마치 가족의 기쁨과 슬픔을 함께 나누는 헤너가 말했다.

베스는 피아노를 쳤다. 가족 모두 이렇게 멋진 소리가 나는 피아노는 처음이라고 말했다. 새로 조율하고 말끔하게 손질한 게 분명했다. 그렇지만 이 피아노가 이렇게 아름다운 진짜 이유는, 베스가 아름다운 흑백 건반을 사랑스럽게 두드리고 반짝이는 페달을 부드럽게 밟으며 연주하는 동안 모두가 행복한 얼굴로 바라보기 때문이었다.

"가서 감사 인사 드려." 베스가 정말 갈 거라고는 꿈에도 생각지 않은 조가 농담처럼 말했다.

"알아, 그럴 거야. 인사드리러 가는 걸 생각만 하다 보면 더 무서워질 테니까 지금 당장 갈래." 이렇게 말하고서 베스는 조심스럽게 정원을 걸어가 울타리를 지나 로렌스 저택 현관으로 갔다. 그 모습에 모여 있던 가족 모두 깜짝 놀랐다.

"에구머니, 내가 이런 신기한 일을 다 보다니, 죽을 날이 됐나 보네. 저 작은 피아노 때문에 아가씨 머리가 이상해졌나 봐. 제정신이었다면 절대 저렇게 못 갔을 거야." 헤너는 베스를 빤히 바라보며 소리쳤다. 나머지 자매들은 아무 말도 못 한 채 기적 같은 이 일을 지켜보기만 했다.

그런데 그 뒤에 베스가 한 일을 봤다면 다들 더 많이 놀랐을 것이다. 이 말을 믿을지 모르겠지만, 로렌스 저택으로 간 베스는 다른 생각 할 사이도 없이 곧장 서재 문을 두드렸다. 안에서 걸걸한 목소리가 "들어와요!"라고 말하자 서재로 들어가 깜짝 놀라는 로렌스 씨 앞으로 가서는 손을 내밀고는 아주 조금만 떨

리는 목소리로 말했다. "감사하다는 말씀 드리러……." 하지만 베스는 말을 끝맺지 못했다. 로렌스 씨가 너무나 다정한 눈빛으로 바라보는 바람에 할 말을 잃은 것이다. 그러다 로렌스 씨가 사랑하던 어린 손녀를 잃었다는 것이 생각나자 두 팔로 그의 목을 껴안고는 뽀뽀를 했다.

저택 지붕이 날아갔다고 해도 로렌스 씨는 그렇게 놀라지 않았을 것이다. 하지만 로렌스 씨는 기뻤다. 정말로, 굉장히 기뻤다. 용기 내어 뽀뽀해 준 베스에게 감동받고 기쁜 나머지 퉁명스러움이 다 사라져 버린 로렌스 씨는, 마치 손녀가 되살아난 듯 베스를 무릎에 앉히고 주름진 뺨을 장미처럼 발그스름한 베스의 뺨에 댔다. 그 순간부터 베스는 더 이상 로렌스 씨를 무서워하지 않게 되었다. 태어나면서부터 알던 사이처럼 로렌스 씨와 편하게 이야기했다. 사랑이 두려움을 이기고 고마운 마음이 자존심을 이긴 것이다. 베스가 집에 돌아갈 때는 로렌스 씨가 자매들의 집 대문까지 데려다주고는 다정하게 악수를 나누고 모자를 살짝 만지며 인사한 다음, 한때 멋진 군인이었던 노신사답게 곧은 자세로 위풍당당하게 돌아갔다.

그 모습을 보자 조는 자기 식대로 기쁨을 표현하기 위해 신나게 춤을 추기 시작했고, 에이미는 놀라서 하마터면 창밖으로 떨어질 뻔했다. 메그는 두 손을 번쩍 들어 올리며 소리쳤다. "정말 세상이 끝나려나 봐!"

7

⋙ ⋘

에이미와 굴욕의 골짜기

"로리 오빠는 키클로페스(『오디세이아』에 나오는 외눈박이 거인 종족 ─ 옮긴이)하고 똑같아, 그지?" 어느 날 로리가 말을 타고 채찍을 휘두르며 달그락달그락 달려 지나가는 것을 본 에이미가 말했다.

"너 어떻게 그런 말을 할 수 있어? 쟤는 양쪽 눈이 다 있잖아. 게다가 두 눈 다 잘생겼단 말이야." 자기 친구에 대해 조금이라도 안 좋은 말을 들으면 화를 내는 조가 소리쳤다.

"난 눈 말한 거 아니야. 말 타고 가는 게 멋있어서 한 말인데 언니가 왜 화내는지 모르겠어."

"이런, 세상에, 이 바보가 켄타우로스(그리스 신화에 나오는, 상반신은 인간이고 하반신은 말인 종족 ─ 옮긴이)를 키클로페스로 잘

못 말했대요." 조가 웃음을 터뜨리며 소리쳤다.

"그렇게 놀릴 필요 없잖아. 이건 데이비스 선생님 말씀대로 그저 '시럽('lapse of lingy'는 '실언'이라는 의미의 라틴어 'lapsus linguae'를 에이미가 잘못 발음한 것 - 옮긴이)'일 뿐이야." 에이미는 라틴어를 쓰면서 조에게 쏘아붙였다. "로리 오빠가 저 말을 사는 데 쓴 돈의 조금이라도 나에게 있었으면 얼마나 좋을까." 에이미는 혼잣말하듯 했지만 속으로는 언니들이 듣기를 바랐다.

"왜?" 에이미의 두 번째 실수에 조가 깔깔 웃는 걸 보면서 메그가 다정하게 물었다.

"나 돈이 굉장히 필요해. 빚이 많은데 한 달 동안은 내가 용돈을 받을 차례가 돌아오지 않는단 말이야."

"빚이라니, 에이미. 너 그게 무슨 소리니?" 메그가 심각한 얼굴로 물었다.

"그게, 내가 절인 라임을 적어도 열두 개 빚졌는데 돈이 없어서 그걸 갚을 수가 없어. 엄마가 가게에서 절대 외상 하면 안 된다고 하시잖아."

"어디 말 좀 해 봐. 요즘은 라임이 유행이니? 전에는 고무로 공 만든다고 요란을 떨더니." 에이미가 너무 심각하고 진지한 표정이어서 메그도 진지하게 말했다.

"저기, 다른 애들은 매일 그거 산단 말이야. 그래서 치사한 애로 보이지 않으려면 나도 똑같이 해야 돼. 그냥 라임이야. 모두들 수업 시간에 책상에 앉아서 라임을 빨아먹어. 쉬는 시간에 연필이나 구슬 반지, 종이 인형 같은 것하고 바꿔. 마음에 드는 아이가 있으면 그 애한테 라임을 줘. 또 자기를 화나게 한 애가 있으면 그 애 앞에 가서 먹어 보라고 한번 권하지도 않고 라임을 먹는 거야. 애들이 서로 돌아가면서 한 턱씩 낸단 말이야. 나도 많이 얻어먹었는데 한 번도 주지를 못했어. 그게 다 빚이니까 나도 갚아야지."

"친구들한테 얼마나 갚아야 네 신용을 회복할 수 있는 건데?" 메그가 가방을 꺼내며 물었다.

"25센트면 빚 다 갚고도 언니한테 줄 라임 살 돈이 남을 거야. 언니는 라임 안 좋아해?"

"별로 안 좋아해. 나는 필요 없으니까 그냥 네가 먹어. 자, 돈 여기 있어……. 보다시피 별로 많지 않으니까 최대한 아껴 써."

"와, 고마워! 용돈 있으니까 기분 정말 좋다. 이번 주는 한 개도 못 먹었는데 실컷 먹어야지. 그동안 친구들한테 갚지도 못하고 라임을 얻어먹기만 해서 얼마나 속상했는지 몰라."

다음 날 에이미는 다른 날보다 학교에 조금 늦게 갔다. 축축한 갈색 종이 꾸러미를 책상 속 깊숙한 곳에 넣어 두었던 에이미는 친구들에게 보여 주고 싶은 마음을 참을 수가 없었다. 자랑하고 싶은 에이미의 마음은 당연한 것이었다. 몇 분 지나지 않아 교실 안에 소문이 퍼졌다. 에이미 마치가 스물네 개나 되는 맛있는 라임(에이미가 학교에 오는 길에 이미 한 개를 먹었다)을 가지고 왔으며 친한 친구들에게 나눠 줄 것이라는 소문이었다. 엄청난 관심이 에이미에게 집중되었다. 케이티 브라운은 그 자리에서 다음 파티에 에이미를 초대했다. 메리 킹슬리는 쉬는 시간까지 자기 시계를 빌려주겠다고 고집했다. 그리고 빈정대기 좋아해서 라임을 사지 못하는 에이미를 비웃던 제니 스노는 갑자기 화해를 청하고는 어려운 연산 문제 답을 가르쳐 주겠다고 나섰다. 에이미는 제니 스노가 "어떤 사람은 코가 너무 납작해서 다른 사람이 가지고 있는 라임 냄새도 못 맡고, 자존심만 세서 라임을 달라는 말도 못 해"라고 말했던 것을 잊지 않았다. 그래서 제니 스노의 화해 요청을 그 자리에서 무시해 버렸다. "갑자기 친절한 척할 필요 없어. 너한테는 하나도 안 줄 거니까"라면서 말이다.

그날 아침, 학교를 방문한 손님이 에이미가 지도를 멋지게 잘 그렸다고 칭찬하는 일이 생기자 안 그래도 에이미 때문에 화가 나 있던 제니 스노는 더 화가 났고, 에이미는 공부 열심히 하는 학생인 양 으스댔다. 그런데 아, 이를 어쩌나! 자만하면 낭패 보기 쉬운 법. 복수심에 불타던 제니 스노가 상황을 역전시켜 버렸다. 손님이 뻔한 칭찬을 늘어놓은 다음 인사를 하고 교실을 나가자마자 제니 스노는 중요한 질문을 하는 척하다가 데이비스 선생님에게 에이미 마치의 책상에 절인 라임이 있다고 일러바쳤다.

데이비스 선생은 이미 라임을 학교에 가져오지 말라고 공지했고, 이 규칙을 처음으로 어기는 사람은 모두가 보는 앞에서 매를 맞을 거라고 경고한 터였다. 인내심 강한 데이비스 선생은 이제까지 길고 격렬한 언쟁이 오가는 전투 끝에 교실에서 껌을 몰아냈고, 압수한 소설과 신문을 불태웠고, 학생들 사이에 오가는 편지를 금지했으며, 얼굴 우스꽝스럽게 일그러뜨리기, 별명 부르기, 캐리커처 그리기도 금지하는 등, 50명이나 되는 여학생들의 질서를 잡기 위해 할 수 있는 일은 다 했다. 남학생들도 인간의 인내심을 자극하는 존재이고, 그것이 확실한 사실이기는 하지만, 여학생들은 그보다 더 심해서, 특히 폭군 기질이 있고 '블림버 박사(찰스 디킨스의 소설 『돔비와 아들』에 나오는 강압적인 학교 교장 – 옮긴이)'보다도 교사 자질이 부족한 신경과민인 남자 선생이 여학생들을 견디기란 결코 쉬운 일이 아니었다. 데이비스 선생은 그리스어, 라틴어, 대수학을 비롯한 온갖 종류의 학문에 밝아서 괜찮은 선생님으로 불렸다. 하지만 태도나 도덕성, 정서, 본보기 면에서는 전혀 그렇지 못했다. 고자질을 당한 에이미의 입장에서는 이날이 아주 안 좋은 때였고 제니는 그 사실을 잘 알고 있었다. 아무래도 데이비스 선생은 이날 아침에 너무 진한 커피를 마신 것 같았다. 그리고 이날따라 신경통을 도지게 하는 동풍이 불었고, 제자들은 그가 당연히 받아야 한다고 생각하는 신뢰를 보여 주지 않았다. 품위는 없을지 몰라도 여학생들이 사용하는 표현을 빌리자면 '그는 마녀처럼 초조해하고 곰처럼 성질을 부렸다.' '라임'이라는 단어는 불에 기름을 부은 격이었다. 데이비스 선생은 노란 얼굴이 빨갛게 달아올랐고, 제니가 화들짝 놀라 눈 깜짝할 사이에 자기 자리로 달려갈 만큼 세게 책상을 두드렸다.

"학생들, 주목하십시오!"

단호한 지시에 웅성대던 소리가 딱 멈추었다. 50쌍의 파란색, 검정색, 회색, 갈색 눈동자들이 지시에 따라 선생님의 무시무시한 얼굴을 쳐다보았다.

"마치 양, 앞으로 나오세요."

에이미는 지시를 따르기 위해 자리에서 일어섰다. 겉으로는 침착해 보였지만 비밀스러운 두려움이 에이미를 덮쳤다. 라임이 양심을 짓눌렀기 때문이다.

"책상 속에 있는 라임도 가지고 와요."

뜻밖의 지시에 에이미는 자리에서 벗어나기도 전에 더 이상 꼼짝할 수가 없었다.

"다 가져가지 마." 옆에 앉은 아이가 대범하게 속삭였다.

에이미는 서둘러 여섯 개를 빼낸 다음 나머지를 선생님 앞에 내려놓았다. 인간의 마음을 가졌다면 이렇게 맛있는 냄새를 맡으면 화가 풀릴 거라고 에이미는 생각했다. 하지만 불행히도 데이비스 선생은 당시 유행하던 라임 절임 냄새를 유난히 싫어해서 역겨움이 분노를 더 부채질했다.

"이게 전부예요?"

"그런 건 아닌데요." 에이미는 더듬더듬 대답했다.

"당장 나머지도 가져와요."

절망적인 시선으로 단짝 친구들을 보면서 에이미는 선생님의 지시대로 했다.

"남은 게 더 없는 거 확실합니까?"

"저는 거짓말 안 합니다."

"알겠습니다. 이 끔찍한 물건을 두 개씩 집어서 창밖으로 던지세요."

마지막 희망이 날아가자 여기저기서 작은 돌풍 같은 한숨이 동시에 터져 나왔다. 데이비스 선생은 라임을 먹고 싶은 학생들의 입에서 라임을 앗아 가 버렸다. 수치심과 분노 때문에 얼굴이 새빨갛게 달아오른 에이미는 열두 번을 왕복했다. 한 번 갈 때마다 통통하고 과즙이 풍부한 라임들이 쌍을 이뤄서 주저하는 에이미의 손에서 떨어졌고, 길에서 들려오는 고함 소리가 소녀들의 화를 돋웠다. 이 고함 소리는 소녀들이 적으로 생각하는 아일랜드 꼬마들이 에이미가 던진 라임을 차지했다는 뜻이기 때문이었다. 이건, 이건 정말 너무했다. 소녀들 모두 화가 나서 얼굴이 새빨갛게 달아오르거나 애원하는 눈빛으로 냉혹한 선생님을 바라보았고, 라임을 굉장히 좋아하는 한 학생은 급기야 눈물까지 흘렸다.

에이미가 마지막 남은 라임을 창밖으로 던지고 돌아오자 데이비스 선생이 거들먹거리면서 멋있는 척 말했다.

"여러분은 내가 일주일 전에 한 말을 기억할 겁니다. 그 말을 실천해야 할 일이 생겨서 유감입니다. 나는 규칙을 어기는 것을 절대 용납하지 않으며 내가 한 말도 절대 어기지 않습니다. 마치 양, 손바닥 내미세요."

에이미가 흠칫 놀라 양손을 등 뒤로 숨기며 애원하는 눈빛으로 선생님을 봤다. 제대로 발음 못 하는 말로 애원하는 것보다는 이렇게 하는 편이 더 나을 것 같았다. '평소의 데이비스 선생님'의 말에 따르면 에이미는 그가 아끼는 학생이었다. 그러니 그때 어떤 학생이 감정을 자제하지 못하고 씩씩대지만 않았다면, 데이비스 선생도 자기 말을 굳이 지키지 않고 매를 내려놓았을지 모른다. 그런데 씩씩거리는 소리가 작게 들리기는 했지만 화 잘 내는 데이비스 선생을 더 자극했고 그가 아끼는 제자의 운명을 더 어둡게 만들어 버렸다.

"손 내밀어요, 마치 양!" 에이미의 소리 없는 애원에 돌아온 답은 이것뿐이었다. 에이미는 작은 손바닥을 향해 여러 차례 날아오는 매질을 얼굴 한번 찡그리지 않고 견뎌 냈다. 자존심 때문에 울지도, 애원하지도 않고서 이를 악물고 당당하게 고개를 빳빳이 쳐든 채 말이다. 그리 많이 때리지도 않았고 아프게 때리지도 않았지만 그런 건 중요하지 않았다. 에이미는 태어나서 처음으로 맞았다. 선생님이 자신을 때려눕히기라도 한 것처럼 엄청난 수치심을 느꼈다.

"그럼 지금부터 쉬는 시간까지 교단 위에 서 있어요." 데이비스 선생은 결심한 대로 끝까지 제대로 벌을 줄 작정이었다.

고통스러운 과정이었다. 그대로 자기 자리로 돌아가 측은한 듯 바라보는 다른 학생들의 시선을 한 몸에 받거나, 몇몇 적들이 고소하다는 듯 쳐다보는 시선을 견디는 것만으로도 충분히 괴로웠을 것이다. 그러잖아도 수치스러운데 학급 전체가 보는 앞에 서 있는 건 도저히 할 수 없을 것 같았다. 에이미는 잠깐이지만 그대로 쓰러져 속상한 마음에 엉엉 울고 싶었다. 하지만 라임을 가져오지 말라는 선생님의 말을 따르지 않았다는 약간의 죄책감과 제니 스노에 대한 분노가 이 순간을 견디게 해 주었다. 새하얗게 질린 얼굴로 수치심을 꾹 참고서 바다처럼 쭉 펼쳐진 친구들 얼굴 위로 지나가는 난로 굴뚝만 뚫어지게 바라보며 꼼짝도 않고 서 있었다. 다른 학생들은 앞에 서 있는 불쌍한 에이미 때문에 공부에 집중하지 못했다.

그렇게 15분 동안 자존심 세고 예민한 꼬마 숙녀 에이미는 평생 잊지 못할 수치심과 고통을 겪었다. 남들에게는 우스꽝스럽거나 대수롭지 않은 일일지 몰라도, 에이미에게는 견디기 힘든 일이었다. 12년 인생 동안 사랑만 받고 자란 소녀에게 이런 충격은 처음이었다. 매를 맞아서 따끔거리는 손바닥과 속상한 마음보다 더 힘든 건 이런 생각이었다.

'집에 가서 이 일을 이야기해야 되잖아. 그러면 다들 나한테 실망할 거야.'

15분이 한 시간처럼 느껴졌다. 그래도 어쨌든 끝이 났고, 에이미는 '쉬는 시간!'이라는 말이 이렇게 반가운 건 처음이었다.

"이제 들어가도 좋아요, 마치 양." 곤란한 얼굴로 데이비스 선생이 말했다.

그는 원망하는 듯 쳐다보는 에이미의 얼굴을 쉽게 잊지 못할 것이다. 에이미는 '다시는 여기 안 올 거야'라는 속마음을 보여 주듯 아무한테도 말 한마디 하지 않고 곧장 대기실로 가서 자기 물건들을 챙겨 들고는 교실을 나왔다. 집에 돌아온 에이미는 몹시 슬펐다. 한참 뒤 언니들이 돌아왔고 자매들은 함께 분노했다. 마치 부인은 말을 많이 하지는 않았지만 몹시 속상해 보였다. 그러면서도 힘들어하는 어린 딸을 다정하게 위로해 주었다. 메그는 매 맞은 동생의 손바닥에 글리세린을 발라 주며 눈물을 흘렸다. 베스는 이렇게 슬플 때는 자신의 아기 고양이들도 위로가 되지 않을 것이라고 생각했다. 화가 난 조는 데이비스 선생님을 즉시 체포해야 한다고 주장했고, 헤너는 '그 악당'을 향해 주먹을 휘두르고는 저녁에 먹을 감자가 데이비스 선생이라도 되는 듯 절굿공이로 마구 찧었다.

에이미가 교실을 빠져나간 것에 대해 학생들 말고는 아무도 신경 쓰지 않았다. 하지만 눈치 빠른 학생들은 데이비스 선생님이 그날 오후에 유난히 인자하게 굴면서 평소답지 않게 불안해한다는 것을 간파했다. 학교 수업이 끝나기 직전, 조가 심각한 얼굴로 찾아와 교탁으로 성큼성큼 걸어가서는 어머니가 보낸 편지를 전달했다. 그러고는 에이미의 남은 물건들을 챙겨 들고 교실에서 묻은 먼지를 모두 털어 버리겠다는 듯 도어매트에 부츠 바닥을 문질러 닦은 다음 학교를 떠났다.

"그래, 학교를 잠시 쉬는 건 허락하겠지만 매일 베스와 함께 조금씩 공부해야 한다." 그날 저녁 마치 부인이 말했다. "나는 체벌은 용납 못 해. 특히 여자아이들한테는 절대 안 돼. 데이비스 선생님의 교육 방식도 마음에 안 들지만 네가 어울리는 아이들도 너한테 도움이 된다고는 생각 안 한다. 그래서 너를 다른 학교에 보내기 전에 너희 아버지한테 조언을 부탁할 생각이야."

"좋아요! 애들이 모두 떠나서 그 낡은 학교가 망했으면 좋겠어요. 그 귀한 라임들 생각만 하면 너무 화나요." 에이미는 순교자라도 되는 듯 한숨을 내쉬었다.

"라임을 버린 것에 대해서는 안타깝게 생각하지 않아. 네가 먼저 규칙을 어겼잖니. 선생님 말을 안 들었으니 그에 대해 벌을 받는 건 당연한 일이야." 어머니의 엄한 대답에 다른 무엇보다도 동정심을 바라던 어린 에이미는 실망했다.

"그럼 엄마는 내가 다른 아이들 앞에서 망신당한 게 기분 좋으시다는 거예요?"

"나는 잘못을 바로잡기 위해 그런 방법을 택하지는 않았을 거야." 마치 부인이 말했다. "그렇지만 엄마는 더 부드러운 방법보다는 그 방법이 너한테 더 유익했을 거라는 생각이 드는구나. 막내야, 너는 갈수록 너무 자만하고 자존심만 세지고 있어. 그래서 지금이 그런 점을 바로잡을 수 있는 좋은 때인 것 같아. 너는 재능도 많고 장점도 많은 아이야. 그렇지만 그런 걸 다 자랑할 필요는 없단다. 자만심이 훌륭한 재능을 망칠 수 있기 때문이지. 진짜 재능이나 장점을 남들이 오랫동안 알아주지 않는다고 해서 해가 될 건 없어. 설령 아무도 알아주지 않는다고 해도 자신에게 재능과 장점이 있다는 것을 알고 그걸 잘 사용하기만 한다면 얼마든지 행복해질 수 있단다. 인간이 가진 모든 능력 중에서 가장 아름다운 건 바로 겸손이야."

"맞아요." 구석에서 조와 함께 체스를 하던 로리가 소리쳤다. "제가 아는 여자애가 있는데 음악에 엄청난 재능이 있는데도 본인은 그걸 몰라요. 자기가 혼자 있을 때 작곡한 짧은 곡들이 얼마나 아름다운지도 모르고, 남들이 그걸 알려 줘도 믿으려 하지 않아요."

"그렇게 훌륭한 아이를 나도 알았으면 좋겠네. 그럼 그 아이가 나를 도와줄 수도 있을 텐데. 난 너무 멍청하니까." 로리 옆에서 열심히 이야기를 듣고 있던 베스가 말했다.

"너도 그 아이 잘 알아. 그 아이라면 이 세상 누구보다도 너를 잘 도와줄 거야." 로리가 장난기 가득한 개구쟁이 같은 검은 눈으로 베스를 빤히 쳐다보며 말했다. 그러자 베스가 갑자기 빨갛게 달아오르며 소파 쿠션에 얼굴을 묻었다. 그제야 로리가 한 말의 뜻을 알아차린 것이다.

조는 아끼는 동생 베스를 칭찬해 준 게 고마워서 로리한테 일부러 져 줬다. 베스는 칭찬을 받고도 아무리 달래도 피아노 연주를 해 주지 않았다. 그래서 로리가 피아노를 치면서 유난히 신나고 기분 좋게 노래를 흥얼거렸다. 이 소년은 웬만해서는 마치 집 식구들 앞에서 우울한 모습을 보이지 않았다. 로리가 돌아간 뒤, 저녁 내내 조용히 생각에 잠겨 있던 에이미가 뭔가 생각난 듯 갑자기 이렇게 말했다.

"로리 오빠는 재주가 많은 사람이야?"

"그렇지. 교육도 많이 받았고, 재능도 많지. 귀여움 받고 자라서 버릇이 나빠지지만 않는다면 훌륭한 신사가 될 거야." 마치 부인이 말했다.

"그럼 로리 오빠는 자만심이 없어요?" 에이미가 물었다.

"전혀 없지. 그래서 그렇게 매력적이고 남들한테 사랑받고 우리 모두 그 아이를 좋아하는 거야."

"알겠어요. 재주가 많고 품위 있지만 자랑하지 않고, 뽐내지도 않는 게 좋은 거네요." 에이미가 생각에 잠겨서 말했다.

"겸손하게 행동하면 재주와 능력 같은 장점은 사람의 태도와 말에 나타난단다. 굳이 보여 주려고 애쓰지 않아도 돼." 마치 부인이 말했다.

"네가 가진 모자와 장갑과 리본을 몽땅 몸에 두르지 않아도 네가 그런 걸 가지고 있다는 걸 사람들이 다 아는 거나 마찬가지인 거야." 조의 말에 엄마의 설교는 웃음으로 끝이 났다.

8

조, 마음속의 적을 만나다

"언니들, 어디 가?" 어느 토요일 오후, 방에서 나오던 에이미가 비밀스럽게 외출 준비를 하는 메그와 조를 발견하고는 호기심이 발동해서 물었다.

"별일 아니야. 어린 여자아이들은 그런 거 묻는 거 아니다." 조가 쌀쌀맞게 대꾸했다.

어릴 때 이런 말을 들으면 무척 속이 상하기 마련이다. 그리고 '너는 몰라도 돼'라는 말은 더 속상하게 만든다. 에이미는 조의 말에 고개를 치켜들고는 한 시간 동안 귀찮게 굴어서 비밀을 파헤치기로 결심했다. 그래서 무엇이든 금방 들어주는 메그를 돌아보며 살살 구슬리듯 말했다. "나한테도 말해 줘! 나도 데리고 가. 베스 언니는 인형들 돌보느라 바쁜데 나는 할 일이 하나도 없단 말이야. 너무 심심해."

"그럴 수 없어. 넌 초대 안 받았잖아." 메그가 말을 시작하는데 조가 얼른 끼어들어 말했다. "언니, 그만해. 안 그러면 다 망칠 거야. 넌 못 가, 에이미. 그러니까 아기처럼 징징대지 마."

"로리 오빠랑 어디 가는 거잖아. 나도 다 알아. 어젯밤에 소파에서 같이 속닥거리고 웃었잖아. 그러다 내가 가니까 하던 말을 멈췄지. 로리 오빠하고 가는 거 맞지?"

"맞아. 그러니까 그만 귀찮게 하고 얌전히 있어."

에이미는 입을 다물었다. 하지만 눈은 언니들을 따라다녔고 메그가 호주머니에 부채를 집어넣는 것을 봤다.

"알았다! 알았다! '일곱 개의 성' 보러 극장 가는구나!" 에이미가 소리쳤다. 그러더니 단호하게 다시 말했다. "그러면 나도 따라갈 거야. 엄마가 나도 봐도 된다고 했어. 나도 용돈 있어. 나한테 미리 말도 안 하고, 정말 못됐어."

"그냥 내 말 듣고 얌전히 있어." 메그가 달래듯 말했다. "네 눈이 아직 상태가 좋지 않아서 그런 요정 연극에 나오는 빛을 견디지 못할 테니까 이번 주에는 외출하지 말라고 엄마가 말씀하셨잖아. 다음 주에 베스하고 헤너하고 같이 가서 봐."

"그건 언니하고 로리 오빠하고 같이 가는 것에 비하면 반만큼도 안 좋아. 그러니까 나도 데려가. 감기 때문에 너무 오래 집에 갇혀 있었단 말이야. 심심해서 죽을 것 같아. 제발 메그 언니! 나 얌전하게 말 잘 들을게." 에이미는 최대한 불쌍하게 보이려 애쓰며 애원했다.

"만약 우리가 애를 데리고 간다고 했을 때 옷만 따뜻하게 잘 입혀서 데려간다면 엄마도 안 된다고는 안 하실 거야." 메그가 말했다.

"걔가 간다면 난 안 가. 내가 안 가면 로리가 싫어할걸. 로리가 언니하고 나만 초대했는데 에이미를 끌고 가는 건 무례한 행동이야. 에이미도 초대받지 않은 자리에 끼어드는 게 무례한 짓이라는 걸 알아야 돼." 조가 뿌루퉁하게 말했다. 재미있게 놀고 싶은데 칭얼거리는 동생을 돌보게 될까 봐 화가 난 것이다.

조의 목소리와 태도에 에이미는 화가 났다. 그래서 부츠를 신으면서 최대한 약을 올리려고 이렇게 말했다. "나 무조건 갈 거야. 메그 언니가 나도 가도 된다고 했잖아. 내 입장권을 내 돈으로 사면 로리 오빠한테 신세 지지 않아도 돼."

"넌 우리하고 같이 못 앉아. 우리 좌석은 예매를 했거든. 그리고 넌 혼자 못 앉잖아. 그러면 로리가 자기 자리를 너한테 주게 될 거고 그러면 재미있게 보려던 우리 계획을 망치게 돼. 아니면 로리가 너한테 다른 자리를 마련해 줄 텐데 초대받지도 않은 네가 가서 그런 폐를 끼치는 건 옳지 않아. 너, 한 발짝도 나갈 생각하지 마. 그냥 그 자리에 가만히 있어." 서두르다가 손가락까지 찔린 조가 그 어느 때보다 크게 화를 내며 호통을 쳤다.

바닥에 앉아 한쪽 부츠를 신은 에이미가 울기 시작하자 메그가 동생을 달랬다. 그때 아래층에서 로리가 불러서 메그와 조는 우는 에이미를 내버려 두고 급하게 달려 내려갔다. 에이미는 이따금 자기가 더 이상 아기가 아니라는 사실을 잊어버리고 버릇없는 아이처럼 굴 때가 있다. 언니들과 로리가 떠나자 에이미는 난간 너머로 협박하듯 소리쳤다. "후회하게 될 거야, 조 마치! 꼭 후회하게 만들 거야."

"웃기지 마." 조가 문을 쾅 닫으며 대꾸했다.

세 사람은 즐거운 시간을 보냈다. 〈다이아몬드 호수의 일곱 개 성〉은 기대한 대로 아주 재미있고 멋졌다. 그런데 우스꽝스러운 빨간 악마들, 반짝이는 난쟁이들, 멋진 왕자들과 공주들이 나오는데도 조는 어쩐지 마음 한구석이 편치 않았다. 요정 여왕의 금발 곱슬머리를 보자 에이미가 생각났기 때문이다. 막간마다 자신을 '후회하게' 만들기 위해 동생이 무슨 짓을 할까 걱정이 되었다. 조와 에이미는 둘 다 성격이 급하고 흥분하면 쉽게 화를 내기 때문에 지금껏 서로 충돌하고 치열하게 싸운 적이 한두 번이 아니었다. 에이미는 조를 약 올렸고 조는 에이미를 짜증 나게 했다. 그리고 이따금 싸움을 하고 나면 나중에 둘 다 후회했다. 조는 에이미보다 나이가 많았지만 자제력이 부족하고 불같은 성질을 억제하지 못해서 걸핏하면 말썽을 일으켰다. 그나마 다행인 건 화가 나도 오래가지 않았고, 자신의 잘못을 솔직하게 고백하고 진심으로 뉘우치며 더 나아지려고 노력했다. 그래서 다른 자매들은 조가 화를 내고 나면 천사처럼 착해지기 때문에 조를 화나게 만드는 게 좋다는 농담을 하곤 했다. 가엾은 조는 착한 사람이 되려고 필사적으로 노력했지만 마음속에 있는 적이 걸핏하면 불같이 화를 내며 그 노력을 물거품으로 만들어 버렸다. 그런 성격을 다스리기 위해 조는 몇 년이나 인내심을 갖고 노력했는지 모른다.

조와 메그가 집에 돌아와 보니 에이미는 거실에서 책을 읽고 있었다. 언니들이 들어오자 에이미는 골이 난 척 책에서 눈도 떼지 않고 연극이 어땠는지 물어보지도 않았다. 만약 베스가 이것저것 물어서 연극에 대한 멋지고 자세한 이야기를 듣지 못했다면 에이미의 호기심이 분노를 이겼을지 모른다. 제일 좋은 모자를 가져다 두러 위층에 올라간 조는 가장 먼저 뚜껑을 여닫을 수 있는 자신의 책상부터 살폈다. 왜냐하면 마지막으로 싸웠을 때 에이미가 화풀이를 하려고 책상 맨 위 서랍에 든 것을 방바닥에 몽땅 쏟아 버렸기 때문이다. 그런데 이번에는 모든 것이 제자리에 있었다. 여기저기 벽장과 가방들, 상자들을 대충 훑어본 조는 에이미가 자신의 잘못을 용서했거나 잊어버렸다고 결론 내렸다.

하지만 그것은 착각이었다. 그다음 날 조는 에이미가 무슨 짓을 했는지 알게 되었고 엄청난 폭풍이 밀려왔다. 오후 늦게 메그, 베스, 에이미가 같이 앉아 있는데 조가 흥분한 얼굴을 하고 거실로 뛰어 들어오더니 숨이 차서 헐떡거리며 물었다. "내 원고 본 사람 없어?"

메그와 베스가 동시에 "아니"라고 대답하며 놀란 표정을 지었다. 그런데 에이미는 아무 말도 하지 않고 난롯불만 쿡쿡 쑤셨다. 에이미의 얼굴이 달아오르는 것을 본 조가 막냇동생한테 따져 묻기 시작했다.

"에이미, 네가 가져갔구나!"

"아니야, 안 가져갔어."

"그럼 어디 있는지 아는구나!"

"아니야, 몰라."

"거짓말하지 마!" 조가 에이미의 어깨를 붙잡고는 에이미보다 더 대범한 아이라도 겁먹을 정도로 무섭게 노려봤다.

"아니야. 내가 안 가져갔어. 지금은 어디 있는지도 몰라. 난 그거 관심도 없어."

"너 분명히 뭔가 아는 게 있어. 지금 당장 말하는 게 좋을 거야. 안 그러면 네 입에서 사실이 나오게 만들어 버릴 거니까." 조가 에이미를 붙잡고 흔들었다.

"혼내고 싶으면 마음대로 해. 그 재미없는 옛날이야기는 다시는 못 볼 테니까." 에이미도 흥분해서 소리쳤다.

"왜 못 보는데?"

"내가 다 태워 버렸으니까."

"뭐! 내가 얼마나 아끼는 원고인데. 아빠가 집에 돌아오시기 전에 완성하려고 열심히 쓴 원고란 말이야! 너 정말 그거 태웠어?" 얼굴은 하얗게 질렸지만 금방이라도 불똥이 떨어질 듯 화난 눈을 하고서 조가 두 손으로 에이미를 꽉 붙잡았다.

"그래, 내가 태웠어! 어제 그렇게 못되게 군 거 내가 갚아 준다고 말했잖아. 그래서……."

에이미는 더 이상 말을 잇지 못했다. 화를 참지 못한 조가 이가 딱딱 부딪칠 정도로 세게 에이미를 흔들었기 때문이다. 조는 너무 슬프고 또 화가 나서 울음을 터뜨렸다.

"넌 정말 못된 계집애야! 나 다시는 그렇게 쓸 수 없단 말이야. 죽을 때까지 너 용서 안 할 거야."

메그가 에이미를 구하러 뛰어오고 베스는 조를 달래려고 했다. 하지만 조는 제정신이 아니었다. 막냇동생 뺨을 철썩 때리고는 거실을 뛰쳐나가 다락방으로 올라가서는 낡은 소파에 몸을 묻고 혼자서 분을 삭였다.

아래층에서 일어난 폭풍은 마치 부인이 집에 오면서 가라앉았다. 부인은 무슨 일이 있었는지 다 듣더니 에이미가 언니에게 잘못했다는 생각이 들도록 이야기했다. 에이미가 불태운 그 원고는 조의 자존심이었고, 마치 가족도 그 원고를 위대한 작가로 성공하기 위한 첫걸음이라고 생각했다. 여섯 편의 요정 이야기일 뿐이었지만 조는 모든 정성을 쏟아서 인내심을 갖고 글을 썼고, 출판할 계획까지 가지고 있었다. 그리고 정성을 들여 사본을 만든 다음 오래된 원본은 버렸다. 그러니까 에이미는 몇 년에 걸친 힘든 노력을 불태워 버린 것이다. 남들이 보면 대수롭지 않은 일 같겠지만 조에게는 끔찍한 재앙이었기에 에이미는 어떻게 해도 잘못을 바로잡을 수 없겠다는 생각이 들었다. 베스는 죽은 새끼 고양이를 애도하듯 슬퍼했고 메그는 특별히 더 아끼는 막냇동생이지만 이번 잘못은 편들어 주지 않겠다고 했다. 마치 부인은 심각하고 슬픈 표정이었다. 에이미는 이제 여기 있는 누구보다도 깊이 후회하는 그 일에 대해 용서를 구하기 전까지는 아무도 자신을 사랑하지 않을 거라는 생각이 들었다.

차 마실 시간을 알리는 종이 울리자 나타난 조는 선뜻 다가가기 힘들 정도로 침울한 얼굴이었다. 에이미가 겨우 용기를 내어 기어들어 가는 목소리로 말했다.

"용서해 줘, 조 언니. 정말 정말 미안해."

"절대 너 용서 안 할 거야." 조가 단호하게 말했다. 그 순간부터 조는 에이미를 철저하게 외면했다.

이 엄청난 사건에 대해 그 누구도, 심지어는 마치 부인까지도 아무 말 하지 않았다. 조가 이런 기분일 때는 무슨 말을 해도 소용이 없다는 것을 가족 모두 경험을 통해 알고 있기 때문이다. 가장 좋은 해결 방법은 다른 사건이 생기거나, 조가 타고난 착한 성품으로 스스로 화를 누그러뜨리고 갈등을 치유하는 것밖에 없다. 그날 저녁 어머니는 프레드리카 브레메르, 월터 스콧, 마리아 에지워스의 문집을 소리 내서 읽고 자매들도 평소처럼 다 함께 모여 바느질을 했지만 기분이 좋지 않았다. 뭔가 빠진 것 같았고 평화롭고 즐거운 분위기도 사라졌다. 우울한 분위기는 노래 부르기 시간이 다가왔을 때 최악으로 치달았다. 베스가 피아노를 쳤지만 조는 돌처럼 입도 벙끗하지 않고 가만히 서 있었고 에이미는 완전히 기운이 빠졌다. 그래서 엄마와 메그만 노래를 불렀다. 두 사람이 종달새처럼 즐겁게 노래를 부르며 애써도 플루트 같은 목소리들이 평소처럼 화음을 넣어 주지 않아서 다들 화음이 맞지 않는 것처럼 들렸다.

마치 부인은 조에게 잘 자라는 인사와 함께 뽀뽀를 해 주면서 나직하게 속삭였다.

"애야, 분노를 너무 오래 끌고 가면 안 돼. 서로 용서하고 도우면서 새로운 내일을 시작하렴."

조는 다정한 엄마 품에 얼굴을 묻고 울면서 슬픔과 분노를 씻어 버리고 싶었다. 하지만 눈물은 나약하다는 표시다. 너무 깊이 상처를 받았기 때문에 아직은 도저히 용서할 마음이 생기지 않았다. 그래서 눈을 질끈 감고 고개를 가로젓고는 에이미가 듣고 있는 걸 의식하며 일부러 무뚝뚝하게 말했다.

"이건 상상도 못 할 정도로 끔찍한 일이에요. 걔는 용서받을 자격이 없어요."

그러고서 조는 침대로 뚜벅뚜벅 걸어갔고 그날 밤 자매들 사이에는 즐거운 이야기도, 은밀한 이야기도 오가지 않았다.

에이미는 조가 화해를 받아 주지 않자 몹시 화가 났다. 괜히 먼저 미안하다는 말을 했다고 후회하면서 자랑거리인 외모를 꾸미는 일에 더 열중했는데, 그 모습이 남들을 더 짜증 나게 만들었다. 조는 여전히 벼락을 품은 먹구름처럼 보였고 하루 종일 제대로 되는 게 아무것도 없었다. 추운 아침에는 소중한 파이를 배수로에 빠뜨렸고, 마치 할머니는 신경질을 냈다. 집에 돌아와 보니 메그는 수심에 잠겨 있었고, 베스는 슬프고 아쉬워하는 얼굴이었으며, 에이미는 남들이 모범적인 행동을 하면 입으로는 착한 사람이 되어야 한다고 말하면서 정작 자신은 그렇게 행동하지 않는 사람들에 대한 이야기를 늘어놓았다.

"다 너무 싫어. 로리한테 스케이트나 타러 가자고 해야겠다. 로리는 친절하고 활기차니까 나를 원래대로 돌려놓을 수 있을 거야." 조는 혼잣말을 하고 그 자리를 떠났다.

스케이트가 챙챙 부딪치는 소리를 들은 에이미가 밖을 내다보며 다급하게 소리쳤다.

"저기 봐! 다음엔 나 데리고 간다고 약속하더니 혼자 가잖아. 올겨울은 이번이 마지막으로 스케이트 타는 거란 말이야. 하지만 저런 못된 바보한테 나 데리고 가 달라고 해 봤자 소용없을 거야."

"그런 말 하는 거 아니야. 네가 못되게 굴었잖아. 소중한 원고를 잃었으니 쉽게 용서해 줄 수 없을 거야. 하지만 지금쯤은 마음이 바뀌었을 거야. 네가 적당한 때에 진심으로 노력하면 조도 용서해 줄걸." 메그가 말했다. "쟤네 따라가 봐. 조가 로리 만나서 기분이 좋아질 때까지는 아무 말도 하지 말고 있다가 조용히 다가가서 조한테 뽀뽀를 해 주든지 아니면 친절을 베풀어 봐. 그러면 조도 기분이 풀리고 예전으로 돌아갈 거야."

"그렇게 해 볼게." 메그가 해 준 충고가 마음에 들었기 때문에 에이미는 그렇게 대답하고서 서둘러 준비하고 방금 언덕 너머로 사라진 언니와 로리를 쫓아 달려갔다.

강까지는 먼 거리가 아니었지만 에이미가 도착하기 전에 조와 로리는 이미 스케이트 탈 준비를 마쳤다. 조는 에이미가 오는 걸 보더니 휙 돌아섰다. 로리는 한동안 날씨가 풀렸다가 다시 추워졌기 때문에 얼음 소리를 들으며 단단하게 얼어 있는지 확인하려고 강 가장자리를 따라 조심스럽게 스케이트를 탔다. 그러느라 에이미가 오는 걸 보지 못했다.

"내가 저기 첫 번째 굽이까지 가서 괜찮은지 확인하고 올 테니까 그다음에 경주하자." 가장자리에 털이 달린 코트와 모자 때문에 러시아 사람처럼 보이는 로리가 쌩 달려가며 말했고, 그 소리가 에이미 귀에 들렸다.

조는 에이미가 달려오느라 숨이 차 헐떡이면서 스케이트를 신고 발을 쿵쿵 구르고 손가락을 호호 부는 소리를 들었다. 하지만 뒤돌아보지 않고 동생이 힘들어하는 것을 고소하게 여기면서 강을 따라 천천히 지그재그 모양으로 스케이트를 타고 갔다. 꾹꾹 쌓아 두었던 화가 걷잡을 수 없을 만큼 커진 상태였다. 못된 생각과 못된 마음은 그 자리에서 터뜨려 버리지 않으면 언제나 그런 식으로 커지기 마련이다. 첫 번째 굽이까지 간 로리가 조를 향해 소리쳤다.

"가장자리로 다녀. 가운데는 안전하지 않아."

조는 이 말을 들었다. 에이미는 스케이트를 신는 데 정신이 팔려서 한 마디도 듣지 못했다. 조는 어깨 너머로 동생을 봤다. 하지만 마음속에 있는 작은 악마가 이렇게 속삭였다.

'들었든 말든 무슨 상관이야. 자기 몸은 자기가 지켜야지.'

로리는 굽이를 돌아가 보이지 않았고 조는 막 굽이를 돌고 있었다. 한참 뒤처져 있던 에이미는 얼음이 얇은 강 한가운데로 달려 나갔다. 조는 갑자기 이상한 느낌이 들어 잠시 멈춰 섰다. 그리고 다시 가려다 자기도 모르게 뒤를 돌아보는 순간, 얇아진 얼음이 깨지면서 에이미가 양손을 번쩍 든 채 깨진 얼음 사이로 빠졌다. 물 첨벙거리는 소리와 에이미의 비명 소리에 조는 겁이 나서 심장이 멎을 것만 같았다. 로리를 부르고 싶었지만 목소리가 나오지 않았다. 동생에게 달려가고 싶었지만 두 다리의 힘이 빠졌다. 아주 잠깐이지만 조는 공포에 질린 얼굴로 꼼짝도 못 하고 그 자리에 가만히 서서 시커먼 물 위에 떠 있는 파란색 후드를 멍하니 보고만 있었다. 그때 뭔가 옆으로 빠르게 지나갔다. 로리였다. 로리가 소리쳤다.

"울타리 가로대 가져와. 서둘러, 빨리!"

어떻게 울타리 가로대를 가져왔는지 조는 기억나지 않았다. 무엇에 홀린 듯 로리가 하라는 대로만 움직였다. 로리는 굉장히 침착했다. 조가 울타리에서 가로대를 뽑아 올 때까지 납작 엎드려서 팔과 하키채로 에이미를 붙잡고 있다가 조와 함께 얼음 속에 빠진 아이를 건져 올렸다. 에이미는 다친 곳은 없지만 겁에 질려 있었다.

"이제 되도록 빨리 집까지 가야 돼. 내가 이 빌어먹을 스케이트를 벗는 동안 넌 우리가 입고 있던 걸로 에이미를 덮어." 이렇게 소리치며 로리는 자기 코트를 벗어 에이미의 몸에 덮어 주고는 스케이트 끈을 푸느라 애를 썼다.

두 사람은 몸에서 물을 뚝뚝 떨어뜨리면서 벌벌 떨며 우는 에이미를 집으로 데려왔다. 한바탕 소동을 치른 뒤, 에이미는 온몸을 담요로 둘둘 감고서 활활 타는 벽난로 앞에서 잠이 들었다. 그사이 조는 거의 한 마디도 하지 않았다. 얼굴은 정신이 나간 것처럼 창백하고 모자며 신발은 반쯤 벗겨지고 드레스는 찢어진 채로, 또 손은 얼음과 울타리 가로대와 조이기 힘든 버클 때문에 베이고 멍든 채로 정신없이 움직이고 있었다. 에이미가 잠이 들면서 집이 조용해지자, 에이미의 침대 옆에 앉아 있던 마치 부인이 조를 불러 다친 손에 붕대를 감아 주었다.

"에이미 정말 괜찮은 거예요?" 무시무시한 얼음 구덩이 속으로 영원히 사라지는 줄 알았던 동생의 금발 머리를 후회 가득한 얼굴로 바라보며 조가 나지막하게 물었다.

"이젠 괜찮아. 다친 데도 없고, 너희가 슬기롭게도 아이를 따뜻하게 잘 감싸서 빨리 집에 데리고 왔기 때문에 감기도 안 걸릴 것 같아." 어머니가 밝은 목소리로 대답했다.

"다 로리가 한 거예요. 저는 멍하니 보고만 있었어요. 엄마, 만약 에이미가 죽었으면 그건 다 제 탓이었을 거예요."

조는 침대 옆에 주저앉아 참회의 눈물을 흘렸다. 그리고 그날 있었던 일을 다 털어놓았다. 못된 자신을 탓하고, 무거운 벌을 피하게 되어서 정말 다행이라며 흐느껴 울었다.

"내 못된 성격 때문에 이렇게 된 거예요! 고치려고 애쓰는데, 다 고친 줄 알았는데, 전보다 더 나빠졌어요. 엄마! 나 어떡해요! 나 어떡해?" 가엾은 조는 괴로운 듯 울었다.

"경계하고 기도하렴. 노력하는 걸 포기하지 마. 너의 흠을 바로잡는 게 불가능하다는 생각은 절대 하지 마."

마치 부인은 엉망으로 흐트러진 조의 머리를 자신의 어깨에 기대게 하고 눈물 젖은 딸의 볼에 부드럽게 입을 맞췄다. 그러자 조가 더 심하게 흐느껴 울었다.

"엄마는 몰라요. 내가 얼마나 못되게 굴었는지 모를 거예요! 난 화가 나면 무슨 짓이든 할 수 있다고 생각하는 거 같아요. 난 너무 사나워져요. 그래서 남을 다치게 하고 그걸 즐길지도 몰라요. 언젠가 내가 무시무시한 짓을 저질러서 내 인생을 망치고 남들이 나를 미워하게 될까 봐 무서워요. 엄마! 날 도와줘요. 제발 도와주세요!"

"당연히 그래야지, 아가. 그럴 테니까 그만 진정하렴. 하지만 오늘 있었던 일과 네 결심은 절대 잊지 말아라. 오늘 같은 날이 또 올지도 모르니 말이야. 조, 우리는 누구나 유혹에 빠질 수 있어. 네가 오늘 겪은 것보다 훨씬 더 큰 유혹에 빠질 수도 있어. 그 유혹을 이겨 내기 위해 평생을 바쳐야 하는 경우도 많아. 너는 네 성격이 세상에서 제일 나쁘다고 생각하겠지만 나도 예전에는 너 같았어."

"엄마가요? 말도 안 돼. 엄마는 절대 화 안 내잖아요!" 조는 너무 놀라서 자신을 탓하고 후회하던 걸 잠시 잊었다.

"엄마도 못된 성격을 고치려고 40년째 노력하고 있단다. 그래서 이제 겨우 통제할 수 있게 되었어. 난 거의 매일 화가 나, 조. 그렇지만 그 화를 겉으로 드러내지 않는 법을 배우고 있어. 이제는 아예 화를 느끼지 않는 법도 배우고 싶은데 아마 그러려면 앞으로 다시 40년을 더 노력해야 할 것 같아."

자신이 너무도 사랑하는, 인내심과 겸손함이 가득 담긴 엄마의 얼굴은 조에게 이 세상 그 어떤 지혜로운 설교보다도 더 큰 가르침이자 날카로운 꾸짖음이었다. 조는 엄마의 이야기에 공감하면서 자신감을 얻었다. 엄마도 자신처럼 결점이 있고 그 결점을 고치려고 애쓴다는 사실을 알게 되자, 자신의 결점에 대한 무게가 조금은 가벼워지고 결점을 고치겠다는 마음이 더 굳어졌다. 이제 겨우 열다섯 살인 소녀에게 40년이라는 시간은 기도하고 조심하며 보내기에 너무 긴 시간이기는 했지만.

"엄마, 가끔 입을 꽉 다물고 방을 나가실 때면 화가 나신 거죠? 마치 할머니가 야단칠 때, 아니면 남들 때문에 걱정할 일이 생길 때요." 그 어느 때보다도 엄마가 좋고 가깝게 느껴진 조가 물었다.

"맞아. 나는 금방이라도 입 밖으로 나오려는 말들을 참는 법을 배웠어. 내 의지와 상관없이 그런 말들이 나오려고 하면 잠간 그 자리를 벗어나서 나약해지고 사악해진 나 자신을 바로잡는단다." 마치 부인은 한숨과 함께 미소를 지으며 대답하고는 헝클어진 조의 머리를 쓰다듬어 단단히 올려 주었다.

"화내지 않고 차분해질 수 있는 법은 어떻게 배웠어요? 전 그게 안 돼요……. 나도 모르는 사이에 못된 말이 입 밖으로 튀어나와 버려요. 못된 말을 하면 할수록 화가 더 많이 나고, 다른 사람들 마음을 아프게 하고 끔찍한 말을 하는 게 신나고 재미있어져요. 엄마는 어떻게 했는지 말해 주세요."

"내 어머니께서 도와주셨는데……."

"엄마가 우리한테 하는 것처럼 말이죠." 엄마에게 감사의 뽀뽀를 하며 조가 끼어들어 말했다.

"하지만 내 어머니는 내가 너희보다 조금 더 컸을 때 돌아가셨어. 그래서 나는 오랫동안 혼자 애써야 했단다. 자존심이 너무 세서 남들에게는 내 결점을 털어놓을 수 없었어. 내 결점을 고치기 위해 정말 힘든 시간을 보냈고 쓰디쓴 눈물도 많이 흘렸지. 그렇게 애를 썼는데도 전혀 나아지는 것 같지 않았어. 그러다 네 아버지를 만나게 되었고 좋은 사람이 되는 것이 얼마나 쉬운 일인지 알게 되었단다. 그런데 딸들이 하나씩 태어나고 우리가 가난해지면서 과거의 문제가 다시 나타나기 시작했어. 인내심 없이 태어난 나로서는 내 아이들이 원하는 것을 갖지 못하는 모습을 그저 지켜보아야만 하는 게 너무 힘들었단다."

"가엾은 우리 엄마! 그때는 누구한테 도움을 받았어요?"

"너희 아버지였지. 그이는 인내심을 잃은 적이 한 번도 없어. 의심도 하지 않고 불평도 하지 않지. 언제나 희망을 잃지 않고, 밝은 마음으로 성실하게 일하고 기다리기 때문에 그이 앞에서 나쁜 행동을 하면 부끄러워질 정도란다. 네 아버지는 나를 도와주고 달래 주었고, 너희가 갖추기를 바라는 모든 미덕을 내가 먼저 실천하는 것이 중요하다는 것도 가르쳐 주었단다. 내가 너희의 모범이 되어야 하니까 말이야. 나 자신을 위해서가 아니라 너희를 위해서라고 생각하니까 실천하기가 훨씬 더 쉽더구나. 나의 못된 말 때문에 너희가 깜짝 놀라고 무서워하는 모습은 그어떤 말보다 더 크게 나를 꾸짖었어. 너희가 나에게 주는 사랑과 존경과 믿음은 너희에게 모범이 되려고 애쓰는 나의 노력에 대한 가장 달콤한 보답이지."

"아. 엄마! 내가 엄마의 반만큼만 좋은 사람이어도 정말 좋겠어요." 깊이 감동받은 조가 말했다.

"너도 분명히 지금보다 훨씬 더 좋은 사람이 될 거야. 그러기 위해서는 너희 아버지가 '마음속의 적'이라고 부르는 그것을 잘 다스릴 줄 알아야 해. 안 그러면 그 적이 네 인생을 망치는 것까지는 못하더라도 너를 슬프게 만들 거야. 넌 경고를 받은 거야. 이번 일을 절대 잊지 말고 마음과 영혼을 다해서 네 급한 성격을 고치려고 노력하렴. 그 성격 때문에 오늘보다 더 슬프고 후회하는 일이 생기지 않도록 말이야."

"노력할게요. 엄마. 정말이에요. 그런데 엄마, 꼭 저 도와주셔야 돼요. 일깨워 주고, 제가 갑자기 화를 내지 않게 지켜 주세요. 아빠가 가끔 손가락을 입에 대고 엄마를 아주 다정하지만 진지한 얼굴로 바라보시던 게 기억나요. 그러면 엄마는 입을 꼭 다물거나 그 자리를 떠났는데 그게 엄마가 화났다고 일깨워 주는 신호였어요?" 조가 부드럽게 물었다.

"맞아. 나는 너희 아버지한테 나를 도와달라고 부탁했고 그이는 한 번도 그 일을 잊은 적이 없어. 그런 작은 행동과 친절한 얼굴로 내가 못된 말을 하는 걸 막아 주었단다."

이 이야기를 하는 엄마의 눈에 눈물이 고이면서 입술이 떨리는 것을 본 조는 자신이 괜히 말을 한 건가, 하는 걱정이 들어서 불안한 듯 속삭여 물었다. "엄마를 지켜보고 이런 이야기를 한 게 잘못한 거예요? 버릇없이 굴 생각은 아니었어요. 전 그저 엄마에 대한 내 생각을 이야기하는 게 편하고, 여기 이렇게 엄마와 함께 있는 게 행복하고 마음이 놓여서 그랬어요."

"사랑하는 조, 엄마한테는 무슨 이야기든 다 해도 돼. 내 딸들이 나를 믿어 주고 내가 얼마나 너희를 사랑하는지 알아주는 것이야말로 나한테는 그 무엇과도 바꿀 수 없는 행복이고 자랑이란다."

"저 때문에 엄마가 슬퍼진 줄 알았어요."

"아니야. 다만 너희 아버지에 대해서 이야기하니까 내가 얼마나 그이를 그리워하는지, 그리고 그이가 얼마나 고마운 존재인지가 생각났고, 그이를 위해 어린 딸들을 안전하게 잘 보살펴야 한다는 것이 생각났을 뿐이야."

"아빠가 전쟁에 간다고 하셨을 때 엄마는 말리지 않으셨잖아
요. 아빠가 떠날 때도 울지 않으셨고 지금까지 한 번도 불평 안
하셨잖아요. 마치 아무 도움도 필요하지 않은 것처럼 말이에
요." 조는 이상하다는 듯 말했다.

"나는 내가 사랑하는 나라에 내가 가장 소중하게 여기는 걸
바쳤단다. 그리고 네 아버지가 떠날 때까지 눈물을 참았던 거
야. 우리는 그저 우리의 의무를 다한 것뿐이고 결국에는 더 행
복해질 텐데 불평할 이유가 뭐 있겠니? 내가 도움을 필요로 하
지 않는 것처럼 보였던 건 나를 위로해 주고 버팀목이 되어 줄
너희 아버지보다 더 좋은 벗이 내 곁에 있었기 때문이야. 아가,
너는 살아가면서 겪게 될 문제들과 유혹들이 이제 겨우 시작되
었을 뿐이야. 아마 앞으로도 많은 문제와 유혹들을 만나게 될
거야. 하지만 네 아버지의 힘과 자비로움을 믿듯이 하늘에 계
신 아버지의 힘과 자비로움을 믿는다면 그 모든 걸 극복하고 이
겨 낼 수 있단다. 하느님을 사랑하고 믿는 만큼 그분께 더 가까
워지는 걸 느낄 수 있고, 인간의 힘과 지혜에 의존하는 일은 줄
어들 거야. 하느님의 사랑과 보살핌은 약해지지도 변하지도 않
고, 누구도 너에게서 그걸 빼앗아 가지 못해. 하느님의 사랑과
보살핌은 일생의 평화와 행복, 그리고 힘을 가져다줄 원천이란
다. 이 말을 명심하고 내게 모든 걸 다 털어놓는 것처럼 하느님
께 너의 모든 걱정과 희망, 잘못 그리고 슬픔을 고백하렴."

조는 대답 대신 엄마를 꼭 껴안았다. 그리고 조용히, 그 어느 때보다도 간절하게 기도했다. 슬프지만 행복했던 이 시간 동안 조는 후회와 절망의 아픔도 배웠지만 극기와 자기 통제가 주는 보람도 배웠다. 엄마의 손에 이끌려, 이 세상 어떤 아버지보다 강하고 이 세상 어떤 어머니보다 자상하며 이 세상 모든 아이들을 사랑으로 안아 주는 하느님에게 한 걸음 더 가까이 다가갔다.

에이미가 잠결에 몸을 뒤척이며 한숨을 내쉬었다. 조는 마치 자신의 잘못을 바로잡으려는 것처럼 지금껏 한 번도 지은 적 없는 표정으로 고개를 들었다.

"화를 빨리 풀었어야 했어. 나 자신을 용서 못 하겠어. 오늘도 로리가 없었다면 무슨 일이 일어났을지 몰라! 내가 왜 그렇게 못되게 굴었을까?" 동생에게로 고개를 숙여 베개 위에 흩어진 젖은 머리카락을 쓰다듬으며 조가 혼잣말하듯 말했다.

그러자 마치 그 소리를 듣기라도 한 듯 에이미가 눈을 뜨더니 두 팔을 내밀었다. 에이미의 얼굴에 떠오른 미소는 곧장 조의 마음을 파고들었다. 서로 한 마디도 하지 않았지만 두 자매는 두툼한 담요도 신경 쓰지 않고 꼭 껴안았다. 진심 어린 한 번의 뽀뽀로 모든 것을 용서하고 모든 것을 잊었다.

9

❧❧❧ ❦❦❦

메그, 허영의 시장에 가다

"그 집 아이들이 마침 홍역에 걸린 게 얼마나 큰 행운인지 몰라." 4월의 어느 날, 자기 방에서 동생들에게 둘러싸여 마치 '외국에 가는 듯' 가방을 싸면서 메그가 말했다.

"애니 모팻은 참 착한 사람이야. 약속을 잊지 않고 지키다니 말이야. 2주일 내내 아주 재미있을 거야." 조는 이렇게 말하면서 긴 두 팔을 움직여 치마를 갰는데 그 모습이 풍차처럼 보였다.

"날씨도 정말 좋아. 진짜 다행이야." 메그 언니를 위해 특별히 빌려준 제일 좋은 상자에 목 리본과 머리 리본을 단정하게 정리하며 베스가 말했다.

"나도 멋진 시간 보내고 싶어. 이 예쁜 것들도 입어 보고." 입에 핀을 잔뜩 물고서 바늘꽂이에 예술적으로 꽂으며 에이미가 말했다.

"나도 너희 모두 같이 갔으면 좋겠어. 하지만 그럴 수 없으니까 많은 걸 보고 와서 다 이야기해 줄게. 너희 모두 친절하게 나한테 이것저것 빌려주고 준비하는 걸 도와주었으니까 그게 내가 해 줄 수 있는 최소한의 보답이야." 메그는 동생들 눈에는 거의 완벽해 보이지만 사실은 아주 소박한 옷을 입고 방 안을 둘러보며 말했다.

"엄마가 보물 상자에서 뭐 주셨어?" 에이미가 물었다. 보물 상자란, 마치 부인이 잘살던 시절 지녔던 보석 몇 가지를 적당한 때에 딸들에게 물려주려고 보관해 두는 삼나무 상자를 말한다. 그 보물 상자를 열 때 에이미는 그 자리에 없었다.

"실크 스타킹 한 켤레, 예쁘게 조각한 부채, 그리고 고운 파란색 장식 띠를 주셨어. 보라색 실크가 좋은데 수선할 시간이 없어서 오래된 모슬린으로 만족하기로 했어."

"내 새 모슬린 치마를 입고 장식 띠를 두르면 아주 잘 어울릴 거야. 내 산호 팔찌 깨지지만 않았어도 언니한테 빌려주는 건데." 조가 말했다. 조는 자기 것을 주거나 빌려주는 걸 좋아하지만 조의 물건은 늘 부서지거나 고장 난 게 많아서 큰 도움이 되지 않았다.

"엄마 보물 상자 안에 고풍스럽고 예쁜 진주 세트가 있어. 그런데 엄마가 어린 소녀에게는 진짜 꽃이 제일 멋진 장신구라고 하셨어. 그리고 로리가 내가 원하는 꽃은 다 보내 주기로 약속했어." 메그가 말했다. "자, 그럼 어디 한번 볼까. 산책용 회색 드레스 챙겼고…… 베스, 모자의 깃털은 동그랗게 말아 줘. 그리고 일요일과 작은 파티 때 입을 포플린 드레스…… 봄에 입기에는 좀 두꺼워 보이지 않니? 보라색 실크가 정말 예쁠 텐데, 아이 속상해!"

"신경 쓰지 마. 큰 파티에 입을 모슬린 드레스 있잖아. 언니는 하얀색 입으면 늘 천사처럼 보여." 에이미는 다양한 옷과 장신구들을 떠올리며 즐거운 목소리로 말했다.

"이 드레스는 목이 깊게 파이지도 않았고 많이 살랑거리지도 않지만 입을 만해. 그래도 내 파란 하우스 드레스(가정에서 입는 실용적이고 단순한 옷 – 옮긴이)는 보기 좋아. 뒤집어서 가장자리 장식을 새로 손질했더니 새것 같지. 내 실크 색(sacque, 실내복으로 주로 입었던 헐렁하고 우아한 긴소매 블라우스 – 옮긴이)은 유행에 조금 뒤처졌고, 내 보닛은 샐리 것하고 많이 달라. 괜한 소리 하고 싶지 않지만 양산도 정말 실망이야. 엄마한테 하얀 손잡이 달린 검정색 양산이 좋다고 말씀드렸는데 엄마가 잊어버리시고는 끔찍한 노란색 손잡이가 달린 초록색 양산을 사 오셨지 뭐야. 그래도 튼튼하고 깔끔하긴 해. 불평하면 안 되지만 애니의 실크 양산은 끝에 금장식도 있어서 내 양산을 쓰면 창피할 것 같아." 메그는 몹시 탐탁지 않은 얼굴로 작은 양산을 살펴보며 말했다.

"그럼 바꿔." 조가 말했다.

"난 그렇게 어리석게 굴지 않을 거야. 엄마 마음을 상하게 하고 싶지 않아. 내게 필요한 것들을 구해 주려고 엄마가 얼마나 고생하셨는데. 내가 터무니없는 생각을 한 거야. 그리고 그런 터무니없는 생각에 굴복하지 않을 거야. 실크 스타킹과 멋진 장갑 두 켤레면 위로가 돼. 넌 참 착한 아이야, 조. 네 것을 빌려줬잖아. 새것이 두 켤레나 있고 원래 있던 것도 깨끗하게 세탁해서 부자가 된 기분이야. 품위 있어진 것 같기도 하고." 장갑 상자를 살짝 들여다보고 기분이 좋아진 메그가 말했다.

"애니 모팻은 나이트캡에 파란 리본하고 분홍색 리본이 달렸어. 내 나이트캡에도 리본 좀 달아 줄래?" 메그가 베스에게 말했다. 베스는 헤너가 방금 손질을 마친, 눈처럼 새하얀 모슬린 한 더미를 가져온 참이었다.

"안 돼. 나라면 안 할 거야. 깔끔한 나이트캡은 가장자리에 장식이 있으면 소박한 잠옷에 안 어울려. 가난한 사람들은 그렇게 장식하는 거 아니야." 조가 단호하게 말했다.

"나도 내 옷에 진짜 레이스를 달고 나이트캡에 리본 달아 보는 행복한 날이 오기는 할까?" 메그가 짜증스럽게 말했다.

"언니, 지난번에는 애니 모팻의 집에 갈 수만 있다면 완벽하게 행복할 거라고 말했잖아." 베스가 조용하게 한마디 했다.

"맞아! 그래서 나 지금 행복해. 절대 불평 안 할 거야. 원래 사람이란 가지면 가질수록 더 많이 가지고 싶어지는 법이잖아. 자, 가방 정리도 다 됐고, 무도회 드레스만 남았네. 그건 엄마한테 부탁할 거야." 메그는 억지로 기운을 내서 반쯤 채워진 여행 가방부터 몇 번이고 다림질하고 수선한 새하얀 모슬린 드레스까지 쭉 훑어보며 말했다. 메그가 귀한 물건 대하듯 '무도회 드레스'라고 부른 게 바로 이 새하얀 모슬린 드레스다.

다음 날은 날씨가 좋았다. 메그는 멋지게 차려입고 2주일 동안 고상하고 재미있게 지내기 위해 떠났다. 마치 부인은 메그가 부자 친구 집에 다녀오면 자기 삶에 더욱 불만을 갖게 될까 봐 걱정이 되어서 허락하고 싶지 않았다. 하지만 메그가 간절하게 애원한 데다 샐리도 메그를 잘 보살피겠다고 약속했다. 그리고 겨울에 힘들게 일했으니 조금은 즐겁게 지내도 좋을 것 같아서 부인은 자신의 생각을 굽혀 허락했고, 메그는 처음으로 화려한 생활을 경험할 기회를 갖게 되었다.

모팻 저택은 굉장히 화려했다. 화려한 집과 우아한 가족들의 모습에 소박한 메그는 처음에는 기가 조금 죽었다. 하지만 화려한 겉모습을 중시하는 태도와 다르게 모팻 집안 사람들 모두 친절해서 금세 마음이 편해졌다. 이유는 모르겠지만 메그 역시 모팻 집안 사람들이 딱히 교양이 있거나 지적이지도 않고, 겉모습은 화려해도 품성은 평범하다는 걸 느꼈는지도 모른다. 하지만 여기서는 사치를 부리고, 멋진 마차를 타고, 날마다 제일 좋은 드레스를 입고, 아무 일도 안 하고 놀기만 해도 아무도 뭐라 하지 않았다. 메그는 이런 생활이 너무 좋았다. 그래서 주위에 있는 사람들의 태도와 대화를 곧 흉내 내기 시작했다. 메그는 최대한 우아한 척, 잘난 척을 하고, 대화할 때 프랑스어를 섞어 쓰고, 고데기로 머리를 곱슬곱슬하게 말고, 드레스를 몸에 딱 맞게 줄이고, 유행에 대해 이야기했다. 애니 모팻이 가진 예쁜 것들을 보면 볼수록 메그는 친구가 부러웠고 부자가 되고 싶은 마음에 한숨이 새어 나왔다. 자기 집은 보잘것없고 우울하다고 느꼈다. 일은 점점 더 힘들어질 것 같았다. 이런 생각이 들자 메그는 새 장갑과 실크 스타킹이 생겼는데도 자신이 너무도 가난하고 불쌍한 것만 같았다.

그렇지만 다른 친구 셋이 즐겁게 노느라 바쁜데 혼자 불평만 하고 있을 수는 없었다. 날마다 낮에는 친구들과 함께 쇼핑하고, 산책하고, 마차를 타고, 여기저기 놀러 갔다. 저녁에는 연극과 오페라를 보러 극장에 가거나 집에서 수다를 떨었다. 애니는 친구가 많고 손님들을 즐겁게 하는 법도 잘 알고 있었다. 애니의 언니들은 아주 예쁜 아가씨들이었다. 그중 한 명은 약혼을 했는데, 메그에게는 그런 사실이 너무 신기하고 낭만적으로 보였다. 모팻 집안의 주인인 모팻 씨는 뚱뚱하고 유쾌한 노신사로, 메그의 아버지를 잘 알고 있었다. 그리고 역시 뚱뚱하고 유쾌한 노부인인 모팻 부인은 자기 딸 애니가 그러듯 메그를 굉장히 좋아했다. 모두들 메그를 귀여워했고, 꽃 이름을 따서 '데이지'라고 불렀다.

'작은 파티'를 하는 어느 저녁, 메그는 자신의 포플린 드레스는 파티에 어울리지 않는다는 생각이 들었다. 다른 소녀들 모두

얇은 드레스를 입은 데다 하나같이 굉장히 예뻐 보였기 때문이다. 어쩔 수 없이 모슬린 드레스를 입고 나왔지만, 빳빳한 새 드레스를 입은 샐리 옆에 서니 자신이 나이 들어 보이고, 축 처져 보이고, 초라해 보였다. 메그는 다른 소녀들이 자신의 드레스를 흘끔거리는 걸 봤다. 한 사람, 두 사람, 드레스를 흘끔거리자 메그는 뺨이 발갛게 달아오르기 시작했다. 메그는 조용하고 얌전하지만 동시에 자존심도 셌다. 아무도 메그의 드레스에 대해 말하지 않았다. 샐리가 메그에게 머리를 새로 손질해 주겠다고 제안했고, 애니는 자신의 장식 띠를 빌려주겠다고 했다. 약혼을 한 애니의 언니 벨은 메그의 팔이 하얗다며 칭찬했다. 모두들 이렇게 친절하게 대해 주었지만 메그는 가난한 자신을 동정하는 것임을 느낄 수 있었다. 그래서 마음이 무거워져, 다른 사람들 모두 즐겁게 웃으며 수다 떨고 몸단장을 하고 예쁜 나비처럼 여기저기 바쁘게 돌아다닐 때 혼자 가만히 서 있었다.

속상한 마음이 점점 깊어지는데 하녀가 꽃이 담긴 상자를 가져왔다. 메그가 말을 꺼내기도 전에 애니가 상자 뚜껑을 열었고, 히스와 장식용 고사리가 함께 든 예쁜 장미 다발이 나오자 모두들 탄성을 내질렀다.

"이거 벨 언니한테 온 게 분명해. 조지가 항상 언니한테 꽃 보내거든. 그런데 이렇게 같이 있으니까 너무 예쁘다." 애니가 코를 크게 훌쩍이며 소리쳤다.

"마치 양에게 온 겁니다." 하녀가 말했다. "여기 카드도 있습니다." 하녀는 카드를 메그에게 내밀며 말했다.

"이건 또 무슨 일이야? 누가 보낸 거야? 너한테 애인 있는 줄
몰랐는데." 호기심과 놀라움에 소리를 지르며 소녀들이 메그 옆
으로 모여들었다.

"카드는 엄마한테서 왔고 꽃은 로리가 보낸 거야." 메그가 별
일 아니라는 듯 말했다. 속으로는 로리가 자신에게 한 약속을
잊지 않은 것이 무척 고마웠다.

"와, 정말이네!" 애니가 우스꽝스러운 표정을 지으며 말했다.
메그는 부러움, 허영심, 그리고 헛된 자존심을 물리쳐 줄 부적
이라도 되는 듯 엄마의 카드를 호주머니에 집어넣었다. 카드에
적힌 사랑 가득한 엄마의 글이 메그의 마음을 달래 주었고 로리
가 보낸 아름다운 꽃은 힘이 나게 해 주었다.

다시 행복해진 것 같은 생각에 메그는 자신이 쓸 장식 고사리
몇 개와 장미 몇 송이를 남겨두고, 나머지는 작은 꽃다발을 여
러 개 만들어 친구들에게 가슴이나 머리, 치마에 달라고 주었
다. 작은 꽃다발이 너무 예뻐서 모팻 집안 자매들 중 맏언니인
클라라는 "이렇게 예쁜 건 처음 봐"라고 말했다. 다들 메그의 작
은 배려에 기뻐하는 것 같았다. 친절을 베풀고 나자 메그는 의
기소침하던 마음이 사라졌다. 꽃다발을 받은 소녀들이 모팻 부
인에게 달려가 자랑할 때 메그는 거울을 보았다. 구불거리는 머
리에 장식 고사리를 얹고 드레스에 장미를 묶어 장식하자, 이제
는 그렇게 초라해 보이지 않았다. 거울 속에는 행복한 듯 눈을

반짝이는 메그가 있었다.

　그날 저녁 메그는 아주 즐거운 시간을 보냈다. 실컷 춤도 췄고, 모두가 친절하게 대해 주었다. 칭찬도 세 번이나 받았다. 애니의 부탁으로 노래를 불렀는데, 목소리가 굉장히 아름답다는 칭찬을 받았다. 링컨 소령은 '아름다운 눈을 한 생기 넘치는 저 소녀'는 누구냐고 물었다. 모팻 씨는 메그가 '흐느적거리지 않고 활기가 넘치기 때문에' 함께 춤을 추고 싶다고 품위 있게 표현했다. 정말 즐거운 시간을 보냈다. 말할 수 없이 속상하게 만든 그 대화를 우연히 듣기 전까지는 정말 말할 수 없이 즐거웠다. 함께 춤을 춘 파트너가 얼음을 가져다주기를 기다리며 온실 안에 앉아 있는데, 꽃으로 만든 벽 너머에서 말소리가 들렸다.

　"그 청년은 몇 살이래요?"

　"열여섯 아니면 열일곱일 거예요." 다른 목소리가 대답했다.

　"그 소녀들 중 한 사람에게는 멋진 일이겠군요. 안 그래요? 샐리 말로는 이제 서로 많이 가까워졌고 그 노인네도 그 소녀들을 굉장히 아낀다고 하더군요."

　"아마 마치 부인이 미리 계획을 세웠을 거예요. 좀 빠르긴 하지만, 계획대로 잘 진행할 거예요. 저 아이는 아직 거기까지는 생각을 못한 게 확실해 보이지만요." 모팻 부인이 말했다.

　"모르는 척 거짓말을 하긴 했지만, 꽃이 오니까 꽤나 귀엽게 얼굴을 붉히더군요. 가엾은 것! 잘사는 집에서 자랐다면 참 예쁘게 차려입었을 텐데. 목요일에 드레스를 빌려준다고 말하면 기분 나빠 할까?" 또 다른 목소리가 물었다.

"자존심이 센 아이예요. 하지만 기분 나빠 하지는 않을 거예요. 그 촌스러운 모슬린 드레스 말고 다른 옷은 없으니까요. 오늘 밤에 그 드레스 찢어질지도 몰라요. 그러면 제대로 된 드레스를 빌려줄 좋은 핑계가 생기는 셈이죠."

"두고 봐야지. 저 아이에 대한 호의의 표시로 내가 그 로렌스를 초대할 테니까 나중에 즐거운 시간 갖도록 해요."

춤 파트너가 얼음을 가지고 돌아왔을 무렵 메그는 얼굴이 빨갛게 달아오르고 화도 났다. 하지만 메그는 자존심이 셌다. 이럴 때는 그 자존심이 도움이 되었다. 자존심 덕분에 메그는 방금 자신이 들은 이야기로 인한 굴욕과 분노, 혐오감을 숨길 수 있었다. 순수하고 남을 의심할 줄 모르는 메그는 지인들이 나눈 험담을 이해하려고 애썼다. 그 이야기를 잊으려고 했지만 그럴 수가 없었다. '마치 부인이 미리 계획을 세웠다'느니, '모르는 척 거짓말을 했다'느니, '촌스러운 모슬린 드레스'니 하는 말이 머릿속에서 맴돌아 금방이라도 눈물이 날 것 같았다. 집으로 달려가 자신의 마음을 털어놓고 어떻게 해야 할지 묻고 싶었다. 하지만 그렇게 할 수는 없었다. 그래서 메그는 최대한 즐겁고 신난 척했다. 정말 열심히 노력했다. 그 덕분에 메그가 즐거운 척하려고 얼마나 애썼는지 아무도 눈치 채지 못했다.

파티가 끝나자 마음이 편해진 메그는 침대에 누웠다. 여러 생각과 고민으로 머리가 아파 왔고 흘러내린 눈물이 뜨거워진 뺨을 식혀 주었다. 그들은 좋은 의도에서 한 말이었다고 해도 어리석은 참견일 뿐이었다. 그 말들은 메그에게 새로운 세상을 보여 주었고 동시에 지금까지 어린아이로 그저 행복하고 평화롭게만 살았던 세상을 망쳐 놓았다. 우연히 엿들은 바보 같은 이야기가 로리와의 순수한 우정을 망쳤다. 자기 멋대로 남을 판단하는 모팻 부인이 엄마가 세속적인 계획을 세웠을 거라고 한 말 때문에 엄마에 대한 믿음이 살짝 흔들렸다. 그리고 초라한 드레스가 하늘 아래 가장 끔찍한 재앙이라고 생각하는 친구들의 쓸데없는 동정심은 가난한 집 딸에게 어울리는 검소한 옷에 만족하겠다던 합리적인 결심을 무너뜨렸다.

　가엾은 메그는 밤새 뒤척이며 잠을 설쳤다. 그래서 친구들에게 화가 나고 한편으로는 그런 마음을 솔직히 말하고 잘못된 것을 바로잡지 못하는 자신이 부끄럽고 또 속이 상한 채, 퉁퉁 부은 눈으로 잠에서 깼다. 오전에는 모두 빈둥거리며 시간을 보냈다. 그러다 정오가 되기 전 소녀들은 뜨개질을 할 수 있을 정도로 기운을 차렸다. 그런데 친구들의 태도에서 메그는 뭔가 달라진 것을 느꼈다. 모두들 자신을 더 존중하는 것 같았다. 메그가 하는 말에 다정하게 관심을 보였고, 호기심을 감추지 못하는 눈빛으로 바라보았다. 알 수 없는 이유로 달라진 사람들의 반응에 메그는 당황하면서도 기분이 으쓱해졌다. 그런데 벨이 글을 쓰다가 고개를 들더니 감상적인 투로 말했다.

　"데이지, 네 친구 로렌스 씨에게 목요일에 초대한다는 편지를 보냈어. 우리도 그 사람에 대해 알고 싶어. 너에 대한 호의의 표시로 말이야."

메그는 얼굴이 달아올랐다. 하지만 모팻 집안 딸들을 놀려 주고 싶은 마음에 얌전한 체하면서 이렇게 대답했다.

"정말 친절하시네요. 하지만 아마 안 오실 거예요."

"왜?" 벨이 물었다.

"나이가 너무 많거든요."

"애, 그게 무슨 소리야? 나이가 얼마나 되는지 물어봐도 되겠니?" 클라라가 소리쳤다.

"아마 일흔 살은 됐을걸요." 메그는 재미있어하는 얼굴을 감추려 뜨개질 땀을 헤아리면서 대답했다.

"어휴 이 장난꾸러기! 우리가 말한 건 당연히 젊은 로렌스 씨지." 벨이 웃으면서 소리쳤다.

"젊은 로렌스 씨는 없어요. 로리는 아직 꼬마예요." 메그가 말했다. 메그의 연인이라고 생각한 로리에 대해 이렇게 말하는 메그 때문에 모팻 집안 자매들은 서로 어리둥절한 표정을 주고받았다. 메그는 그들을 보면서 웃음을 터뜨렸다.

"네 또래잖아." 낸이 말했다.

"내 동생 조하고 나이가 비슷하지. 난 8월에 열일곱 살이 된단 말이야." 메그는 돌아서서 고개를 갸우뚱 기울이며 말했다.

"너한테 꽃을 보낸 건 아주 특별한 행동이잖아, 안 그래?" 아무것도 모르는 얼굴로 애니가 물었다.

"맞아, 로리는 자주 그래. 우리 자매 모두한테 말이야. 그 집에
는 뭐든 아주 많고 우리는 그 집 가족이랑 아주 친해. 알겠지만,
우리 엄마와 로렌스 씨는 친구야. 그래서 로리랑 우리 집 자매
들이 함께 어울리는 건 아주 자연스러운 일이야." 메그는 더 이
상 로리와 자신에 대한 엉뚱한 이야기가 나오지 않기를 바랐다.

"데이지가 아직 세상을 잘 모르는 게 분명해." 클라라가 벨에
게 고개를 끄덕이며 말했다.

"주위 사람들이 모두 성직자처럼 순진할걸." 벨은 어깨를 으
쓱하며 대꾸했다.

"너희에게 필요한 소소한 것들 좀 사러 외출할 예정인데, 필
요한 것 없니, 얘들아?" 실크와 레이스로 치장한 모팻 부인이
코끼리처럼 느릿느릿 걸어 들어오며 물었다.

"없어요." 샐리가 대답했다. "목요일에 새 분홍 실크 사서 지
금은 필요한 거 없어요."

"저도 없……." 메그는 말을 하려다 말았다. 실은 갖고 싶은
게 여러 개 있지만 가질 수 없다는 생각이 들어서였다.

"넌 뭐 입을 거니?" 샐리가 물었다.

"지난번에 입은 흰색 다시 입을 거야. 봐 줄 수 있을 만큼 고
칠 수 있다면 말이야. 간밤에 아쉽게도 찢어졌거든." 메그는 대
수롭지 않은 척 말했지만 사실은 아주 속이 상했다.

"다른 옷 보내 달라고 집에 사람을 보내지 그래?" 눈치 없는
샐리가 물었다.

"다른 게 없어." 이런 대답을 하기까지 메그가 얼마나 힘들었을지 여전히 이해하지 못하는 샐리가 이렇게 소리쳤다.

"다른 게 없어? 세상에 말도 안……." 샐리는 말을 끝맺지 못했다. 왜냐하면 벨이 샐리를 향해 고개를 가로저으며 끼어들어 다정한 목소리로 이렇게 말했기 때문이다.

"신경 쓸 거 없어. 외출을 안 하는데 드레스가 많아 봤자 무슨 소용 있겠어? 데이지, 설령 집에 드레스가 수십 벌 있다고 해도 옷 가져오라고 사람 보낼 필요 없어. 나한테 작아져서 더 이상 입지 못하는 예쁜 파란 실크 드레스가 하나 있는데, 날 위해서 그걸 입어 줘. 괜찮지?"

"정말 고마워요. 하지만 괜찮다면 난 그냥 내 드레스 입을게요. 나처럼 어린 여자아이에게는 그런 드레스로도 충분해요." 메그가 말했다.

"내가 널 예쁘게 꾸며 주고 싶어서 그래. 꼭 그렇게 해 보고 싶어. 여기저기 조금만 손보면 넌 분명히 예쁜 아가씨가 될 거야. 널 다 꾸미기 전까지는 아무한테도 너 안 보여 줄 거야. 그래서 신데렐라와 요정 대모처럼 무도회에서 사람들 앞에 짠, 하고 나타나는 거야." 벨이 열심히 설득했다.

메그는 이 친절한 제안을 거절하기가 쉽지 않았다. 조금만 손을 보면 분명히 예쁜 아가씨가 될 거라는 말에 너무 마음이 끌려서 벨의 제안을 받아들였고 얼마 전까지 모팻 집안 사람들에 대해 가지고 있던 불편한 마음도 다 잊어버렸다.

목요일 저녁, 벨은 다른 사람들에게는 아무 말도 하지 않고 하녀하고 둘이서 메그를 멋진 아가씨로 변신시켰다. 두 사람은 메그의 머리카락을 고데기로 말고, 목과 팔에 향기 나는 분을 바르고, 입술에는 산호색 크림을 발라 더 붉게 만들었는데, 메그가 거절하지만 않았다면 하녀 오르탕스는 '입술연지'까지 발라 주었을 것이다. 그런 다음 두 사람은 메그에게 하늘색 드레스를 입혔는데, 메그는 숨을 쉬기 힘들 정도로 꽉 죄는 데다 목이 너무 깊이 파여서 거울을 보고는 자기도 모르게 얼굴이 붉어졌다. 여기에 은으로 된 팔찌, 목걸이, 브로치에다 오르탕스가 분홍색 실크 장식을 묶어 둔 귀고리까지 했다. 드레스에 단 월계화 봉오리와 주름 장식 또한 메그의 하얗고 예쁜 어깨와 잘 어울렸다. 여기다 파란 실크로 만든 하이힐 부츠까지, 모든 게 메그가 바라던 그대로였다. 뿐만 아니라 가장자리에 레이스를 두른 손수건, 깃털 달린 부채, 그리고 은 받침이 달린 꽃다발까지 들자 준비가 끝났다. 벨은 새 옷 입힌 인형 구경하듯 만족스러운 얼굴로 메그를 살펴보았다.

"마드무아젤, 매력적이세요. 아주 예뻐요. 안 그래요?" 오르탕스가 과장되게 기뻐하며 두 손을 맞잡았다.

"가서 모두에게 보여 줘." 벨은 사람들이 기다리는 방으로 메그를 안내했다.

메그가 바스락대는 긴 드레스를 끌며 걸어가는데 귀고리가 찰랑거리고 곱슬곱슬하게 만든 머리도 찰랑거리고 심장은 두근거렸다. 드디어 진짜 '재미있는 일'이 시작될 것만 같았다. 거울에 비친 자신은 분명히 '예쁜 아가씨'였다. 친구들도 몇 번이고 반복해서 예쁘다고 칭찬해 줬다. 까치 떼처럼 떠들어 대는 친구들 틈에서 메그는 다른 새들한테 얻은 깃털로 몸치장을 한 동화 속 까마귀처럼 한참 동안 가만히 서서 거울만 들여다보았다.

"내가 드레스 입을 동안 낸은 메그한테 드레스 자락을 처리하고 프렌치 하이힐 신고 걷는 법을 가르쳐 줘. 안 그러면 저 아이 넘어질 거야. 클라라 언니는 하얀 옷깃 가운데에 나비 장식을 달고, 그 긴 곱슬머리는 왼쪽으로 묶어줘. 모두들 내가 멋지게 꾸며 놓은 작품을 망치지 않게 조심해 줘." 벨이 자기가 변신시킨 메그의 모습에 몹시 만족한 얼굴로 서둘러 그 자리를 떠나면서 말했다.

"아래층으로 내려가기 무서워. 너무 어색하고 불편해. 옷도 입다 만 것 같아." 종이 울리고 모팻 부인이 젊은 아가씨들에게 다 함께 내려오라고 했다는 말을 전하러 하녀가 오자, 메그가 샐리에게 말했다.

"평소의 너하고는 완전히 달라. 아주 근사해. 벨 언니는 정말 취향이 고급스럽거든. 지금 난 네 근처에도 못 가겠어. 너 완전히 프랑스 아가씨 같아. 꽃은 늘어뜨리자. 그건 너무 신경 쓰지 않아도 돼. 그리고 넘어지지 않게 조심해." 샐리는 메그가 자신보다 더 예쁜 것에 신경 쓰지 않으려고 애쓰면서 말했다.

충고를 머릿속에 잘 새기고서 메그는 계단을 조심스럽게 내

려가 모팻 집안 식구들과 일찍 온 손님들 몇이 있는 거실로 미끄
러지듯 들어갔다. 그리고 금방 깨달았다. 멋진 옷이 특별한 계급
사람들의 관심을 사로잡고, 그들로부터 존중받게 해 주는 큰 힘
을 가지고 있음을. 전에는 메그에게 전혀 관심을 보이지 않던 여
러 젊은 아가씨들이 갑자기 굉장히 친절하게 굴었다. 다른 파티
에서는 그저 쳐다보기만 하던 젊은 신사들도 이번에는 다가와
서 소개를 하고 온갖 바보 같은 짓을 다 했지만 메그는 싫지 않
았다. 소파에 앉아 파티에 대해 이런저런 잔소리를 늘어놓는 걸
로 시간을 때우는 나이 든 부인들도 흥미를 갖고 메그에 대해 이
것저것 물었다. 메그는 모팻 부인이 그 노부인들 중 한 사람에게
이렇게 대답하는 것을 들었다.

"데이지 마치…… 아버지가 대령인데…… 대통령 일가 중
하나인데 그만 재물 운이 없어서…… 로렌스 집안과 아주 가까
운 사이에다…… 착한 아가씨인 건 내가 보장해요……. 우리
네드가 무척 관심을 갖고 있지요."

"세상에나!" 이야기를 듣던 노부인은 메그를 다시 한 번 살펴
보려고 돋보기를 들었다. 메그는 모팻 부인의 과장된 이야기에
조금 놀라기는 했지만 대화를 엿듣지 않은 척하려고 애썼다.

'이상하고 어색한 기분'이 완전히 사라지지는 않았지만 메그
는 연극에서 멋진 아가씨라는 새로운 역할을 하고 있다고 상상
했다. 꽉 죄는 드레스 때문에 옆구리가 아프고, 긴 드레스 자락
이 자꾸 발에 밟히고, 귀고리가 행여 훅 날아가서 없어지거나

깨지면 어쩌나 하는 걱정이 사라지지 않았지만 예쁘게 꾸민 것에 점점 익숙해졌다. 부채를 살랑살랑 흔들면서, 재치 있게 보이고 싶어 하는 젊은 신사의 재미없는 농담에 즐겁게 웃어 주고 있었다.

그런데 갑자기 웃음을 뚝 그치고 당황한 표정을 지었다. 바로 맞은편에 로리가 서 있었기 때문이다. 로리는 놀란 표정을 감출 생각도 하지 않고 메그를 쳐다보았다. '날 못마땅하게 생각하는구나'라고 메그는 생각했다. 허리 숙여 인사하고 미소도 지었지만 로리의 정직한 눈빛에 메그는 얼굴이 붉어지면서 '그냥 내 드레스를 입을걸' 하는 후회가 밀려왔다. 게다가 자신은 로리를 만난 게 반가운데 로리는 평소와 달리 다른 사내아이들처럼 수줍어했다. 벨이 애니를 팔꿈치로 쿡쿡 찌르고는 둘이 함께 그런 로리를 바라보았다. 메그는 말할 수 없을 정도로 혼란스럽고 당황스러웠다.

'어리석은 사람들, 그런 생각을 내 머릿속에 집어넣다니! 난 이런 거 좋아하지 않을 거야. 나를 바꾸게 놔두지도 않을 거야.' 이렇게 생각하면서 메그는 파티장을 가로질러 친구에게 다가가 악수를 했다.

"이렇게 와 줘서 정말 기뻐. 네가 안 올까 봐 걱정했거든." 메그는 최대한 어른스럽게 말했다.

"조가 가 보라고 했어. 자기 언니가 어떻게 입었는지 이야기해 달라고 했거든. 그래서 온 거야." 로리는 어른스러운 메그의 말투에 희미하게 미소 짓기는 했지만 여전히 메그에게로 눈길을 돌리지 않은 채 대답했다.

"조한테 뭐라고 이야기할 거야?" 로리와 함께 있는 게 처음으로 불편하게 느껴졌지만 메그는 자신의 변신에 대한 로리의 의견이 궁금해서 물었다.

"누나에 대해 내가 전혀 몰랐다고 이야기할 거야. 지금 너무 어른처럼 보여서 메그 누나 같지 않고 조금 무서워." 로리가 장갑 단추를 만지작거리며 말했다.

"너 정말 이상하구나! 친구들이 그냥 재미로 이렇게 꾸며 준 거야. 나도 마음에 들어. 조가 나를 봤어도 그렇게 이상하게 생각할까?" 메그는 자신이 더 예뻐졌는지 아닌지 로리가 말하게 만들려고 계속 따져 물었다.

"응, 아마 그럴걸." 로리는 심각하게 대답했다.

"내가 그렇게 마음에 안 들어?" 메그가 물었다.

"응, 마음에 안 들어." 퉁명스러운 대답이 돌아왔다.

"왜?" 메그가 초조한 목소리로 물었다.

로리는 평소와 달리 예의 바른 기색을 전혀 찾아볼 수 없는 표정으로 메그의 꼬불꼬불한 머리, 맨살이 드러난 어깨, 화려하게 장식한 드레스를 훑어봤다. 그 표정을 보자 메그는 좀 전에 그의 대답을 들었을 때보다 더 창피해졌다.

"난 요란하고 깃털 달린 거 안 좋아해."

그런 말은 자기보다 어린 남자한테 들어도 기분이 좋지 않았다. 그래서 메그는 짜증스럽게 말했다.

"너같이 무례한 남자는 처음 봐."

메그는 몹시 심란한 채로 그 자리를 떠나 조용한 창가로 갔다. 거기 서서 꽉 죄는 드레스 때문에 빨갛게 달아오른 뺨을 식혔다. 메그가 서 있는 자리 옆으로 링컨 소령이 지나갔다. 잠시 후 링컨 소령이 그의 어머니에게 하는 말이 메그의 귀에 들렸다.

"저 사람들이 저 어린 소녀를 웃음거리로 만들고 있어요. 어머니께 그 소녀를 보여 드리고 싶었는데 저 사람들이 그 소녀를 완전히 망쳐 버렸네요. 오늘 밤은 그냥 인형으로밖에 안 보여요."

"어머, 어떡해!" 메그는 한숨이 절로 나왔다. "분별 있게 행동했어야 했어. 그냥 내 옷을 입었어야 하는 건데. 그랬다면 남들을 불쾌하게 만들지도 않고, 이렇게 불편하지도, 수치스럽지도 않았을 텐데."

메그는 제일 좋아하는 왈츠 곡이 시작되는데도 들은 척도 하지 않고 차가운 창틀에 이마를 대고 커튼 뒤에 반쯤 몸을 숨겼다. 그런데 누군가 다가와 메그를 살짝 쳤다. 돌아보니 로리가 미안한 얼굴을 하고서 최대한 정중하게 허리 숙여 절하더니 손을 내밀며 말했다.

"무례하게 군 거 용서해 줘. 같이 춤추자."

"너, 지금 이런 내 모습 마음에 안 들잖아." 메그는 화난 듯 보이려고 애썼지만 실패했다.

"절대 그렇지 않아. 나 정말 같이 춤추고 싶어. 가, 나 착하게 굴게. 그 드레스는 마음에 안 들지만 누나는…… 아주 멋져."
로리는 자기 말이 자신의 생각을 충분히 표현 못 했다는 듯 손
을 휘저었다.

메그는 미소를 짓고는 춤 신청을 받아들였다. 그리고 춤추기
시작할 적당한 때를 기다리며 서 있다가 작게 속삭였다.

"내 드레스 자락 밟고 넘어지지 않게 조심해. 너무 성가셔. 이
런 걸 입다니, 나 정말 바보야."

"드레스 자락을 핀으로 부츠 목 부분에 고정해. 그러면 좀 편
할 거야." 로리가 자기 말에 자신이 있다는 듯 메그의 파란색 작
은 부츠를 내려다보며 말했다.

둘은 재빠르고 우아하게 춤을 시작했다. 집에서 연습한 덕분
에 호흡이 잘 맞았고 즐겁게 춤추는 소년과 소녀는 보기에 참
좋았다. 작은 다툼이 있었지만 신나게 빙글빙글 돌며 춤추는 두
사람은 어느 때보다 더 친해진 느낌이었다.

"로리, 부탁이 하나 있어. 들어줄 수 있니?" 메그는 금세 숨이
찬 자신을 위해 서서 부채질을 해 주던 로리에게 말했다.

"싫어. 안 들어줄 거야!" 로리가 잽싸게 말했다.

"오늘 밤에 내가 입은 옷에 대해서 우리 가족한테 절대 말하
지 말아 줘, 부탁이야. 우리 가족은 이렇게 입은 게 장난이라는
걸 이해하지 못할 거야. 그리고 엄마는 걱정 많이 하실 거야."

'그럼 왜 이렇게 입은 거야?' 로리의 눈빛이 그렇게 묻고 있는
게 너무도 분명히 느껴져서 메그는 서둘러 이렇게 덧붙였다.

"우리 가족한테는 내가 말할 거야. 내가 얼마나 어리석었는지 엄마한테 직접 고백할 거야. 내가 직접 하고 싶으니까 넌 말하지 말아 줘. 그렇게 해 줄 거지?"

"절대 말 안 하겠다고 약속할게. 그런데 먼저 물어보면 그때는 뭐라고 하지?"

"그냥 보기 좋았다고, 즐겁게 지내더라고만 얘기해 줘."

"앞부분은 그렇게 말할 수 있어. 진심이야. 하지만 뒷부분은 어떻게 해? 즐겁게 지내는 것처럼 안 보인단 말이야. 정말 즐거워?" 자신을 보며 이렇게 말하는 로리를 보자 메그는 솔직하게 대답을 하지 않을 수가 없었다. 그래서 속삭이듯 이렇게 말했다.

"아니, 지금 당장은 즐겁지 않아. 내가 이상하다고 생각하지는 말아 줘. 난 그냥 좀 재미있는 걸 원했을 뿐이야. 하지만 내가 이런 걸 원한 게 아니라는 걸 알았어. 이런 거 이젠 지겨워."

"네드 모팻이 오네. 저 사람, 왜 오는 거야?" 로리는 이 집의 젊은 파티 주최자가 달갑지 않은 듯 검은 눈썹을 찌푸리며 말했다.

"같이 춤추고 싶다고 세 번이나 청했거든. 아마 그래서 오는 걸 거야. 저 사람, 얼마나 말이 많은지 몰라!" 메그가 맥 빠진 듯 말하자 어쩐지 로리는 굉장히 신이 나 보였다.

저녁 식사 시간까지 로리는 메그한테 말을 걸지 않았다. 그러다 메그가 '한 쌍의 바보'처럼 구는 네드와 그의 친구 피셔와 함께 샴페인 마시는 걸 보자 더 이상 두고 보지 않고 다가왔다. 마치 집안 자매들이 진짜 누이 같아서 보호자가 필요할 때마다 지

켜 줘야 한다는 생각이 들어서였다.

"그거 그렇게 많이 마시면 내일 아침에 머리가 깨질 것처럼 아플걸. 나라면 그렇게 많이 안 마실 거야. 그리고 어머니도 안 좋아하실 거야." 네드가 메그의 잔에 샴페인을 더 따라 주려고 잠시 돌아서고 피셔는 메그의 부채를 주워 주려고 잠깐 허리를 숙인 사이, 로리가 메그의 의자로 몸을 기울여 속삭였다.

"나 오늘 밤은 메그가 아니야. 온갖 정신 나간 짓은 다 하는 '인형'이야. 하지만 내일은 '요란하고 깃털 달린 것' 다 버리고 최선을 다해서 다시 착해질 거야." 메그가 살짝 웃는 척하며 대답했다.

"지금이 내일이면 좋겠네." 달라진 메그의 태도에 기분 나빠진 로리는 그 자리를 떠나면서 중얼거렸다.

메그는 다른 아가씨들처럼 춤추고, 남자들과 장난치고, 수다 떨고, 킥킥 웃었다. 저녁 식사 뒤에는 독일 음악에 맞춰 춤을 췄는데 내내 실수를 해서 파트너가 메그의 긴 드레스 자락 때문에 짜증을 낼 뻔했다. 메그가 너무 신나게 돌아다니자 로리는 화가 나서 잔소리를 해야겠다는 생각까지 들었다. 하지만 그럴 기회는 오지 않았다. 밤 인사를 하기 전까지 메그가 계속해서 로리를 피해 다녔기 때문이다.

"잊으면 안 돼!" 벌써부터 머리가 깨질 것처럼 아파 오기 시작해서 메그는 간신히 미소를 지으며 말했다.

"죽음으로써 침묵을 지키겠소." 로리는 연극처럼 과장된 말투로 대답하고서 떠났다.

이렇게 장난치는 듯한 둘의 모습에 애니가 관심을 보였지만 메그는 너무 피곤해서 수다를 떨 기운이 없었다. 잠자리에 든 메그는 진짜 자기 모습을 숨기고 가면 놀이를 하느라 진심으로 즐겁게 놀지 못했다는 생각이 들었다. 그다음 날 메그는 하루 종일 몸이 안 좋았다. 그리고 토요일에 집으로 돌아왔다. 2주일 동안 즐겁게 노느라 있는 힘을 모두 쏟아 버렸고 화려한 생활도 즐길 만큼 충분히 즐겼다 싶었다.

"조용하고, 주위 사람들에게 예의범절 지키느라 하루 종일 신경 쓰지 않아도 되니까 좋네. 화려하지는 않아도 집이 제일 좋아." 일요일 저녁, 엄마와 조 옆에 앉은 메그가 편안한 얼굴로 주위를 둘러보며 말했다.

"그렇게 말하니 기쁘다. 나는 네가 멋진 곳에 다녀와서 우리 집이 지루하고 가난하다고 생각할까 봐 걱정했단다." 엄마가 말했다. 메그가 떠나던 날은 엄마의 얼굴에 걱정이 가득했다. 하지만 엄마의 눈은 아이들의 얼굴에 나타난 변화를 금방 알아차리기 때문에 이제 엄마는 마음이 놓였다.

메그는 모팻 씨 집에서 있었던 일들을 신나게 이야기하면서 얼마나 멋진 시간들이었는지 모른다고 반복해서 말하고 또 말했다. 하지만 어쩐지 마음이 무거웠다. 그래서 어린 두 동생이 자러 가자 모닥불을 빤히 바라보며 생각에 잠긴 채 말수는 점점 줄어들고 얼굴에는 걱정스러운 빛이 어렸다. 괘종시계가 9시를 알리자 조가 그만 자자고 말했다. 그때 메그가 갑자기 의자에서 일어나 베스의 등받이 없는 의자로 자리를 옮겼다. 그러고는 엄마 무릎에 팔꿈치를 올리고 용기 내어 말했다.

"엄마, '고백'할 게 있어요."

"그럴 거라고 짐작했어. 무슨 일이니, 아가?"

"나는 갈까?" 조가 사려 깊게 물었다.

"아니야. 내가 너한테는 뭐든지 다 말한다는 거 잊었니? 어린 두 아이들 앞에서는 창피해서 말 못 했지만 너한테는 모팻 씨 댁에서 내가 한 어리석은 짓들을 다 털어놓고 싶어."

"우리는 들을 준비 됐단다." 마치 부인이 미소를 지으며 말했다. 하지만 얼굴에는 조금 걱정스러운 빛이 스쳤다.

"그 집에서 나를 꾸며 줬다는 이야기는 했잖아. 그런데 실은 분도 바르고, 꽉 죄는 드레스를 입히고, 머리를 고데기로 말아서 나를 패션 잡지에 나오는 그림처럼 만들어 놨는데 그 말은 할 수가 없었어. 로리는 내가 나 같지 않다고 생각했어. 말로 표현하지는 않았지만 그렇게 생각한다는 걸 알 수 있었어. 어떤 남자는 나를 '인형'이라고 말했어. 바보 같다는 건 알지만 모두들 나를 칭찬하고, 미인이라고 하고, 듣기 좋은 소리를 계속 하니까 그 사람들이 나를 바보로 만드는 걸 그냥 내버려 뒀어."

"그게 다야?" 조가 물었다. 마치 부인은 사랑스러운 딸의 얼굴을 말없이 내려다보았다. 그런 대수롭지 않은 어리석은 짓을 나무랄 마음은 조금도 없었다.

"아니야. 샴페인도 마셨고 막 뛰어다녔고, 남자들한테 잘 보이려고 하고, 아무튼 아주 끔찍했어." 메그는 스스로를 탓하듯 말했다.

"내 생각에는 그것 말고 더 있었을 텐데." 마치 부인이 보드라운 딸의 뺨을 쓰다듬으며 말했다. 그러자 메그가 갑자기 얼굴을 붉히며 천천히 대답했다.

"맞아요. 이건 진짜 바보 같은 짓인데, 그래도 말씀드릴게요. 왜냐하면 사람들이 우리 집과 로리에 대해 그런 식으로 생각하고 말하는 게 너무 싫기 때문이에요."

그러고서 메그는 모팻 씨 집에서 들은 여러 가지 소문을 이야기했다. 메그가 이야기를 하는 동안 조는 어머니가 입술을 꽉 깨무는 것을 봤다. 그런 생각이 메그의 순수한 마음속에 들어간 것에 속상해하는 듯 보였다.

"세상에, 그렇게 터무니없는 헛소리는 처음 들어 보네." 조가 화난 듯 소리쳤다. "언니는 왜 그 자리에서 그 사람들한테 사실대로 말 안 한 거야?"

"그럴 수가 없었어. 너무 당황스러웠단 말이야. 내 의지와 상관없이 그 이야기를 듣고 난 다음에는 너무 화나고 창피해서 그 자리를 떠나야 한다는 것도 잊어버렸어."

"나중에 내가 애니 모팻 만날 때까지 기다려. 그러면 그런 말도 안 되는 일을 어떻게 처리하는지 내가 언니한테 가르쳐 줄게. 로리가 부자여서 우리가 '계획'을 가지고 로리를 친절하게 대하고 우리 중 누구와 결혼시키려 한다고 생각하다니, 기가 막혀! 그 바보 같은 것들이 우리 가엾은 아이들에 대해 무슨 말을 했는지 내가 알려 주면 아마 로리 걔, 비명 지를걸?" 다시 생각해 보니 방금 자신이 한 말이 굉장히 웃기다는 듯 조가 깔깔 웃었다.

"로리한테 그 말 하면 너 절대 용서 안 할 거야! 절대 그 이야기 하면 안 돼. 하면 안 되죠, 엄마?" 메그가 괴로운 얼굴로 물었다.

"안 되지. 그런 바보 같은 소문은 절대 다시 입에 올려선 안 돼. 그리고 할 수 있는 한 빨리 잊어버려야 해." 마치 부인이 엄하게 말했다. "잘 알지도 못하는 사람들한테 너를 보내다니 내가 어리석었어. 친절한지는 몰라도 세속적이고, 점잖지 못하고, 젊은이들에 대해 그런 천박한 생각을 하는 사람들이었다니……. 이번 방문이 너한테 미친 해악에 대해 정말 뭐라고 사과를 해야 할지 모르겠구나, 메그."

"엄마가 사과하실 필요 없어요. 저는 이런 일로 상처 받지 않을 거예요. 나쁜 일은 모두 잊고 좋은 일만 기억할 거예요. 정말 즐거웠던 건 사실이고, 그곳에 가도록 허락해 주신 건 정말 고마워요. 그래도 그곳을 그리워하거나 속상해하지는 않을 거예요, 엄마. 제가 어리석은 아이라는 건 저도 잘 알아요. 그래서 나 자신을 책임질 수 있을 때까지는 엄마 곁에 있을래요. 그렇지만 칭찬받고 찬사 받는 건 좋았어요. 좋았다고밖에 말 못 하겠어요." 자신의 고백이 조금은 부끄러운 듯한 얼굴로 메그가 말했다.

"그건 아주 자연스러운 생각이란다. 나쁜 것도 아니야. 좋아하는 마음이 지나쳐서 어리석은 짓을 하거나 아가씨답지 못한 일을 하지만 않는다면 말이다. 어떤 칭찬이 가치 있는 말인지 판단하고 알아듣는 법을 배우고, 겉모습만 아름다운 게 아니라 겸손함도 갖춰서 훌륭한 사람들한테 칭찬받는 법도 배우도록 하렴, 메그."

메그는 앉은 채로 잠시 생각에 잠겼다. 그사이 조는 재미있어하면서도 조금은 어리둥절한 얼굴을 한 채 두 손을 등 뒤로 돌리고 일어났다. 메그가 얼굴을 붉히고 칭찬이나 연인 같은 이야기를 하는 모습이 낯설었기 때문이다. 언니가 집을 떠나 있던 2주일 동안 어른이 되었고 자신이 쫓아갈 수 없는 낯선 세계로 떠난 것만 같은 느낌이 들었다.

"엄마, 정말 모팻 부인이 말한 그런 '계획' 가지고 있어요?" 메그가 부끄러운 듯 물었다.

"당연하지. 아주 많이 가지고 있단다. 엄마라면 누구나 다 그런 계획을 가지고 있어. 하지만 내 계획은 모팻 부인이 말한 것과는 달라. 언젠가 너의 로맨틱한 머리와 가슴에 진지한 이야기가 자리 잡을 수 있는 때가 오면 그 계획들을 이야기해 줄게, 메그. 너는 아직 어려. 하지만 내 말을 이해 못 할 정도로 어린 건 아니야. 엄마들은 너 같은 딸들에게 그런 이야기를 하는 걸 아주 좋아한단다. 조, 아마 네 차례도 돌아올 거야. 그때 내 '계획'

을 듣고 마음에 들면 그 계획을 실행에 옮길 수 있도록 도와주렴."

조는 엄마가 말하는 계획들이 아주 심각한 일이라고 생각하는 듯한 얼굴을 하고서 의자의 한쪽 팔걸이에 앉았다. 두 딸의 손을 하나씩 잡고 아직은 어린 두 딸의 얼굴을 바라보면서 마치 부인은 진지하면서도 밝은 목소리로 말했다.

"나는 내 딸들이 아름답고, 재주가 많고, 착한 사람이 되길 바란다. 칭찬받고, 사랑받고, 존중받고, 행복한 청춘을 보내고, 행복하고 지혜로운 결혼 생활을 하고, 하느님이 보시기에 적당하다고 생각하시는 만큼의 적은 걱정과 슬픔만 겪으면서 쓸모 있고 즐거운 인생을 살았으면 좋겠어. 여자는 좋은 남자에게 선택받고 사랑받는 것이 가장 행복한 최고의 일이란다. 그래서 나는 내 딸들이 그런 아름다운 경험을 할 수 있기를 진심으로 바라고 있어. 그런 생각을 하는 건 자연스러운 일이야, 메그. 바라고 기다리고 지혜롭게 준비하는 건 당연한 일이야. 행복한 때가 오면 의무를 따르고 즐거움을 누릴 준비가 되었다고 느끼게 될 거야. 사랑하는 딸들아, 나는 너희에게 거는 기대가 크단다. 하지만 너희를 세상에 내던져서 단지 부자라거나 멋진 저택이 있다는 이유만으로 너희 남편을 선택하지는 않을 거야. 중요한 건 저택이 아니라 서로를 원하는 사랑으로 만든 가정이란다. 물론 돈도 필요하고 중요하지. 잘 쓰면 고귀한 것이 될 수도 있어. 하지만 나는 너희가 돈을 최우선으로 생각하거나 유일한 보상으로 생각하기를 바라지는 않아. 자존감과 평화가 없는 왕비가 되기보다는 너희가 행복하고, 사랑받고, 만족할 수만 있다면 가난한 남자의 아내가 되는 편이 더 낫다고 나는 생각해."

"가난한 소녀들은 나서서 자신을 뽐내지 않으면 기회가 없다고 벨이 말했어요." 메그가 한숨을 내쉬며 말했다.

"그럼 노처녀로 늙으면 돼." 조가 고집스럽게 말했다.

"맞아, 조. 불행한 결혼 생활을 하는 것보다는 행복한 노처녀가 되거나 남편감을 찾아다니는 말괄량이가 되는 게 더 나아." 마치 부인이 단호하게 말했다. "걱정하지 마라, 메그. 진실한 연인은 가난에 지지 않는단다. 내가 아는 가장 존경받을 만한 훌륭한 여성들 중에는 가난한 여성들도 있지만 사랑받을 만한 이들이었기 때문에 노처녀로 늙지 않았단다. 그런 일들은 시간에 맡겨두렴. 지금은 우리 집을 행복하게 꾸려 나가는 데에 전념하고, 그러다 보면 너만의 가정을 이룰 기회가 찾아올 거야. 그리고 그런 기회가 오지 않는다면 여기서 만족하며 살면 되지. 너희는 이것 하나만 기억하면 돼. 엄마는 언제나 너희가 모든 것을 털어놓을 수 있는 이야기 상대가 될 준비가 되어 있고 아버지는 친구가 될 준비가 되어 있어. 우리 두 사람은 딸들이 결혼을 하든 독신으로 살든 상관없이 자존심을 지키고 안락하게 인생을 살기를 희망하고, 또 그렇게 될 거라고 믿고 있단다."

"꼭 그렇게 살게요. 엄마, 꼭이요!" 잘 자라는 인사를 하는 엄마에게 두 딸은 진심으로 소리쳤다.

10

❀❀❀ ❀❀❀

피크위크 클럽과 새집 우편함

봄이 오자 자매들은 새로운 놀이거리를 찾아냈다. 해가 길어지
면서 일하고 놀 수 있는 낮이 길어졌다. 네 자매는 정원을 네 등
분 해서 각자 맡은 구역을 취향대로 꾸며 왔다. 그 모습을 볼 때
면 헤너는 이렇게 말하곤 했다. "어디가 누구 땅인지 그냥 척 봐
도 알겠네." 정말 그랬다. 네 자매는 성격만큼이나 취향도 제각
각이었다. 메그의 땅에는 장미와 보라색 꽃이 피는 헬리오트로
프, 분홍색이나 흰색 꽃이 피는 머틀, 그리고 작은 오렌지 나무
가 있었다. 조의 땅은 해마다 변했다. 항상 새로운 실험을 하기
때문이다. 올해는 해바라기 농장을 만들고, '코클톱 아줌마'라
고 이름 지은 암탉과 병아리 가족의 먹이가 될 씨앗을 심기로
했다. 베스는 스위트피, 목서초, 델피니움, 패랭이꽃, 팬지, 개

사철쑥처럼 옛날부터 흔히 심는 향기 나는 꽃들을 심고 새들이 좋아하는 별꽃과 고양이가 좋아하는 개박하도 심었다. 에이미는 작고 집게벌레가 많이 생기기는 하지만 알록달록한 인동초와 나팔꽃 꽃송이가 달린 덩굴들이 멋진 화환처럼 늘어진 예쁜 그늘 쉼터를 만들었다. 그리고 그 자리에 잘 어울리는 키 큰 백합과 고운 이끼를 포함해서 화려하고 그림 같은 식물들을 많이 심었다.

날씨가 좋은 날은 정원을 가꾸고, 산책하고, 강에서 배도 타고, 꽃을 따면서 시간을 보냈다. 비가 오는 날은 새로운 놀이나 예전에 하던 놀이를 하며 집 안에서 놀았다. 대부분이 자매들이 만들어 낸 놀이들이다. 피크위크 클럽도 그중 하나다. 비밀 모임이 유행하던 때라 자매들도 비밀 모임을 만들고 싶었다. 네 자매 모두 영국 작가 찰스 디킨스를 좋아해서 그의 첫 소설에 나오는 '피크위크 클럽'을 본떠 자신들의 모임을 피크위크 클럽이라고 이름 지었다. 토요일 저녁마다 큰 다락방에서 열리는 이 모임은 몇 번 거른 적도 있지만 1년 동안 유지되었다.

이 모임을 하는 날이면 책상 위에는 피크위크 클럽의 약자인 'P.C.'가 저마다 다른 색으로 큼직하게 적힌 흰색 휘장 네 개, 램프 하나, 그리고 네 자매가 함께 만드는 〈피크위크 신문〉이라는 주간 신문이 놓이고 그 책상 앞에 의자 세 개가 한 줄로 자리한다. 신문의 편집자 역할은 펜과 잉크로 생각의 나래를 펼치기 좋아하는 조가 맡았다. 토요일 7시가 되면 네 명의 회원은 다락방 회의실로 올라와 휘장을 머리에 두르고 엄숙한 얼굴로 의자에 앉는다. 제일 나이가 많은 메그는 새뮤얼 피크위크, 조는 글재주가 있는 오거스터스 스노드그래스, 베스는 동그랗게 생기고 장미처럼 뺨이 붉어서 트레이시 터프먼, 그리고 에이미는 자기가 할 수 없는 일을 하려고 애쓰기 때문에 너새니얼 윙클이라는 이름이 각각 붙었다. 이 자리에서는 회장인 피크위크가 네 자매가 직접 만들어 낸 이야기, 시, 지역 소식, 재미있는 광고, 그리고 서로의 잘못과 단점에 대해 좋은 마음으로 지적하는 의견이 빼곡히 들어 있는 신문을 읽는다.

어느 날, 피크위크 회장이 알 없는 안경을 쓰고 책상을 탁탁 치고 헛기침을 하더니 스노드그래스를 무섭게 노려보았다. 그러자 의자 등받이에 비스듬히 기대앉아 있던 스노드그래스가 자세를 똑바로 고쳐 앉았다. 이제 회장이 신문을 읽기 시작했다.

피크위크 신문

18△△년 5월 20일

오늘의 시

기념일 축시

우리 다시

피크위크 홀에서 만나

휘장과 엄숙한 의식으로

52번째 기념일을 축하하네.

우리 모두 건강하게

한 명도 빠짐없이 여기 모였으니

잘 아는 얼굴들을 다시 보고

정답게 악수하네.

우리의 피크위크, 언제나 그 자리에서

경건하게 우리를 맞이하여,

안경을 걸치고

잘 채워진 주간 신문을 읽어 주네.

비록 감기로 고생 중이라

목소리가 끽끽대고 꺽꺽대도

그의 지혜로운 말들이 쏟아지니

우리는 글 읽어 주는 그 소리 즐겁게 듣네.

180센티미터의 늙은 스노드그래스가

거대한 코끼리처럼 우아하게 나타나

구릿빛 유쾌한 얼굴로

벗들에게 미소 지으며,

시를 향한 열정이 이글대는 눈으로
자신의 운명과 힘겹게 맞서네.
눈썹 위에는 야망을
코에는 잉크 자국을 담은 채!

온순한 터프먼이 뒤를 이어 오니.
장밋빛 볼에 통통하고 사랑스러워라.
작은 농담에도 숨이 막히게 웃다가
의자에서 굴러 떨어지네.

단정한 꼬마 윙클도 왔네.
머리 한 올 흐트러짐 없는
예의범절의 상징
하지만 얼굴 씻기는 싫어하지.

한 해가 지나도 우리는 여전히 하나
농담하고 웃고 읽으며
영광으로 이어지는
문학의 길을 딛고 가리.

우리 신문 영원히 번창하라.
우리 모임도 깨지지 않고

다가올 많은 날들의 축복이

쓸모 있고 재미있는 'P.C.'에 쏟아지리.

A. 스노드그래스

*

가면 쓴 결혼식

－베니스 이야기

곤돌라가 줄지어 대리석 계단으로 밀려와 손님들을 내려놓자, 아델론 백작의 웅장한 홀은 눈부시게 차려입은 군중들로 가득 찼다. 기사들과 숙녀들, 요정들과 견습 기사들, 사제들과 꽃을 든 소녀들 모두 한데 어울려 즐겁게 춤을 추었다. 아름다운 목소리와 풍성한 멜로디가 울려 퍼지고 웃음소리와 음악이 울려 퍼지자 가장 무도회가 시작되었다.

"전하께서는 오늘 저녁에 비올라 아가씨를 보셨습니까?" 멋진 음유 시인이 자신의 팔을 잡은 아름다운 여왕을 홀 안으로 이리저리 안내하며 물었다.

"보았지. 아름답긴 해도 너무도 슬퍼 보이더구나! 드레스는 아주 잘 골랐더구나. 일주일 뒤면 자신이 그토록 증오하는 안토니오 백작과 결혼을 앞두고 있으니 슬플 수밖에."

"솔직히 저는 그분이 부럽습니다. 저기 그가 옵니다. 신랑답게 멋지게 차려입었군요. 검은 가면을 쓴 것만 빼면 말입니다. 저자가 가면을 벗으면, 아름다운 아가씨의 마음을 얻지 못한 저자의 표정을 확인할 수 있을 것입니다." 음유 시인이 대답했다.

"소문을 듣자 하니 그 여인은 자신을 따라다니다 쫓겨난 젊은 영국 화가를 좋아한다더구나." 사람들 틈에서 춤을 추기 시작하면서 여왕이 말했다.

무도회가 한창 흥이 올랐을 때 한 사제가 나타나더니, 비올라 아가씨와 안토니오 백작을 자주색 커튼 뒤쪽 움푹 파인 벽감으로 불러냈다. 그러자 떠들썩하던 사람들이 순식간에 조용해졌다. 분수대 물소리, 달빛 아래 잠든 오렌지 나무 잎들이 흔들리는 소리, 그리고 아델론 백작이 말하는 소리만 들렸다.

"친애하는 신사 숙녀 여러분, 여러분을 제 딸의 결혼식에 증인으로 모시기 위해 계략을 꾸민 것을 사과드립니다. 신부님, 미사를 진행해 주십시오."

모두의 시선이 신랑신부에게 향했다. 사람들 사이에서 놀란 듯 웅성거리는 소리가 들렸다. 신부도 신랑도 쓰고 있던 가면을 벗지 않았기 때문이다. 모두의 가슴에 호기심과 놀라움이 샘솟았다. 하지만 성스러운 의식이 끝날 때까지 모두들 입을 꼭 다물었다. 식이 끝나자 호기심에 가득 찬 구경꾼들이 아델론 백작을 둘러싸며 설명을 요구했다.

"할 수 있다면 기꺼이 설명했을 겁니다. 제가 아는 것은 그저 이 모든 게 용기 없는 비올라의 변덕 때문이라는 것이며 저는 딸의 뜻에 항복했을 뿐입니다. 자, 얘들아, 연극은 이제 끝이 났다. 가면을 벗고 나의 축복을 받아라."

하지만 신랑신부 둘 다 무릎을 꿇지 않았다. 그리고 신랑이 대답하는 목소리에, 듣고 있던 모든 사람들이 깜짝 놀랐다. 신랑의 얼굴에서 가면이 벗겨지자 화가이자 비올라의 연인 페르디난드 드베로의 고결한 얼굴이 드러났다. 사랑스러운 비올라는 영국 백작을 상징하는 별 문양이 반짝이는 그의 가슴에 기댄 채 기뻐했다.

"백작님께서는 제가 안토니오 백작만큼 많은 재물과 높은 지위를 뽐낼 수 있게 된다면 당신의 따님을 요구해도 좋다고 멸시하듯 말씀하셨지요. 저는 그 이상도 할 수 있습니다. 저의 아내가 된 이 아름다운 숙녀에게 유서 깊은 가문의 명성과 헤아릴 수 없는 부를 안겨 줄 것입니다. 이제 당신처럼 야심 넘치는 영혼도 드베로 즉, 드 베르 백작을 거부하지 못하실 것입니다."

아델론 백작은 돌이 된 듯 꼼짝도 하지 않고 서 있었다. 페르디난드는 어리둥절한 군중을 향해 돌아서서 승리의 미소를 지으며 말했다.

"용감한 벗들이여, 내가 성공했듯이 그대들의 구애도 성공하기를 바랍니다. 내가 가면 결혼식을 통해 얻은 이 신부처럼 여러분도 아름다운 신부를 맞이하기를 바랍니다."

S. 피크위크

피크위크 클럽이 바벨탑과 비슷한 이유는? 제멋대로 구는 회원들뿐이니까.

호박의 역사

옛날 어느 농부가 정원에 작은 씨앗을 심었다. 한참 지나자 싹이 나고 덩굴이 뻗어 나가더니 호박이 주렁주렁 열렸다. 10월 어느 날, 호박이 다 여물자 농부는 그중 하나를 따서 시장으로 가져갔다. 식료품상 주인 이 호박을 사서 가게에 내놓았다. 같은 날 아침, 동그란 얼굴에 들창코 인 어린 소녀가 갈색 모자에 파란 드레스 차림으로 찾아와서 어머니께 드리려고 호박을 샀다. 소녀는 호박을 집으로 가지고 와서 잘라 커다란 냄비에 삶았다. 삶은 호박을 조금 잘라 으깬 다음 소금과 버터로 간을 해서 저녁 식사로 내놓았다. 나머지는 우유 1파인트, 달걀 두 개, 설탕 네 숟갈, 너트메그, 잘게 부순 크래커와 반죽해서 속이 깊은 접시에 넣 고 갈색이 될 때까지 구웠다. 그리고 다음 날 마치 가족이 이걸 먹었다.

T. 터프먼

*

피크위크 씨께

너무 많이 웃어대고 때때로 이 훌륭한 신문에 글을 쓰지 않아서 모임에 불편을 주는 윙클이라는 남자의 죄에 대해 알립니다 부디 그의 못된 행동을 용서하기 바라며, 대신 프랑스 우화를 제출하게 허락해 주십시오 왜냐하면 그는 해야 할 공부가 너무 많고 머리는 나쁘기 때문입니다 앞으로는 기외를 노치지안코('기회를 놓치지 않고'를 잘못 쓴 것 – 옮긴이) 전부 다 훌늉하게('훌륭하게'를 잘못 쓴 것 – 옮긴이) 준비하겠습니다. 지금 학교 갈 시간이라 바빠서 이만 쑵니다.

친애하는 N. 윙클
(위 글은 과거의 못된 짓에 대한 멋진 자백이다. 우리 젊은 친구가 구두점 공부를 했다면 더 잘 썼을 것이다.)

*

슬픈 사고

지난 금요일, 우리 집 지하실에서 울린 엄청난 진동에 놀라 비명을 질렀다. 다 함께 지하실로 달려가 보니 우리가 사랑하는 회장님이 집에서 쓸 나무를 챙기려다 발이 걸려 쓰러지는 바람에 바닥에 엎어져 있었다. 눈앞은 완전히 엉망이었다. 피크위크 씨는 넘어지면서 머리와 두 어깨가 물통에 빠지는 바람에 늠름한 몸에 연비누(물렁하거나 액체 상태인 비누 – 옮긴이) 한 통이 다 쏟아지고 옷이 심하게 찢어졌다. 아주 위험한

197

이 상황에서 벗어나는 와중에 그는 큰 부상은 당하지 않았지만 여기저기 멍이 들었다는 사실을 알게 되었고, 다행히도 이 멍들은 빠르게 회복 중이다.

편집장

*

부고

슬프게도 우리의 소중한 친구 스노볼 팻 포 부인의 갑작스럽고 불가사의한 실종을 전하게 되었다. 우리의 사랑을 받던 이 아름다운 고양이는 다정하고 사랑이 넘치는 친구들 모두의 애완동물이었다. 예쁘게 생겨서 모두에게 사랑받았고, 우아함과 미덕은 모두의 마음을 사로잡았기 때문에 이 아이가 사라져 버리자 마을 전체가 깊은 슬픔에 빠졌다.

마지막으로 목격된 스노볼 팻 포는 대문 위에 앉아 푸줏간 주인의 마차를 지켜보고 있었는데, 그 귀여운 모습을 탐낸 어떤 악당이 훔쳐 간 것 같다. 몇 주가 지나갔지만 흔적도 찾을 수 없다. 그래서 우리는 모든 희망을 버리고 스노볼 팻 포의 바구니에 검은 리본을 묶고 먹이 접시도 치웠으며, 영원히 사라진 이 아이를 생각하며 울었다.

동정심 많은 친구가 보석 같은 다음 글을 보내 주었다.

스노볼 팻 포를 위한 애가

우리 작은 고양이와의 헤어짐을 슬퍼하며,
더 이상 벽난로 앞에 앉지 못하고
낡은 초록 대문 옆에서 놀지도 못하는
불행한 그의 운명에 한숨짓는다.

그의 새끼들이 잠든 작은 무덤은
밤나무 밑에 있으나
우리는 그의 무덤에서 울 수 없네
그곳이 어디인지 모르기에.

텅 빈 침대도, 가지고 놀 이 없는 공도,
더 이상 그를 볼 수 없네.
거실 문가에서 부드럽게 탁탁 두드리는 소리도,
귀엽게 가르릉대는 소리도 더 이상 들을 수 없네.

다른 고양이가 그의 쥐를 뒤쫓네,
더러운 얼굴의 고양이.
하지만 이 고양이는 스노볼처럼 사냥하지 않고
스노볼처럼 가볍고 우아하게 놀지도 않네.

새 고양이는

스노볼이 놀던 거실을

살금살금 걸어가네.

하지만 스노볼이 용감하게 쫓아 버리던

개들에게 쉭쉭 소리만 내뱉을 뿐.

새 고양이는 쓸모 있고 순하고

제 할 일을 다 하지만

아름답지는 않다네.

우리는 새 고양이에게 사랑하는

너의 자리를 내어줄 수 없고,

너를 숭배하듯 새 고양이를

숭배할 수는 없다네.

A.S.

*

광고

심지 굳은 유명 강연가 오랜시 블러게이지 양이 다음 주 토요일 저녁,

모임이 끝난 후에 '여성과 여성의 지위'를 주제로 강연합니다.

젊은 아가씨들에게 요리를 가르쳐 주는 요리 교실이 매주 주방에서 열릴 예정입니다. 헤너 브라운이 진행을 맡을 예정이며, 모두 참석 바랍니다.

쓰레받기 클럽이 다음 주 수요일에 열립니다. 클럽 하우스 위층으로 행진할 예정입니다. 모든 회원은 제복을 입고 어깨에 빗자루를 메고 9시 정각에 집합하시기 바랍니다.

베스 바운서 부인이 다음 주 최신 인형 모자들을 소개할 예정입니다. 최신 파리 패션이 도착했으니 주문해 주시기 바랍니다.

반빌 극장에서 미국 무대에 올랐던 작품들 중 가장 흥미로운 새 연극을 몇 주 동안 공연합니다. 이 스릴 넘치는 드라마의 제목은 〈그리스 노예 또는 어벤저 콘스탄틴〉입니다!

*

의견

S.P.가 손에 비누를 많이 묻히지만 않는다면 아침 식사에 늦지 않을 것

이다. A.S.에게 거리에서 휘파람을 불지 말기를 요청한다. T.T.는 제발 에이미의 냅킨을 잊지 말기 바란다. N.W.는 드레스 주름 단이 아홉 개가 아니라고 화내서는 안 된다.

*

주간 보고

메그 – 잘했어요

조 – 잘못했어요

베스 – 참 잘했어요

에이미 – 보통

회장이 신문을 다 읽자(네 자매가 예전에 '직접' 쓴 '진짜' 원고라는 점을 독자들에게 알리는 바이다) 박수가 이어졌고, 스노드그래스가 제안을 하기 위해 일어났다.

"회장님과 신사 여러분," 스노드그래스는 의회에서 발표하는 의원 같은 태도와 말투로 이야기를 시작했다. "저는 새 회원의 입회를 제안하고자 합니다. 회원이 될 자격이 있고, 회원이 되는 것에 깊이 감사할 분이며, 우리 클럽에 활기를 불어넣어 주고 우리 신문에 문학적 가치를 더해 줄, 한없이 유쾌하고 좋은 사람입니다. 테오도어 로렌스 씨를 피크위크 클럽의 영광스러

202

운 회원으로 추천합니다. 자, 이제 그분을 맞이합시다."

조가 갑자기 말투를 바꾸자 자매들이 웃음을 터뜨렸다. 하지만 다들 얼굴에 걱정하는 빛이 감돌았고 아무도 입을 열지 않았다. 그사이 스노드그래스 역할을 하는 조는 자리에 앉았다.

"투표로 결정합니다." 회장이 말했다. "이 발의에 동의하시는 분은 '네'라고 말하십시오."

스노드그래스가 크게 대답하고 그 뒤를 이어 소심한 베스가 대답하는 바람에 다들 깜짝 놀랐다.

"반대하는 분은 '아니오'라고 말하십시오."

메그와 에이미는 반대였다. 윙클이 일어나서 아주 우아하게 말했다. "우리는 남자를 원치 않아요. 남자들은 말도 안 되는 소리를 하고 뛰어다니기만 해요. 여기는 숙녀들만의 클럽이고, 우리끼리 하는 게 맞다고 생각해요."

"우리 신문을 보고 비웃고 나중에 우리를 놀릴까 봐 걱정이에요." 피크위크가 이마로 내려온 곱슬머리를 잡아당기며 말했다. 이건 불안할 때마다 하는 버릇이었다.

스노드그래스가 벌떡 일어나 열심히 설득했다. "여러분! 신사로서 말씀드립니다. 로리는 그런 짓 절대 안 할 거예요. 그 아이는 글 쓰는 거 좋아하고, 우리 기사에 새로운 분위기를 불어넣어 주고, 우리가 감상적으로 글을 쓰지 않게 막아 줄 거예요. 그렇게 생각 안 해요? 우리가 로리를 위해 해 줄 수 있는 건 아주 적지만 그 아이가 우리를 위해 해 줄 수 있는 건 아주 많아요.

로리에게 회원이 되기를 제안하고 만약 그 아이가 온다면 기꺼이 환영하는 것이야말로 우리가 그 아이에게 해 줄 수 있는 최소한의 호의라고 생각합니다."

로리가 회원이 되었을 때 일어날 수 있는 좋은 일들에 대해 넌지시 암시하는 연설에 터프먼이 마음을 결정한 얼굴로 벌떡 일어섰다.

"네, 걱정이 되긴 하지만 그렇게 해봅시다. 로리도 올 수 있고, 할아버지도 만약 원하신다면 오셔도 돼요."

베스의 대범한 말에 회원 모두가 깜짝 놀랐다. 조는 자리에서 일어나 동의한다는 듯 베스와 악수를 했다.

"그럼 투표 다시 합시다. 다들 기억하세요. 우리 모두 좋아하는 로리예요. 그리고 답은 '찬성!'입니다." 스노드그래스가 흥분해서 소리쳤다.

"찬성! 찬성! 찬성!" 세 목소리가 한꺼번에 대답했다.

"좋아! 다들 축복받을 겁니다! 윙클이 늘 하는 말처럼 '기회를 노치지안코' 제가 새 회원을 소개하겠습니다." 이 말과 함께 조가 벽장문을 활짝 열자, 웃음을 참느라 얼굴이 빨개진 채 눈을 반짝이며 잡동사니 위에 앉아 있는 로리가 나타났다. 그 모습에 다른 회원들 모두 기절할 듯이 놀랐다.

"조, 이 개구쟁이! 배신자! 조, 어떻게 이럴 수 있어?"

의기양양하게 친구를 앞으로 안내하는 스노드그래스를 향해 세 소녀가 소리쳤다. 조는 의자 하나와 휘장 하나를 가지고 와서는 로리에게 재빨리 휘장을 둘러 주었다.

"당신들 두 악당, 정말 침착하군요." 피크위크는 얼굴을 찡그리려고 했지만 다정한 미소만 떠올랐다. 신입 회원은 침착하게 일어나 회장에게 감사 인사를 한 뒤 이렇게 말했다. "회장님과 숙녀분들…… 아, 실수했습니다, 신사분들…… 제 소개를 하겠습니다. 저는 이 클럽의 충성스런 하인 샘 웰러라고 합니다."

"좋아, 아주 좋아!" 침대 데우는 낡은 다리미에 기대 있던 조가 다리미 손잡이를 쾅쾅 치며 소리쳤다.

"신의 있는 친구이자 고결한 후원자이고," 로리는 손을 흔들며 계속 말을 이었다. "극찬을 아끼지 않고 저를 소개한 분께는 오늘 밤 이 책략에 대해 비난의 말을 던지지 말아 주십시오. 이 모든 일은 제가 계획했으며 그분은 제가 놀리고 괴롭힌 끝에 항복한 것뿐입니다."

"그만하시오. 혼자 다 떠안지 말아요. 벽장에 숨으라고 제안한 건 나였잖아요." 스노드그래스가 끼어들며 말장난을 이어갔다.

"얘가 하는 말은 신경 쓰지 마세요. 이 모든 일을 꾸민 악마는 저입니다." 신입 회원이 말하고는 샘 웰러라는 인물에 어울리는 태도로 피크위크를 향해 꾸벅 고개를 숙였다. "맹세코 앞으로 다시는 이런 짓 하지 않겠습니다. 지금부터는 이 불멸의 클럽을 위해 제 자신을 '바치겠습니다.'"

"옳소! 옳소!" 다리미 뚜껑을 심벌즈처럼 치며 조가 소리쳤다.

"계속하시오!" 윙클과 터프먼도 외쳤다. 그사이 피크위크 회장이 상냥하게 고개를 숙였다.

"제게 베풀어 주신 영광에 대한 감사의 표시로, 그리고 서로 이웃한 국가들 사이의 우정 어린 관계를 더욱 발전시키기 위해, 보잘것없지만 정원 아래쪽 모퉁이의 울타리에 우편함을 설치했습니다. 문에는 맹꽁이자물쇠가 설치되어 있고, 크기도 넉넉합니다. 그러니 편하게 편지를 주고받을 수 있습니다. 이런 표현을 써도 될지 모르겠지만 여성들도 편하게 사용할 수 있습니다. 낡은 새집이었는데 제가 문틈을 막고 지붕을 열 수 있게 고쳐서 어떤 물건이든 넣을 수 있기 때문에 우리의 시간을 절약해 줄 것입니다. 편지, 원고, 책, 꾸러미까지 모두 들어갈 수 있습니다. 모든 국민이 열쇠를 하나씩 가지면 굉장히 멋질 거라고 생각합니다. 그리고 클럽 열쇠도 드리겠습니다. 그러면 여러분의 호의에 감사드리며 자리에 앉겠습니다."

웰러가 작은 열쇠를 책상에 내려놓고 자리에 앉자 열띤 박수가 터져 나왔다. 다리미를 쾅쾅 두드리고, 손을 흔들기까지 했다. 이 소동이 끝나자 한참 동안 회의가 이어졌다. 평소와 다르게 활기찬 회의가 이어졌고 늦게까지 계속되었다. 신입 회원을 위해 세 번 소리 높여 환호하고 겨우 끝이 났다.

샘 웰러를 회원으로 받아들인 것을 후회하는 사람은 아무도 없었다. 이렇게 헌신적이고 예의 바르고 명랑한 회원은 없을 것 같아서였다. 그는 정말로 클럽 회의에 '활기'를 불어넣었고, 신문에 '새로운 분위기'를 더했다. 그의 연설은 듣는 사람들을 흥분하게 만들었고, 그의 글은 뛰어나고 애국적이고 고전적이고 재미있고 극적이었지만 결코 감상적이지는 않았다. 조는 로리의 글이 베이컨이나 밀턴 또는 셰익스피어만큼 훌륭해서 자신의 원고를 수정하는 데에 도움이 되겠다고 생각했다.

로리가 고친 새집은 멋진 우편함이 되어 우체국처럼 별난 것들을 전달하는 역할을 훌륭하게 해 냈다. 비극 소설과 남성용 스카프도 오갔고, 시, 피클, 씨앗, 장문의 편지, 악보와 생강빵, 고무, 초대장, 심지어는 잔소리와 강아지까지 오갔다. 로렌스 저택의 노신사도 이 놀이를 좋아해서 수상한 꾸러미나 수수께끼 같은 메시지, 재미있는 전보를 집어넣곤 했다. 그리고 헤너의 매력에 빠져들던 로렌스 집의 정원사도 그녀에게 보내는 러브레터를 우편함에 넣었다가 조가 발견했다. 그 편지를 보고 다들 얼마나 웃었는지 모른다. 하지만 그때만 해도 이 우편함을 통해 앞으로 얼마나 많은 러브레터가 오갈지 누구도 예상하지 못했으리라!

11

엄마의 실험

"내일은 6월의 첫날, 킹 씨 가족이 해변으로 떠나고 나는 자유다! 석 달 동안 휴가야! 너무 좋아!" 어느 따뜻한 날 집으로 돌아온 메그는, 평소답지 않게 피곤한 얼굴로 소파에 늘어져 있는 조를 보고 말했다. 베스는 조의 먼지 묻은 부츠를 벗겨 주고 있었고 에이미는 언니들을 위해 시원한 레모네이드를 만들었다.

"마치 할머니는 오늘 출발하셨어. 그래서 와, 너무 행복해!" 조가 말했다. "할머니가 나한테 같이 가자고 할까 봐 얼마나 불안했는지 몰라. 할머니가 그렇게 말하면 그 말을 따라야 할 것 같았거든. 플럼필드는 다들 알겠지만 교회 묘지보다도 조용한 곳이잖아. 그래서 진짜 가기 싫었어. 우리는 할머니를 서둘러 출발시키려 했는데, 할머니가 나한테 말을 거실 때마다 얼마나 떨렸는지 몰라. 서둘러 보내드리려고 평소답지 않게 아주 상냥하게 이것저것 도와드렸거든. 할머니가 나랑 떨어지면 안 되겠다고 생각하실까 봐 얼마나 걱정되던지. 할머니가 마차에 완전히 올라타실 때까지 난 계속 떠들었어. 마지막 짐이 마차에 실리고 마차가 출발하는데 할머니가 밖으로 고개를 내밀고 '조-세-핀, 혹시 너도……?'라고 했지만 그 뒤는 못 들었어. 내가 홱 돌아서서 도망쳤거든. 정확히 말하면, 안전하다 싶은 모퉁이까지 잽싸게 뛰어서 달아났어."

"불쌍한 조 언니! 곰한테 쫓기는 사람처럼 집에 왔잖아." 베스가 마치 엄마가 아기를 안듯 언니의 발을 꼭 껴안으며 말했다.

"마치 할머니는 샘파이어(유럽 해안 바위틈에서 자라는 미나릿과 식물로 허브로 사용한다 – 옮긴이) 같아, 안 그래?" 에이미가 신중하게 레모네이드 맛을 보면서 말했다.

"쟤 뱀파이어를 잘못 말한 거야, 해초 말고. 지금은 그런 거 상관없어. 너무 더워서 다른 사람이 하는 말 까다롭게 지적해 줄 기운도 없어." 조가 중얼거렸다.

"휴가 동안 뭐 할 거야?" 에이미가 눈치 빠르게 대화 주제를 바꿔 물었다.

"늦잠 자고 아무것도 안 할래." 메그는 흔들의자에 몸을 푹 파묻은 채 대답했다. "겨울 내내 아침 일찍 그 집에 가서 남들을 위해 일했잖아. 그러니까 내가 만족스러울 때까지 쉬고 놀 거야."

"음!" 조가 말했다. "그런 심심한 방법은 나한테 안 맞아. 나는 읽고 싶은 책이 잔뜩 있거든. 늙은 사과나무에 올라가 실컷 햇빛을 즐기면서 책 읽을 거야. 안 그럴 때는 종……"

"'종다리처럼 논다'라고 말하지 마!" '뱀파이어'를 '샘파이어'로 잘못 말한 것 때문에 지적당한 데 대한 앙갚음으로 에이미가 말했다.

"그러면 '나이팅게일처럼 논다'라고 하지 뭐. 로리랑 같이 말이야. 로리가 휘파람새(Laurence's warbler라는 이름의 휘파람새가 있다 - 옮긴이)니까 나이팅게일하고 휘파람새 둘 다 우는 소리가 예뻐서 더 잘 어울리겠네."

"우리도 공부하지 말자, 베스 언니. 한동안 계속 놀고 쉬는 거야. 메그 언니랑 조 언니처럼 말이야." 에이미가 말했다.

"엄마가 허락하시면 나도 그렇게 할게. 난 새 노래를 몇 곡 배우고 싶고 여름을 맞이해서 내 아이들을 수선해 줘야 돼. 다들 굉장히 낡았고 옷도 필요하거든."

"그래도 돼요, 엄마?" 자매들이 '엄마 자리'라고 부르는 곳에 앉아 바느질을 하는 마치 부인을 돌아보며 메그가 물었다.

"일주일 동안 실험을 하고 그게 좋은지 싫은지 직접 확인해 보렴. 내 생각에는 토요일 저녁쯤이면 일하지 않고 놀기만 하는 게 놀지 않고 일만 하는 것만큼이나 안 좋다는 걸 깨닫게 될 거 같구나."

"어머, 말도 안 돼! 제 생각에는 행복하기만 할 것 같은데요." 메그가 만족스러운 듯 말했다.

"나의 '친구이자 파트너인 세어리 갬프(찰스 디킨스의 소설 『마틴 처즐윗』에 세라 갬프라는 무능력한 술주정뱅이 간호사가 등장한다. 여기서 따온 가상 인물로 보인다 – 옮긴이)'가 말한 것처럼 건배를 듭시다. 즐거움은 영원히, 힘든 일은 안녕히." 레모네이드가 나오자 잔을 들어 올리며 조가 크게 소리쳤다.

모두들 기분 좋게 레모네이드를 마시고 나서 그때부터 아무것도 안 하고 빈둥거리는 실험을 시작했다. 다음 날 아침 메그는 10시가 될 때까지 방 밖으로 나오지 않았다. 혼자서 먹는 아침밥은 맛이 없었다. 거실은 쓸쓸하고 어수선해 보였다. 조가 꽃병들에 꽃을 꽂지 않았고 베스는 먼지를 털지 않았으며 에이미의 책들이 여기저기 흩어져 있었기 때문이다. 평소와 다름없는 '엄마 자리'만 빼고는 전부 지저분하고 어수선했다. 그래서 메그는 엄마 자리에 앉아 '쉬면서 독서'를 했다. 실제로 한 것은 하품하고 그동안 받은 급여로 어떤 여름 드레스를 살까 상상한 게 전부였다. 조는 오전에는 로리와 함께 강에 갔고 오후에는 사과나무에 올라가 『넓고 넓은 세상』을 읽다가 울었다. 베스는 인형들이 사는 큰 벽장 속에 든 것을 몽땅 꺼내 뒤지다가 절반도 살펴보기 전에 지쳐서 그대로 내버려 두고는 설거지하지 않아도 된다는 사실에 기뻐하면서 피아노를 연주했다. 에이미는 자신이 가꾸는 나무 그늘을 정리하고, 제일 좋은 흰색 드레스를 입고 곱슬머리를 잘 매만진 다음 인동 덩굴 아래에 앉았다. 그리고 누군가 자신을 보고 이렇게 멋진 그림을 그리는 어린 화가

가 누구냐고 물어 주기를 바라며 그림을 그렸다. 하지만 구경꾼은 아무도 오지 않고 호기심 많은 다리 긴 장님 거미 한 마리만 그림을 구경했다. 그래서 에이미는 산책을 갔다가 소나기를 만나 홀딱 젖어 물을 뚝뚝 흘리며 집으로 돌아왔다.

　차 마시는 시간에 네 자매는 서로 메모를 나눠 보며 즐겁게 지냈지만 평소와 달리 하루가 길게 느껴졌다는 데에 모두 동의했다. 오후에 쇼핑을 하러 나간 메그는 '예쁜 파란색 모슬린'을 샀는데, 폭을 잘라 낸 후에야 물세탁하지 않는 원단이라는 걸 알고는 그 실수 때문에 조금 화가 났다. 조는 배를 타느라 코끝이 탔고 책을 너무 오래 읽어서 머리가 지끈지끈 아팠다. 베스는 벽장이 복잡하게 어질러진 데다 새 노래 서너 곡을 한꺼번에 익히려니 너무 힘들어서 걱정이었다. 에이미는 케이티 브라운의 파티가 바로 다음 날인데 하얀 드레스가 비에 홀딱 젖어 버려 산책 간 것을 후회했다. 이제는 플로라 맥플림지(윌리엄 앨런 버틀러의 시 「입을 게 없네」에 등장하는 재미있는 여주인공-옮긴이)처럼 '입을 옷이 하나도 없는' 처지가 되어 버렸다.

　하지만 이런 일들은 대수롭지 않은 것들이어서 네 자매는 엄마에게 실험이 잘 되고 있다고 자신만만하게 말했다. 마치 부인은 아무 말도 하지 않고 미소만 지었다. 그동안 부인은 헤너의 도움을 받아 네 자매가 하지 않은 일들을 하고, 집을 깨끗하게 치우고, 집이 그럭저럭 잘 움직이도록 살폈다.

　'아무것도 안 하고 빈둥거리는 실험'은 이상하게 모두를 점점 걱정스럽고 불편하게 만들었다. 갈수록 하루가 길어지고 시간이 천천히 갔다. 날씨는 이상하게 변덕이 심했고 네 자매도 그랬다. 다들 마음이 불안해졌고, 이런 틈을 노려 악마는 게으른 손이 말썽을 피우도록 장난을 쳤다. 사치를 부리고 싶어진 메그는 바느질 도구들을 꺼냈다가 시간이 너무 안 가서 지루해지자 모팻 집안 사람들처럼 옷을 멋지게 바꿔 보겠다는 욕심으로 자기 옷을 싹둑싹둑 자르고 엉망으로 만들었다. 조는 눈이 아플 때까지 책을 읽다 보니 책이 지겨워졌고, 너무 안절부절못하고 산만하게 구는 바람에 사람 좋은 로리를 화나게 만들어서 말다툼을 했다. 우울해진 조는 차라리 마치 할머니를 따라갈 걸 그랬다는 생각까지 하기에 이르렀다. 베스는 그럭저럭 잘 지냈다. '일 안 하고 놀기만 하자'는 계획을 자꾸 잊어버렸기 때문이다. 그래서 때때로 예전처럼 생활하기도 했지만 집안 분위기가 변해서인지 베스도 가끔 침착함을 잃었다. 한번은 가엾은 인형 조애너를 '괴물' 같다고 말하며 이리저리 흔들었다. 넷 중에 제일 힘든 건 에이미였다. 할 줄 아는 게 많지 않아서였다. 언니들도 같이 놀아 주지 않자, 자신이 재주 많고 대단한 사람이라고 여기는 에이미는 너무 심심했다. 인형도 별로 좋아하지 않고 요정 이야기도 유치한데 그렇다고 해서 하루 종일 그림만 그릴 수도 없는 노릇이었다. 계획을 아주 잘 짜지 않는 이상 티파티 놀이도 별로 재미없었고 소풍도 마찬가지였다. "멋진 여자 애들이랑 좋은 집에 살거나 여행을 간다면 여름을 즐겁게 보낼 수 있어. 하지만 이기적인 세 언니와 다 큰 남자아이랑 같이 집에 있는 건 보아스(성경에 나오는 인물 — 옮긴이)만큼의 인내심이 필요한 일이야." 며칠을 게으름 피우며 놀고, 조바심치고, 따분하게 보낸 끝에 맬러프롭(셰리든의 희곡 『더 라이벌』의 등장인물로, 말을 잘못 쓰는 걸로 유명한 노부인. 여기서는 에이미를 말한다 — 옮긴이)은 이렇게 불평했다.

네 자매 중 그 누구도 실험에 지쳤다고 말하지 않았다. 하지만 금요일 밤이 되자 저마다 한 주가 거의 끝나 가는 걸 기쁘게 생각한다는 사실을 인정했다. 유머 감각이 뛰어난 마치 부인은 이 실험을 통해 얻은 교훈이 딸들의 가슴에 더 깊이 남을 수 있는 방법을 생각해 내서 그걸로 실험을 끝내기로 했다. 헤너에게 하루 휴가를 주고 딸들이 끝까지 실컷 게으름을 피우며 놀도록 내버려 두었다.

토요일 아침. 네 자매가 잠에서 깨어 보니, 주방 아궁이에 불도 안 지펴져 있고 식탁에 아침밥도 안 차려져 있고 엄마도 보이지 않았다.

"세상에! 이게 어떻게 된 거야?" 충격에 빠진 얼굴로 주위를 둘러보며 조가 소리쳤다.

메그는 위층으로 올라갔다가 안심하면서도 혼란스럽고 조금 부끄러운 얼굴로 금세 다시 내려왔다.

"엄마는 아픈 게 아니라 조금 피곤하신 거야. 오늘은 하루 종일 당신 방에 가만히 계실 테니까 우리는 할 수 있는 최선을 다

하라고 하셨어. 너무 이상해. 엄마가 다른 사람이 된 것 같아. 하지만 이번 주 너무 힘들었다고 하시니 우리 불평하지 말고 필요한 일은 우리가 직접 하자."

"그건 어렵지 않아. 난 이렇게 된 게 잘된 거 같아. 뭐든 하고 싶어서 좀이 쑤셨거든……. 그러니까 내 말은 새로운 놀이가 생겼다는 뜻이야." 조가 재빨리 덧붙여 말했다.

사실 조뿐만 아니라 나머지 자매들도 조금씩 할 일이 생기자 정말 다행이라고 생각했다. 그리고 마음을 굳게 먹고 집안일을 시작했지만, 오래지 않아 "집안일은 장난이 아니에요"라는 헤너의 말이 무슨 뜻인지 깨달았다. 처음에는 식품 저장실에 음식이 많이 있어서, 베스와 에이미는 식탁에 앉아 있고 메그와 조는 왜 하인들이 일이 힘들다고 말하는지 모르겠다고 생각하면서 아침상을 차렸다.

"엄마한테도 식사를 가져다드려야겠어. 혼자 알아서 할 테니 당신한테는 신경 쓰지 말라고 하셨지만 말이야." 동생들이 식사를 하도록 준비한 메그는 찻주전자 뒤에서 가정주부가 된 기분이 들었다. 자매들은 어머니에게 드릴 아침 식사를 쟁반에 차렸고, 그것을 조가 위층으로 가지고 올라갔다. 끓인 차는 아주 썼고, 오믈렛은 탔다. 비스킷은 베이킹 소다가 여기저기 허옇게 뭉쳐 있었다. 하지만 마치 부인은 고맙다는 말을 하며 식사를 받았고 조가 방을 나서자 큰소리로 웃었다.

"가엾은 녀석들, 고생 좀 하겠네. 하지만 그렇게 나쁘지만은 않을 거야. 그 시간이 아이들에게 도움이 될 테니까." 부인은 이렇게 말하면서 자신이 직접 준비한 좀 더 먹을 만한 음식을 꺼내고 딸들이 준비해 준 형편없는 아침 식사는 몰래 버렸다. 이렇게 해야 아이들이 마음의 상처를 덜 받을 것 같아서였다. 엄마가 살짝 거짓말을 하기는 했지만 이건 네 자매가 고마워해야 할 거짓말이었다.

아래층에서는 불평이 쏟아졌고 주방장은 자신의 실수에 화가 단단히 났다.

"괜찮아. 점심은 내가 준비하고 하인도 될게. 여러분은 아가씨답게 손 깨끗이 하고, 친구들 만나고, 주문만 하세요." 요리에 대해 메그보다 더 아는 게 없는 조가 말했다.

모두들 친절한 제안을 흔쾌히 받아들였다. 메그는 거실로 물러나 소파 밑 쓰레기를 잽싸게 치우고, 블라인드를 닫고, 먼지를 털며 청소를 했다. 자신의 능력을 전적으로 믿는 조는 말다툼한 것을 보상하고 싶은 마음에 로리를 저녁 식사에 초대하는 쪽지를 새집 우편함에 넣었다.

"손님을 초대하기 전에 어떤 음식을 준비할 수 있는지 먼저 생각해야지." 친절하지만 섣부른 조의 행동에 대해 들은 메그가 말했다.

"아, 콘비프(소금에 절인 쇠고기 – 옮긴이)도 있고, 감자도 많아. 헤너가 말한 전채 요리로는 아스파라거스랑 랍스터를 내놓을 거야. 양상추가 있으니까 샐러드도 만들 거야. 방법은 모르는데 책 보고 하면 돼. 후식은 블랑망제 푸딩(전분, 설탕, 우유, 바닐라 향, 아몬드를 넣은 희고 부드러운 푸딩 – 옮긴이)이랑 딸기로 할 거야. 우아하게 하고 싶다면 커피도 준비하면 돼."

"너무 많이 하려고 하지 마, 조. 네가 만들 수 있는 음식이라고는 생강빵이랑 당밀 사탕뿐이잖아. 난 점심 파티는 관여하지 않을 거야. 네가 책임지기로 하고 로리를 초대한 거니까 알아서 대접해."

"언니는 아무것도 할 것 없고 걔한테 말 상대만 되어 주면 돼. 블랑망제 푸딩도 같이 먹어 주고. 내가 하다가 막히면 그때 조언 좀 해 줘. 그건 해 줄 수 있겠지?" 조가 서운한 듯 물었다.

"알았어. 하지만 나도 빵이랑 간단한 요리 몇 가지 말고는 별로 아는 게 없어. 뭐든 주문하기 전에 엄마 허락을 받는 게 나을 거야." 메그가 신중하게 말했다.

"물론 그럴 거야. 나도 바보 아니거든." 조는 자신의 능력을 못 믿는 언니의 말에 성이 나 씩씩대며 홱 나갔다.

"엄마 귀찮게 하지 말고 네 마음대로 하렴. 나는 식사하러 나가야 해서 집에서 하는 일에 신경을 쓸 수 없단다." 조가 와서 상황을 이야기하자 마치 부인이 말했다. "나도 집안일 좋아하지 않아. 오늘 하루는 휴가를 얻어서 책 읽고, 편지도 쓰고, 외출해서 내 시간을 즐길 생각이란다."

엄마가 평소답지 않게 아침부터 편하게 흔들의자에 앉아 책을 읽는 모습이 조에게는 일식이나 지진, 아니면 화산 폭발 같은 놀라운 자연 현상보다 더 낯설게 느껴졌다.

"모든 게 다 잘못됐어." 조는 중얼거리며 아래층으로 내려왔다. "베스가 우네. 우리 집 식구들이 잘못 되어 가고 있다는 신호야. 만약 에이미가 괴롭힌 거라면 내가 그 녀석 가만 안 둘 거야."

자신도 어딘지 평소와 다르다는 생각을 하면서 조는 서둘러 거실로 들어갔다. 가서 보니, 카나리아 핍이 죽어서 베스가 흐느껴 울고 있었다. 핍은 새장에서 먹이를 찾다가 죽은 듯 작은 발톱을 애처롭게 뻗고 쓰러져 있었다.

"다 내 탓이야……. 내가 핍한테 먹이 주는 걸 잊어버렸어……. 씨앗도 물도 없어서…… 아, 불쌍한 핍! 핍! 너한테 이렇게 잔인한 짓을 하다니!" 베스는 가엾은 새를 두 손에 들고 되살리려는 듯 어루만지며 울었다.

조는 반쯤 뜬 새 눈을 슬쩍 보고는 새의 가슴에 손을 댔다. 작은 새는 몸이 뻣뻣하게 굳고 차갑게 식었다. 조는 고개를 절레절레 흔들고 도미노 상자를 관으로 쓰라고 내주었다.

"오븐에 넣어 봐. 그러면 몸이 따뜻해져서 다시 살아날지도 몰라." 에이미가 희망에 차서 말했다.

"애는 굶어죽었어. 오븐에 넣고 굽는 짓은 안 할 거야. 진짜 죽었다고. 내가 수의를 입히고 무덤에 묻어 줄 거야. 다시는 새 안 기를 거야, 절대로. 불쌍한 핍! 나 같은 아이는 새 기르면 안 돼!" 베스는 두 손에 새를 들고서 바닥에 주저앉은 채로 중얼거렸다.

"장례식은 오늘 오후에 하자. 우리 다 함께 할게. 이제 그만 울어, 베스. 불쌍한 일이지만, 이번 주는 제대로 되는 게 아무것도 없어. 핍은 이번 실험에서 일어난 일 중에 최악의 일이야. 수의를 만들어. 핍은 내 상자에 집어넣자. 점심 파티 끝난 다음에 꼬마 친구를 위해 장례식 잘 하자." 많은 일이 일어났다는 생각을 하면서 조가 말했다.

다른 자매들이 베스를 위로하는 사이 조는 부엌으로 갔다. 부엌은 아무것도 하기 싫을 만큼 지저분하고 엉망이었다. 조는 앞치마를 두르고 부엌 정리를 시작했다. 설거지를 하려고 접시들을 잔뜩 쌓아 놓고 보니, 난로에 불이 꺼져 있는 게 눈에 들어왔다.

"와, 예감이 불길한데!" 난로 문을 홱 열고 타다 남은 재를 기운차게 쿡쿡 쑤시며 조가 중얼거렸다.

난롯불을 다시 지피고 나서 조는 물을 끓이는 동안 시장에 가면 되겠다고 생각했다. 시장으로 걸어가다 보니 다시 기운이 났다. 그리고 아주 작은 랍스터 한 마리와 시든 아스파라거스 조금, 신맛만 나는 딸기 두 상자를 사서 흥정을 잘했다고 자부하면서 씩씩하게 집에 돌아왔다.

조가 부엌 정리를 끝냈을 즈음, 점심 식사 시간이 됐고 난로도 다시 빨갛게 뜨거워졌다. 헤너가 빵 굽는 오븐 팬 하나 가득 발효시킬 빵 반죽을 만들어 놓았는데, 메그가 일찍부터 준비를 서둘러 두 번째 발효를 위해 그 반죽을 난로 위에 얹어 놓았다. 그만 그 사실을 잊어버린 채. 메그가 거실에서 샐리 가디너를 대접하고 있는데 문이 벌컥 열렸다. 그러더니 머리와 옷이 헝클어진 채 하얗게 밀가루를 뒤집어쓰고 얼굴이 시뻘겋게 달아오른 사람이 뛰어 들어오며 무섭게 소리쳤다.

"반죽이 팬 밖으로 넘칠 정도면 발효 다 된 거 아냐?"

샐리는 깔깔 웃기 시작했다. 하지만 메그가 고개만 끄덕이고 눈썹을 한없이 치켜세우자, 도깨비 꼴을 한 조는 부엌으로 돌아가서 발효가 끝난 사워 도우 빵(천연 효모를 직접 반죽해서 만든 빵-옮긴이) 반죽을 오븐에 집어넣었다.

한편 마치 부인은 상황이 어떻게 돌아가는지 여기저기 몰래 살펴보았다. 그러고는 베스를 달래 주고 외출했다. 베스는 이승을 떠나 도미노 상자 안에 누워 있는 새의 몸을 감아 주려고 수의를 만들고 있었다.

엄마의 회색 보닛이 모퉁이 뒤로 사라지자 네 자매는 갑자기 막막한 느낌이 들었다. 얼마 지나지 않아 크로커 양이 점심 파티에 왔다며 방문하자 네 자매는 급격히 절망에 빠졌다. 비쩍 마르고 얼굴빛이 누런 이 독신녀는 날카로운 콧날과 호기심 가득한 눈으로 온 동네를 살피고 다니면서 자기가 본 건 다 소문을 내고 다니는 사람이다. 네 자매는 크로커를 싫어했지만 부모님은 늙고 가난한 데다 친구도 별로 없는 그녀에게 친절을 베풀라고 가르쳤다. 메그는 크로커에게 안락의자에 앉으라고 권하고 담소를 나눴다. 그러자 크로커는 이것저것 캐묻고, 이런저런 불평을 하고, 자기가 아는 사람들에 대한 수다를 늘어놓았다.

그날 아침 조가 한 걱정, 경험, 노력은 말로 다 표현할 수 없을 정도다. 그러나 조가 준비한 점심 식사는 웃음거리가 되었다. 언니에게 자꾸 물어보기가 민망했던 조는 혼자 힘으로 최선을 다했지만, 요리는 열정과 의지만 가지고 할 수 있는 게 아니라는 것을 깨달았다. 아스파라거스는 한 시간이나 삶는 바람에 안타깝게도 꼭지는 문드러지고 줄기는 더 질겨졌다. 샐러드 드레싱이 너무 어려워서 다른 건 다 포기하고 거기에만 매달렸지만 아무리 해도 먹을 만하게 되지 않았고, 그 바람에 빵을 새까맣게 태우고 말았다. 빨간 랍스터는 어떻게 해야 할지 알 수가 없어서 망치로 두드리고 꼬챙이로 쿡쿡 찔러 겨우 껍데기를 벗겨 내고는 얼마 안 되는 속살을 양상추 잎으로 가려서 접시에 담았다. 아스파라거스와 같이 놓을 감자를 서둘러 요리했어야 했는데, 결국은 제대로 끝내지도 못했다. 블랑망제 푸딩은 덩어리졌고 딸기는 보기와 달리 덜 익어서 그나마 먹을 만한 것을 맨 위에 올려 담았다.

'손님들이 배고프다고 하면 고기랑 빵이랑 버터 먹으면 돼. 아침 내내 그 난리를 쳤는데도 먹을 만한 게 없다니 정말 한심하네.' 이렇게 생각하면서 조는 예정된 시간보다 30분 늦게 점심 식사 종을 울렸다. 얼굴은 빨갛게 달아오르고 몸과 마음은 지칠 대로 지쳐 있었다. 조는 우아한 파티에 익숙한 로리와 남의 실수를 찾아내서 널리 그리고 멀리 소문내는 게 취미인 크로커를 위해 차린 점심 파티 상을 살폈다.

사람들이 음식을 하나씩 맛보고 남기는 걸 보면서도 가엾은 조는 얌전히 있었다. 에이미는 키득키득 웃고, 메그는 울상이고, 크로커는 입을 꽉 다물고 있었다. 로리는 파티 분위기를 밝게 만들려고 있는 힘을 다해 떠들고 웃었다. 그나마 과일은 먹을 만하다고 조는 자신했다. 설탕을 잔뜩 뿌렸고, 곁들여 먹을 진한 크림도 준비했다. 뜨겁게 달아올랐던 뺨이 조금 가라앉으면서 조는 길게 심호흡을 했다. 식탁에 앉은 사람들 각자에게 예쁜 유리 접시가 하나씩 돌아갔다. 모두들 크림의 바다 위에 떠 있는 작은 장밋빛 섬 같은 후식을 기쁘게 내려다보았다. 그런데 제일 먼저 맛을 본 크로커가 얼굴을 구기며 허겁지겁 물을 마셨다. 각자 접시에 더느라 아쉽게 줄어드는 딸기를 보면서, 조는 손님들이 먹을 게 모자랄까 봐 자기 접시에는 딸기를 담지 않고 로리를 흘깃 봤다. 로리는 여전히 씩씩하게 잘 먹고 있었지만 입이 살짝 일그러졌고 눈은 접시만 뚫어지게 내려다보고 있었다. 예쁘게 꾸민 음식을 좋아하는 에이미는 딸기를 한 숟갈 가득 떠서 입에 넣었는데, 그러자마자 냅킨으로 얼굴을 가리고 식탁을 떠났다.

"어, 왜 그래?" 조가 떨리는 목소리로 물었다.

"설탕이 아니라 소금이잖아. 그리고 크림이 상했어." 비극 배우 같은 손짓을 하며 메그가 대답했다.

조는 신음 소리를 내뱉으며 의자 등받이에 털썩 기댔다. 마지막에 딸기에 설탕을 뿌릴 때 서두르느라 부엌 탁자에 있던 통

두 개 중에 아무거나 집어 들었던 게 기억났다. 그리고 우유를 냉장고에 넣어 두는 걸 잊어버린 것도 기억났다. 조는 얼굴이 새빨갛게 달아오르면서 금방이라도 울음이 터질 것 같았다. 그때 로리와 눈이 마주쳤는데 웃음을 간신히 참는 눈빛이었다. 그 모습을 보자 지금 벌어지고 있는 상황이 웃겨서 조는 웃음이 터졌다. 눈물이 뺨을 타고 흘러내릴 정도로 웃었다. 다른 사람들도 마찬가지였다. 심지어 네 자매가 '개구리'라고 부르는 크로커까지 깔깔 웃었다. 이렇게 정신없던 점심 파티는 빵과 버터, 올리브, 그리고 웃음으로 마무리되었다.

"지금 당장은 설거지할 정신이 없어. 그러니까 장례식 하면서 정신 좀 차리자." 다들 자리에서 일어나자 조가 말했다. 크로커는 다른 친구의 저녁 식사에 초대받으면 이 자리에서 있었던 일을 이야기하리라 마음먹으며 떠났다.

베스를 위해 모두들 기운을 냈다. 로리가 작은 숲에 있는 양치식물 밑에 무덤을 팠다. 그 안에 자그마한 핍을 넣고 그를 길렀던 마음 여린 주인의 눈물과 이끼를 덮어 주었다. 조가 힘들게 식사 준비를 하면서 지은 묘비명이 적힌 묘비에 제비꽃과 별꽃으로 만든 화환을 걸어 주었다.

6월 7일 숨진

핍 마치, 여기 잠들다.

깊이 사랑받고 애도받으며

오랫동안 기억에 남으리.

장례식이 끝나자 베스는 슬픔과 랍스터로 불편한 속을 달래려고 침실로 갔다. 그런데 침대 정리를 하지 않아서 쉴 수가 없었다. 침대 정리를 하다 보니 슬픔이 조금 가라앉았다. 메그는 조를 도와 오후 절반을 쏟아 부었던 파티의 뒷정리를 했다. 너무 피곤해서 저녁은 홍차와 토스트로 때우기로 했다. 로리는 상한 크림 때문에 속이 안 좋은 에이미를 위로하기 위해 마차에 태워 드라이브를 시켜 주었다. 집에 돌아온 마치 부인은 세 딸이 아직 오후인데도 열심히 일하고 있는 걸 발견했다. 벽장을 흘끗 보고는 실험의 일부는 성공했다는 생각이 들었다.

집안일을 맡은 네 자매는 계속 찾아오는 손님들 때문에 쉴 틈도 없었을뿐더러, 허둥지둥 바쁜 일을 처리하고, 차를 준비하고, 심부름도 해야 해서, 꼭 해야 하는 바느질은 마지막까지 미뤄야 했다. 석양이 지고 이슬이 맺히고 주위가 고요해지자, 6월의 장미가 아름답게 봉오리 진 현관에 하나둘 모여들었다. 그들은 피곤하거나 큰일이 난 것처럼 끙끙 앓는 소리를 내며, 또는 한숨을 내쉬며 자리에 앉았다.

"오늘 너무 힘들었어!" 늘 그렇듯 조가 먼저 입을 열었다.

"평소보다 시간이 더 빨리 간 것 같은데, 너무 힘들었어." 메그가 말했다.

"우리 집 같지 않았어." 에이미도 한마디 거들었다.

"엄마랑 꼬마 핍이 없으니까 더 그랬어." 베스도 한숨을 내쉬며 큰 눈으로 머리 위의 텅 빈 새장을 올려다보며 말했다.

"엄마 여기 있잖니. 베스, 네가 원한다면 새는 내일 다시 구해 줄게."

마치 부인이 말하며, 딸들보다 딱히 더 즐거운 하루를 보내지는 않은 듯한 얼굴로 딸들 사이에 와서 앉았다.

"실험은 만족스러웠니, 아니면 한 주 더 해 볼래?"

베스가 먼저 바짝 다가오고 나머지 세 딸도 꽃들이 해를 향해 돌아서듯 자신을 향해 돌아앉자 부인이 물었다.

"싫어요!" 조가 단호하게 소리쳤다.

"나도 싫어요." 나머지 자매들도 똑같이 대답했다.

"그럼 너희는 해야 할 의무도 조금은 있으면서 남들을 위해 사는 삶이 더 낫다고 생각하는 거니?"

"아무것도 안 하고 빈둥거리고 놀기만 하는 건 아무 도움이 안 돼요." 고개를 절레절레 내저으며 조가 말했다. "그런 건 이제 지겨워요. 지금 당장 무슨 일이든 할래요."

"너는 간단한 요리법을 배운 것 같구나. 아주 쓸모 있는 기술이야. 여자라면 누구나 알아야 할 것이지." 이렇게 말하고서 부인은 조의 점심 파티를 떠올리며 큰소리로 웃었다. 사실 부인은 크로커를 만나 파티 이야기를 이미 다 들었다.

"어머니! 우리가 어떻게 하는지 보려고 일부러 모든 걸 그냥 내버려 두고 외출하신 거예요?" 하루 종일 미심쩍다고 생각했던 메그가 소리쳐 물었다.

"맞아. 모두의 편안한 생활이 각자 역할을 충실히 해야만 얻을 수 있는 것임을 너희가 깨닫도록 하고 싶었단다. 헤너와 내가 너희 할 일을 대신해 줘서 너희가 편하게 사는 거야. 그런데도 너희는 아주 행복해하거나 즐거워하지 않더구나. 그래서 너희에게 작은 교훈을 주기 위해서 모두가 자기 자신만 생각하면 어떤 일이 벌어지는지 보여 주기로 했지. 서로 도우며 각자 맡은 임무를 다해야 휴식이 더 달콤할 수 있단다. 우리 모두 편안하고 행복한 집을 꾸리기 위해 서로 참고 견뎌야 한다고 생각하지 않니?"

"맞아요, 엄마. 그렇게 생각해요!" 네 자매가 소리쳤다.

"그렇다면 너희 모두 각자의 작은 임무에 다시 충실하라고 말해 주고 싶구나. 때로는 힘들게 느낄 수도 있지만 그 임무는 우리 모두를 위한 일이고, 하면 할수록 더 가벼워질 거야. 일은 소중한 것이란다. 누구나 해야 하는 것이지. 일을 하면 권태와 쓸데없는 유혹을 피할 수 있고, 몸과 마음이 건강해지고, 돈이나 유행보다 더 나은 힘과 독립심을 얻을 수 있어."

"우리도 꿀벌처럼 열심히 일하고 또 일을 사랑할게요. 우리가 그렇게 하는지 안 하는지 지켜보세요!" 조가 말했다. "쉬는 동안 간단한 요리법을 배울게요. 그래서 다음 파티는 꼭 제대로 해낼 거예요."

"저는 아빠를 위해 셔츠를 만들래요. 엄마 대신요. 제가 바느질을 좋아하지는 않지만 할 수 있으니까 할래요. 그게 제 옷 가지고 소란 피우는 것보다는 더 나을 거예요. 제 옷들은 지금 그대로도 괜찮잖아요." 메그도 말했다.

"저는 매일 공부할 거예요. 피아노랑 인형 놀이는 많이 안 할 거예요. 저는 바보 같아서 놀지 말고 공부해야 돼요." 이것은 베스의 결심이다.

에이미는 언니들이 말하는 것을 보고는 대단한 발표라도 하듯 말했다. "저는 단춧구멍 만드는 법을 배우고, 품사에 신경 쓸 거예요."

"아주 잘 생각했다! 나는 이번 실험이 아주 마음에 든다. 하지만 다시 할 필요는 없을 것 같아. 이번 실험과 정반대로 노예처럼 일만 하는 것도 엄마는 바라지 않아. 정해진 시간만큼 일하고 놀도록 하려무나. 하루하루를 쓸모 있게 지내면서 동시에 즐겁게 지내렴. 시간을 잘 활용해서 시간의 소중함을 이해한다는 것을 보여 주렴. 그러면 청춘은 행복해지고 나이 들어 후회할 일은 줄어들어서, 비록 가난하더라도 아름답고 성공한 인생이 될 거야."

"그 말 잊지 않을게요, 엄마!"

정말로 네 자매는 그 말을 잊지 않았다.

12

◦⇒⇒⇒ ⇐⇐⇐◦

로렌스 캠프

베스는 로렌스 저택과 마치 자매들 집 사이에 있는 새집 우편함을 지키는 우체국장이다. 거의 하루 종일 집에 있기 때문에 자주 우편함을 확인할 수 있는 베스는 작은 문을 열고 우편물을 나눠 주는 임무를 정말 좋아했다. 7월의 어느 날, 베스는 두 손 가득 우편물을 들고 집으로 돌아와 진짜 우체국장처럼 편지와 소포들을 나눠 주었다.

"엄마, 예쁜 꽃다발이에요! 로리 오빠는 절대 잊는 법이 없다니까." 베스는 싱싱한 꽃다발을 '엄마 자리'에 있는 꽃병에 꽂았다. 이 꽃병에는 사랑스러운 옆집 소년이 보내 주는 꽃이 늘 꽂혀 있다.

"메그 마치 양, 편지 한 통, 장갑 한 짝." 베스는 엄마 옆에 앉아 손목 장식 밴드에 수를 놓는 언니에게 온 우편물을 세었다.

"이상하네. 옆집에 장갑 한 켤레를 두고 왔는데 돌아온 건 한 짝뿐이잖아." 메그가 회색 면장갑을 보며 말했다. "나머지 한 짝은 정원에 떨어뜨린 거 아니야?"

"절대 아니야. 우편함에 한 짝밖에 없었어."

"짝이 안 맞는 장갑 끼는 건 싫은데! 괜찮아. 나머지 짝도 어디서 찾을 수 있겠지. 내 편지는 내가 알고 싶던 독일 노래 번역한 것뿐이네. 브룩 씨가 해 줬나 봐. 로리 글씨체가 아닌 거 보니 말이야."

마치 부인은 킹엄 모닝 가운(남녀 공용의 헐렁하고 긴 가운. 잠옷 위에 입는 가운과 비슷하다 – 옮긴이) 차림의 메그를 흘낏 봤다. 이마 위로 곱슬머리가 나풀거리는 사랑스럽고 여성스러운 모습이었다. 메그는 작고 하얀 두루마리로 가득한 작은 작업 탁자에 앉아 바느질을 하고 있었다. 어머니가 무슨 생각을 하는지 전혀 모른 채 노래를 흥얼거리고 손을 부지런히 움직여 바느질을 했다. 머릿속으로는 허리띠에 수놓은 팬지꽃처럼 순수하고 생기 있는 소녀다운 상상을 하며 즐거워했다. 그 모습을 보며 마치 부인은 미소를 지었다.

"조 박사님께는 편지 두 통, 책 한 권, 우스꽝스러운 옛날 모자가 왔습니다. 이 모자가 밖으로 튀어나와 우편함을 뒤덮었어요." 베스는 이렇게 말하고 웃으면서, 조가 앉아서 책을 읽고 있는 서재로 들어갔다.

"로리, 이 교활한 녀석! 매일 날이 뜨거워서 얼굴이 타니까 넓은 모자가 유행했으면 좋겠다고 내가 말했거든. 그랬더니 걔가 '유행 같은 거 왜 신경 써? 그냥 너 하고 싶은 대로 넓은 모자 쓰면 되잖아'라고 하는 거야. 그래서 넓은 모자가 있으면 쓰고 다니겠다고 말했더니 내가 정말 쓰고 다니는지 아닌지 보려고 이렇게 나한테 모자를 보냈네. 그러면 써 줘야지. 재미있잖아. 나는 유행 같은 건 신경 안 쓴다는 걸 걔한테 보여 줄 거야." 이렇게 말하고서 조는 챙 넓은 구식 모자를 플라톤 흉상에 씌우고는 편지들을 읽었다.

그러다 어머니한테서 온 편지를 읽기 시작하면서 조는 얼굴이 붉어지더니 눈물이 그렁그렁 고였다. 이렇게 써 있었기 때문이다.

사랑하는 딸아

네가 성격을 다스리기 위해 애쓰는 모습을 보면서 엄마가 얼마나 기쁜지 알려 주려고 짧게 편지를 쓴다. 너의 실험과 실패, 성공에 대해 네가 아무 말도 안 하면 네가 매일 도움을 청하는 벗과도 같은 하느님을 제외한 다른 사람들은 전혀 모를 거라고 생각하겠지만, 너의 성경 표지가 반들반들하게 닳은 걸 보면 얼마나 힘껏 노력하는지 알 수 있어. 그 노력이 결실을 맺기 시작했기 때문에 너의 약속이 진심이라는 걸 마음 깊이 믿을 수 있단다. 계속 지금처럼 인내심을 갖고 용감하게 노력하렴.

그리고 이 세상 누구보다도 이 엄마가 너를 가장 사랑한다는 걸 잊지 마라.

엄마

"수백만 달러의 돈보다도, 많은 칭찬보다도 이 편지가 훨씬 더 좋아요! 엄마, 나 노력할게요. 나를 도와주는 엄마가 있으니까 지치지 않고 계속 노력할게요."

어머니의 품에 얼굴을 묻고서 조는 행복한 눈물을 흘렸다. 착한 소녀가 되려는 자신의 노력을 아무도 몰라준다고 생각했는데 예상치도 못했던 어머니의 이 편지가 두 배 더 소중하고, 두 배 더 용기를 주었다. 조에게는 어머니의 칭찬이 어떤 칭찬보다도 소중했다. 그 어느 때보다 용기가 생겨 자기 안의 아볼루온에 맞서 이긴 조는, 다짐을 잊지 않기 위해 그리고 방패처럼 자신을 보호해 주기를 바라는 마음에서 어머니의 편지를 드레스 안쪽에 핀으로 꽂았다. 그리고 좋은 소식이든 나쁜 소식이든 받아들일 준비를 하고 다음 편지를 열었다. 그 편지에는 크고 활기찬 로리의 글씨체로 이렇게 적혀 있었다.

조에게

와우!

내일 영국 친구 몇 명이 나를 만나러 올 거야. 그래서 재미있게 놀 계획이야. 날씨가 좋으면 롱메도우에 천막 치고 배 타고 가서 점심 먹고 크로케를 할 거야. 모닥불도 피우고, 시끌벅적하게 놀고, 집시 흉내도 내고, 장난이란 장난은 다 칠 거야. 그 아이들 다 좋은 아이들이고 그런 놀이 좋아해. 브룩 선생님이 남자아이들 감시하고 케이트 본이 여자아이들 감시하러 같이 갈 거야. 너희도 같이 갔으면 좋겠어. 베스도 절대 빠뜨리면 안 돼. 베스 괴롭힐 사람은 아무도 없어. 먹을 건 걱정하지 마. 그건 내가 다 준비할게, 다른 것도 전부 다. 그냥 오기만 해. 좋은 친구들 많아!

미치도록 바쁜,

친애하는 로리

"신난다!" 메그에게 소식을 전하러 달려가면서 조가 크게 소리쳤다. "물론 우리도 갈 수 있는 거죠, 엄마! 그러면 로리한테 큰 도움이 될 거예요. 내가 노 저을 줄 알잖아요. 메그 언니는 점심 준비 도울 거고 동생들도 어떻게든 쓸모가 있을 거예요."

"본 씨 가족들이 고상한 척하지 않는 사람들이면 좋겠어. 그 사람들에 대해서 아는 거 있니, 조?" 메그가 물었다.

"네 명이라는 것만 알아. 케이트는 언니보다 나이 많고, 쌍둥이인 프레드와 프랭크는 내 또래고, 막내 그레이스는 아홉 살 아니면 열 살이야. 로리가 외국에 갔다가 만났는데 남자아이들

232

은 다 괜찮대. 그런데 로리가 케이트에 대해서 이야기할 때는 퉁명스럽게 말한 걸로 봐서 로리가 케이트는 별로 안 좋아하는 것 같아."

"프랑스풍 무늬 있는 옷이 깨끗해서 정말 다행이야. 그 옷이 정말 딱 어울릴 거야!" 메그는 만족스러운 듯 말했다. "너는 적당한 것 있니?"

"진홍색과 회색으로 된 보팅 수트(뱃놀이할 때 편하게 입을 수 있는 옷–옮긴이)가 있어. 노도 젓고 오래 걸을 거니까 옷에 풀은 안 먹일 거야. 너도 갈 거지, 베스?"

"남자아이들이 나한테 말 걸지 않게 해 준다면 갈게."

"남자아이는 네 근처에도 못 가게 할게!"

"난 로리 오빠를 기쁘게 해 주고 싶어. 브룩 선생님은 무섭지 않아. 아주 친절하신 분이잖아. 놀거나 노래하거나 말하는 건 하고 싶지 않아. 나는 열심히 일할 거야. 아무도 귀찮게 안 할게. 그리고 조 언니가 나 보살펴 줘야 돼. 그러면 갈게."

"아이고, 착한 내 동생. 수줍음을 이겨 내려고 애쓰고 있구나. 너의 그런 점이 좋아. 단점에 맞서 싸우는 건 쉬운 일이 아니야. 나도 해 봐서 알아. 그리고 응원해 주는 말을 들으면 더 기운이 나지. 고마워요, 엄마." 이렇게 말하고서 조는 여윈 어머니의 볼에 감사의 입맞춤을 했다. 마치 부인은 설령 누가 어린 시절의 장밋빛 통통한 볼을 되찾아 준다 하더라도 감사의 마음이 담긴 조의 입맞춤이 그보다 더 소중했다.

"나한테는 초콜릿 사탕이 한 상자 왔어. 그리고 내가 베끼고 싶던 그림도 있어." 에이미가 자신이 받은 우편물을 보여 주며 말했다.

"나는 로렌스 씨한테서 쪽지가 왔어. 오늘 저녁 램프 불 켜기 전에 와서 동무가 되어 달라고 하시네. 그래서 갈 거야." 노신사와 즐겁게 우정을 쌓아 가는 베스가 말했다.

"그럼 빨리 움직이자. 오늘은 할 일을 두 배로 해야 돼. 그래야 내일 편하게 놀 수 있어." 들고 있던 펜을 내려놓고 빗자루를 잡으며 조가 말했다.

다음 날 아침, 맑은 날씨를 약속하려고 자매들의 침실을 살짝 들여다보던 해님은 재미있는 광경을 목격했다. 네 자매 각자 오늘의 소풍을 위해 꼭 필요하고 알맞다고 생각하는 준비를 해놓은 채 자고 있었다. 메그는 앞머리를 말기 위해 여분의 컬페이퍼(뜨겁게 달군 머리를 곱슬곱슬하게 하려고 감아 두는 종이 – 옮긴이)를 더 감아 놓았고, 조는 탄 얼굴에 콜드크림을 듬뿍 발랐다. 베스는 곧 있을 이별에 대해 속죄하기 위해 인형 조애너와 함께 침대에서 자고 있었다. 이 재미있는 광경의 절정은 에이미인데, 낮은 코가 마음에 안 드는 이 소녀는 조금이라도 코를 높이기 위해 빨래집게로 코를 집어 놓았다. 화가들이 화판에 종이를 붙여 둘 때 쓰는 그 집게가 이 방에서도 아주 적절하고 효과적으로 사용되고 있었다. 네 자매의 모습이 재미있어서 웃음을 터뜨린 듯 해님이 눈부신 빛을 내뿜어 조를 깨웠다. 그리고 조가 에이미의 코를 보고 깔깔 웃음을 터뜨리자 나머지 자매들도 잠에서 깼다.

햇살과 웃음은 즐거운 파티를 기대해도 된다는 좋은 징조다. 양쪽 집 모두 즐겁게 소란스러워지기 시작했다. 제일 먼저 준비를 마친 베스는 옆집에서 일어나는 일을 하나하나 보고했다. 창문 밖에서 벌어지는 일들을 계속 알려 주는 베스 때문에 자매들은 기대에 들떠 떠들어 대며 몸단장을 했다.

"남자가 천막을 옮기고 있어! 베이커 부인이 피크닉 바구니하고 아주 큰 바구니에 점심 넣는 게 보여. 로렌스 씨가 하늘을 보고 있어. 그리고 이제는 수탉 풍향계를 보고 있어. 로렌스 씨도 가셨으면 좋겠는데! 로리 오빠는 선원처럼 입었어! 멋지네! 어머 어떡해! 사람들이 잔뜩 탄 마차가 왔어……. 키 큰 아가씨 한 명, 어린 여자아이 한 명, 그리고 무시무시하게 생긴 사내아이 둘이야. 한 명은 다리를 저네, 가엾어라. 목발을 짚잖아! 로리 오빠가 이런 말은 안 해 줬는데. 서둘러, 다들! 늦겠어. 어머, 저 사람 네드 모팻이잖아. 확실해. 메그 언니, 저기 봐! 저 남자, 전에 우리가 쇼핑할 때 언니한테 인사했던 사람 아니야?"

"맞아. 저 사람이 오다니, 이상하네! 저 사람은 산에 간 줄 알았는데. 저기 샐리도 왔네. 샐리가 제때 돌아와서 정말 다행이야. 나 다 괜찮아, 조?" 메그가 흥분해서 가슴을 두근거리며 물었다.

"데이지 꽃처럼 늘 예뻐. 드레스를 올리고 모자를 똑바로 써

봐. 그렇게 하니까 분위기 있어 보이긴 해도, 바람이 한 번만 불어도 날아가 버리고 말걸. 자, 됐어. 가자!"

"어머, 어머, 조! 너 설마 그 끔찍한 모자 쓰고 가는 건 아니지? 너무 괴상해! 남자처럼 그게 뭐야." 로리가 장난삼아 보내 준 챙 넓은 구식 모자 위에 빨간 리본을 둘러 머리에 묶은 조를 본 메그가 말렸다.

"그래도 난 이러고 갈 거야! 그늘도 생기고, 가볍고, 커서 아주 좋단 말이야. 웃겨 보이기는 할 거야. 그래도 난 나만 편하면 남자처럼 보여도 상관없어." 이렇게 말한 뒤 조는 성큼성큼 걸어갔고 나머지 자매들도 그 뒤를 따랐다. 여름 드레스에 산뜻해 보이는 챙 모자 차림으로 행복한 얼굴을 한 네 자매는 햇살처럼 환하게 빛났다.

로리가 달려와 네 자매를 맞이하며 아주 다정한 태도로 자신의 친구들에게 소개했다. 그러자 마당의 잔디밭이 거실로 변한 것처럼 한참 동안 떠들썩하게 인사와 가벼운 대화가 이어졌다. 메그는 케이트가 나이는 스무 살이지만 미국 소녀들이 본받고 싶을 만큼 소박한 드레스 차림이어서 다행이라는 생각이 들었다. 그리고 네드 씨가 특히 자신을 만나러 이 자리에 참석했다는 말에 한껏 기분이 들떴다. 조는 케이트와 몇 마디 해 보고는 지난번에 로리가 케이트에 대해 이야기할 때 왜 '퉁명스럽게' 말했는지 알 것 같았다. 자유롭고 편안한 다른 소녀들과는 다르게 '가까이 오지 마. 나 건드리지 마' 하는 분위기를 풍겼다. 베스는 처음 만나는 소년들을 관찰하고는 다리를 저는 소년은 '무시무시하지 않고' 다정하고 약해 보여서 친절하게 대해야겠다고 마음먹었다. 에이미는 그레이스가 예절 바르고 명랑한 아이라는 걸 알았다. 잠시 말없이 서로 빤히 바라보다가 둘은 어느새 단짝 친구가 되었다.

천막, 점심, 그리고 크로케 기구들이 먼저 소풍 장소로 운반되자 일행이 배에 탔고 배 두 척이 함께 출발했다. 로렌스 씨는 강가에서 손을 흔들어 배웅했다. 로리와 조가 한쪽 배의 노를 젓고, 브룩 선생과 네드가 다른 배의 노를 저었다. 그런데 쌍둥이 중에서 요란하게 떠드는 프레드 본이 어딘가 문제 있는 수생 곤충처럼 작은 배를 타고 제멋대로 휘저으며 다가와 두 배를 모두 곤란하게 만들었다.

조의 우스꽝스러운 모자는 쓸모 많은 고마운 존재가 되었다. 처음에는 사람들을 웃게 만들어 어색한 분위기를 깨는 역할을 했다. 그다음에는 조가 노를 저으며 움직이자 모자도 앞뒤로 펄럭펄럭 움직여 시원한 바람을 일으켜 주었다. 비가 오면 일행 전부가 비를 피할 수 있는 우산 역할도 할 수 있다고 조가 농담을 했다. 케이트는 조의 행동을 신기하게 바라보았다. 특히 조가 노를 놓치자 "크리스토퍼 콜럼버스!"라고 소리칠 때는 더 그랬다. 그리고 로리가 자리에 앉으러 가다가 조의 발에 걸리자 "친구, 나 때문에 다쳤어?"라고 물을 때도 케이트는 조가 특이하다고 생각했다. 하지만 안경 너머로 유별난 이 소녀를 여러 번

다시 살펴본 케이트는 조가 '특이하지만 영리하다'는 결론을 내렸고 그다음부터는 멀리서 조에게 미소를 지어 보였다.

다른 배에 타고 있던 메그는 노 젓는 사람들과 마주 보는 자신의 자리가 마음에 들어 기분이 좋았다. 노 젓는 두 사람 모두 메그의 아름다운 모습을 바라보며 비범한 '기술과 손재주'로 노를 깃털처럼 가볍게 다뤘다. 브룩은 진지하고, 말수가 적지만 멋진 갈색 눈에 기분 좋은 목소리를 한 젊은이다. 메그는 그의 조용한 태도가 마음에 들었고, 아는 것이 많아서 걸어 다니는 백과사전처럼 보였다. 브룩은 메그에게 말을 거는 일이 거의 없었다. 하지만 메그를 자주 쳐다보았기 때문에 메그는 그가 자신을 싫어하는 건 아니라고 확신했다. 대학에 다니는 네드는 잘난 척하는 게 신입생의 의무라고 생각하는 듯 굴었는데, 아주 지혜로운 편은 아니었지만 성격이 좋고 쾌활해서 함께 소풍 가기에 좋은 사람이었다. 한편 자신의 새하얀 면 드레스를 더럽히지 않는 데에만 정신이 팔린 샐리 가디너는, 쉴 새 없이 장난을 쳐서 베스를 겁에 질리게 만드는 프레드와 수다를 떨었다.

롱메도우까지는 먼 거리가 아니었다. 그런데도 일행이 도착해 보니 천막도 다 지어졌고 크로케 기구들도 준비되어 있었다. 상쾌한 초록 들판에는 넓게 가지를 뻗은 떡갈나무 세 그루가 한가운데 서 있었고, 크로케 경기를 할 수 있게 잔디밭이 길게 나 있었다.

"로렌스 캠프에 오신 것을 환영합니다!" 소풍의 주최자인 로리가 배에서 내리며 한껏 들뜬 목소리로 말했다. "브룩 선생님이 총사령관이고 저는 병참 대장입니다. 다른 남자분들은 참모 장교들입니다. 그리고 숙녀분들은 손님입니다. 천막은 여러분을 위한 특별한 공간이고, 저기 떡갈나무는 거실입니다. 이 나무는 식당이고 세 번째 나무는 캠프 주방입니다. 자, 그럼 더워지기 전에 경기를 한 판 먼저 하시죠. 그리고 저녁때 다시 한 번하고요."

프랭크, 베스, 에이미, 그레이스는 앉아서 나머지 여덟 명이 하는 경기를 구경했다. 브룩은 메그, 케이트, 프레드를 자기 팀으로 뽑았다. 로리는 샐리, 조, 네드를 선택했다. 영국 친구들도 경기를 잘했다. 하지만 1776년 미국의 독립 정신이 되살아나기라도 한 듯 미국 친구들이 더 잘하고 강하게 싸웠다. 조와 프레드는 몇 번이나 사소하게 충돌했고 한 번은 하마터면 말다툼으로 이어질 뻔했다. 조가 마지막 위킷(크로케에서 나무망치로 친 공을 통과시켜야 하는 작은 문 - 옮긴이)을 통과할 차례에 맬릿(크로케에 쓰는 나무망치 - 옮긴이)을 잘못 휘둘러서 속이 많이 상했다. 그리고 조를 바짝 뒤쫓고 있던 프레드가 조보다 먼저 기회를 잡았다. 조가 맬릿을 휘둘러 친 공이 위킷을 맞고 위킷에서 2센티미터 정도 못 미치는 곳에서 멈췄다. 둘 다 위킷에 가까이 가지 못했다. 그래서 자세히 보려고 위킷으로 달려갔는데 프레드가 교활하게 발끝으로 자기 공을 슬쩍 차서 위킷을 통과시켰다.

"통과했다! 자, 조 양, 내가 자리 잡고 먼저 통과시키겠습니다." 프레드가 맬릿을 한 번 더 휘두르며 소리쳤다.

"발로 찼잖아요. 내가 다 봤어요. 그러니까 내 차례예요." 조가 매섭게 말했다.

"맹세하는데 나 절대로 차지 않았어요! 공이 조금 굴러가기는 했지만 그런 건 허용되는 거예요. 그러니까 비켜요. 페그 맞혀야 되니까.(여섯 개의 위킷을 모두 통과한 공으로 나무 말뚝인 페그를 맞히면 승리한다. - 옮긴이)"

"미국에서는 속임수 안 써요. 하지만 그쪽이라면 쓸 수 있겠네요. 뭐 원한다면." 조가 화나서 말했다.

"속임수라면 양키(미국인들을 얕잡아 부르는 말 - 옮긴이)들이 제일 잘 쓴다는 거 세상이 다 알아요. 그쪽 공 저기 가네." 프레드가 조의 공을 멀리 쳐 내며 대꾸했다.

조는 무례한 말을 하려고 입을 열다가 꾹 참았다. 대신 이마까지 빨갛게 달아올라 그대로 서서 있는 힘껏 위킷을 내리쳤다. 그 사이 프레드가 페그를 맞히고 신이 나서 성공했다고 소리쳤다. 조는 자기 공을 찾으러 가서 덤불 속을 한참 동안 두리번거렸다. 그러고는 흥분을 가라앉히고 조용히 돌아와 참을성 있게 자신의 차례를 기다렸다. 조는 여러 번 공을 친 후에야 잃어버렸던 위치로 다시 돌아왔다. 그런데 상대 팀인 케이트의 공이 마지막으로 남아 있기는 했지만 페그 가까이 있기 때문에 상대 팀이 거의 이긴 것이나 다름없었다.

"우와, 이제 끝났네! 잘해, 케이트 누나. 조 양이 나한테 밀리고 있으니까 누나가 끝내." 프레드가 흥분해서 소리치자 마지막 을 구경하려고 모두 가까이 모여들었다.

"양키는 적에게 관대하게 대하는 속임수를 쓸 줄 알죠." 이렇게 말하는 조의 표정을 보고는 까불던 프레드의 얼굴이 시뻘겋게 달아올랐다. "특히 그 적을 박살 낼 때 말이에요." 그러더니 조는 케이트의 공을 건드리지 않고 솜씨 좋게 공을 쳐서 승리를 획득했다.

신이 난 로리가 모자를 집어 던졌다. 하지만 손님들의 패배를 너무 기뻐하면 안 된다는 생각이 들어서 소리를 지르다 멈추고는 친구에게 속삭였다.

"잘했어, 조! 저 녀석 속임수 쓰는 거 나도 봤어. 녀석이 속임수 썼다고 우리가 말은 못 하지만 저 녀석 앞으로 다시는 그런 짓 못 할 거야. 두고 봐."

메그가 조의 느슨해진 땋은 머리에 머리핀을 꽂아 주는 척하면서 동생을 옆으로 끌어당기고는 만족스러운 듯 말했다.

"얼마나 짜증 났는지 몰라. 그래도 너 화 안 내고 잘 참더라. 정말 잘했어, 조."

"칭찬할 거 없어, 언니. 지금 당장 저 녀석 뺨 때릴지도 모르니까. 공 찾으러 덤불 속에 들어가지만 않았어도 화가 터졌을 거야. 덤불 속에서 헤매느라 화가 가라앉아서 입을 다물 수 있었어. 하지만 지금도 부글부글 끓어올라서 저 녀석 내 눈에 안 띄기만 바랄 뿐이야." 챙 넓은 모자 아래로 프레드를 노려보며 조가 입술을 깨물고 말했다.

"점심 먹을 시간입니다." 브룩이 손목시계를 보며 말했다. "병참 대장, 모닥불 피워서 물 끓여 주세요. 마치 양이랑 샐리 양이랑 나는 테이블을 펼게요. 커피는 누가 잘 끓이죠?"

"조가 잘해요." 메그가 자랑스럽게 동생을 추천했다. 조는 얼마 전 배운 요리 솜씨를 발휘할 기회라 여기며 커피 냄비로 다가갔다. 그사이 어린 여자아이들은 마른 나뭇가지를 모았고 소년들은 불을 피우고 근처에 있는 샘물에서 물을 길어 왔다. 케이트는 그림을 그리고 프랭크는 베스에게 말을 걸었다. 베스는 접시로 쓰기 위해 골풀을 땋아 받침을 만드는 중이었다.

총사령관과 부하들이 금세 테이블 위에 식탁보를 깔고, 먹을 것과 마실 것을 차리고 초록색 나뭇잎들을 예쁘게 장식했다. 커피가 다 끓었다고 조가 알리자 모두들 모여 앉아 즐겁게 식사를 했다. 젊을 때는 소화가 잘 되는 데다 운동이 식욕을 불러일으킨다. 점심 식사는 아주 즐거웠다. 모든 것이 새롭고 재미있는지 쉴 새 없이 터져 나오는 웃음소리에 근처에서 먹이를 먹던 얌전한 말이 깜짝깜짝 놀랐다. 테이블이 살짝 기울어져서 컵과 접시들이 쏟아지는 사고가 여러 번 일어났다. 도토리가 우유 속에 떨어지기도 하고, 초대받지 않은 작은 개미가 식사를 함께하기도 하고, 털이 보송보송한 애벌레가 나무에 매달려 무슨 일이 일어나는지 구경하기도 했다. 머리가 하얀 아이 셋이 나무 담장 너머로 조 일행을 훔쳐봤다. 강 건너편에서는 버릇없는 개가 있는 힘껏 짖어 댔다.

"저기 소금 있어. 필요하면 써." 로리가 조에게 딸기 접시를 건네며 말했다.

"괜찮아. 나는 거미가 더 좋아." 크림에 빠져 죽어 가는 거미 두 마리를 집어내며 조가 대답했다. "그 끔찍했던 점심 파티를 꼭 들춰내야겠어, 네가 하는 파티는 모든 게 근사하다 이거지?" 조의 이 말에 두 사람 모두 웃음을 터뜨리며, 접시가 모자라 한 접시에 담은 음식을 나눠 먹었다.

"그날 정말 재미있었어. 아직도 잊히지가 않아. 그리고 이 점심은 내가 준비한 게 하나도 없어. 난 정말 아무것도 안 했어. 너하고 메그, 브룩 선생님이 있어서 가능했던 거야. 어쨌든 난 너한테 정말 한없이 고마워. 더 못 먹을 만큼 배부르면 그때는 뭐 할까?" 로리는 점심 식사가 끝나면 트럼프 카드놀이를 했던 걸 생각하면서 물었다.

"날이 시원해질 때까지 게임하자. 나 '오서즈('작가들'이라는 뜻으로, 전용 카드를 써서 책 이름과 작가 이름을 맞히는 게임 – 옮긴이)' 샀어. 케이트 양도 새롭고 재미있는 놀이 알 거야. 가서 케이트 양한테 물어봐. 손님이잖아. 그러니까 네가 가서 챙겨 줘야지."

"그러는 넌 손님 아니야? 케이트는 브룩 선생님하고 어울리는 거 같아. 그런데 선생님은 메그하고만 얘기를 하고 있고 케이트는 우스꽝스러운 안경 너머로 두 사람을 빤히 보고 있어.

내가 갈게. 네가 예의범절 잔소리 더 안 하게 말이야. 너 원래 그런 거 못 하잖아, 조."

조의 말대로 케이트는 새로운 게임을 여러 개 알고 있었다. 소녀들은 더 먹지 않을 것 같고 소년들도 더 이상 못 먹을 만큼 먹고 나자 모두들 '거실'로 정한 곳에 모였다. 그리고 '길고 복잡한 이야기'라는 게임을 시작했다.

"한 사람이 뭐든 괜찮으니까 아무 이야기나 시작하는 거예요. 하고 싶은 만큼 길게 하다가 흥미진진한 부분에서 이야기를 멈추면 그다음 사람이 똑같은 방법으로 이야기를 이어서 만들면 돼요. 아주 재미있어요. 잘 이어지면 비극과 깔깔 웃을 수 있는 희극이 완벽하게 뒤섞인 이야기가 탄생하는 거죠. 그럼 브룩 씨가 시작해요." 케이트가 명령하는 태도로 말하자, 로리의 가정교사도 다른 신사들과 똑같이 존중하며 대하던 메그는 깜짝 놀랐다.

두 아가씨의 발치 풀밭에 누워 있던 브룩이 잘생긴 갈색 눈으로 햇빛이 반사되어 반짝거리는 강을 지그시 바라보며 고분고분 이야기를 시작했다.

"옛날에 어떤 기사가 자신의 운을 시험하기 위해 세상으로 나갔습니다. 그는 가진 것이라고는 검과 방패가 전부였습니다. 거의 28년 가까이 여행을 하며 힘든 시절을 보내다가, 선한 늙은 왕의 궁전에 다다랐습니다. 왕은 길들여지지 않은 건강한 수망아지를 길들여 훈련하는 자에게 큰 상을 주겠다고 말했습니다.

이 말은 왕이 아끼는 말이었습니다. 기사는 도전해 보겠다고 하고 천천히, 하지만 단호하게 다가갔습니다. 용감한 말은 금세 새 주인을 좋아하게 되었지만 성질이 유별나고 거칠었습니다. 기사는 왕이 사랑하는 이 말을 날마다 훈련했는데, 그때마다 말을 타고 시내를 다녔습니다. 시내에 가서는 꿈에서 몇 번이나 본 아름다운 얼굴을 찾아다녔지만 한 번도 만나지 못했습니다.

그러던 어느 날 기사가 말을 타고 조용한 거리를 활보하는데, 다 허물어져 가는 궁전 창문에서 자신이 찾던 아름다운 얼굴을 보게 되었습니다. 기사는 기쁜 마음에 그 낡은 성에 누가 사는지 수소문했고, 어느 공주들 여럿이 저주에 걸린 채 거기에 갇혀서는 자유를 되찾을 돈을 벌기 위해 매일 물레를 돌리고 있다는 말을 들었습니다. 기사는 공주들을 구해 주기로 마음먹었습니다. 하지만 기사는 가난해서 날마다 성에 찾아가 아름다운 얼굴을 바라보며 밝은 햇빛 아래에서 그 얼굴을 볼 수 있기를 소원하는 수밖에 없었습니다. 그러다 마침내 기사는 성에 들어가서 어떻게 도와주면 되는지 물어보기로 결심했습니다. 기사는 성으로 가서 문을 두드렸습니다. 그러자 커다란 문이 활짝 열리면서 기사의 눈앞에……."

"매혹적이고 아름다운 숙녀가 나타나 행복에 겨운 비명과 함께 외쳤습니다. '드디어! 마침내!'" 프랑스 소설을 많이 읽어 그런 서사에 빠져 있던 케이트가 뒤를 이어 이야기를 만들어 갔다. "'당신이군요!' 구스타프 백작이 소리치며 기쁨에 겨워 여인의 발치에 엎드렸습니다. '아, 일어나세요!' 여인이 대리석처럼 매끈하고 아름다운 한 손을 내밀며 말했습니다. '안 됩니다. 제가 어떻게 해야 당신을 구할 수 있는지 알려 주시기 전까지는 절대 그럴 수 없습니다.' 기사는 무릎을 꿇은 채 맹세했습니다. '아아, 잔인한 운명은 폭군이 파멸할 때까지 저를 여기 남아 있게 했습니다.' '그 악당은 어디 있습니까?' '연보라색 응접실에 있어요. 용감한 이여, 어서 가서 저를 절망에서 구해 주세요.' '명을 받들겠습니다, 가서 승리하고 돌아오겠습니다. 그러지 못하면 목숨을 버리겠습니다!' 소름 끼치는 말을 남기고 기사는 달려가 연보라색 응접실 문을 벌컥 열었습니다. 막 들어가려는 순간, 날아오는 것이 있었으니⋯⋯."

"검은 가운 차림의 노인이 커다란 그리스어 사전을 힘껏 던진 것이었습니다." 이번에는 네드가 이야기를 이어갔다. "이름이 뭔지 모르겠지만 아무튼 이 기사는 즉시 정신을 차리고 폭군을 창밖으로 내던졌습니다. 그는 승리의 소식을 가지고 아가씨에게 돌아가려고 뒤돌아서다가 이마를 탁 찧고서야 문이 잠긴 것을 알아차리고는, 커튼을 찢어서 밧줄 사다리를 만들었습니다. 그런데 반쯤 내려가다 그만 밧줄 사다리가 찢어져, 기사는 18미터 아래 해자로 머리부터 거꾸로 떨어졌습니다. 그는 오리처럼 헤엄칠 수 있어서 성 주위를 첨벙거리고 돌아다니다 뚱뚱한 남자 둘이 보초를 선 작은 문에 다다랐습니다. 기사는 무시무시한 힘을 발휘해서 두 남자의 머리를 호두 깨듯 부숴 버린 뒤 그 문

을 부수고 들어갔습니다. 그런 다음 먼지가 30센티미터쯤 쌓여
있고 주먹만 한 두꺼비와 무시무시한 거미들이 있는 돌계단을
올라갔습니다. 계단 꼭대기까지 올라간 기사는 숨이 막히고 피
가 얼어붙을 만큼 놀라운 광경에 쓰러지고 말았으니……."

"하얀 옷에 얼굴은 베일로 가리고 약해 보이는 한 손에는 램
프를 든 커다란 형체가 서 있었기 때문입니다." 메그가 이야기
를 이어갔다. "이 하얀 형체는 손짓을 하며 앞장서서 무덤처럼
어둡고 차가운 복도를 소리 없이 미끄러져 갔습니다. 복도 양쪽
에는 갑옷을 입은 동상들이 어둠 속에 서 있고, 죽음 같은 정적
이 흐르는 가운데 램프가 푸르스름하게 빛났습니다. 유령 같은
형체가 기사에게로 얼굴을 돌리니 하얀 베일 속에서 무시무시
한 눈이 번쩍거렸습니다. 드디어 커튼이 드리워진 문에 도착했
는데 문 안에서 아름다운 음악이 흘러나왔습니다. 기사가 얼른
문 안으로 들어가려는데 유령이 그를 뒤로 잡아당기더니 위협
하듯이 그의 앞에 흔들어 대는 것이 있었으니……."

"코담뱃갑이었던 것입니다." 장례식이라도 하듯 음침한 목소
리로 조가 이야기를 이어가자 모두들 웃음을 터뜨렸다. "기사가
'고맙소'라고 예의 바르게 말하고는 코담배를 조금 집어 들어
냄새를 맡았는데, 일곱 번이나 세차게 재채기를 하다 그만 머
리가 툭 떨어져 버렸습니다. '하! 하!' 유령이 웃었습니다. 사악
한 유령은 열쇠 구멍을 통해 공주가 물레를 돌리고 있는 방 안
을 들여다보고는 희생된 기사를 거대한 주석 상자에 집어넣었

습니다. 그 상자 안에는 머리가 없는 기사 열한 명이 정어리 통조림처럼 차곡차곡 쌓여 있었는데, 그들이 모두 벌떡 일어나더니……."

"혼파이프(전통적으로 선원들이 추는 춤으로, 혼자 추는 빠른 춤-옮긴이)를 추기 시작했습니다." 조가 숨을 쉬려고 잠깐 멈춘 사이에 프레드가 냉큼 순서를 낚아채 갔다. "머리 없는 기사들이 춤을 추기 시작하자 쓰레기 같은 낡은 성이 군함으로 변하더니 전속력으로 달렸습니다. '작은 돛 올려라. 삼각돛 밧줄 내려. 키를 빨리 내리고, 포병을 배치하라.' 포르투갈 해적들이 앞 돛대에 검은 잉크처럼 새까만 깃발을 달고 나타나자 선장이 소리쳤습니다. '나가서 승리하라!' 무시무시한 전투가 시작되었습니다. 물론 영국군이 이겼습니다. 영국은 항상 이기니까요. '검을 들고 죽을 각오로 싸워라!'라는 명령이 내리자 해적 선장을 포로로 잡았고 해적선을 박살냈습니다. 갑판에는 시체가 잔뜩 쌓이고 배수구로 피가 줄줄 흘러내렸습니다. '갑판장, 삼각돛 밧줄을 잡아라. 그리고 이 악당이 자기 죄를 자백하지 않으면 널빤지 위를 걷게 하라.' 영국군 선장이 말했습니다. 포르투갈 해적 선장이 입을 열지 않고 널빤지 위를 걸어가자 선원들은 미친 듯이 함성을 내질렀습니다. 하지만 이 교활한 개같은 해적은 바다 속으로 잠수해서 군함 밑으로 가서 배에 구멍을 냈고 그 바람에 배가 돛을 펼친 채 바닷속으로 가라앉았는데, 바다 밑바닥으로, 바다 밑바닥으로, 그곳이 어딘가 하면……."

"어머, 어머머, 나 어떻게 해야 돼?" 프레드가 자신이 제일 좋아하는 책에 나오는 선박 관련 용어와 사실들을 제멋대로 뒤섞은 장광설을 끝내자 샐리가 소리쳤다. "그러니까 바다 밑바닥에 가니까 예쁜 인어가 반겨 주었습니다. 인어는 머리 없는 기사들이 가득 든 상자를 보자 많이 슬퍼하면서 그들에 대한 비밀이 밝혀지기를 바랐는데, 친절하게도 그 기사들을 소금처럼 짠 바닷물에 그대로 두었습니다. 인어는 여자라 호기심이 많았답니다. 곧이어 어떤 사람이 바다 밑으로 내려오자 인어는 '만약 당신이 이 진주 상자를 들 수 있다면 이것을 당신에게 드리겠어요'라고 말했습니다. 인어는 불쌍한 기사들이 되살아나기를 바랐지만 그들이 들어 있는 상자를 들어 올릴 힘이 없었습니다. 그래서 물속으로 잠수한 사람이 상자를 끌어올렸지만 뚜껑을 열었을 때 그 안에 진주가 없는 것을 보고 크게 실망했습니다. 그는 상자를 넓고 쓸쓸한 들판에 내버렸는데 이 상자를 발견한 것은……."

"들판에서 살찐 거위 백 마리를 돌보는 어린 거위치기 소녀였습니다." 샐리의 상상력이 바닥나자 에이미가 이야기를 이어받았다. "어린 소녀는 머리 없는 기사들이 불쌍해서 어느 할머니에게 기사들을 도와줄 방법이 없느냐고 물었습니다. '너의 거위들이 대답해 줄 거야. 거위들은 모든 걸 다 안단다'라고 할머니가 대답했습니다. 어린 소녀가 거위들에게, 원래 머리를 잃어버렸으니 새로운 머리를 만들어 주려면 어떻게 해야 하느냐고 물었습니다. 그랬더니 백 마리의 거위가 백 개의 주둥이를 열고 소리치기를……."

"양배추!" 로리가 재빨리 이야기를 이어받았다. "'바로 그거야'라고 말한 소녀는 자기 집 마당으로 달려가 모양 좋은 양배추를 열두 개 땄습니다. 소녀가 양배추를 목에 붙여 주자 기사들이 즉시 되살아나 소녀에게 고맙다고 인사하고는 크게 기뻐하며 각자의 길로 떠났습니다. 그들은 자신과 똑같은 머리를 한 사람이 많았기 때문에 머리가 양배추인 건 신경 쓰지 않았습니다.

우리의 기사는 아름다운 여인을 찾기 위해 돌아갔는데, 성에 갇혔던 공주들이 자유롭게 풀려났고 딱 한 명만 빼고 전부 결혼했다는 것을 알게 되었습니다. 그 소식에 불안해진 기사는 곁을 지키던 수말을 타고서 결혼하지 않고 남은 한 명의 공주가 누구인지 보려고 낡은 성으로 달려갔습니다. 산울타리 사이로 들여다보니 자신이 흠모하던 공주가 정원에서 꽃을 꺾고 있었습니다. '저에게 장미 한 송이를 주시겠습니까?'라고 기사가 묻자 '당신이 와서 가져가세요. 나는 당신에게 다가갈 수 없어요. 그것은 옳지 못해요'라고 그녀가 꿀처럼 달콤하게 말했습니다. 기사는 울타리를 넘어가려고 애썼지만 울타리가 계속 쑥쑥 자랐습니다. 울타리를 뚫고 가려고 했지만 이번에는 점점 두껍게 자라는 것 같았습니다. 기사는 참을성 있게 가지를 하나씩 부러뜨려 작은 구멍을 내고 그사이로 들여다보면서 애원하듯이 말했습니다. '나를 들여보내 주시오! 나를 들여보내 주시오!' 하지만

250

아름다운 공주는 알아듣지 못한 듯 말없이 장미만 꺾으며 기사가 혼자 힘들게 울타리를 통과하도록 내버려 두었습니다. 기사가 울타리를 통과했는지 아닌지는 프랭크가 이야기해 줄 것입니다."

"난 못 해. 난 놀이 안 해. 절대 안 할 거야." 괴상한 커플을 구해야 하는 지나치게 감상적인 이야기가 부담스러운 프랭크가 말했다. 베스는 조 뒤에 숨었고 그레이스는 잠이 들었다.

"그래서 불쌍한 기사는 울타리 구멍에 갇혀 버렸습니다. 됐나요?" 여전히 강을 바라보며 단춧구멍에 꽂은 들장미를 만지작거리던 브룩이 말했다.

"내 생각에는 그 공주가 한참 후에 기사에게 작은 꽃다발을 주고 대문을 열어 줄 것 같은데요." 로리는 혼자 빙그레 미소를 지으며 말하고는 자신의 가정 교사에게 도토리를 던졌다.

"우리가 만든 이야기, 정말 말도 안 된다! 연습을 하면 이것보다는 더 나은 이야기를 만들 수 있을 거예요. '진실'게임 알아요?" 자신들이 만든 이야기에 다들 깔깔 웃고 나서 샐리가 물었다.

"아는 것 같아." 메그가 진지하게 말했다.

"게임 말하는 거 맞지?"

"그게 뭔데요?" 프레드가 물었다.

"뭐냐 하면, 모두 손을 포갠 다음 숫자를 하나 고르고 차례대로 손을 빼내는데, 그 숫자에 해당하는 차례에 손을 빼는 사람이 나머지 사람들이 하는 질문에 무조건 진실을 답하는 거예요.

아주 재미있어요."

"해 봐요." 새로운 도전을 좋아하는 조가 말했다.

케이트, 브룩, 메그, 네드는 거절했다. 하지만 프레드, 샐리, 조, 로리는 손을 쌓았다가 뺐다. 그리고 로리가 걸렸다.

"존경하는 사람은?" 조가 물었다.

"할아버지하고 나폴레옹."

"어떤 아가씨가 제일 예뻐요?" 샐리가 물었다.

"마거릿."

"그중에 누가 제일 좋아?" 프레드가 물었다.

"당연히 조."

"그런 바보 같은 질문이 어디 있어!" 너무도 당연하다는 듯한 로리의 대답에 모두들 웃음을 터뜨리자 조가 못마땅한 듯 어깨를 으쓱하며 말했다.

"다시 해 봐요. 재미있네." 프레드가 말했다.

"그쪽한테나 그렇겠죠." 조가 낮은 목소리로 쏘아붙였다.

다음은 조 차례였다.

"제일 큰 단점은 무엇입니까?" 프레드가 부족한 덕목에 대해서 조를 실험하려고 질문했다.

"급한 성격입니다."

"제일 갖고 싶은 게 뭔가요?" 로리가 물었다.

"구두끈 한 쌍입니다." 조는 로리가 한 질문의 의도를 짐작하고 일부러 그가 원하는 대답이 아닌 엉뚱한 대답을 했다.

"그거 진실 아닌데요. 정말 제일 갖고 싶은 거 말해야죠."

"머리 쓰지 마. 나한테 선물하려고 그러는 거지, 로리?" 이렇게 말하면서 조가 약 올리듯 미소 짓자 로리는 실망한 표정을 지었다.

"남자에게 가장 중요하다고 생각하는 덕목은 무엇인가요?" 샐리가 물었다.

"용기와 정직함입니다."

"이번에는 내 차례네." 마지막으로 손을 뺀 프레드가 말했다.

"저 녀석 놀려 주자." 로리가 조에게 속삭이자 조가 고개를 끄덕이고는 곧바로 질문했다.

"크로케 할 때 속임수 쓰지 않았나요?"

"어, 맞아요. 살짝."

"그럴 줄 알았어! 아까 게임할 때 만든 이야기는 『바다사자』라는 책에서 빌려 온 거 아닌가요?" 로리가 물었다.

"그런 셈이죠."

"영국인이 모든 면에서 완벽하다고 생각하나요?" 샐리가 물었다.

"그렇게 생각하지 않을 이유가 없죠."

"진짜 영국 사람 맞네. 자, 샐리 양, 손 빼기 안 해도 당신 차례네요. 좀 기분 나쁠 수도 있는 질문이겠지만, 당신은 바람둥이인가요?" 로리가 묻자 조가 평화를 맺자는 신호로 프레드를 향해 고갯짓을 했다.

"무례하기는! 절대 아니에요!" 샐리가 버럭 소리 질렀지만 그런 모습이 오히려 로리의 질문을 인정하는 것처럼 보였다.

"제일 싫어하는 게 뭐예요?" 프레드가 물었다.

"거미하고 쌀 푸딩입니다."

"제일 좋아하는 건 뭐예요?" 조가 물었다.

"춤추는 것과 프랑스제 장갑입니다."

"저기, 진실게임 너무 유치한 거 같아요. 우리 머리도 식힐 겸 오서즈 게임 해요." 조가 제안했다.

이번에는 네드, 프랭크, 그리고 어린 소녀들이 게임에 참여하고, 제일 나이 많은 세 사람은 따로 떨어져 앉아 이야기를 나눴다. 케이트는 다시 그림을 그리기 시작했고, 메그는 케이트의 그림을 구경했다. 브룩은 책을 가지고 풀밭에 누웠지만 읽지는 않았다.

"정말 아름답게 잘 그리네요. 나도 그림 그릴 줄 알면 좋을 텐데." 찬사와 후회가 뒤섞인 목소리로 메그가 말했다.

"배우면 되잖아요? 내가 보기에 당신은 감각도 있고 재능도 있는 것 같은데." 케이트가 고상하게 말했다.

"그럴 시간이 없어요."

"어머니께서 다른 걸 가르치고 싶어 하시나 보네요. 저희 어머니도 그래요. 하지만 비밀 수업을 몇 번 받고서 어머니에게 내가 그림에 재능이 있다는 걸 보여 드렸어요. 그랬더니 어머니도 내가 그림 그리는 걸 허락하셨어요. 당신도 가정 교사에게 그림 수업을 해 달라고 부탁해 보는 게 어때요?"

"난 가정 교사가 없어요."

"내가 잊어버렸네. 미국 아가씨들은 우리와 달리 학교에 가는 경우가 더 많죠. 아주 좋은 학교들이라고 저희 아버지가 말씀하셨어요. 그럼 당신도 사립학교에 다니는 건가요?"

"그렇지 않아요. 내가 가정 교사 일을 해요."

"어머, 세상에!" 케이트가 말했다. 그렇게 말하는 목소리에 '세상에, 끔찍해라!' 라는 생각이 묻어 있었고 표정에도 그런 생각이 드러났다. 메그는 얼굴이 붉어지면서 솔직하게 말하지 말걸, 하고 후회했다.

그때 브룩이 고개를 들고 재빨리 말했다.

"미국 아가씨들은 선조들이 그랬던 것처럼 독립심을 소중하게 여깁니다. 그래서 자립하는 여성을 존중하고 존경한답니다."

"아, 네, 물론 그렇겠죠! 그렇게 하는 건 정말 훌륭하고 옳은 일이에요. 영국에도 똑같은 일을 하는 훌륭하고 존경받을 만한 젊은 여성들이 많아요. 그리고 귀족 가문에 채용되죠. 신사의 딸은 교육도 잘 받았고 재주가 많은 법이잖아요." 케이트가 깔보는 듯한 태도로 말하는 바람에 메그는 자존심이 상했고 자신이 하는 일이 싫어졌을 뿐만 아니라 모욕감마저 느꼈다.

"그 독일 노래는 마음에 들었습니까, 마치 양?" 어색한 침묵을 깨고 브룩이 물었다.

"아, 네! 아주 아름다웠어요. 누군지 모르지만 절 위해 번역해 주신 분께 정말 감사드려요." 풀 죽었던 메그의 얼굴이 그 이야기를 하면서 밝아졌다.

"독일어 읽을 줄 모르세요?" 놀란 듯한 표정으로 케이트가 물었다.

"잘 못해요. 저를 가르쳐 주시던 아버지가 멀리 떠나 계셔서 혼자 공부하려니까 빨리 배우지 못하겠더라고요. 발음을 고쳐 줄 사람이 없거든요."

"그러면 지금 공부 좀 해 보죠. 여기 실러(프리드리히 실러, 독일의 시인이자 극작가-옮긴이)의 『메리 스튜어트』 책도 있고 가르쳐 주고 싶은 마음이 가득한 교사도 있으니까." 브룩이 같이 하자는 듯 미소를 지으며 메그의 무릎에 책을 내려놓았다.

"너무 어려워요. 할 수 있으려나 모르겠네." 메그는 브룩이 고마웠지만 재능이 뛰어난 젊은 아가씨가 옆에 있다는 생각에 기가 죽어서 말했다.

"그럼 응원하는 마음에서 제가 먼저 조금 읽어 볼게요." 케이트가 말하고는 가장 아름다운 구절을 완벽한 발음으로, 하지만 감정은 완전히 배제한 채 읽었다.

브룩이 아무 말도 하지 않는 사이 케이트는 메그에게 책을 건네주었다. 그러자 메그는 천진스레 말했다.

"난 이게 시인 줄 알았어요."

"그런 부분도 있죠. 이 부분 읽어 봐요." 가엾은 메그가 난처해하자 브룩이 묘한 미소를 지으며 말했다.

메그는 새로운 선생님이 긴 풀잎으로 가리키는 대로 천천히 조심스럽게 읽어 내려갔는데, 마치 노래 부르는 듯한 부드러운 목소리에 까다로운 단어도 시처럼 들렸다. 초록 풀잎이 책장 아래로 내려가면서 메그는 슬프고도 아름다운 장면에 빠져들어, 주위에서 듣는 사람들은 다 잊어버리고 혼자인 듯 불행한 여왕을 묘사하는 단어들에 비극적인 감정을 불어넣으며 읽었다. 만약 그때 브룩의 갈색 눈동자를 봤다면 메그는 더 이상 책을 읽지 못했을지도 모른다. 하지만 메그는 한 번도 고개를 들지 않고 끝까지 수업을 마쳤다.

"정말 잘했어요!" 메그가 읽기를 멈추자, 많은 실수는 거의 무시한 채 정말로 '가르쳐 주고 싶은 마음이 가득한' 듯이 브룩이 말했다.

케이트는 안경을 올려 눈앞에서 벌어지는 연극 같은 광경을 살펴보고는 스케치북을 탁 덮고 생색 내듯 말했다.

"억양이 아주 훌륭하네요. 나중에 아주 잘 읽겠어요. 꼭 배우라고 권하고 싶네요. 독일어는 교사들에게 귀한 재능이니까요. 나는 그레이스를 살펴보러 가야겠어요. 애가 너무 뛰어다니네." 케이트는 천천히 걸어가며 어깨를 으쓱하고는 혼잣말을 했다. "어리고 귀엽기는 하지만 내가 저런 가정 교사나 상대하려고 여기 온 건 아니지. 하여튼 양키들은 이상하다니까! 저 사람들하고 같이 있다가는 로리까지 이상해지겠어."

"영국인들이 여자 가정 교사를 무시한다는 걸 잊었어요. 우리

미국인들처럼 여자 가정 교사를 대하지 않는단 걸." 멀어지는 케이트를 속상한 얼굴로 바라보며 메그가 말했다.

"슬프게도 거기서는 남자 가정 교사로 일하는 것도 힘들기는 마찬가지랍니다. 우리같이 일하는 사람들에게는 미국만큼 좋은 곳이 없어요, 마거릿 양." 브룩이 스스로에게 만족한다는 듯 즐거운 표정을 지으며 말하자 메그는 자신의 고달픈 운명을 속상해했던 것이 부끄러워졌다.

"그렇다면 저도 여기 사는 걸 기쁘게 생각해야겠네요. 제가 하는 일이 마음에 안 들지만 그 일을 통해서 큰 만족을 얻고 있으니까 앞으로는 불평하지 않을래요. 저도 선생님처럼 가르칠 수 있기를 바라요."

"로리 같은 학생을 두면 그럴 수 있을 겁니다. 내년에 로리와 헤어질 걸 생각하면 아쉬워요." 브룩이 잔디에 난 구멍을 발로 툭툭 차며 말했다.

"대학에 가겠죠, 아마?" 메그의 입술은 여기까지만 물었지만 메그의 눈은 소리 없이 그다음 질문을 던졌다. '그럼 선생님은 어떻게 되시는 거예요?'

"그렇죠, 딱 좋은 때예요. 거의 준비됐으니까 로리가 대학에 입학하는 즉시 저는 다시 군인 신분으로 돌아갈 겁니다."

"잘됐네요!" 메그가 소리쳤다. "전 젊은 남자라면 누구나 그렇게 해야 한다고 생각해요. 집에서 기다리는 어머니들과 누이들에게는 힘든 일이지만요." 메그는 슬픈 목소리로 덧붙여 말했다.

"난 그 둘 다 없어요. 내가 죽든 말든 신경 쓸 친구도 별로 없고." 자신이 발로 판 구멍에 무심코 시든 장미를 집어넣고 무덤인 것처럼 흙을 덮으며 브룩이 씁쓸하게 말했다.

"로리와 그 애의 할아버지는 무척 신경 쓰실 거예요. 그리고 선생님께 나쁜 일이 생기면 우리 자매들도 몹시 슬플 거예요." 메그가 진심을 담아 말했다.

"고맙습니다. 그런 말 들으니 기분이 좋네요." 이 말과 함께 브룩은 다시 얼굴이 밝아졌다. 그런데 그가 미처 말을 다 끝내기도 전에 늙은 말을 탄 네드가 어슬렁어슬렁 다가오더니 아가씨들 앞에서 승마 기술을 뽐냈고, 그 뒤로 그날은 더 이상 평화로워지지 않았다.

"말 타는 거 안 좋아해?" 네드를 따라 들판에서 달리기 경주를 하고 와서 쉬던 그레이스가 에이미에게 물었다.

"나 너무너무 좋아해. 아빠가 부자였을 때 메그 언니는 승마를 했는데 지금은 우리한테 말이 없어, 엘렌 트리 말고는." 에이미가 웃으면서 말했다.

"엘렌 트리에 대해서 이야기해 줘. 당나귀야?" 그레이스가 궁금한 듯 물었다.

"그게, 조 언니가 말 굉장히 좋아하거든. 나도 그렇고. 그런데 우리는 여자용 안장도 낡은 거 하나뿐이고 말도 없어. 우리 집 마당에 사과나무가 있는데 적당히 낮게 달린 가지가 있어. 그래서 그 가지에 안장 올려놓고 위로 솟은 잔가지에 고삐 걸어서 엘렌 트리라고 이름 짓고 그 위에 올라타고 승마 놀이를 해."

"재미있겠네!" 그레이스가 웃음을 터뜨렸다. "나는 집에 망아지가 있어서 프레드 오빠하고 케이트 언니하고 거의 매일 공원에서 말을 타. 내 친구들도 같이 가니까 참 좋아. 로(Row, 런던 하이드파크에 있는 가로수길 – 옮긴이)에는 신사들과 숙녀들이 많이 와."

"정말 멋지겠다! 나도 나중에 외국에 가 보고 싶어. 하지만 로보다는 로마에 더 가 보고 싶어." 로가 무엇인지 알지도 못하고 또 물어볼 생각도 없는 에이미가 말했다.

어린 소녀들 뒤에 앉아 있다가 이들의 이야기를 들은 프랭크는 우스꽝스러운 몸짓을 하는 이들을 보면서 짜증 난 듯 목발을 밀쳐 냈다. 그러자 흩어진 오서즈 카드를 주워 모으던 베스가 고개를 들고 수줍지만 친절하게 말을 걸었다.

"피곤한 것 같은데, 내가 도와줄 것 없어?"

"제발 나한테 말 좀 걸어 줘. 너무 심심해. 나 혼자 앉아 있으려니까." 프랭크가 대답했다. 아무래도 이 소년은 집에서 모든 가족의 관심을 독차지하며 살았나 보다.

수줍음 많은 베스였기 때문에 만약 프랭크가 라틴어 연설을 해 달라고 부탁했더라도 이보다 더 어렵지는 않았을 것이다. 하지만 지금은 도망칠 곳도 없고, 조 언니 뒤에 숨을 수도 없었다. 가엾은 소년이 너무도 간절하게 바라보자 베스는 용기를 내어 보기로 마음먹었다.

"무슨 이야기 하고 싶어?" 베스가 오서즈 카드를 묶으려다 반쯤 흘리며 물었다.

"크로케 이야기도 듣고 싶고, 보트 타는 이야기도 듣고 싶고, 사냥 이야기도 듣고 싶어." 아직 흥미나 관심을 적절히 표현하는 법을 모르는 프랭크가 말했다.

'어떡해! 도대체 뭘 해야 하지! 그중에 내가 아는 건 하나도 없는데.' 베스는 생각했다. 어쩔 줄 몰라서 당황하다 프랭크의 가엾은 상황을 잊어버리고 그저 이 소년이 대화를 할 수 있게 만들겠다는 생각에 이렇게 말했다. "난 사냥하는 건 한 번도 못 봤어. 하지만 너는 잘 알 것 같은데."

"난 딱 한 번 해 봤어. 하지만 다시는 사냥 못 해. 봉이 다섯 개 있는 빌어먹을 문을 넘다가 다쳤거든. 이제 나한테는 말도 없고 사냥개도 없어." 한숨을 쉬며 말하는 프랭크를 보자 베스는 어리석은 실수를 한 자신이 미워졌다.

"영국의 사슴이 미국의 못생긴 버펄로(북아메리카의 털 많은 들소─옮긴이)보다 훨씬 예뻐." 베스가 대초원에 대한 이야기로 화제를 돌렸다. 전에 조가 좋아하는 남자아이들 책을 읽어 두기를 잘했다는 생각이 들었다.

버펄로는 소년의 마음을 달래 주고 즐겁게 해 줬다. 베스는 상대를 즐겁게 해 줘야 한다는 사명감에 사로잡혀 있었다. 그래서 자신에게 가까이 오지 못하게 해 달라고 했던 끔찍한 소년들 중 한 명에게 이야기를 하는 평소와 전혀 다른 자신의 모습에 언니가 놀라면서도 한편으로는 기뻐하고 있다는 사실도 눈치 채지 못했다.

"정말 착한 아이야! 저 애를 가엾게 여겨서 친절하게 대하고 있잖아." 조가 크로케 경기장에서 동생을 향해 미소를 지으며 말했다.

"내가 항상 말하잖니, 베스는 성자라고." 한 치의 의심도 없다는 듯 메그가 말했다.

"프랭크 오빠가 저렇게 많이 웃는 거 정말 오랜만에 봐." 함께 앉아서 인형에 대해서 이야기하며 도토리 껍데기로 장난감 찻잔을 만들던 그레이스가 에이미에게 말했다.

"우리 베스 언니는 마음만 먹으면 정말 깐깐해져." 에이미는 베스가 프랭크와 잘 어울리는 것을 보고 기분이 좋아서 말했다. 에이미가 진짜로 하려던 말은 '깐깐해져'가 아니라 '매혹적'이었다. 하지만 그레이스는 두 단어의 뜻을 몰랐고, '깐깐해져'라는 단어의 발음이 마음에 들고 좋다고만 생각했다.

즉흥 서커스, 여우와 거위 놀이(거위 말 열다섯 개로 여우 말을 구석으로 모는 보드게임 – 옮긴이), 우호적인 분위기의 크로케 게임을 하면서 오후가 끝났다. 석양이 질 무렵, 천막을 걷고 소풍 바구니들을 챙기고 크로케 도구들을 정리하고 모두들 배에 타서 강을 따라가며 목청껏 노래를 불렀다. 감상에 젖은 네드가 세레나데의 슬픈 후렴구를 힘겹게 불렀다.

"홀로, 홀로, 아! 비통하게 홀로."

그러더니 "우리 서로 젊고 마음이 있는데, 아, 왜 냉정하게 서로 떨어져 있어야 하나요?"라는 가사를 노래하며 심드렁한 얼굴로 메그를 보았다. 그러자 그만 메그가 웃음이 터져 나와 그의 노래를 망쳐 버렸다.

"어떻게 나한테 이리 잔인할 수가 있어요?" 신나게 합창하는 사람들에게 들리지 않도록 작은 소리로 네드가 속삭였다. "하루 종일 콧대 높은 영국 아가씨 옆에만 있더니 이제는 아예 나를 모욕하는군요."

"일부러 그런 거 아니에요. 하지만 날 보는 표정이 너무 웃겨서 웃음을 참을 수가 없었어요." 네드가 책망한 내용의 앞부분은 은근슬쩍 피하며 메그가 말했다. 모팻 씨네 파티와 거기서 들은 이야기가 기억나서 네드를 피한 게 사실이었기 때문이다.

기분이 나빠진 네드는 위로를 받기 위해 샐리를 돌아보며 화난 듯 말했다. "저 아가씨는 재미가 없어요. 안 그래요?"

"조금도 재미없죠. 하지만 사랑스럽잖아요." 친구의 단점을 인정하기는 했지만 그러면서도 친구 편을 들어 주며 샐리가 대꾸했다.

"사슴처럼 사랑스럽지는 않죠, 어쨌든." 네드는 젊은 신사들이 흔히 그렇듯이 재치 있게 말하려고 애썼다.

처음 모였던 잔디밭에서 네 자매는 예의 바르게 밤 인사와 작별 인사를 했다. 본 씨네 남매들이 캐나다로 가기 때문이었다. 마치 자매들이 정원을 가로질러 집으로 돌아가자, 케이트는 그들을 돌아보며 잘난 척하지 않고 진심을 담아 이렇게 말했다.

"숨김없고 개방적이긴 하지만 미국 소녀들도 친해지고 나니 참 좋은 사람들인 것 같아요."

"저도 그렇게 생각합니다." 브룩이 말했다.

13

◦≫≫› ‹≪≪◦

상상 속의 성

9월의 어느 더운 오후, 로리는 해먹에 누워 여유롭게 좌우로 몸을 흔들었다. 이웃들이 무얼 할까 궁금했지만 가 보기가 귀찮았다. 낮 동안 제대로 한 것도 없고 뜻대로 된 것도 없어서 시간을 되돌리면 좋겠다는 생각이 들었다. 더운 날씨가 사람을 게으르게 만들었다. 그래서 공부도 하는 둥 마는 둥 하면서 브룩 선생님의 인내심을 시험했고, 오후의 반 이상을 피아노 연습을 하면서 할아버지를 화나게 만들었으며, 개 한 마리가 미쳤다는 농담을 해서 하녀들을 겁에 질리게 만들었고, 마구간지기가 자기 말을 잘 돌보지 않는다고 멋대로 판단해서 시비를 걸었다. 그러고는 해먹에 드러누워 세상 사람들 모두 어리석다고 화를 내다가 아름다운 날씨에 저절로 흥분이 가라앉았다. 머리 위로 솟은 초록색 마로니에 나무들을 올려다보며 이런저런 상상을 하다가 바다에 몸을 던지고 세계 일주를 하는 상상을 막 하려는 찰나, 멀리서 들리는 목소리에 상상 속 바다에서 얼른 현실로 돌아왔다. 해먹 그물 사이로 내다보니 마치 자매들이 탐험 여행이라도 떠나는 듯 어디론가 가고 있었다.

'저 집 자매들 지금 뭐 하는 거야?' 로리는 좀 더 자세히 보려고 눈을 크게 떴다. 이웃 자매들의 모습이 평소와 달라 보였다. 저마다 크고 펄럭이는 모자를 쓰고, 한쪽 어깨엔 갈색 린넨 자루를 메고, 긴 막대기를 들고 있었다. 메그는 방석, 조는 책, 베스는 바구니, 그리고 에이미는 스케치북을 들었다. 네 자매는 조용히 정원을 가로질러 작은 뒷문으로 나가 집과 강 사이에 있는 언덕으로 올라가기 시작했다.

"와, 나한테 말도 안 하고 소풍을 간다 이거지!" 로리는 혼잣말을 했다. "열쇠가 없으니까 보트는 못 탈 텐데. 잊어버렸나 보네. 열쇠 가져다주고 어떻게 하는지 봐야겠다."

모자가 여섯 개나 되는데도 적당한 걸 고르는 데에 한참이 걸렸다. 게다가 열쇠를 찾는 것도 쉽게 끝나지 않는데 호주머니에서 간신히 찾아냈다. 로리가 담장을 훌쩍 뛰어넘어 뒤쫓아 갔을 때는 마치 자매들이 아예 보이지 않을 만큼 멀리 가 버렸다. 보트 보관소로 가는 지름길을 따라가서 기다려 봤지만 아무도 나타나지 않아서 로리는 언덕 위로 올라가 살펴보기로 했다. 언덕에는 소나무들이 모여 있는 곳이 있는데, 그 속에서 소나무 가지가 바람에 스치는 소리 같기도 하고 귀뚜라미가 나른하게 우는 소리 같기도 하지만 그보다는 조금 더 또렷한 소리가 들렸다.

'와, 정말 멋지다!' 로리가 소나무 숲속을 들여다보며 생각했다. 어느새 정신도 말똥말똥해지고 짜증도 사라져 평소의 온화함을 되찾았다.

마치 한 폭의 그림 같았다. 그늘진 아늑한 자리에 앉아 있는 네 자매의 머리 위로 햇빛과 그늘이 일렁거리고, 소나무 향기를 실은 바람이 그들의 머리카락을 살랑살랑 흔들며 뺨을 식혀 주었다. 소나무 숲에 사는 동물들과 벌레들은 네 자매가 이방인이 아닌 오랜 친구라도 되는 듯 이들에게 전혀 신경 쓰지 않았다. 초록 소나무들 사이에서 분홍 드레스 차림으로 방석에 앉아 하얀 두 손으로 우아하게 바느질을 하는 메그는 장미처럼 생기 있고 아름다웠다. 베스는 예쁜 것들을 만들기 위해 근처 솔송나무 밑에 잔뜩 떨어진 솔방울들을 고르고 있었다. 에이미는 양치식물들을 그리고 있었고, 조는 소리 내어 책을 읽으면서 뜨개질을 하고 있었다.

네 자매를 바라보던 로리의 얼굴이 어두워졌다. 초대받지 않았으니 그냥 돌아가야 한다는 생각이 들어서였다. 집에 돌아가면 외로울 게 뻔했다. 온종일 안절부절못하던 로리는 이 조용한 숲속의 파티에 마음이 끌렸다. 꼼짝도 않고 서 있는 로리 옆의 나무에서 먹이를 모으려고 바쁘게 돌아다니던 다람쥐 한 마리가 쪼르르 내려오다 로리를 보고 놀라 날카롭게 소리를 지르

며 뒤로 펄쩍 뛰어올랐다. 그 소리에 고개를 든 베스가 자작나무 뒤에서 그들을 부러운 듯이 바라보는 로리를 발견했다. 그러고는 어서 오라는 듯 미소를 지었다.

"나도 같이 있어도 돼? 아니면 내가 있으면 곤란해?" 로리가 천천히 다가가며 물었다.

메그가 눈썹을 치켜세웠다. 하지만 조가 반대하듯 언니를 노려보고는 즉시 말했다. "물론 같이 있어도 괜찮지. 너한테 같이 오겠느냐고 먼저 물어봤어야 하는 건데, 이렇게 여자애들이 하는 놀이는 네가 관심 없을 거라고 생각했어."

"난 너희가 하는 놀이는 다 좋아. 하지만 메그 누나가 싫다면 그냥 돌아갈게."

"네가 뭔가 할 일이 있다면 네가 여기 같이 있는 거 반대하지는 않아. 여기서는 빈둥거리고 게으름 피우면 안 된다는 규칙이 있어." 메그가 진지하면서도 품위 있게 말했다.

"그 말대로 할게. 나도 끼워 주면 뭐든 할게. 우리 집은 사하라 사막처럼 심심하단 말이야. 뭘 하면 될까, 바느질? 독서? 솔방울 고르기? 그림 그리기? 아니면 이걸 한꺼번에 다 할까? 뭐든 시켜, 다 할게." 이렇게 말하고서 고분고분 자리에 앉는 로리의 모습은 보기에 흐뭇했다.

"발뒤꿈치 부분 마무리할 동안 이 책 마저 읽어 줘." 조가 읽고 있던 책을 로리에게 건네며 말했다.

"알겠습니다." 로리는 얌전히 대답하고서 '부지런한 꿀벌 모임'에 받아들여 준 것에 대한 감사를 표시하기 위해 조가 시키는 대로 했다.

책은 길지 않았다. 로리는 책을 다 읽은 후에 수고에 대한 대가로 질문을 몇 가지 하기로 했다.

"마님, 대단히 유익하고 흥미로운 이 모임이 새로 만들어진 것인지 여쭤봐도 되겠습니까?"

"애한테 말해 줄까?" 메그가 동생들에게 물었다.

"비웃을 거야." 에이미가 경고하듯 말했다.

"뭐 어때?" 조가 말했다.

"난 오빠가 마음에 들어할 것 같은데." 베스가 말했다.

"당연하지! 절대 안 웃겠다고 약속해. 조, 겁내지 말고 말해 줘."

"우리가 널 무서워하다니, 말도 안 돼! 저기, 우리는 '천로역정' 놀이를 하곤 했어. 여름과 겨울에도 열심히 해 왔어."

"그건 나도 알아." 로리가 눈치껏 고개를 끄덕이며 말했다.

"누가 이야기해 줬는데?" 조가 물었다.

"유령들이."

"아니야, 나야. 저녁에 다들 나가서 집에 없고 로리 오빠가 우울해하길래 재미있게 해 주려고 이야기했어. 오빠가 정말 마음에 들어했어. 그러니까 야단치지 마, 조 언니." 베스가 얌전히 말했다.

"넌 비밀을 지킬 줄 모른다니까. 괜찮아, 그냥 한 소리야. 그 덕분에 설명할 게 줄었네."

"자세히 이야기해 줘, 부탁이야." 조가 살짝 못마땅한 얼굴로 다시 뜨개질을 시작하자 로리가 말했다.

"베스가 우리 새 계획에 대해서는 이야기 안 했나 보구나. 우리는 휴가를 낭비하지 않으려고 노력했고, 각자 할 일을 열심히 잘 했어. 이제 휴가도 거의 끝나 가고 할 일도 다 했어. 게으름 부리지 않은 게 너무 기뻐."

"그래, 나도 그렇게 했어야 했는데." 그동안 게으르게 지낸 것이 후회되어서 로리가 말했다.

"엄마는 우리가 할 수 있는 한 집 밖에서 많은 시간을 보내기를 바라서. 그래서 각자 할 일을 가지고 여기 와서 하는 거야. 할 일을 좀 더 재미있게 하려고 물건들을 이런 자루에 담고, 낡은 모자를 쓰고, 언덕을 편하게 올라오려고 지팡이를 짚고 오래전부터 해 오던 것처럼 순례자 놀이를 해. 우리는 이 언덕을 '기쁨의 산(『천로역정』에 나오는 지명 – 옮긴이)'이라고 불러. 여기 올라오면 멀리까지 볼 수 있고 우리가 언젠가 살고 싶은 시골도 보여서 그렇게 부르는 거야."

조가 어딘가 가리키자 로리는 일어나서 그쪽을 봤다. 나무들 사이로 푸른 초원 옆의 넓고 푸른 강 너머, 거대한 도시 가장자리에서 훨씬 더 뒤로 하늘까지 닿을 듯 솟은 초록빛 언덕들이 보였다. 해가 낮게 걸려 있고, 하늘은 가을 석양으로 아름답게 빛났다. 황금빛과 자줏빛 구름들이 언덕 꼭대기에 걸려 있고, 붉은빛으로 변한 하늘을 향해 반짝이는 하얀 봉우리들이 새 예루살렘(성경에 하늘에서 내려온 것으로 언급되는 하느님의 도성 – 옮긴이)에 있는 공중 첨탑처럼 솟아 있었다.

"저기 정말 아름답다!" 아름다움을 빨리 보고 느낄 줄 아는 로리가 부드럽게 말했다.

"종종 이런 멋진 장관을 볼 수 있어. 우리도 즐겨 보곤 해. 볼 때마다 새롭고 언제나 아름다워." 그림으로 그릴 수 있기를 바라며 에이미가 말했다.

"조 언니는 우리가 나중에 살고 싶은 시골에 대해 자주 이야기해. 돼지랑 닭이 있고, 건초를 만드는 진짜 시골 말이야. 그곳도 좋을 것 같긴 하지만 나는 저 위에 있는 아름다운 시골이 진짜 있는 곳이어서 우리 모두 갈 수 있었으면 좋겠어." 베스가 꿈을 꾸듯 말했다.

"그곳보다 더 아름다운 시골도 있어. 우리가 착하게 지내면 언젠가 가게 될 곳이지." 메그가 고운 목소리로 말했다.

"아주 오래 기다려야 할 거야. 그런데 기다리기가 너무 힘들어. 난 지금 당장 날아가고 싶어. 저기 제비들처럼 날아서 아름다운 그 문으로 들어가고 싶어."

"베스, 너는 꼭 그곳에 가게 될 거야. 걱정하지 마." 조가 말했다. "나는 거기 가려면 싸우고, 일하고, 기어 올라가고 기다려야 할 거야. 어쩌면 영영 못 들어갈지도 몰라."

"필요하다면 나를 동행으로 데려가도 돼. 난 너희의 새 예루살렘을 보기 전에 여행 많이 다닐 거야. 만약 내가 늦게 가면 미리 내 이야기 좀 잘 해 줘. 그렇게 해 줄 거지, 베스?"

로리의 표정 때문인지 베스가 잠시 머뭇거렸다. 하지만 변해 가는 구름을 지그시 바라보며 베스는 밝게 말했다. "간절히 그곳에 가고 싶어 하고 평생을 바쳐 노력한다면 누구나 그곳에 갈 수 있다고 난 생각해. 그 문은 자물쇠로 잠겨 있지도 않고 문지기가 지키고 있지도 않을 거야. 난 그곳이 그림에 나오는 모습이랑 똑같다고 상상해. 그래서 빛나는 형체들이 손을 내밀어 강을 건너온 가엾은 기독교인을 맞이해 줄 거라고 생각해."

"우리가 상상하는 모든 성들이 현실이 되어서 그곳에서 살 수 있다면 재미있지 않을까?" 잠깐 침묵이 이어지다 조가 말했다.

"나는 상상하는 성들이 너무 많아서 하나만 고르기 어려운데." 로리는 누워서 자신을 보고 놀란 다람쥐에게 솔방울을 던지며 말했다.

"제일 마음에 드는 걸로 골라. 어떤 거야?" 메그가 물었다.

"내 거 말하면 메그 누나도 말할 거야?"

"그럼, 동생들도 말한다면 나도 말할게."

"우리도 할 거야. 어서, 로리!"

"하고 싶은 만큼 세상 구경을 하고 나서 독일에 정착해 내가 원하는 만큼 음악을 하고 싶어. 유명한 음악가가 돼서 온 세상이 내 음악을 들으러 찾아오는 거지. 돈이나 사업 걱정은 안 하고 재미있게 즐기고 하고 싶은 것만 하면서 살고 싶어. 이게 내가 제일 마음에 드는 성이야. 메그 누나는 어때?"

메그는 말하기가 조금 곤란한지, 마치 벌레라도 쫓는 듯 양치식물을 얼굴 앞에서 흔들며 천천히 말했다.

"나는 고급스러운 것들이 가득 있는 예쁜 집에서 살고 싶어. 좋은 음식, 예쁜 옷, 근사한 가구, 유쾌한 사람들, 많은 돈. 이런 것들이 있는 집의 안주인이 되어서 내 마음대로 집을 관리하고 싶어. 하인들이 많아서 나는 일 안 해도 되고 말이야. 얼마나 좋을까! 그러면 난 절대 게으름 안 피우고 좋은 일 하면서 모든 사람들이 나를 좋아하게 만들 수 있을 텐데."

"상상 속의 성에 바깥주인은 없어?" 로리가 음흉하게 물었다.

"내가 유쾌한 사람'들'이라고 말했잖아." 메그가 조심스레 신발끈을 묶으며 말했기 때문에 아무도 메그의 얼굴을 보지 못했다.

"멋지고 지혜롭고 착한 남편과 천사 같은 아이들 이야기는 왜 없어? 그런 게 없으면 완벽할 수 없다고 생각하잖아." 조가 불쑥 끼어들어 말했다. 조는 아직 결혼 같은 것에는 환상이나 관심이 없었다. 낭만이나 사랑 같은 것도 책에 나오는 것 말고는 질색하는 편이었다.

"네 성에는 말, 잉크병, 소설책밖에 없을걸." 메그가 화풀이하듯 말했다.

"당연하지! 마구간에는 아랍종 말들이 가득하고, 방에는 책들이 잔뜩 쌓여 있고, 나는 마법의 잉크병에 담긴 잉크로 글을 쓰고, 내 작품들이 로리의 음악만큼 유명해지는 거야. 난 내 성에 들어가기 전에 굉장히 멋진 일을 하고 싶어⋯⋯. 영웅적이거나 아니면 대단한……. 내가 죽은 다음에도 사람들에게 잊히지 않을 그런 일 말이야. 그게 뭔지는 모르겠지만 잘 찾아볼 거야. 그래서 언젠가 모두를 깜짝 놀라게 만들 거야. 아마 책을 써서 유명해지고 부자가 되는 일일 거야. 그게 나한테 걸맞으니까 그게 '내가 갖고 있는' 최고의 꿈이야."

"내 꿈은 아빠 엄마와 같이 걱정 없이 살면서 가족을 돕는 거야." 베스가 그 정도면 충분하다는 듯 말했다.

"다른 거 더 바라는 건 없어?" 로리가 물었다.

"내 피아노도 생겨서 난 지금 완벽하게 만족해. 더 바라는 게 있다면 우리 다 계속 잘 지내고 함께 있는 거야. 더는 바라는 거 없어."

"나는 꿈이 아주 많아. 그중에 특히 꼭 이루어졌으면 하는 건 화가가 되는 거랑 로마에 가는 거야. 그리고 멋진 그림 그리고, 세상에서 제일 훌륭한 화가가 되는 거야." 에이미는 이 정도는 겸손한 편이라는 듯 말했다.

"우리 모두 야망이 대단하네. 안 그래? 베스만 빼고 전부 다 부자가 되고, 유명해지고, 멋있어지고 싶어 하잖아. 우리 중에 소원을 이루는 사람이 한 사람이라도 있을까 모르겠네." 로리가 풀을 질겅질겅 씹으면서 말했다. 그 모습이 마치 생각에 잠긴 소 같았다.

"나는 내가 살고 싶은 삶으로 들어가는 열쇠를 가지고 있어. 그런데 그 문을 열 수 있는지 없는지는 확인해 봐야 돼." 조가

275

신비롭게 말했다.

"나도 열쇠는 있어. 하지만 아직 성으로 들어가는 문을 열어도 된다는 허락을 못 받았어. 대학이 먼저래!" 로리가 짜증 난 듯 한숨을 내쉬며 말했다.

"내 열쇠는 이거야!" 에이미가 연필을 흔들며 말했다.

"난 열쇠가 없어." 메그는 절망적인 듯 말했다.

"아니야, 있어." 로리가 곧장 말했다.

"어디?"

"얼굴에."

"말도 안 돼. 그런 건 아무 쓸모 없어."

"두고 봐. 좋은 걸 가져다줄지 아닐지 말이야." 로리는 혼자 알고 있는 작은 비밀을 떠올리고는 웃으면서 말했다.

메그는 고사리 뒤에서 얼굴이 빨갛게 달아올랐지만 로리에게 아무것도 묻지 않았다. 그리고 브룩이 기사 이야기를 할 때 지었던 표정과 똑같이 기대에 찬 얼굴로 강 너머를 바라보았다.

"지금부터 10년 후에 우리 모두 살아 있다면 여기서 만나서 우리 중 몇 명이나 소원을 이뤘는지 확인해 보자. 아니면 지금보다 그 소원에 얼마나 더 가까이 갔는지 확인해 보는 것도 괜찮고." 언제나 계획 세우는 걸 좋아하는 조가 제안했다.

"세상에! 그때는 내가 얼마나 늙은 거야……. 스물일곱이네!" 이제 겨우 열일곱 살이면서 이미 다 컸다고 생각하는 메그가 소리쳤다.

"너하고 나는 스물여섯이겠네, 테디(로리의 정식 이름 테오도어의 별칭 – 옮긴이). 베스는 스물넷, 에이미는 스물둘. 다들 어른이네!" 조가 말했다.

"그때쯤에는 뭔가 자랑할 만한 일을 했으면 좋겠어. 하지만 난 게으른 강아지니까 그때도 계속 '꾸물거리고' 있지 않을까 걱정이야, 조."

"넌 동기가 필요하다고 우리 엄마가 말씀하셨어. 일단 동기만 생기면 너도 멋진 일을 해낼 거라고 하셨어."

"정말? 그럼 반드시 해낼게. 기회만 생긴다면 말이야!" 갑자기 벌떡 일어나 앉으며 로리가 소리쳤다. "할아버지를 기쁘게 해 드려야 한다는 거 나도 아니까 노력은 하는데, 알겠지만, 이게 나한테 안 맞아서 힘들단 말이야. 할아버지는 내가 당신이 했던 것처럼 인도 무역상이 되기를 바라시는데 난 그런 일 할 바에는 총 맞는 게 낫다고 생각해. 나는 홍차도 싫고, 실크도 싫고, 후추도 싫어. 할아버지의 낡은 배들이 싣고 오는 쓰레기는 다 싫어. 내가 그 배들을 물려받았을 때 언제 침몰하든 관심도 없어. 대학에 가는 것도 할아버지를 기쁘게 해 드리기 위해서 가는 거야. 그러면 대학에 다니는 4년 동안은 사업하라고 말씀 안 하시겠지. 하지만 할아버지는 이미 결정을 하셨어. 우리 아버지가 그랬던 것처럼 할아버지 말씀을 어기고 내가 하고 싶은 대로 하지 않는 이상, 나는 할아버지 결정대로 해야 돼. 만약 할아버지 곁에 누가 있어 주기만 한다면 나는 내일이라도 내 생각대로 할 거야."

로리는 흥분해서 말했고, 아주 작은 이유만 있어도 당장 자기 생각을 실천에 옮길 것 같았다. 부쩍 어른이 되어가는 로리는 남들보다 더디기는 하지만 사춘기 소년답게 어른들에게 복종하는 것을 싫어하고 혼자 힘으로 세상에 맞서고 싶어 했다.

"네 배 중에 하나를 타고 떠나서 네가 하고 싶은 걸 이루기 전까지 돌아오지 않으면 되잖아." 대담한 모험을 한다는 생각에 조는 상상만으로도 흥분이 됐다. 그 시도들을 스스로 '테디의 반항'이라고 이름 붙이며 로리의 마음에 깊이 공감했다.

"그건 옳지 않아, 조. 네가 그런 식으로 말하면 안 돼. 로리도 조의 잘못된 충고를 받아들여서는 안 돼. 로리는 좋은 사람이니까 할아버지가 바라시는 대로 해야 돼." 메그는 최대한 어머니 같은 목소리로 말했다. "대학에서 열심히 공부해. 그래서 네가 할아버지를 기쁘게 해 드리기 위해 노력한다는 걸 할아버지가 아시면 아마 너를 힘들게 하거나 네가 싫어하는 일을 억지로 시키지는 않으실 거야. 네 말대로, 할아버지 곁에는 너 말고는 함께 있어 주고 할아버지를 아껴 줄 사람이 없어. 그리고 할아버지 허락 없이 곁을 떠나고 나면 아마 네가 스스로를 용서하지 못할 거야. 속상해하지도 말고 초조해하지도 마. 그냥 네 의무를 다해. 그러면 착한 브룩 씨처럼 존중받고 사랑받으면서 보답을 받게 될 거야."

"브룩 선생님에 대해서 어떻게 그렇게 잘 알아?" 좋은 충고는 고맙지만 설교는 싫은 로리가 뜬금없는 질문을 하면서 대화의 흐름을 바꿨다.

"네 할아버지가 우리 엄마한테 그분에 대해 이야기하신 걸 들었을 뿐이야. 브룩 선생님은 자기 어머니가 돌아가실 때까지 잘 돌봐 드렸고, 어머니 곁을 떠날 수 없어서 어느 훌륭한 사람의 가정 교사로 외국에 나갈 기회도 포기했대. 그리고 지금은 자기 어머니를 간호했던 연로한 아주머니를 부양하지만 다른 사람들에게 절대 그 사실을 말하지도 않고, 친절하고 인내심 있고 착하게 살고 있다고 했어."

"그건 사실이야. 정말 좋은 분이지!" 메그가 얼굴을 붉히며 하던 이야기를 잠시 멈춘 사이에 로리가 진심으로 말했다. "할아버지가 브룩 선생님에 대해 모든 걸 알아내신 것 같네. 선생님도 모르는 사이에 말이야. 그리고 선생님의 좋은 점을 남들에게 알려서 남들도 선생님을 좋아하게 만드시려나 봐. 브룩 선생님은 누나네 어머니가 왜 나와 함께 자신을 초대해서 그렇게 친절하게 대하는지 절대 모를 거야. 선생님은 누나네 어머니가 완벽한 분이라고 생각해. 그래서 누나네 어머니에 대해 며칠이나 이야기했고, 누나에 대해서도 흥분해서 이야기했어. 만약 내 소원이 이루어지게 된다면 브룩 선생님을 위해 어떻게 하는지 보게 될 거야."

"그분 괴롭히는 것부터 그만둬." 메그가 매섭게 말했다.

"내가 그런다는 거 어떻게 아셨습니까, 아가씨?"

"그분이 집에 갈 때 얼굴을 보면 알 수 있어. 네가 착하게 구는 날은 그분 얼굴이 만족스러워 보이고 발걸음도 가벼워. 하지만 네가 그분을 괴롭힌 날이면 얼굴이 어두워 보이고 걸음도 느려. 다시 너희 집으로 돌아가서 자기 일을 제대로 하고 싶어 하는 것처럼 말이야."

"그거 마음에 드는데! 그러니까 브룩 선생님의 얼굴을 보고 내가 잘하는지 못하는지 확인한다는 뜻이네, 그지? 브룩 선생님이 누나네 집 창문 앞을 지나가면서 인사하고 미소 짓는 거 본 적 있는데, 누나가 선생님과 전보 주고받는 줄은 몰랐네."

"그런 적 없어. 오해하지 마. 참, 내가 이런 말 했다는 것도 그분한테 말하면 안 돼! 그러면 내가 그분한테 관심이 있는 것처럼 들리잖아. 여기서 한 이야기는 다 비밀로 해야 돼, 꼭이야." 생각 없이 해 버린 말에 따라올 후폭풍을 걱정하며 메그가 소리쳤다.

"나는 고자질은 안 해." 로리는 조가 걸핏하면 '잘난 척하는' 얼굴을 한다고 말할 때 짓는 예의 그 표정을 지으며 말했다. "누나가 브룩 선생님 표정을 온도계 보듯 살피고 있으니, 나는 선생님이 좋은 날씨 같은 표정을 지을 수 있게 할게."

"기분 나쁘게 듣지 마. 설교하거나 고자질을 하거나 어리석게 굴 생각은 없었어. 난 그저 조 때문에 네가 금세 후회할 일을 하게 될까 봐 걱정했던 것뿐이야. 너는 우리한테 참 잘해 주고 있잖아. 우리는 너를 형제처럼 생각하고 있어. 그래서 내 생각을 솔직하게 말한 거야. 미안해, 널 위해서 한 말이야!" 메그는 로리를 아끼면서도 한편으로는 그가 화를 낼까 봐 겁이 나서 악수를 청했다.

순간적으로 화를 낸 것이 창피해진 로리는 친절하게 악수를 청한 메그의 작은 손을 꼭 잡고 솔직하게 말했다. "용서를 구해야 할 사람은 나야. 내가 괜히 짜증을 냈어. 오늘 하루 종일 이랬어. 나는 누나가 이렇게 내 잘못에 대해 이야기해 주는 게 좋아. 내가 가끔 못되게 굴어도 신경 쓰지 마. 내 잘못된 점에 대해 이야기해 주는 거 늘 고맙게 여기고 있어."

화나지 않았다는 걸 보여 주고 싶어서 로리는 최대한 기분 좋은 척했다. 그래서 메그를 위해 실을 감아 주고 조를 기쁘게 해 주려고 시를 암송했다. 베스를 위해서는 소나무를 흔들어 솔방울을 떨어뜨려 주고, 에이미가 양치식물 모으는 것도 도와주었다. 그러면서 자신이 '부지런한 꿀벌 모임'에 어울리는 사람이라는 걸 증명하려고 애썼다. 때마침 강에서 기어 올라오던 귀여운 거북 한 마리를 보고 거북의 무리지어 사는 습성에 대해 한창 열띤 토론을 하는데, 멀리서 종소리가 들렸다. 헤너가 차를 '우리기' 시작했다는 신호였다. 그러니까 이제 저녁 먹으러 집으로 돌아가야 할 때가 되었다는 뜻이다.

"나 또 와도 돼?" 로리가 물었다.

"그럼. 책에서 소년들에게 하라는 대로 착하게 굴고 책 많이 읽으면 와도 돼." 메그가 미소 띤 얼굴로 말했다.

"그렇게 할게."

"언제든 와도 돼. 내가 스코틀랜드식 뜨개질 가르쳐 줄게. 당장 양말을 많이 짜야 하거든." 대문에서 헤어지면서 조가 소모사로 짠 양말들을 커다란 파랑 깃발처럼 흔들어 보이며 말했다.

그날 저녁, 석양빛을 받으며 베스가 로렌스 씨에게 피아노를 연주해 줄 때, 로리는 커튼이 드리운 그늘에 서서는 들을 때마다 마음이 차분해지는 '꼬마 데이비드'의 선율에 귀를 기울였다. 그리고 잿빛 머리를 손으로 받치고 앉아 너무도 사랑했던 죽은 손녀를 추억하는 할아버지를 보았다. 그날 낮에 마치 자매들과 했던 대화가 떠오른 로리는 자신을 희생하기로 결심하고서 속으로 이렇게 다짐했다. '내 성은 포기할래. 그리고 할아버지가 나를 필요로 하는 동안은 할아버지 곁에 있을 거야. 할아버지한테는 내가 전부니까.'

14

비밀들

다락방에서 조가 바쁘게 돌아다녔다. 10월에 접어들면서 날이 추워지기 시작했고 해도 짧아졌다. 높은 창문으로 따뜻한 햇볕이 들어오는 두세 시간 동안 조는 낡은 소파에 앉아 트렁크 위에 종이들을 펼쳐 놓고 부지런히 글을 썼다. 그사이 조의 애완동물인 쥐 스크래블은 자기 수염을 굉장히 자랑스럽게 여기는 것처럼 보이는 똘똘한 큰아들을 데리고 조의 머리 위 들보를 산책했다. 글쓰기에 완전히 몰입한 조는 마지막 장까지 꽉 채워 쓰고 멋지게 서명까지 한 다음 펜을 내던지며 소리쳤다.

"와, 난 최선을 다했어! 이걸로 모자란다면 더 잘할 때까지 기다리는 수밖에 없어."

소파 등받이에 몸을 기대며 조는 자신이 쓴 원고를 꼼꼼히 읽으면서 여기저기 줄을 긋고, 작은 풍선처럼 보이는 느낌표를 집어넣었다. 그러고는 깔끔한 빨간 리본으로 원고를 묶은 다음 엄숙한 얼굴로 잠시 원고를 바라보았다. 아쉬움이 가득한 조의 얼굴에 이 원고를 얼마나 진지하게 썼는지가 고스란히 드러났다.

다락방에 있는 조의 책상은 낡은 반사 오븐(모닥불의 복사열을 이용해 요리하는 야외용 오븐 – 옮긴이)으로, 지금은 벽에 걸려 있다. 조는 이 안에 스크래블이 갉아먹지 못하도록 종이와 책 두세 권을 넣고 꽉 닫아 둔다. 스크래블이 문학적 전환기를 맞기라도 했는지 자기 앞을 가로막는 책들은 가장자리를 갉아먹어서, 마치 순회도서관에 있는 책들처럼 낡아 빠지게 만드는 걸 좋아하기 때문이다. 조는 벽에 걸어 둔 반사 오븐 속에서 또 다른 원고를 꺼낸 다음 두 원고 모두 호주머니에 넣었다. 그러고는 다락방 친구들이 펜을 갉아 대고 잉크를 맛보도록 내버려 두고는 조용히 아래층으로 내려왔다.

조는 최대한 조용히 모자를 쓰고 재킷을 입은 뒤 뒤쪽 큰 창문을 통해 밖으로 나갔다. 낮은 현관 지붕 위로 내려가 다시 지붕에 매달려, 그네 타듯 몸을 흔들어서 둑처럼 높이 솟아 있는 풀밭으로 내려갔다. 그러고는 빙 둘러 가는 길을 따라 거리로 나갔다. 이제 마음을 진정시킨 조는 손을 흔들어 지나가는 합승마차를 세워 타고는, 즐겁고도 신비로워 보이는 시내로 나갔다.

만약 지금 누가 조를 지켜보았다면 이 소녀의 행동이 눈에 띄게 이상하다는 것을 알아차렸을 것이다. 우선, 조는 마차에서 내리자마자 복잡한 거리의 어느 번지 앞까지는 큰 보폭으로 성큼성큼 걸어갔다. 그런데 조금 힘들게 그 번지수를 찾아내고는 문으로 걸어가 지저분한 계단을 올려다보며 1분 동안 꼼짝 않고 서 있다가, 갑자기 다시 거리로 돌아와 올 때처럼 빠르게 걸어갔다. 이러기를 몇 번이나 반복하는 모습을, 맞은편 건물 창문 앞에 느긋이 앉아 있는 검은 눈의 젊은 신사가 흥미진진하게 지켜보았다. 세 번째로 다시 문제의 문 앞으로 돌아온 조는 온몸을 부르르 떨더니 눈 바로 위까지 모자를 끌어 내리고는 마치 이를 몽땅 뽑으러 가기라도 하는 듯한 얼굴로 계단을 올라갔다.

사실 조가 올라간 건물 입구에는 다른 간판들 사이에 치과 간판이 걸려 있었다. 그리고 턱 모형이 멋진 이를 자랑하듯 천천히 입을 벌렸다 다물었다 했다. 이 모습을 한참 구경하던 젊은 신사가 코트를 걸쳐 입고 모자를 쓰더니 아래로 내려가 맞은편 건물 입구로 갔다. 거기서 미소를 짓고 몸을 한 차례 부르르 떨며 말했다.

"혼자 왔나 보네. 하지만 힘든 일을 겪고 나면 집까지 함께 갈 사람이 필요할 거야."

10분 뒤, 조가 어떤 괴로운 시련을 막 통과한 사람처럼 새빨개진 얼굴로 계단을 뛰어 내려왔다. 그러다 밑에서 기다리던 젊은 신사를 보고는 전혀 반갑지 않은 표정으로 고개만 까딱 숙여 인사하고 지나쳐 갔다. 그러자 이 젊은 신사가 조의 뒤를 따라오며 안됐다는 듯한 목소리로 물었다.

"심각했어?"

"그 정도는 아니야."

"빨리 끝났네."

"그러게. 천만다행이지!"

"왜 혼자 갔어?"

"다른 사람들한테 알리고 싶지 않았어."

"넌 내가 아는 사람들 중에 제일 별난 사람이야. 몇 개나 뽑았
어?"

조는 이해 못 하겠다는 얼굴로 친구를 쳐다보았다. 그러다 굉
장히 재미있는 일이라도 있는 듯 웃기 시작했다.

"뽑고 싶은 게 두 개 있긴 하지만 일주일은 더 기다려야 돼."

"뭐가 그렇게 웃겨? 너 지금 무슨 장난치고 있구나, 조." 로리
가 혼란스러운 얼굴로 말했다.

"장난은 네가 치고 있는 거지. 아까 그 당구장에는 왜 가셨던
건가요, 신사 나리?"

"죄송합니다만 아가씨, 그곳은 당구장이 아니라 체육관입니
다. 저는 펜싱 수업을 받으러 그곳에 갔던 겁니다."

"잘됐네!"

"왜?"

"네가 나 가르쳐 줄 수 있잖아. 그리고 햄릿 연극할 때 네가
라에르테스(햄릿의 연인이었던 오필리아의 오빠 - 옮긴이)를 하면
칼싸움 장면을 멋지게 만들 수 있을 거야."

로리는 쾌활한 소년답게 시원한 웃음을 터뜨렸다. 그러자 지나가던 사람들이 자기도 모르게 미소를 지었다.

"우리가 햄릿 연극을 하든 말든 너한테 펜싱은 가르쳐 줄게. 아주 재미있어. 그리고 자세를 굉장히 똑바르게 고쳐 줄 거야. 그런데 네가 그렇게 확신에 차서 '잘됐네'라고 한 걸 보니까 이유가 그것 하나만은 아닐 거 같은데. 내 말이 맞지?"

"아니야, 난 그저 네가 당구장에 갔던 게 아니라서 잘됐다고 한 거야. 난 네가 그런 곳에 가지 않았으면 좋겠어. 혹시 그런 곳에 가니?"

"자주는 안 가."

"아예 안 갔으면 좋겠어."

"나쁜 곳 아니야, 조. 우리 집에도 당구대가 있지만 좋은 선수들이 같이 안 하면 재미가 없어. 그래서 가는 거야. 가끔 가서 네드 모팻이나 다른 사람들하고 게임해."

"세상에, 네가 그곳을 점점 더 좋아하게 되고 그래서 시간과 돈을 낭비하고 그 끔찍한 사내들처럼 자랄 거라고 생각하니까 너무 속상해. 나는 네가 지금처럼 점잖고 친구들에게 기쁨이 되어 주면 좋겠어." 조가 고개를 설레설레 내저으며 말했다.

"명예를 잃지 않으면서 이따금 순수한 즐거움을 누리는 게 불가능한 일이야?" 로리가 짜증 난 얼굴로 물었다.

"그건 어디서 어떻게 즐거움을 얻느냐에 달려 있어. 나는 네드나 그가 어울리는 사람들이 싫어. 그래서 너도 그 사람을 멀리했으면 좋겠어. 우리 엄마는 그 사람을 우리 집에 초대하지 않을 거야. 그 사람이 오고 싶어 하기는 하지만. 만약 네가 그 사람처럼 자란다면 엄마는 우리가 지금처럼 같이 즐겁게 지내는 걸 허락하지 않으실 거야."

"정말 그럴까?" 로리가 걱정스럽게 물었다.

"당연하지. 엄마는 유행만 쫓아다니는 젊은 남자들을 싫어하셔. 그래서 우리가 그런 사람들하고 어울리게 놔둘 바에는 차라리 우리를 상자에 가두실걸."

"저기, 너희 어머니가 상자를 꺼내실 일은 없을 거야. 왜냐하면 내가 유행을 쫓아다니는 사람도 아니고, 그렇게 될 생각도 없으니까 말이야. 하지만 난 해롭지 않은 놀이는 이따금 하고 싶어. 괜찮지?"

"그래. 그런 정도는 괜찮겠지. 노는 건 좋은데, 너무 심하게 놀지는 마, 알았지? 안 그러면 우리 좋은 시절도 끝나 버리고 말 거야."

"나 그러면 두 배는 깨끗한 성자가 되겠는데."

"나도 성자를 바라는 건 아니야. 그저 소박하고, 솔직하고, 존경할 만한 남자가 되어 달라는 거야. 그러면 우리는 절대 너를 외면하지 않을 거야. 네가 킹 씨 아들처럼 행동하면 내가 너를 어떻게 대할지 나도 잘 모르겠어. 그 사람은 돈은 많지만 그 돈을 쓰는 법을 몰라. 술주정하고, 도박하고, 가출하고, 아마 아버지의 이름을 위조하기까지 하는 거 같아. 정말 다 너무 끔찍해."

"나도 그렇게 할 거라고 생각하는 거야? 고마워 죽겠네."

"아니야, 그렇지 않아. 말도 안 돼. 절대 아니야! 하지만 돈이 그렇게 사람을 유혹한다는 말을 들었어. 그래서 가끔은 네가 가난했으면 좋겠다고 생각할 때도 있어. 그러면 내가 걱정할 필요 없잖아."

"너, 나에 대해서 걱정해, 조?"

"조금 그래. 네가 우울하거나 불만스러워 보일 때 그래. 너 가끔 그럴 때 있잖아. 넌 고집이 너무 세기 때문에 한번 잘못된 길로 들어서면 아무도 너를 막지 못할 것 같단 말이야."

로리는 한동안 아무 말 없이 걷기만 했다. 조는 그런 친구를 바라보며 괜한 말을 했다고 후회했다. 로리의 입술은 조의 경고에 미소를 짓는 것 같았지만 눈은 화난 것처럼 보였다.

"집에 갈 때까지 나한테 설교할 작정이야?" 로리가 물었다.

"물론 아니지. 왜?"

"만약 네가 그럴 생각이라면 난 합승 마차 타려고. 하지만 그럴 생각이 아니라면 너하고 같이 걸어가면서 아주 재미있는 거 말해 주려고 그래."

"더 이상 설교 안 할게. 그리고 나 새로운 소식 듣는 거 아주 좋아해."

"그럼 잘됐네. 있잖아, 이거 비밀이야. 그러니까 내가 이걸 너한테 이야기해 주면 너도 나한테 네 비밀 이야기 해 줘야 돼."

"난 비밀 없는데." 이야기를 하던 조가 갑자기 말을 멈췄다.

자신에게도 비밀이 있다는 게 생각났기 때문이다.

"거봐, 너도 있잖아. 넌 뭘 숨기는 걸 못 해. 그러니까 얼른 털어놔. 안 그러면 나도 말 안 해." 로리가 소리쳤다.

"네 비밀 재미있는 거야?"

"오, 그렇지! 전부 네가 아는 사람들에 대한 거야. 진짜 재미있어! 너 꼭 들어야 돼. 나도 지금까지 말하고 싶어서 얼마나 좀이 쑤셨는지 몰라. 자, 얼른 너부터 시작해."

"너 집에서는 이 이야기 절대 하면 안 돼, 알았지?"

"절대 안 할게."

"그리고 나하고 둘이 있을 때도 이걸로 나 놀리지 않을 거지?"

"절대로 놀리지 않을게."

"아니야, 넌 놀릴 거야. 넌 남들한테서 원하는 걸 뭐든 얻어내는 재주가 있어. 어떻게 그렇게 하는지 난 정말 모르겠다. 아무래도 넌 사람 구슬리는 재주를 타고난 거 같아."

"칭찬 고마워. 얼른 털어놔!"

"저기, 신문사에 소설을 두 편 응모했는데, 다음 주에 답을 주겠대." 조는 로리의 귀에 속삭였다.

"미국의 저명한 여성 소설가 마치 양 만세!" 로리가 소리 지르며 모자를 던져 올렸다가 다시 받았다. 그러자 오리 두 마리, 고양이 네 마리, 암탉 다섯 마리, 그리고 아일랜드 이민자 아이들 여섯 명이 같이 신나서 떠들었다. 이제 두 사람은 시내를 벗어났다.

"쉿! 분명히 아무 성과도 없을 거야. 하지만 꼭 해 보고 싶었어. 그래도 다른 사람들 실망시키기 싫어서 아무한테도 말 안 했어."

"절대 실패할 리 없어! 조, 매일 출판되는 쓰레기 같은 글들에 비하면 네 작품들은 셰익스피어 작품이나 마찬가지야. 인쇄되어 나오면 근사하겠다. 우리 여성 작가님이 얼마나 자랑스러울까?"

조의 눈이 반짝거렸다. 누군가 자신을 믿어준다는 것은 늘 즐거운 일이었고, 친구 한 사람의 칭찬이 신문사 열두 곳에서 받는 칭찬보다 훨씬 더 듣기 좋았다.

"네 비밀은 뭐야? 공평하게 해야 해, 테디. 안 그러면 다시는 네가 하는 말 안 믿을 거야." 격려의 말 한마디에 불타오른 강렬한 희망을 가라앉히려 애쓰며 조가 말했다.

"이 이야기 하면 혼날지도 몰라. 하지만 이야기 안 하겠다고 약속하지도 않았으니까 할게. 내가 알게 된 이 소식을 아주 조금이라도 너한테 말하지 않으면 내 마음이 편해지지 않을 것 같아. 나, 메그 누나 장갑 한 짝이 어디 있는지 알아."

"그게 전부야?" 조가 실망한 얼굴로 묻자 로리가 비밀을 안다는 얼굴로 고개를 끄덕이며 눈을 반짝였다.

"현재로서는 그 정도로도 대단한 거야. 장갑이 어디 있는지 말해 주면 너도 그렇게 생각할걸."

"그럼 말해 봐."

로리가 허리를 숙여 조의 귀에 짧게 속삭였다. 그러자 코미디처럼 웃긴 장면이 연출되었다. 조가 허리를 꼿꼿이 세우더니 놀라고 한편으로는 불쾌한 얼굴로 잠시 로리를 빤히 노려보았다. 그러더니 날카로운 목소리로 "어떻게 알았어?"라고 물었다.

"봤어."

"어디서?"

"호주머니에서."

"지금까지?"

"응. 로맨틱하지 않아?"

"아니, 끔찍해."

"넌 싫어?"

"당연히 싫지. 말도 안 되잖아. 그런 짓은 하면 안 되는 거야. 기막혀! 메그 언니가 뭐라고 하겠어?"

"아무한테도 말 안 하기로 했어. 잊지 마."

"난 약속은 안 했어."

"약속한 거나 마찬가지잖아. 널 믿어서 말해 준 거란 말이야."

"어쨌든 지금 당장은 말 안 할 거야. 역겨워. 듣지 말 걸 그랬어."

"네가 좋아할 줄 알았는데."

"누가 와서 메그 언니를 데려갈지도 모른다는 말 듣고 내가 좋아할 줄 알았어? 아니, 절대 싫어."

"누가 와서 너를 데려간다고 하면 기분 좋아질지도 모르지."

"누구든 와서 한번 해 보라 그래." 조가 무섭게 소리쳤다.

"내가 해 볼까!" 그렇게 말하고서 그 모습을 상상한 로리가 킥

킥 웃음을 터뜨렸다.

"나는 비밀이랑 안 맞는 것 같아. 너한테 그 이야기 들은 다음 부터 마음속이 뒤죽박죽된 것 같아." 조는 비밀을 들은 게 전혀 고맙지 않다는 듯 말했다.

"저기 언덕까지 달리기 시합하자. 그러면 괜찮아질 거야." 로 리가 말했다.

다른 사람은 아무도 보이지 않았다. 완만한 경사를 이루며 앞 으로 쭉 이어진 평평해 보이는 길을 보니 달리고 싶은 마음이 꿈틀거렸다. 조는 냅다 달려 나갔다. 모자와 빗이 뒤로 떨어지 고 머리에 꽂은 헤어핀들이 잘그락거렸다. 먼저 결승점에 도달 한 로리는 조가 볼이 빨갛게 달아오른 채 눈을 반짝이며 불만이 라고는 전혀 없는 얼굴로 숨을 헐떡이며 머리카락을 휘날리고 달려오자, 자신의 처방이 효과가 있었다는 생각에 마음이 뿌듯 해졌다.

"내가 말이었으면 좋겠어. 그럼 이렇게 좋은 날씨에 숨을 헐 떡이지도 않고 몇십 킬로미터씩 달릴 수 있을 텐데. 정말 좋다. 그런데 나 지금 꼴이 엉망이네. 가서 내가 떨어뜨린 거 다 가져 와. 너 천사잖아." 제방을 진홍색 낙엽으로 물들인 단풍나무 밑 에 털썩 쓰러지며 조가 말했다.

로리는 조가 떨어뜨리고 온 물건들을 주우러 천천히 걸어갔 다. 그사이 조는 매무새를 가다듬을 때까지 아무도 지나가지 않 기를 바라며 땋은 머리를 다시 올렸다. 그런데 조의 바람과 달리 누군가 지나갔다. 그 사람은 바로 메그였다. 메그는 어느 집을 방문하고 오는 길이어서 축제에 어울리는 드레스를 차려입고 멋진 숙녀 같은 모습으로 다가왔다.

"대체 너 여기서 뭐 하는 거니?" 옷이며 머리가 흐트러진 동생을 본 메그가 놀라 물었다.

"낙엽 모으고 있어." 방금 쓸어 모은 진홍색 낙엽들을 고르며 조가 얌전하게 대답했다.

"그리고 머리핀하고." 로리가 머리핀 열두 개를 조의 무릎 위에 던지며 한마디 했다. "이 길에서 머리핀이 자라거든. 머리빗이랑 갈색 밀짚모자도 자라고."

"너 달리기했구나, 조. 도대체 왜 그러니? 그렇게 펄쩍펄쩍 뛰어다니는 건 대체 언제쯤 그만둘 참이니?" 메그가 바람에 흐트러진 머리와 소매 끝자락을 다시 매만지며 꾸짖듯 말했다.

"늙고 몸이 뻣뻣해져서 목발을 짚고 다니게 되기 전까지는 계속 뛰어다닐 거야. 그러니까 언니는 나를 빨리 어른으로 만들 생각 하지 마. 언니가 갑자기 변한 거 보는 것만 해도 난 힘들단 말이야. 나는 되도록이면 오래오래 어린아이로 남아 있고 싶어."

조는 떨리는 입술을 감추려고 허리를 숙여 낙엽을 모았다. 안 그래도 요즘 들어 조는 메그가 부쩍 여자다워졌다고 느껴서 언젠가 언니와 이별할 거라는 생각이 들어 마음이 괴로웠다. 그런데 오늘 로리에게서 비밀을 듣고 나자 그날이 머지않은 것 같아 견딜 수가 없었다. 힘들어하는 조의 얼굴을 본 로리가 메그의 관심을 다른 곳으로 돌리기 위해 물었다. "이렇게 멋지게 하고 어디 다녀오는 거야?"

"가디너 씨 댁에 갔었어. 샐리가 벨 모팻의 결혼식에 대해 이 야기해 줬어. 정말 굉장했어. 그리고 그 사람들은 겨울을 보내 려고 파리에 갔대. 분명 굉장히 멋질 거야!"

"걔가 부러워, 누나?" 로리가 물었다.

"그런 거 같아."

"잘됐네!" 모자를 홱 끌어 내리며 조가 중얼거렸다.

"왜?" 메그가 놀란 얼굴로 물었다.

"언니가 부자들이 그렇게 좋으면 가난한 남자하고는 절대 결 혼 안 할 테니까 그렇지." 말조심하라고 소리 없이 경고하는 로 리를 향해 조가 얼굴을 찌푸리며 말했다.

"난 아무하고도 결혼 안 해." 아주 품위 있게 걸으며 메그가 말했다. 그 뒤를 따라 조와 로리가 웃고, 소곤거리고, 돌을 던지 고, '어린아이처럼 굴면서' 걸었다. 메그는 '이렇게 멋진 드레스 를 입지만 않았어도 동생들과 어울려 장난쳤을 텐데'라고 속으 로 생각했다.

그 뒤로 1~2주 동안 조가 너무 유별나게 굴어서 언니와 동 생들은 내내 혼란스럽고 어리둥절했다. 우편배달부가 종을 울 릴 때마다 문으로 달려 나가지를 않나, 브룩 선생과 만날 때마 다 무례하게 굴지를 않나, 그리고 슬픈 얼굴로 메그를 보고 앉 아 있다가 벌떡 일어나 부들부들 떨며 갑자기 메그에게 뽀뽀를 하기도 했다. 게다가 로리와 조가 계속해서 둘만의 신호를 주고받고 '날개 편 독수리'에 대해 이야기하자 참다못한 언니와 동생들이 제발 그만하라고 짜증을 내기까지 했다.

조가 창문으로 몰래 빠져나갔던 그날 이후 두 번째로 돌아온 토요일, 창가에 앉아 바느질을 하던 메그는 마당에서 로리가 조를 쫓아다니다가 에이미의 나무 그늘에서 결국 조를 잡는 모습을 봤다. 둘이 뭘 하는지 잘 보이지는 않았지만 높고 요란한 웃음소리가 들리더니 뒤이어 중얼거리는 말소리와 신문 펄럭이는 소리가 들렸다.

"저 애를 어쩌면 좋지? 절대 숙녀다워지지 않을 거야." 뛰어다니는 동생을 못마땅한 얼굴로 바라보며 메그가 한숨을 쉬었다.

"난 조 언니가 숙녀다워지지 않았으면 좋겠어. 지금 있는 그대로 너무 재미있고 사랑스럽잖아." 베스가 말했다. 베스는 늘 둘째 언니의 편이었기에 조가 다른 누구도 아닌 자신에게 비밀을 감춘다는 사실에 조금은 마음이 아팠다.

"괴롭기는 하지만 우리는 절대 조 언니를 콤므 라 포(comme la fo, '우아하게'라는 뜻의 프랑스어 comme il faut를 잘못 말한 것 – 옮긴이) 만들 수는 없어." 에이미도 한마디 거들었다. 곱슬머리를 잘 어울리게 묶고서 자신이 쓸 새 프릴을 만들며 앉아 있다 보니 에이미는 어쩐지 평소와 달리 우아하고 숙녀다워졌다는 느낌이 들었다.

잠시 뒤 조가 펄쩍펄쩍 뛰어 집 안으로 들어오더니 소파에 털썩 누워 신문을 읽는 척했다.

"거기에 재미있는 것이라도 있나요?" 메그가 일부러 딱딱하고 정중하게 물었다.

"없어. 그냥 소설이 하나 있어. 그런데 별거 아닌 거 같아." 조는 신문 이름이 보이지 않도록 조심하며 대꾸했다.

"소리 내서 읽어 줘. 그럼 우리도 재미있고 언니도 장난 못 칠 거니까 말이야." 에이미가 최대한 어른스럽게 말했다.

"제목이 뭐야?" 조가 신문으로 얼굴을 가리는 이유를 궁금해 하면서 베스가 물었다.

"두 화가."

"제목 좋은데. 읽어 봐." 메그가 말했다.

조는 크게 "어흠!" 하고 헛기침을 한 다음 길게 심호흡을 하고서 아주 빠르게 읽어 내려갔다. 자매들은 흥미를 갖고 귀를 기울였다. 이야기는 로맨틱하다가 조금 애처로웠고 마지막에는 등장인물 대부분이 죽었다.

"멋진 그림이 나오는 부분이 좋았어." 조가 읽기를 끝내자 에이미가 마음에 든다는 듯 말했다.

"나는 연인들이 나오는 부분이 좋아. 그리고 비올라와 안젤로라는 이름이 제일 마음에 들어. 특이하게 들리지 않아?" '연인들이 나오는 부분'이 비극적이어서 눈물을 훔치며 메그가 말했다.

"누가 쓴 거야?" 조의 얼굴을 흘끗 살피던 베스가 물었다.

그러자 조가 갑자기 몸을 꼿꼿이 세워 앉더니 신문을 휙 집어 던지고 빨갛게 달아오른 얼굴을 드러냈다. 그러고는 진지하면서도 흥분한 듯한 우스운 표정을 지으며 낮은 목소리로 대답했다. "네 언니야!"

"너 말이야?" 메그가 들고 있던 바느질감을 떨어뜨리며 소리쳤다.

"아주 훌륭해." 에이미는 비평하듯 말했다.

"이럴 줄 알았어! 이렇게 될 줄 알았어! 아, 조 언니, 언니가 정말 자랑스러워!" 베스는 곧장 둘째 언니에게 달려가 이 멋진 성공을 기뻐했다.

아, 정말 모두 어찌나 기뻐하는지……. 메그는 신문에 '조세핀 마치 양'이라고 적힌 활자를 보기 전까지는 도저히 믿을 수가 없었다. 에이미는 소설에 나오는 그림과 관련된 부분을 우아하게 평가하면서 후속편에 대한 생각을 넌지시 비쳤지만 안타깝게도 남녀 주인공이 모두 죽어서 그 생각은 반영되지 못했다. 베스는 너무 기뻐서 팔짝팔짝 뛰며 노래를 불렀고, 헤너는 '조가 해낸 일'에 너무 놀라서 "셰익스피어가 살아났네, 아이고 이럴 수가!"라고 소리 질렀다. 마치 부인도 이 사실을 알고 얼마나 자랑스러워했는지 모른다. 그리고 조는 눈에 눈물이 글썽거릴 정도로 웃고 잘난 척 으스대면서 신문에 소설이 실린 사실을 발표했다. 신문이 이 사람 손에서 저 사람 손으로 넘겨졌으니, '날개 편 독수리'가 마치 씨 집에서 날개를 활짝 펴고 날아다녔다고 해도 되리라.

"이야기 좀 해 줘." "언제 완성한 거야?" "얼마나 받았어?" "아빠는 뭐라고 하실까?" "로리가 웃지 않았어?" 가족 모두 조에게 모여들어 한꺼번에 질문을 쏟아 냈다. 사소한 기쁨 하나에 기념일을 만들 정도로 순박하고 사랑이 넘치는 가족이었으니 그럴 만도 했다.

"여러분, 조용히 해 주세요. 내가 다 이야기해 줄 테니까." 조는 자신이 『두 화가』를 자랑스럽게 여기는 만큼 버니 양도 『에블리나』(영국 작가 패니 버니의 데뷔작. 시골 아가씨 에블리나가 런던 사교계에 진출하는 이야기 – 옮긴이)를 자랑스러워했을까, 하고 생각하면서 말했다. 소설 두 편을 어떻게 기고했는지 이야기하면서 조는 이렇게 덧붙였다. "그래서 대답을 들으러 갔더니 신문사 사람이 두 작품 다 좋다는 거야. 그런데 신인 작가한테는 원고료를 지급하지 않고 신문에 실어 주기만 한다면서, 좋은 연습이 될 거라고 말했어. 그리고 실력이 좋아지면 누구라도 원고료를 줄 거래. 그래서 소설 두 편을 다 맡기고 왔는데, 오늘 이 신문이 나한테 온 거지. 그런데 로리한테 들켜서 계속 보여 달라고 조르길래 보여 준 거야. 로리도 마음에 든다면서 내가 더 쓰면 다음 원고료는 자기가 지불하겠다고……. 와, 나 정말 행복해. 머지않아 내가 필요한 돈을 벌고 언니랑 동생들도 도와줄 수 있을 거야."

조는 한숨을 크게 푹 내쉬고는 신문으로 얼굴을 감싸고 자신의 소설을 눈물로 적셨다. 자립할 수 있고 사랑하는 사람들에게

칭찬받는 것은 조가 가장 바라던 소원이었다. 이제 그 소원을
이루기 위한 첫걸음을 내디딘 것 같다.

15

❧❦ ⟶ ⟵ ❧❦

전보

"11월은 일 년 중에 제일 지루한 달이야." 어느 지루한 오후, 창
가에 서서 서리가 내린 마당을 내다보며 메그가 말했다.

"그래서 내가 11월에 태어났잖아." 코에 잉크가 묻은 것도 모
르고 조가 생각에 잠긴 듯 말했다.

"만약 지금 아주 즐거운 일이 일어난다면 우리는 11월을 즐거
운 달이라고 생각하게 될 거야." 모든 것에서, 심지어 11월에서
도 희망을 찾으려는 베스가 말했다.

"단언컨대 우리 가족에게는 즐거운 일이 하나도 일어나지 않
아." 메그가 속상한 듯 말했다. "우리는 날이면 날마다 재미라고
는 손톱만큼도 없는 똑같은 날을 보내고 있어. 물레방아처럼 같
은 자리를 맴돌고 있는 거나 다름없어."

"내 참, 우리 왜 이렇게 우울한 거야!" 조가 소리쳤다. "하긴 다른 여자아이들은 멋진 시간을 보내는데 언니는 해마다 따분하고 또 따분한 날을 보내니까 그럴 만도 하지. 아, 내가 소설 속 여주인공들을 행복하게 만들어 주는 것처럼 언니도 행복하게 만들어 줄 수 있다면 얼마나 좋을까! 언니는 예쁘고 착하니까 어느 날 갑자기 상상도 못 했던 재산을 물려줄 부자 친척이 나타나는 거야. 상속녀가 되어서 언니를 무시하던 사람들을 비웃으며 외국 여행을 갔다가 우아하고 화려하고 멋진 귀족 아가씨가 되어 돌아오는 거지."

"요즘은 그렇게 친척에게 재산을 물려주는 사람 없어. 돈을 벌려면 남자는 일을 해야 하고 여자는 돈 있는 남자와 결혼해야 돼. 정말 끔찍하게 불공평한 세상이야." 메그가 씁쓸하게 말했다.

"조 언니하고 내가 돈 많이 벌게. 그렇게 되는지 안 되는지 10년만 기다려 봐." 에이미가 말했다. 에이미는 구석에 앉아서 헤너가 '진흙 파이'라고 부르는 것을, 그러니까 진흙으로 된 새, 과일, 얼굴을 만들고 있었다.

"그때까지 못 기다려. 너희의 선의는 고맙지만 나는 잉크랑 진흙에 믿음이 안 가."

메그는 한숨을 내쉬며 다시 서리 앉은 마당으로 시선을 돌렸다. 조는 끙끙 앓는 소리를 내면서 수심이 가득한 얼굴로 탁자를 팔꿈치로 짚고 허리를 숙였다. 에이미는 여전히 씩씩하게 종알거렸다. 다른 창문 앞에 앉아 있던 베스는 미소를 지으며 말했다. "이제 곧 즐거운 일이 두 가지 생길 거야. 엄마가 저기 오고 계셔. 그리고 로리 오빠가 기쁜 소식을 전하려는 것처럼 마당을 뛰어오고 있어."

함께 들어온 두 사람은 각자 질문했다. 먼저, 마치 부인은 "딸들, 아버지한테서 편지 오지 않았니?"라고 물었고, 로리는 설득하려는 말투로 이렇게 말했다. "마차 타러 같이 갈 사람 없어? 수학을 하도 많이 했더니 머릿속이 뒤죽박죽되어 버렸어. 잠깐 나가서 머리 좀 맑게 하고 오려고. 하늘은 칙칙하지만 공기는 맑아. 브룩 선생님을 모시러 갈 거야. 나갔다 오면 기분이 한결 좋아질 텐데. 조, 너하고 베스는 같이 갈 거지, 그렇지?"

"물론 같이 가야지."

"고맙지만 난 바빠." 메그가 말하며 바느질 바구니를 휙 집어들었다. 젊은 신사와 마차를 자주 함께 타지 않는 것이 적어도 메그 자신에게는 최선이라는 어머니의 말이 맞다고 생각했기 때문이다.

"아주머니, 제가 도와드릴 일 없어요?" 로리가 언제나처럼 애정이 듬뿍 담긴 얼굴과 목소리로, 마치 부인의 의자에 몸을 기울이며 물었다.

"고맙지만 없구나. 그래도 괜찮다면 우체국에 잠깐 들러 주면 고맙겠다. 편지가 올 날인데 우편배달부가 오질 않네. 아버지는 태양처럼 규칙적인 분인데, 편지가 오는 과정에서 좀 늦어지나 봐."

그때 날카롭게 종소리가 울려 부인의 말을 막았다. 잠시 후 헤너가 편지 한 통을 가지고 왔다.

"그 무시무시한 전보라는 놈이 왔습니다요, 마님." 헤너는 전보가 폭탄처럼 터지기라도 하는 듯 겁을 내며 말했다.

'전보'라는 말에 부인은 얼른 헤너가 들고 있던 것을 낚아챘다. 그 안에 적힌 두 줄을 읽더니 전보 속에서 총알이 날아와 심장에 박히기라도 한 듯 얼굴이 새파랗게 질려서 의자 등받이에 털썩 기댔다. 로리가 물을 가지러 계단을 달려 내려갔고 메그와 헤너는 부인을 부축했다. 조가 떨리는 목소리로 전보를 소리 내어 읽었다.

마치 부인:

부군 위독. 급히 방문 요망.

워싱턴 블랭크 병원, S. 헤일

숨조차 쉬지 못하고 조가 읽어 주는 전보 내용을 듣던 거실은 너무도 적막했다. 하늘은 또 얼마나 어두워 보이던지! 갑자기 온 세상이 변한 것 같았다. 세상을 지탱하던 기둥들과 모든 행복이 무너질 것 같은 두려움에 딸들은 어머니 옆으로 모여들었다. 마치 부인은 금세 정신을 가다듬었다. 그리고 전보를 몇 번이고 다시 읽더니 딸들을 향해 두 팔을 뻗으며 네 자매가 절대 잊지 못할 목소리로 말했다. "내가 당장 가 봐야겠구나. 그런데

이미 늦었으면 어쩌지. 아, 애들아, 애들아! 엄마가 버틸 수 있게 도와다오!"

그 뒤로 한참 동안 거실에는 흐느껴 우는 소리가 잇따랐다. 하지만 그 사이사이에 서로를 위로하고, 도와주겠다고 다짐하고, 희망을 이야기하는 속삭임이 이어지며 눈물을 닦아 주었다. 가엾은 헤너가 제일 먼저 정신을 차렸다. 자기도 모르던 지혜를 발휘해 모두에게 좋은 모범을 보였다. 몸을 움직이는 일이 모든 고통을 치유하는 만병통치약임을 보여 준 것이다.

"하느님, 소중한 그분을 지켜 주세요! 저는 울면서 시간 허비하지 않을 겁니다요. 마님은 얼른 짐 챙기세요." 헤너는 앞치마로 눈물을 훔치며 진심 어린 말을 하고는 안주인의 손을 잡고 따스한 악수를 했다. 그런 다음 세 사람 몫의 일을 할 기세로 자리를 떠났다.

"헤너 말이 맞다. 눈물 흘리고 있을 시간 없어. 애들아, 진정하자. 나는 생각을 정리해 봐야겠어."

가엾은 네 자매가 진정하려고 애쓰는 사이, 그들의 어머니는 허리를 곧추세우고 앉아 창백하지만 침착한 얼굴로 슬픔을 참으며 생각하고 계획을 세웠다.

"로리는 어디 갔니?" 마음을 진정시키고 제일 먼저 할 일을 정한 부인이 물었다.

"저 여기 있어요. 저도 뭐든 돕게 해 주세요!" 로리가 허겁지겁 뛰어 들어오며 소리쳤다. 소식을 듣고 슬퍼하는 마치 가족의 모습을 보고, 로리는 친한 사이임에도 겁이 나고 어떻게 해야 할지 몰라서 옆방에 숨어 있었다.

"내가 즉시 가겠다고 전보를 보내 주렴. 다음 기차가 아침 일찍 출발할 거야. 그 기차를 타고 갈 생각이다."

"그리고요? 말은 준비되어 있어요. 그러니까 전 어디든 갈 수 있어요……. 뭐든 다 할 수 있어요." 지구 끝까지라도 날아갈 수 있다는 얼굴로 로리가 말했다.

"마치 할머니 댁에 편지를 보내야겠구나. 조, 펜과 종이를 주렴."

조는 새로 쓴 원고 묶음에서 빈 종이를 찢어 어머니 앞 탁자에 펼쳐 놓았다. 어머니가 길고 슬픈 여행을 떠나기 위한 차비를 빌리려고 편지를 쓴다는 사실을 잘 아는 조는 아빠를 위해 조금이라도 보탬이 되고 싶었다.

"이제 가 보렴. 마차를 너무 빨리 몰다가 사고 나지 말고. 그렇게 서두를 필요는 없어."

마치 부인의 경고는 전혀 받아들여지지 않았다. 그로부터 채 5분도 지나지 않아, 로리는 목숨이 걸리기라도 한 듯 빠르게 말을 타고 창밖을 지나갔다.

"조, 군인 구호회에 가서 킹 부인에게 내가 갈 수 없다고 전해 주렴. 그리고 오는 길에 이것들을 가지고 와라. 내가 적어 놓을 테니까. 다 필요할 거야. 내가 가서 간호를 해야 할 테니 말이다. 병원 상점들에 필요한 물건이 항상 갖춰져 있는 건 아니거든. 베스, 로렌스 씨에게 가서 오래된 와인 두 병만 주십사 부탁드려라. 너희 아버지를 위해서라면 자존심 정도는 버려야겠지. 로렌스 씨는 늘 제일 좋은 걸 가지고 계실 거야. 에이미, 헤너에게 까만 트렁크를 가지고 오라고 전해 다오. 그리고 메그, 와서 내가 물건 찾는 걸 도와다오. 지금 내가 정신이 반쯤 나가서 도움이 필요하구나."

편지 쓰고, 생각하고, 지시하는 걸 한꺼번에 하느라 마치 부인은 정신이 반쯤 나갈 만도 했다. 그런 어머니에게 메그는 자신들이 알아서 할 테니 잠깐 동안이라도 방에 가서 차분히 앉아 쉬시라고 말했다. 모두들 폭풍에 날아가는 낙엽처럼 이리저리 흩어졌다. 아버지가 악마의 저주를 받기라도 한 듯, 행복하던 집안 분위기가 와르르 깨져 버렸다.

로렌스 씨는 환자를 위해 자신이 준비해 줄 수 있는 모든 것을 가지고 서둘러 베스를 따라와서는, 어머니가 떠나 있는 동안 네 자매를 지켜 주겠다고 약속해서 마치 부인을 안심시켰다. 자신의 가운부터 기차역으로 데려다주는 일까지, 로렌스 씨는 자기가 해 줄 수 있는 것은 모두 다 해 주었다. 하지만 마지막 한 가지는 해 줄 수가 없었다. 마치 씨가 있는 먼 곳까지 데려다주겠다는 로렌스 씨의 제안을 마치 부인이 끝까지 사양했기 때문이다. 그래도 로렌스 씨가 그 제안을 할 때 부인의 얼굴에 안도하는 빛이 스쳤다. 그 표정을 본 로렌스 씨는 숱 많은 눈썹을 찡그리고 두 손을 비비더니 금방 돌아오겠다는 말을 남기고 집으로 돌아갔다. 그가 다시 돌아올 때까지는 아무도 그에 대해 생각할 여유가 없었다. 메그가 양손에 각각 덧신과 찻잔을 들고 막 문을 지나는데 브룩 선생이 불쑥 나타났다.

"소식 들었습니다. 상심이 크시겠습니다, 마치 양." 브룩이 불안한 메그의 마음을 달래 주는 다정하면서도 차분한 목소리로 말했다. "제가 마치 양 어머님을 모시고 가려고 왔습니다. 로렌스 씨가 제게 워싱턴으로 가라고 지시하셨는데 마치 양 어머님을 도와드릴 수 있게 되어 정말 기쁩니다."

메그는 너무도 감사한 마음에 손을 내밀려다 덧신과 찻잔을 떨어뜨릴 뻔했다. 브룩은 편히 쉬려던 생각을 포기하고 위로를 건넨 것뿐인데 훨씬 큰 희생을 한 듯한 느낌을 받았다.

"이렇게 친절하실 수가! 저희 엄마도 기꺼이 받아들이실 거예요. 그리고 엄마를 돌봐 드릴 분이 함께 있으니 저희도 안심이 되네요. 정말이지 너무너무 감사드려요!"

진심으로 감사를 전한 메그는 브룩의 갈색 눈동자가 아래를 내려다보기 전까지는 차가 식고 있다는 것도 까맣게 잊어버렸다. 얼른 정신을 차린 메그는 앞장서서 거실로 가면서 엄마에게 브룩 씨가 온 것을 알리겠다고 말했다.

마치 할머니의 답장은 똑같은 잔소리의 반복이었다. '내 조카가 군대에 간 것 자체가 말이 안 되는 일이고 좋은 일이 생길 리 없으니, 다음부터는 내 충고를 귀담아듣기 바란다'라는 것. 바라던 액수의 돈과 함께 로리가 이 편지를 갖고 돌아올 무렵에는 모든 준비가 끝났다. 마치 부인은 입을 꼭 다문 채로 할머니의 편지를 난롯불에 던져 넣고 돈은 지갑에 넣은 다음 가방 정리를 계속했다. 조가 그 자리에 있었다면 엄마의 이런 행동을 모두 이해했을 것이다.

오후가 금세 지나갔다. 심부름 갔던 다른 식구들 모두 할 일을 마쳤고, 메그와 어머니는 필요한 준비를 위해 부지런히 바느질을 하고, 베스와 에이미는 차를 끓이고, 헤너는 자신이 '찰싹 빵'이라고 부르는 다리미로 필요한 다림질을 끝냈다. 그런데 여태 조가 오지 않았다. 다들 슬슬 걱정을 하기 시작했다. 그래서 로리가 조를 찾으러 나갔다. 조가 어떤 엉뚱한 생각을 하는지 아무도 알지 못했다. 로리도 조를 찾지 못했다. 마침내 조가 아주 복잡한 얼굴로, 신이 난 것 같으면서도 두렵고, 만족스러우면서도 후회하는 듯한 표정으로 집으로 돌아왔다. 가족들 모두 어리둥절했다. 그런데 어머니에게 돈 뭉치를 내놓자 모두들 더 당황했다. 조는 살짝 잠긴 목소리로 이렇게 말했다. "아빠를 편안하게 해 드리고 집으로 모셔오는 데에 나도 힘을 보태고 싶어요!"

"세상에, 이거 어디서 났니? 25달러나 되잖아! 조, 경솔한 짓을 한 건 아니겠지."

"아니에요. 정말 내 돈이에요. 구걸하지도 않았고, 빌리지도 않았고, 훔치지도 않았어요. 내가 번 돈이라고요. 나를 욕하지 못할 거예요. 내 것을 판 거니까요."

조가 말하며 보닛을 벗었다. 그러자 가족 모두 비명을 질렀다.

풍성하고 길던 조의 머리카락이 짧게 잘려 있었기 때문이다.

"네 머리카락! 그 아름답던 머리카락이 이렇게 되다니!" "세상에, 조 언니, 어떻게 된 거야? 언니에겐 유일하게 예쁜 자랑거리였는데." "애야, 이럴 필요까지는 없었어." "더 이상 조 언니처럼 안 보이지만 그래도 사랑해!"

다들 소리를 지르는 가운데 베스가 짧게 자른 조의 머리카락을 감싸 안았다. 조는 아무렇지 않은 척했지만 정말로 아무렇지 않다고 생각하는 사람은 아무도 없었다. 조는 짧은 갈색 머리가 마음에 든다는 듯 손으로 헝클어뜨리며 말했다. "나라가 잘못되는 것도 아닌데 왜 울어, 베스. 내 허영심을 고치는 데에 도움이 될 거야. 머리카락 믿고 내가 너무 잘난 척했잖아. 대걸레 같은 머리카락 잘라 버린 게 뇌에도 좋을 거야. 머리가 기분 좋게 가볍고 시원하거든. 이발사가 내 곱슬머리 금방 자랄 거래. 그러면 남자처럼 보이면서 나한테 잘 어울리고 손질하기도 쉬울 거라고 했어. 난 만족해. 그러니까 어머니는 사양 마시고 이 돈 받으세요. 우리 이제 저녁 먹자."

"말 좀 해 보렴, 조. 네 생각에 찬성할 수는 없지만 너를 욕할 수도 없구나. 네가 너의 사랑, 너의 허영이라고 불렀던 소중한 것을 희생하기까지 얼마나 큰 결심을 했을지 이해하니 말이다. 하지만 애야, 이럴 필요까지는 없었어. 머지않아 네가 후회하게 될까 봐 걱정이다." 마치 부인이 말했다.

"절대 안 그럴 거예요!" 자신이 한 짓에 가족들이 화내지 않는다는 사실에 마음이 놓인 조가 단호하게 말했다.

"왜 이런 생각을 했어?" 예쁜 머리카락을 자르느니 머리를 자르는 게 낫다고 생각하는 에이미가 물었다.

"그냥, 아빠를 위해 뭐든 하고 싶다는 생각뿐이었어." 조가 말했다. 젊고 건강한 사람들이라 아무리 슬픈 때라도 먹어야 했기에 다 함께 식탁에 둘러앉았다. "어머니가 그러셨듯 나도 돈을 빌리는 건 죽기보다 싫었어. 마치 할머니가 얼마나 잔소리를 해댈지도 알았고. 한 푼이라도 빌려달라고 하면 마치 할머니는 늘 그러잖아. 메그 언니는 분기마다 받는 급여를 집세에 전부 보탰는데 나는 그 돈으로 옷만 샀지. 내가 못된 사람이라는 생각이 들고 돈을 구할 수만 있다면 내 코라도 팔고 싶어졌어."

"딸, 너 자신을 못된 사람이라고 생각할 것 없어. 넌 겨울옷도 변변히 없잖니. 그리고 네가 힘들게 번 돈으로 제일 소박한 것만 사잖아." 조의 마음을 따뜻이 위로하는 얼굴로 마치 부인이 말했다.

"처음부터 머리카락을 팔 생각을 했던 건 아니에요. 걸어가면서 계속 '내가 할 수 있는 게 뭘까' 생각했어요. 고급스러운 가게에 들어가서 돈을 구해 볼까 하는 생각도 들었어요. 그런데 이발소 창문에 머리카락 묶음들이 걸려 있고 가격이 표시되어 있는 게 눈에 들어온 거예요. 그중에서 길고 검은 머리카락 한 묶음이 40달러였어요. 내 머리카락보다 길지 않은 거였는데 말이에요. 그 순간 나한테도 돈을 마련할 수단이 있다는 생각이 들면서 앞뒤 가리지 않고 이발소 안으로 들어가서 내 머리카락을 살 수 있냐고, 얼마나 줄 수 있냐고 물었어요."

"어떻게 그럴 용기가 났을까, 정말 대단해." 베스가 감탄하듯 말했다.

"아, 이발사는 자기 머리에 바를 기름 살 돈이나 겨우 벌 것처럼 보이는 자그마한 남자였어요. 그는 가게에 뛰어 들어와 머리카락을 사겠냐고 물어보는 여자아이는 처음 본다는 눈으로 저를 빤히 봤어요. 그러더니 처음에는 제 머리카락은 유행하는 색이 아니기 때문에 별로 마음에 들지 않는다고 하면서 돈도 많이 줄 수 없다고 하는 거예요. 계속 얼마나 애를 썼는지 몰라요. 시간이 늦어지면서 걱정이 됐어요. 당장 돈을 마련 못 하면 어쩌나, 애초에 왜 여길 들어온 걸까, 하고 말이에요. 하지만 제가 일단 뭔가 시작하면 포기하는 걸 끔찍하게 싫어하는 거 다들 알잖아요. 그래서 내 머리카락을 사 달라고 졸랐어요. 왜 제가 그렇게 급하게 서두르는지도 이야기했어요. 알아요, 어리석은 짓인 거. 그런데 그 덕분에 그 사람이 마음을 바꿨어요. 제가 흥분해서 막 허둥지둥 이야기를 하니까 그 사람의 부인이 듣더니 너무나 친절하게 이렇게 말하는 거예요. '그렇게 해요. 토머스, 어린 아가씨 도와줘요. 나도 팔 수 있는 머리카락이 있다면 언젠가 지미를 위해 이 아가씨처럼 할 거예요.'"

"지미가 누군데?" 이야기 도중이라도 궁금한 건 설명을 들어야 하는 에이미가 물었다.

"그 사람들 아들인데 지금 군대에 있다고 부인이 말해 줬어. 낯선 사람들이 그런 친절을 베풀다니, 정말 대단하지 않아? 이발사가 머리카락을 자르는 내내 부인은 내 마음이 힘들지 않게 말을 걸어 줬어요."

"맨 처음 머리카락이 잘려 나갈 때 무섭지 않았어?" 메그가 부르르 떨며 물었다.

"이발사가 도구들을 챙길 때 내 머리카락을 한 번 본 게 마지막이야. 나는 그런 사소한 일로 울고불고하지 않아. 솔직히 고백하자면 사랑하는 내 머리카락이 탁자 위에 놓여 있는 걸 보는 기분은 좀 묘했어. 머리를 만지니까 짧고 거친 머리카락이 느껴졌어. 마치 팔이나 다리 하나가 잘려 나간 기분이었지. 이발사 부인이 내 표정을 보더니 긴 머리카락 한 줌을 간직하라고 줬어. 그건 엄마한테 드릴게요. 지나간 영광을 기억해 달라는 의미예요. 머리 짧으니까 너무 편해요. 다시 기르고 싶다는 생각이 안 들 정도라니까요."

마치 부인은 구불거리는 갈색 머리카락을 받아, 고이 접어서 넣어둔 짧은 회색 머리카락과 함께 자신의 책상 안에 집어넣었다. "고맙다, 애야"라고 말하는 엄마의 얼굴을 본 딸들은 이야기 주제를 바꿨다. 브룩 씨가 친절을 베풀었고, 내일은 날씨가 좋을 것 같고, 아빠가 치료를 잘 받고 집에 돌아오면 다시 행복해질 거라는 즐거운 이야기만 했다.

10시가 되었는데도 아무도 자러 가지 않자 마치 부인이 마지막으로 끝마친 바느질거리를 내려놓고 말했다. "얘들아, 시작해 볼까." 그러자 베스가 피아노 앞으로 가서 아빠가 제일 좋아하는 찬송가를 연주했다. 모두 씩씩하게 노래를 시작했지만 한 사람씩 울먹거리며 더 이상 노래를 이어가지 못하더니 결국 베스 혼자 온 마음을 다해 노래 불렀다. 베스에게는 음악이 가장 좋은 위로가 되었다.

"이제 그만 침실로 가렴. 내일은 일찍 일어나야 하니까 충분히 잘 수 있도록 수다 떨지 말고 곧장 자도록 해라. 잘 자라, 사랑하는 딸들아." 첫 번째 찬송가가 끝나고 다들 더 이상 다른 노래를 부르려 하지 않자 부인이 말했다.

모두들 말없이 서로 입맞춤으로 인사를 나누고 흡사 아픈 아빠가 옆방에 있기라도 한 듯 최대한 조용히 침실로 갔다. 슬픈 상황이지만 베스와 에이미는 눕자마자 곧 잠이 들었다. 메그는 길지 않은 인생에서 겪었던 힘든 일들이 떠올라 잠이 오지 않았다. 조는 꼼짝도 않고 누워 있었다. 메그는 조가 자는 줄 알았는데 입을 막고 흐느끼는 소리가 들렸다. 깜짝 놀란 메그가 탄식을 하며 동생의 뺨을 만져 보니 축축하게 젖어 있었다.

"조, 왜 그래? 아빠 때문에 우는 거야?"

"아니, 지금은 아니야."

"그럼 왜 그래?"

"내…… 머리카락 때문이야." 가엾은 조는 울음을 터뜨렸다. 감정을 숨기려고 베개에 얼굴을 묻었지만 소용없었다.

메그의 눈에는 그런 동생이 전혀 유치해 보이지 않았다. 용기 있는 행동을 한 동생에게 입을 맞추고 애정을 듬뿍 담아 동생을 쓰다듬어 주었다.

"후회하는 건 아니야." 조가 울음 때문에 꽉 잠긴 목소리로 간신히 말했다. "다시 이런 상황이 닥치더라도 똑같이 행동할 거야. 이렇게 바보처럼 우는 건 내 마음속에 있는 허영심과 이기심 때문이야. 다른 사람들한테는 말하지 마, 이젠 괜찮으니까. 언니 자는 줄 알고 내 하나뿐인 아름다움과의 이별을 혼자서 잠깐 슬퍼했던 거야. 그런데 언니는 왜 깼어?"

"너무 걱정이 돼서 잠이 안 와."

"기분 좋은 일을 생각하면 금방 잠이 올 거야."

"그것도 해 봤는데 오히려 잠이 더 달아나 버렸어."

"무슨 생각 했는데?"

"잘생긴 얼굴들. 특히 눈." 어둠 속에서 메그가 혼자 미소 지으며 대답했다.

"언니는 어떤 색 눈동자가 제일 마음에 들어?"

"갈색…… 가끔 마음에 들고…… 파란색은 아름답지."

조가 웃음을 터뜨리자 메그는 남들에게 말하지 말라고 했다. 그러고는 조의 머리카락을 고불고불하게 말아 주겠다고 약속하고, 자신이 살고 싶은 삶을 꿈꾸면서 잠이 들었다.

시계가 자정을 알렸다. 모든 방이 조용한 그 시각, 누군가 조용히 이 침대에서 저 침대로 옮겨 다녔다. 주름진 이불을 반듯

이 펴 주고, 베개를 똑바로 해 주고, 정신없이 잠든 얼굴 하나하나를 한참 동안 다정하게 바라보았다. 입을 맞추고 말없이 축복을 빌어 주면서 엄마만이 할 수 있는 애정 어린 뜨거운 기도를 했다. 마치 부인이 커튼을 살짝 걷어 음울한 밤하늘을 내다보았다. 그때 갑자기 구름 뒤에서 달이 나와 부인을 비췄다. 달은 인자한 얼굴로 이렇게 속삭이는 것 같았다. "마음을 편히 가져요. 먹구름 뒤에는 언제나 빛이 있답니다."

16

편지

잿빛으로 물든 추운 여명 속에서 네 자매는 저마다 등잔을 들고
어느 때보다도 간절한 마음으로 성경을 읽었다. 진정한 고난의
그림자가 다가오자 지금까지의 삶이 얼마나 따스한 햇살이었
는지 새삼 느껴졌다. 작은 성경에는 도움과 위로가 되는 글들이
가득했다. 옷을 갈아입으면서 네 자매는 근심에 찬 여행을 앞
둔 엄마를 배웅할 때 되도록 밝게 그리고 희망을 안고서 인사하
자고, 눈물이나 불평으로 엄마를 슬프게 하지 말자고 약속했다.
아래층으로 내려가니 모든 게 낯설게 느껴졌다. 밖은 어둡고 조
용한데 집 안은 밝고 소란스러웠다. 이렇게 이른 시간의 아침
식사도 낯설었고, 심지어 매일 보는 헤너도 잠잘 때 쓰는 나이
트캡을 쓰고 부엌을 돌아다녀서 그런지 낯설어 보이기만 했다.

복도에는 큼직한 트렁크 가방이 준비되어 있고, 엄마의 망토와
보닛은 소파 위에 놓여 있었다. 엄마는 식탁에 앉아 억지로 식
사를 하고 있었다. 걱정 때문에 잠을 설친 탓에 얼굴이 창백해
서 네 딸들은 조금 전의 약속을 지키기가 힘들었다. 메그는 자
기도 모르게 눈에 눈물이 고였다. 조는 몇 번이나 주방 밀대로
얼굴을 가렸고, 나머지 두 딸은 이렇게 슬픈 건 처음인 듯이 침
울하고 불안한 표정을 하고 있었다.

다들 말을 별로 하지 않았다. 시간이 가까워지면서 모여 앉아
마차를 기다렸는데, 그동안 첫째는 어머니에게 숄을 접어 주고
둘째는 보닛 끈을 정리해 주었으며 셋째는 방수용 덧신을 신겨
주고 넷째는 여행용 가방을 잠가 주었다. 마치 부인이 그들에게
말했다.

"얘들아, 헤너가 너희를 보살펴 주고 로렌스 씨가 너희를 보
호해 주실 거야. 헤너는 누구보다도 충실한 사람이고, 훌륭한
우리의 이웃은 너희를 혈육처럼 지켜 주실 거다. 너희 걱정은
전혀 하지 않지만 그래도 너희가 이 고난을 잘 견뎌 낼 수 있을
지 염려되는구나. 내가 없는 사이에 너무 슬퍼하거나 불안해하
지 말기 바란다. 게으름을 피우고 잊으려고 애쓴다고 해서 슬픔
이 사라지는 게 아니라는 것도 기억하기 바란다. 그러니까 평소
와 똑같이 할 일을 하렴. 일은 축복이 깃든 안식처야. 희망을 가
지고 바쁘게 움직여라. 그리고 무슨 일이 있든 아버지는 꼭 돌
아오실 거야."

"알았어요, 엄마."

"사랑하는 메그, 늘 신중히 동생들 잘 살피고, 헤너와 상의하렴. 곤란한 일이 생기면 로렌스 씨를 찾아가라. 조, 급하게 굴지 말고, 낙담하거나 경솔하게 굴지 않도록 하렴. 편지 자주 보내고 모두를 돕고 기운 나게 해 주렴. 베스, 음악으로 마음을 달래고 네가 맡은 집안일을 충실히 하렴. 그리고 에이미, 네가 할 수 있는 일은 뭐든 돕고, 언니들 말 잘 듣고, 집에서 행복하고 안전하게 지내라."

"그렇게 할게요. 엄마! 꼭 그렇게 할게요!"

달려오는 마차 소리에 모두들 화들짝 놀라 귀를 기울였다. 힘든 순간이었지만 네 자매는 잘 견뎌 냈다. 아빠에게 사랑한다는 말을 전해달라고 했지만, 혹 너무 늦었을지 모른다는 생각에 마음이 한없이 무거웠다. 아무도 울지 않았고 달아나지도 않았으며, 슬픔을 이야기하지도 않았다.

로리와 그의 할아버지도 와서 마치 부인을 배웅했다. 브룩 선생은 그날따라 너무도 믿음직스럽고 분별력 있고 친절해 보여서 네 자매 모두 그 자리에서 그에게 '관대한 사람(『천로역정』의 등장인물 중 하나 – 옮긴이)'이라는 별명을 지어 주었다.

"잘 있어라, 얘들아! 하느님의 축복이 우리 모두를 지켜 주기를 빈다." 마치 부인은 작고 사랑스러운 얼굴 하나하나에 입을 맞추며 속삭이고는 서둘러 마차에 올랐다.

마치 부인이 탄 마차가 떠나는 사이 해가 떴다. 그녀가 뒤돌아보니 대문 앞에 서 있는 사람들 위로 햇빛이 드리웠고 그 모습이 좋은 징조처럼 보였다. 대문 앞에 서 있던 이들도 머리 위로 드리운 햇빛을 보고는 미소 지으며 부인에게 손을 흔들었다. 마차가 모퉁이를 돌기 전, 마치 부인은 마지막으로 햇빛에 반짝이는 네 자매의 얼굴과 그 뒤에 경호원처럼 서 있는 로렌스 씨, 믿음직한 헤너, 그리고 헌신적인 로리를 한 번 더 봤다.

"우리 가족에게 이렇게 친절하게 해 주다니 정말 고마운 이들이에요." 젊은 청년의 얼굴에서 공손하면서도 연민 어린 표정을 새롭게 본 마치 부인이 말했다.

"다들 저렇게 견디고 있다는 것이 정말 대단합니다." 함께 웃지 않을 수 없게 만드는 브룩의 미소에 부인도 덩달아 미소를 지었다. 길고 긴 여행은 이렇듯 좋은 징조를 암시하는 햇빛과 미소, 그리고 즐거운 대화로 시작되었다.

"지진이 일어났던 것 같은 기분이야." 이웃들이 아침 식사를 하러 집으로 돌아가고 자신들만 남아 한숨 돌리게 되자 조가 말했다.

"우리 집의 절반이 사라진 것 같아." 메그가 쓸쓸하게 말했다.

베스가 무슨 말을 하려고 입을 열다가 엄마의 탁자 위에 쌓여 있는 잘 수선된 양말들을 가리켰다. 엄마는 서둘러 떠나는 마지막 순간까지 딸들을 생각하며 바느질을 했던 것이다. 별것 아니었지만 쌓여 있는 양말은 네 자매의 마음을 흔들었다. 결국 용감하게 견디자던 약속이 무너지면서 자매들은 슬프게 울었다.

헤너는 그들이 울면서 슬픔을 털어 버릴 수 있도록 잠시 내버려 두었다. 그러다 어느 정도 슬픔이 가셨다고 생각될 즈음, 커피 주전자를 가지고 네 자매를 달래러 왔다.

"자, 예쁜 아가씨들, 어머니가 하신 말씀 잊지 말아요. 그러니까 초조해하지 말고 이리 와서 커피 한 잔씩 하고 각자 맡은 일 해요. 그래서 가족의 자랑이 되어야지."

커피는 딱 맞는 선물이었다. 헤너는 이날 아침 특별히 더 맛있게 커피를 만들었다. 얼른 한잔 마시라는 헤너의 고갯짓을 아무도 거절하지 못했다. 커피 주전자 코에서 흘러나오는 향긋한 초대도 거부할 수 없었다. 네 자매는 탁자에 모여 앉아 손수건을 내려놓고 냅킨을 들었다. 그렇게 10분 정도 지나자 다들 마음이 진정되었다.

"희망을 가지고 바쁘게 움직이자. 이제 이게 우리 좌우명이야. 이걸 누가 제일 잘 지키나 보자. 나는 평소처럼 마치 할머니 댁에 갈 거야. 아, 할머니가 또 설교 늘어놓겠네!" 기운을 되찾은 조가 커피를 홀짝거리며 말했다.

"나는 킹 씨 댁에 갈게. 마음 같아서는 집에서 필요한 일을 하고 싶지만 말이야." 눈이 새빨갛지 않기를 바라며 메그가 말했다.

"그건 걱정 마. 나랑 베스 언니가 집을 완벽하게 책임질게." 에이미는 자신이 대단한 사람이라도 된 듯 말했다.

"헤너에게 할 일을 물어볼게. 그래서 언니들이 집에 돌아올 때까지는 모든 걸 다 잘해 놓을게." 베스도 대걸레와 물통을 꺼내며 한마디 했다.

"불안이라는 건 재미있는 것 같아." 생각에 잠긴 채 설탕을 먹으며 에이미가 말했다.

그러자 언니들 모두 참지 못하고 웃음을 터뜨렸고 그 덕분에 다들 기분이 한결 좋아졌다. 메그는 설탕 통에서 위안을 찾는 꼬마 아가씨 때문에 고개를 설레설레 내저었지만.

따끈한 파이를 보자 조는 마음이 진정되었다. 매일 하는 일을 하기 위해 집을 나선 두 자매는 언제나 어머니가 배웅을 해 주던 창문을 서글프게 뒤돌아봤다. 역시 어머니는 없었다. 그 대신 늘 어머니가 그 자리에서 언니들을 배웅하던 걸 기억하는 베스가 볼 빨간 중국 인형처럼 언니들에게 고개를 끄덕끄덕하며 인사했다.

"역시 우리 베스야!" 조가 고마워하는 얼굴로 모자를 흔들어 화답하며 말했다.

"메그 언니 잘 가. 오늘은 킹 씨 아이들이 말썽 피우지 않았으면 좋겠다. 아빠 걱정하지 말고, 언니." 서로 헤어지면서 조가 말했다.

"나도 마치 할머니가 꽥꽥 잔소리 안 하길 빌게. 너 머리 잘 어울려. 소년 같고 근사해." 메그가 키 큰 동생의 어깨 위에서 우스꽝스러울 정도로 작아 보이는 곱슬머리를 보며 웃지 않으려고 애쓰면서 대답했다.

"그나마 마음에 드는 게 이거 하나야." 이렇게 말하면서 조는 로리처럼 모자에 살짝 손을 대는 인사를 했다. 그러고는 추운 겨울날 털을 바짝 깎은 양이 된 기분으로 걸어갔다.

아빠한테서 오는 소식에 네 자매는 무척 안심했다. 병이 심각하기는 하지만 가장 실력 있고 또 친절한 간호사들이 잘 간호해 주고 있다고 했다. 브룩 선생은 매일 소식을 보내 왔다. 당분간 가장 역할을 맡고 있는 메그가 동생들에게 편지를 소리 내어 읽어 줬는데 날이 갈수록 편지 내용이 점점 밝아졌다. 처음에는 모두 다 열심히 편지를 썼다. 그리고 이들 중 한두 사람이 불룩해진 봉투들을 우체통에 조심스럽게 밀어 넣었다. 이 편지 봉투들 속에는 저마다의 개성이 묻어 있는 편지가 들어 있었다. 이제 그중 하나를 훔쳐서 몰래 읽어 보자.

세상에서 가장 사랑하는 엄마에게

엄마가 지난번에 보내신 편지 덕분에 우리가 얼마나 행복했는지 모르실 거예요. 너무도 반가운 소식에 우리는 웃고 또 울었어요. 브룩 씨는 정말 친절한 것 같아요. 브룩 씨가 엄마와 아빠에게 이렇게 큰 도움이 되는데, 로렌스 씨의 사업 때문에 브룩 씨가 어머니 곁에 오래 머물 수 있으니 얼마나 다행이에요. 저희는 잘 해 나가고 있어요. 조는 제가 바느질하는 걸 도와주고 힘든 일은 자기가 전부 다 하겠다고 고집을 부려요. '착한 사람 되고 싶은 조의 마음'이 오래가지 않는다는 걸 제가 몰랐다면 아마 그 아이가 무리할까 봐 많이 걱정했을 거예요. 베스는 시계처럼 자기 일을 정확히 하고 엄마가 그 아이한테 하신 말씀 절대 잊지 않고 있어요. 피아노 연주할 때 외에는 아빠 때문에 슬퍼하면서도 침착하게 잘 지내요. 에이미는 제 말 잘 듣고 저도 막내한테 특별히 신경 써요. 머리 손질도 스스로 하고요. 제가 단춧구멍 만들기와 양말 수선하는 법을 가르치고 있어요. 열심히 연습하고 있으니까 엄마가 돌아와서 보시면 실력이 부쩍 늘어 있을 거예요.

로렌스 씨는 조의 말에 따르면 어미 닭처럼 우리를 지켜보고 계세요. 로리도 아주 친절한 이웃이 되어 주고 있고요. 우리는 종종 우울해지고 또 엄마가 멀리 계셔서 고아처럼 느낄 때가 많은데 로리와 조가 우리를 즐겁게 만들어 줘요. 헤너는 완벽한 성자예요. 우리한테 야단도 전혀 안 치고 늘 저를 '마거릿 양'이라고 불러요. 이게 맞는 호칭이긴 하죠. 이렇게 헤너는 저를 존중해 줘요. 저희는 모두 잘 있고 바쁘게 지내고 있어요. 하지만 밤낮으로 엄마가 돌아오시기를 기다려요. 제 큰 사랑을 아빠께 전해 주세요. 영원히 엄마의 딸인 저를 믿어 주세요. 메그.

향기 나는 종이에 예쁜 글씨체로 쓴 이 편지와 달리, 그다음 편지는 얇고 큰 외국 종이에 여기저기 잉크 얼룩이 묻어 있고 갖가지 장식 글자와 끝을 꼬불꼬불하게 구부린 글자로 가득했다.

소중한 엄마께

사랑하는 아빠를 위해 만세 삼창! 브룩 씨는 아빠가 호전될 때마다 즉시 전보로 알려 주고 있어요. 저는 편지가 오면 다락방으로 뛰어 올라가서 하느님께 저희를 돌봐 주셔서 감사하다고 기도하려고 하는데, 기도 대신 울음이 터지면서 "너무 기뻐요! 너무 기뻐요!" 이 말밖에 안 나와요. 그것도 보통 기도와 똑같지 않을까요? 마음속으로는 기도를 많이 하니까요. 저희는 즐겁게 지내려고 애쓰고 있고, 모두가 착하게 행동하려고 최선을 다하고 있어요. 저도 즐겁게 지내는 걸 엄마 아빠께 미안하게 여기지 않기로 했어요. 우리는 마치 멧비둘기 둥지에 사는 것 같아요. 메그 언니가 식탁 상석에 앉아서 엄마 흉내를 내는 걸 보면 웃지 않을 수가 없어요. 언니는 날마다 더 예뻐져서 가끔은 나도 언니를 사랑할 때가 있어요. 동생들은 평소에는 천사예요. 그리고 저는……저는 그냥 조 그대로예요.

아, 꼭 알려 드릴 게 있어요. 로리와 말싸움을 할 뻔했어요. 대수롭지 않은 말을 솔직하게 했는데 로리가 화를 냈어요. 제가 틀린 말을 한 건 아닌데 말투가 고약했어요. 그랬더니 로리가, 내가 잘못했다고 사과하지 않으면 다시는 우리 집에 안 오겠다고 하면서 돌아가잖아요. 그래서 나도 절대 사과하지 않겠다고 했어요. 화가 났거든요. 그날 종일 그랬어요. 속상해서 엄마가 굉장히 보고 싶었어요. 로리와 저는 둘 다 자존심이 세서 잘못했다는 말을 잘 못해요. 하지만 제가 옳았기 때문에 로리가 와서 사과할 줄 알았어요. 그런데 그 애가 안 오는 거예요. 그러다밤이 되자 에이미가 강에 빠졌을 때 엄마가 해 주신 말씀이 생각났어요. 성경을 읽었더니 기분도 좋아져서 화를 오래 끌지 않기로 다짐했어요. 그래서 로리에게 미안하다고 말하려고 옆집으로 달려갔어요. 그런데 대문 앞에서 로리를 만났는데 걔도 저랑 똑같은 이유로 우리 집으로 오는 길이었던 거예요. 우리 둘 다 웃음을 터뜨리며 서로에게 잘못했다고 말했고 다시 친구 사이로 돌아갔어요.

어제는 헤너가 빨래하는 걸 도우면서 '씨(시를 일부러 잘못 쓴 것-옮긴이)'를 만들었어요. 내가 쓴 웃긴 글을 아빠가 좋아하시니까 편지에 같이 넣을게요. 아빠한테 제일 큰 사랑을 담아서 안아 드린다고 전해 주세요. 그리고 엄마한테는 열두 번 뽀뽀를 보냅니다. 엄마의 사랑하는 수다쟁이 조.

비누 거품의 노래

물통 여왕, 즐겁게 노래해
새하얀 거품이 뭉게뭉게 일어나네.
기운차게 씻고, 헹구고, 꽉 짜서,
널어서 말리네.
햇빛 가득한 하늘 아래
상쾌한 바람에 그네 타듯 흔들리네.

우리 마음과 영혼도 씻어 내고파.
지난 한 주의 얼룩을 씻어 내고파.
물과 바람의 마법이
우리도 그들처럼 순수하게 만들어 주길.

그래서 이 땅 위에

영광된 빨래의 날이 찾아오길!

쓸모 있는 삶의 길에

팬지가 피고

바쁘면 슬퍼하고 걱정하고 우울할

틈 없고

바쁘게 비질해서

걱정도 쓸어 내 버리고

하루하루 몸 움직일

일이 있다는 게 기쁘네.

일은 건강, 힘, 희망을 주니,

나 이제 알게 되었네.

머리는 생각을 하고, 마음은 감정을 느끼나

손은 언제나 일하네!

*

사랑하는 엄마

저에게는 제 사랑과, 집에서 잘 보관한 뿌리째 말린 팬지꽃밖에 없네요. 아빠가 봐주셨으면 좋겠어요. 저는 매일 아침 엄마가 주신 책을 읽고, 하루를 착하게 지내고, 아빠가 가르쳐주신 노래를 부르며 잠들고 있어요. 지금은 〈천국〉을 부르지 못하겠어요. 이 노래를 부르면 울음이 나오기 때문이에요. 다들 친절하고, 엄마가 안 계셔도 최선을 다해 행복하려고 노력하고 있어요. 에이미가 편지지 나머지를 다 쓰고 싶다고 해서 저는 이만 줄여야겠어요. 그릇 덮는 것 잊지 않았고, 매일 시계태엽 감고 방 환기시키고 있어요.

저 대신 아빠 뺨에 뽀뽀 해 주세요. 참, 사랑하는 저희 곁으로 빨리 돌아오세요. 꼬마 베스.

*

Ma Chère Mamma('사랑하는 엄마'를 뜻하는 프랑스어 Ma chère Maman과 이탈리아어로 '엄마'인 Mamma를 실수로 섞어 쓴 것으로 보인다-옮긴이)

우리는 다 잘 있어요. 저는 매일 공부하고 언니들 '반반(반박 - 옮긴이)' 한 적 없어요. 메그 언니가 내가 '번대(반대 - 옮긴이)'라는 말을 잘못 쓴 거래요. 그래서 단어 두 개 다 적으니까 더 맞는 걸 엄마가 고르세요. 메그 언니는 나한테 아주 잘 해 주고 매일 저녁 차 마실 때 젤리를 주는데 조 언니가 나한테 아주 좋은 거래요. 왜냐하면 그거 먹으면 제 성격이 달콤해지기 때문이래요. 로리 오빠는 내가 열세 살이 다 되어 가는데도 나를 제대로 존궁(존중 - 옮긴이)해 주지 않고 나를 병아리라고 부

328

르고, 내가 해티 킹처럼 메르시(merci, '고맙습니다'라는 뜻의 프랑스어 –
옮긴이)나 봉 주르(Bon jour, '좋은 아침' 즉 아침 인사에 해당하는 프랑스
어 – 옮긴이)라고 말하면 프랑스어를 너무 빠르게 말해서 나를 속상하게
만들어요. 내 파란 드레스 소매가 다 해져 메그 언니가 새 소매를 달아
줬는데 앞면 전체가 잘못되어서 드레스보다 소매가 더 파래요. 기분 나
빴지만 화는 안 냈어요. 잘 참았거든요. 그래도 헤너가 내 앞치마 풀을
더 빳빳하게 먹여 주고 매일 메밀빵을 주면 좋겠어요. 헤너가 해주겠
죠? 이문(의문 – 옮긴이) 부호 잘 쓰지 않았어요. 메그 언니가 내 구두범
(구두법 – 옮긴이)과 철자가 실망스럽다고 해서 화가 나지만 세상에 할
게 너무 많아서 멈출 수가 없어요. 아듀(Adieu, 작별 인사 '안녕'을 뜻하
는 프랑스어 – 옮긴이), 아빠한테 사랑 잔뜩 보내요. 엄마의 사랑 딸, 에
이미 커티스 마치.

*

마치 부인

저희 잘 지낸다고 알리려고 편지 썼어요. 따님들은 영리하고 똑똑하게 잘
합니다. 메그 양은 좋은 안주인이에요. 집안일 좋아하고 깜짝 놀랄 만
큼 상황 판단이 빨라요. 조는 뭐든 해서 모두를 놀라게 만드는데 먼저
'계획'하지 않아서 무슨 말썽 피울지 아무도 몰라요. 월요일에는 빨래
한 통 했는데 짜지도 않고 풀 먹였고, 분홍색 옥양목 드레스를 파랗게

만들어서 웃다 죽는 줄 알았어요. 베스는 어린 말썽꾼들 중에 제일 착하고, 늘 미리 알아서 도와주는, 의지할 수 있는 아가씨예요. 뭐든 배우려고 해서 자기 나이에 어려운 일도 하려고 해요. 가령 저를 도와 가계부 쓰는 것도 하는데 아주 잘해요. 우리는 이때껏 아주 아끼며 살고 있어요. 마님 뜻대로 아가씨들한테 커피는 일주일에 한 번만 먹게 해요. 그리고 검소하고 건강한 음식만 먹어요. 에이미도 전처럼 제일 좋은 옷만 입고 단것만 먹겠다고 투덜대지 않아요. 로리 씨는 여전히 까불랑대고 걸핏하면 집을 뒤집어 놔요. 하지만 아가씨들 즐겁게 해 줘서 마음대로 놀게 냅둬요. 노인네는 뭘 잔뜩 보내서 부담 되도 좋은 마음에서니까 내 마다할 입장이 아녜요. 빵이 부풀어서 이만 줄일게요. 마치 씨께 안부 전해 주시고 결핵은 이제 마지막이길 바라네요. 마님을 존경하는 헤너 멀릿.

*

제2병동 수간호사께

래퍼해넉(미국 버지니아주 북쪽 지역이자 강 이름. 남북 전쟁 당시의 싸움터 – 옮긴이)은 고요하고, 부대는 평온하며, 물자배급부는 잘 운영되고, 테디 대령 휘하 의용병들은 항상 의무를 다하고, 최고사령관 로렌스 장군은 부대를 매일 점검하며, 멀릿 병참 대장은 부대 질서를 유지하고, 라이언 소령은 밤 초계 의무를 담당하며, 워싱턴에서 온 반가운 소식에 예포 24발을 쏘고, 정장 사열식도 본부에서 진행했습니다. 최고사령관의 진심을 담은 안부를 전합니다. 테디 대령.

*

부인께

작은 아씨들은 아주 잘 지내고 있습니다. 베스와 내 손자가 매일의 일을 보고하고, 헤너는 모범적인 하녀이며, 예쁜 메그는 용처럼 가족을 지키고 있습니다. 좋은 날씨가 계속되어 다행입니다. 브룩이 도움이 되기를 바라며, 비용이 예산을 초과하면 주저 말고 내게 요청하세요. 그 사람이 좋아지고 있다니 하느님께 감사드립니다. 부인의 충실한 벗이자 종복, 제임스 로렌스.

17

꓾꓾꓾ ꤕꤕꤕ

작은 믿음

일주일 동안 이 낡은 집에는 이웃에 나눠 줘도 될 만큼 풍성하게 착한 마음이 오갔다. 정말로 놀라운 일이었다. 모두가 천국의 마음을 가진 것 같았고, 금욕이 유행이 되었다. 하지만 아빠에 대한 걱정이 사라지자 네 자매는 서서히 처음의 착한 생활에서 벗어나면서 슬슬 예전 모습으로 돌아갔다. 그렇다고 해서 좌우명을 잊어버린 건 아니지만, 바쁘게 살겠다던 마음과 결심이 조금씩 느슨해졌다. 한동안 최선을 다해 열심히 생활하다 보니 하루 정도 쉬어도 되겠다는 생각이 들었고, 하루가 이틀이 되고 사흘이 되며 쉬는 날이 점점 늘어났다.

조는 짧게 깎은 머리에 제대로 모자를 쓰지 않아 심한 감기에 걸렸다. 그러자 마치 할머니가 감기 걸린 사람이 읽어 주는 책은 듣고 싶지 않다면서 몸이 나을 때까지 집에 있으라고 지시했다. 그 덕에 신이 난 조는 다락방부터 지하 창고까지 모두 뒤지고 다니더니 감기를 치료한다면서 감기약과 책을 가지고 소파에 누워 꼼짝도 하지 않았다. 에이미는 집안일과 예술을 함께할 수 없다는 것을 깨닫고는 다시 진흙 놀이를 시작했다. 메그는 매일 킹 씨 댁에 출근하고, 바느질을 했다. 그렇지만 사실은 어머니에게 긴 편지를 쓰거나 브룩 선생이 보내 주는 워싱턴 소식지 읽는 데에 많은 시간을 보냈다.

베스는 아주 가끔 게으름을 피우거나 슬퍼할 때를 제외하고는 자기 할 일을 꾸준히 했다. 심지어 할 일을 자주 잊어버리는 언니들과 동생의 몫까지 떠맡아서 했고, 그러느라 베스에게는 이 집이 추가 사라져 버린 시계처럼 느껴졌다. 베스는 엄마에 대한 그리움이나 아빠에 대한 걱정 때문에 마음이 무거울 때는 벽장 속에 들어가 낡은 옷을 겹쳐 얼굴을 파묻고 작은 소리로 흐느껴 울며 조용히 기도를 드렸다. 우울한 베스를 어떻게 위로해야 할지 아무도 몰랐다. 하지만 모두들 베스가 다정하고 많은 도움을 준다는 걸 알기 때문에 늘 이 아이를 달래 주고 사소한 일이라도 이야기를 하며 의견을 나눴다.

이번 경험이 서로의 성격을 파악하는 계기가 되었다는 걸 아무도 알아차리지 못했다. 처음의 흥분과 걱정이 가라앉자, 자신들이 잘 견뎌 내고 있으니 상을 받아야 한다고 생각했다. 그래서 스스로에게 상을 주었다. 하지만 부지런한 생활을 멈춘 것은 실수였고, 네 자매는 큰 걱정과 후회를 통해 그 사실을 배웠다.

"메그 언니, 언니가 후멜 씨 집에 가 보는 게 좋겠어. 엄마가 그 사람들을 잊어버리지 말라고 말씀하셨잖아." 마치 부인이 떠나고 열흘이 지난 날 베스가 말했다.

"오늘 오후는 너무 피곤해." 몸을 살살 흔들면서 바느질을 하던 메그가 대답했다.

"조 언니는 어때?" 베스가 물었다.

"감기 걸린 나한테는 너무 힘든 일이지."

"거의 다 나은 줄 알았는데."

"로리와 함께 외출할 정도로는 나았지만 후멜 씨 집에 갈 정도로 나은 건 아니야." 조는 웃음을 터뜨리며 말했지만 자기 말이 모순이라는 생각에 조금 부끄러운 표정을 지었다.

"네가 직접 가지 그래?" 메그가 말했다.

"내가 매일 가고 있는데 아기가 아파. 어떻게 해야 할지 모르겠어. 후멜 부인은 멀리 일하러 가고 로테가 아기를 돌보는데 병이 더 심해지고 있어서 언니들이나 헤녀가 가 봐야 할 것 같아."

베스가 진지하게 말하자 메그는 다음 날 가 보겠다고 약속했다.

"헤녀에게 작은 수고를 좀 해 달라고 부탁해. 그리고 돌아가면서 하자. 베스, 바깥 공기 좀 쐬면 좋을 거야." 이렇게 말하고서 조는 미안한 듯 한마디 더 했다. "나도 가고 싶은데 소설을 끝내고 싶어."

"난 머리가 아파. 그리고 피곤해. 그래서 언니들이 갔으면 좋겠어."

"에이미가 곧 돌아올 테니까 걔한테 가라고 하자." 메그가 제
안했다.

"그럼 나 좀 쉬면서 에이미 기다릴게."

베스는 소파에 누웠고 두 언니는 각자 하던 일을 다시 했고
후멜 가족 일은 까맣게 잊었다. 한 시간이 지나도 에이미는 돌
아오지 않았다. 메그는 자기 방으로 가서 새 드레스를 입어 봤
다. 조는 글쓰기에 푹 빠졌고 헤너는 부엌 난로 앞에서 잠이 들
었다. 그런데 베스가 조용히 후드를 쓰고, 바구니에는 가엾은
아이들에게 줄 이런저런 것들을 가득 넣은 다음 머리가 아픈데
도 꾹 참으며 슬픈 표정을 하고서 추운 바깥으로 나갔다. 다시
집에 왔을 때는 시간이 늦어서 아무도 보는 사람이 없었기에 베
스는 살금살금 위층으로 올라가 어머니 방으로 들어갔다. 30분
정도 지났을까. 조가 '어머니 벽장'에서 뭔가 찾으려고 갔다가
베스를 발견했다. 베스는 눈이 빨갛게 충혈되어 심각한 얼굴을
하고 한 손에는 벨라도나(가짓과의 여러해살이풀로, 잎이 진정제나
진통제로 쓰인다 – 옮긴이) 병을 든 채 앉아 있었다.

"엄마야 깜짝이야! 너 왜 그래?" 조가 소리쳤다. 베스가 가까
이 다가오지 말라고 경고하듯 한 손을 쑥 뻗더니 조용히 물었다.

"언니는 성홍열 걸렸었지, 그지?"

"오래전에 걸렸지, 메그 언니가 걸렸을 때. 그건 왜?"

"그러면 말할게……. 저기, 조 언니, 아기가 죽었어!"

"무슨 아기?"

"후멜 씨네 아기 말이야. 후멜 부인이 돌아오기 전에 아기가 내 무릎에서 죽었어." 베스가 흐느끼면서 소리쳤다.

"불쌍한 것, 정말 끔찍했겠구나! 내가 갔어야 하는 건데." 이렇게 말하면서 조는 후회하는 얼굴로 어머니의 큰 의자에 앉아 동생을 무릎에 앉혔다.

"끔찍하지는 않았어, 언니. 그저 슬프기만 했어! 처음에는 아기가 더 아팠는데, 어머니가 의사를 데리러 갔다고 로테가 그래서 나는 아기를 안고 로테를 쉬게 해 줬어. 아기는 잠이 든 것처럼 보였는데 갑자기 조금 울더니 바들바들 떨다가 꼼짝도 안 하는 거야. 나는 아기 발을 따뜻하게 해 주려고 애썼고 로테는 우유를 먹이려고 했지만 아기가 꼼짝도 안 했어. 그래서 죽었다는 걸 알았어."

"울지 마, 얘! 그래서 넌 어떻게 했어?"

"그냥 앉아서 후멜 부인이 의사 선생님 데려올 때까지 아기를 조심히 안고 있었어. 의사 선생님은 아기가 죽었다고 말하더니 목이 아픈 하인리히와 미나를 진찰했어. '성홍열입니다, 부인. 나를 진작 불렀어야죠'라고 나무라더라. 후멜 부인은 가난해서 아기를 자신이 직접 치료하려고 했는데 너무 늦었다면서 남은 아이들이라도 도와달라고, 치료비는 구호 단체에 부탁하겠다고 했어. 그제야 의사 선생님이 미소를 지으면서 조금 더 친절해지기는 했는데, 너무 슬펐어. 후멜 가족들과 같이 울었는데 의사 선생님이 갑자기 돌아서더니 내게 집에 돌아가서 당장 벨라도나를 먹으라고 했어. 안 그러면 나도 성홍열에 걸린대."

"아니야, 그럴 리 없어!" 조가 겁먹은 얼굴로 동생을 꼭 끌어안으며 소리쳤다. "아, 베스, 네가 병에 걸리면 난 절대 나를 용서 못 할 거야. 우리 어떻게 해야 돼?"

"겁먹지 마. 내 생각에 나는 병이 심하게 걸리지는 않을 것 같아. 엄마 책을 봤는데 이 병은 나처럼 머리 아프고, 목 아프고, 이상한 느낌이 드는 걸로 시작한대. 그런데 벨라도나를 먹으니까 좀 좋아진 거 같아." 베스는 차가운 두 손을 뜨거운 이마에 올리며 괜찮은 척하고 말했다.

"엄마가 집에 계시면 얼마나 좋을까!" 조는 베스가 말한 책을 쥐고 탄식했다. 워싱턴이 너무도 멀게만 느껴졌다. 조는 책 한쪽을 읽은 다음 베스에게로 시선을 옮겨 동생의 머리를 짚어 보고 목을 들여다본 다음 심각하게 말했다. "너 일주일 넘게 매일 그 아기 간호했어. 게다가 앞으로 성홍열에 걸릴 아이들하고 같이 말이야. 그러니까 너도 성홍열에 걸릴 거야, 베스. 헤너 불러야겠다. 헤너라면 병에 대해 잘 알 거야."

"에이미는 오지 못하게 해. 걔는 아직 이 병에 안 걸렸잖아. 나 때문에 에이미가 성홍열에 걸리면 너무 속상할 거야. 언니하고 메그 언니는 다시 걸리는 거 아니겠지?" 베스가 걱정스러운 듯 물었다.

"그런 일은 없을 거야. 만약 내가 병에 걸린다고 해도 신경 쓰지 마. 나는 그래도 돼. 쓰레기 같은 글이나 쓰겠다면서 너를 그 곳에 보낸 이기적인 돼지잖아!" 헤너한테 말하러 가면서 조가 중얼거렸다.

착한 헤너는 금세 눈을 번쩍 뜨고 깨서는 걱정할 필요 없다 고, 누구나 성홍열에 걸리며 치료만 제대로 하면 절대로 죽지 않는다고 조를 달래면서 곧바로 앞장서 갔다. 조는 헤너의 말을 전부 믿었고 훨씬 마음이 놓여서는 메그를 부르러 갔다.

"이제부터 어떻게 해야 하는지 내가 말해 줄게요." 헤너가 베 스를 살펴보고 이것저것 물어본 뒤 말했다. "뱅스 선생님을 모 셔올게요. 아가씨를 진찰하고 우리가 제대로 조치를 했는지 알 아볼 수 있게요. 그러고서 에이미는 잠시 마치 할머니 댁에 보 낼게요. 병이 옮으면 안 되니까. 큰 아가씨 둘 중 하나는 집에 남아서 하루나 이틀 정도 베스를 돌봐야 돼요."

"내가 집에 있을게. 맏이잖아." 메그가 걱정스러우면서 동시 에 자신을 탓하는 투로 말했다.

"내가 있을게. 베스가 아픈 건 내 탓이란 말이야. 어머니한테 밖에 나가는 심부름은 내가 다 하겠다고 말해 놓고 안 했어." 조 가 단호하게 말했다.

"베스, 어느 쪽이 더 좋아요? 둘 다 있을 필요는 없는데." 헤너 가 물었다.

"조 언니요." 베스가 대답한 뒤 조에게 머리를 기대고서 편안 한 표정을 지었다. 이걸로 선택은 끝났다.

"그럼 내가 가서 에이미한테 사정을 이야기할게." 메그는 조금 섭섭하긴 했지만 다행이다 싶은 마음으로 말했다. 자신은 간호하는 걸 안 좋아하는데 조는 그 반대이니 잘된 결정이었다.

에이미는 무턱대고 싫다고 하면서 마치 할머니 집에 갈 바에는 성홍열에 걸리는 게 낫다고 우겼다. 메그가 사정 설명을 하고, 애원도 해 보고, 명령도 해 봤지만 헛수고였다. 에이미는 '절대' 안 가겠다고 고집 부렸다. 메그는 지칠 대로 지쳐서 에이미를 내버려 둔 채 헤너에게 어쩌면 좋겠냐고 물으러 갔다.

그런데 메그가 돌아오기 전에 먼저 거실로 온 로리가 소파 쿠션에 머리를 묻고 흐느껴 우는 에이미를 발견했다. 에이미는 위로해 주기를 바라며 언니에게 들은 이야기를 했다. 그런데 로리는 호주머니에 두 손을 넣은 채 방 안을 왔다 갔다 하고, 나지막이 휘파람을 불면서 눈썹을 찡그린 채 깊은 생각에 잠겼다. 그러다 곧 에이미 옆에 앉더니 살살 구슬리는 목소리로 이렇게 말했다.

"이성적인 작은 아씨가 되려면 언니들 말대로 해야 돼. 울지 말고, 내가 알려 주는 신나는 계획 잘 들어 봐. 네가 마치 할머니 댁에 가면 내가 매일 놀러 갈게. 마차를 타든 산책을 하든 같이 외출하자. 재미있는 시간 보내는 거야. 그게 여기서 맥 빠져 있는 것보다는 훨씬 나을 것 같지 않아?"

"내가 방해가 돼서 쫓아내는 것 같아서 싫단 말이야." 에이미가 기분 상한 목소리로 말했다.

"그런 거 아닌 거 알잖아! 널 안전하게 지키려고 그러는 거야. 너도 병에 걸리는 건 싫잖아, 안 그래?"

"응, 병에 걸리는 건 싫어. 하지만 베스 언니하고 계속 같이 있었으니까 나도 분명히 걸릴 거야."

"그렇기 때문에 당장 이 집을 떠나라는 거야. 병에 안 걸리도록 말이야. 공기를 바꾸고 보살핌도 받으면 넌 절대 병에 안 걸릴 거야. 내가 장담해. 혹시 걸린다 하더라도 훨씬 가볍게 걸릴 거야. 그러니까 되도록 빨리 떠나라고 조언하는 거고. 성홍열은 장난이 아니야, 아가씨."

"하지만 마치 할머니 집은 심심해. 그리고 할머니는 짜증만 낸단 말이야." 에이미가 무섭다는 듯 말했다.

"내가 매일 가서 베스가 어떤지 이야기해 줄 테니까 심심하지 않을 거야. 그리고 너 데리고 나와서 여기저기 다닐게. 그 할머니가 나는 마음에 들어하시거든. 난 영리하게 할머니 기분 잘 맞추니까 우리가 뭘 하든 잔소리 안 하실 거야."

"그럼 퍼크가 끄는 마차도 태워 줄 거야?"

"신사의 명예를 걸고 약속할게."

"그리고 매일 올 거야?"

"내가 그러는지 안 그러는지 두고 봐."

"베스 언니가 낫는 대로 집에 데려다줄 거야?"

"낫자마자 바로 데려올게."

"극장도 갈 거야, 진짜로?"

"할 수 있으면 열두 번이라도 갈게."

"음…… 그럼…… 갈게." 에이미가 천천히 대답했다.

"착하네! 메그 불러서 네가 항복했다고 말해." 로리가 칭찬하듯 쓰다듬었는데, 에이미는 자신이 '항복'했다는 말을 듣는 것보다 로리가 자신을 어린아이 대하듯 쓰다듬는 게 더 속상했다.

메그와 조가 달려 내려와 로리가 만들어 낸 기적을 봤다. 에이미는 아주 소중한 존재가 된 기분을 느끼면서 동시에 엄청난 희생을 하는 기분으로 마치 할머니 댁으로 가겠다고 약속했다. 단 의사 선생님이 베스가 병에 걸릴 것이라고 진단하면 그때 가겠다고 조건을 달았다.

"우리 꼬맹이는 어때?" 로리가 물었다. 베스를 친동생처럼 아끼는 로리는 겉으로 표현하는 것보다 훨씬 더 베스를 걱정하고 있었다.

"엄마 침대에 누워 있는데 좀 괜찮아진 거 같아. 죽은 아기 때문에 슬퍼하고는 있지만 내가 보기에는 그냥 감기가 분명해. 헤너도 그렇게 생각한다고 말했고. 하지만 헤너가 걱정하는 것 같아서 불안해." 메그가 대답했다.

"사는 게 왜 이렇게 힘든지 모르겠어!" 조가 조바심치듯 머리를 헝클어뜨리며 말했다. "한 가지 문제에서 빠져나왔다 싶으면 또 다른 문제가 터지잖아. 엄마가 안 계시니까 의지할 데도 없는 것 같아. 망망대해에 나 혼자뿐인 느낌이야."

"그 머리, 헝클어뜨리지는 마. 안 어울리니까. 머리카락 좀 똑바로 해, 조. 너희 어머니한테 전보 부쳐야 되면 나한테 말해. 다른 건 도와줄 거 없어?" 아무리 해도 친구의 하나뿐인 아름다움이 사라진 사실을 받아들일 수 없는 로리가 말했다.

"그것 때문에 고민이야." 메그가 말했다. "조하고 나는 만약 베스가 정말로 아프면 엄마한테 말씀드려야 한다고 생각하는데, 헤너는 그러면 안 된대. 어차피 엄마가 아빠를 홀로 두고 돌아올 수 없는데 괜히 걱정만 하시게 만든다고. 베스는 오래 아프지 않을 테고 헤너가 어떻게 간호해야 하는지도 다 알고, 또 엄마가 헤너 말 잘 들으라고 하셨기 때문에 그 말대로 해야 되는데 아무래도 난 그게 옳은 결정이 아닌 것 같아."

"음, 나도 잘 모르겠는데, 의사가 다녀간 뒤에 할아버지한테 여쭤보는 건 어떨까 싶네."

"그럴게. 조, 어서 가서 뱅스 선생님 모셔와." 메그가 지시했다. "의사 선생님 오실 때까지는 아무것도 결정할 수가 없겠어."

"조, 넌 그냥 여기 있어. 내가 이 저택 심부름꾼이잖아." 모자를 집어 들며 로리가 말했다.

"너 바쁘잖아." 메그가 말했다.

"오늘 할 공부는 다 했어."

"너 휴가에도 공부해?" 조가 물었다.

"내 이웃들이 보여 준 좋은 모범을 따라 하는 거야." 대답한 뒤 로리는 방 밖으로 달려 나갔다.

"난 저 소년에게 엄청난 희망이 있다고 봐." 담장을 휙 뛰어넘는 로리를 지켜보면서 조가 기분 좋은 미소를 띠고 말했다.

"아주 잘하지……. 소년으로서는 말이야." 메그는 이야기 소재에 관심이 없어서 건성으로 대답했다.

뱅스 선생이 왔고, 베스가 성홍열 증상이 있지만 가볍게 앓을 것으로 보인다고 하면서도 후멜 부인 집 이야기를 듣고는 심각한 표정을 지었다. 에이미는 즉시 집을 떠나라는 지시를 받았고 병을 피할 수 있는 약을 처방받았다. 그래서 에이미는 조와 로리의 호위를 받으며 품위 있게 집을 나섰다.

마치 할머니는 평소와 다름없는 태도로 이들을 맞이했다.

"오늘은 또 뭐가 필요한 게냐?" 마치 할머니가 안경 너머로 매섭게 노려보며 물었다. 그때 할머니의 의자 등받이에 앉아 있던 앵무새가 소리쳤다.

"썩 꺼져. 이 집에 남자는 안 돼."

로리가 창가로 가자 조가 사정 설명을 했다.

"딱 내가 예상한 대로군. 가난한 작자들 일에 끼어들면 어떻게 되는지 말이야. 에이미는 병에 걸리지만 않았다면 여기 머물면서 쓸모 있는 역할을 해도 좋다. 쓸모 있는 역할을 해야 할 게야……. 울지 마라. 나는 사람들이 훌쩍거리는 소리 듣는 거 좋아하지 않는다."

에이미가 막 울음을 터뜨리려는 찰나, 로리가 장난스럽게 앵무새 꼬리를 잡아당겼다. 그러자 앵무새 폴리가 놀라서 꽥꽥 울어 대더니 이렇게 소리쳤다.

"에구머니나!" 앵무새가 너무 우스꽝스럽게 소리치는 바람에 에이미는 울음 대신 웃음을 터뜨렸다.

"네 어미는 뭐라고 소식을 보냈더냐?" 할머니가 무뚝뚝하게 물었다.

"아빠가 많이 좋아지셨대요." 조는 화내지 않으려 애쓰며 대답했다.

"오, 그래? 내 생각에는 오래가지 못할 것 같구나. 마치 집안 사람들이 원체 체력이 형편없잖니." 이건 마치 할머니가 농담이라고 한 말이었다.

"하하! 포기하지 마. 코담배 조금 집어. 안녕, 안녕!" 로리가 꽁지를 또 잡아당기자 앵무새 폴리가 소리를 지르며 횃대에서 팔짝팔짝 뛰더니 마치 할머니의 모자를 발톱으로 할퀴었다.

"말조심해, 버릇없는 늙은 새야! 그리고 조, 너는 당장 가는 게 좋겠구나. 이렇게 늦은 시간에 조심성도 없고 분별력도 없는 이런 사내아이와 함께 돌아다니는 건 옳지 못해."

"말조심해, 버릇없는 늙은 새야!" 앵무새 폴리가 풀쩍 뛰어 내리며 소리 질렀다. 그러더니 달려가, 온몸을 흔들며 웃는 조심성도 없고 분별력도 없는 사내아이를 부리로 쪼았다.

'견딜 수 있을지 자신은 없지만 노력은 해 봐야겠어.' 마치 할머니 집에 혼자 남겨진 에이미는 생각했다.

"꺼져, 괴물아!" 폴리가 소리 질렀다. 이 무례한 소리에 에이미는 더 이상 울음을 참지 못했다.

18

❀⟫⟫ ⟪⟪❀

어둠의 날들

베스는 정말로 성홍열에 걸렸고 증세가 심했다. 헤너와 의사 선
생 외에는 아무도 베스가 심하게 병에 걸렸을 거라고 예상하지
못했다. 마치 자매들은 성홍열에 대해 아는 게 없었고 로렌스 씨
는 베스를 만나는 것 자체가 허락되지 않았다. 헤너 혼자 모든
일을 떠맡아야 했다. 바쁜 뱅스 선생도 최선을 다했지만 간호는
헤너가 거의 다 했다. 메그는 킹 씨 가족에게 전염시킬까 봐 집
에 머무르면서 집안일을 책임졌는데, 엄마에게 편지를 쓸 때 베
스의 병에 대해 아무런 언급도 하지 않으려니 몹시 걱정스럽고
또 조금 죄책감도 들었다. 엄마를 속이는 게 옳은 일인지 확신이
서지 않았다. 하지만 이미 헤너의 말을 듣기로 약속했다. 헤너는
"마님이 이 소식을 들어 봤자 걱정만 할 거잖아요"라고 말했다.

조는 밤낮으로 베스의 곁을 지켰다. 베스가 참을성이 많고, 참을 수 있는 한은 아프다고 불평하지 않았기 때문에 처음에는 별로 힘들지 않았다. 그런데 열이 심해지자 베스는 목이 쉬고 말을 제대로 잇지 못하고, 피아노를 치는 것처럼 이불 위에서 손가락을 움직이고, 잔뜩 부은 목으로 노래를 하려고 애썼지만 소리가 제대로 나오지 않았다. 게다가 언니들과 동생 얼굴도 알아보지 못해서 엉뚱한 이름을 불렀고, 어머니를 찾았다. 그 모습에 조는 겁이 났다. 메그는 엄마에게 사실대로 편지를 쓰자고 헤너에게 애원했고, 헤너도 "아직은 위험하지 않지만 그러는 게 좋겠어요"라고 말했다. 그 무렵 워싱턴에서 온 편지는 새로운 걱정을 더했다. 아빠의 상태가 다시 악화되어 한동안 집에 돌아오기 힘들 것 같다고 적혀 있었기 때문이다.

어둠의 날들이 계속되었다. 슬프고 외로웠다. 일하고 기다리는 자매들의 마음은 한없이 무겁기만 했다. 그토록 행복하던 집에 죽음의 그림자가 드리웠다. 그러던 어느 날, 혼자 앉아 눈물을 뚝뚝 흘리며 일을 하던 메그는 자신이 돈으로 살 수 있는 것보다 훨씬 더 소중한 것을 가진 부자였다는 사실을 문득 깨달았다. 사랑, 부모님의 보호, 평화, 건강이야말로 인생의 진짜 축복이었다. 그리고 어두운 방에서 앓고 있는 어린 동생을 보면서 동생의 애처로운 목소리를 듣던 조는 베스가 얼마나 착하고 상냥했는지, 또 모두의 마음속에 베스가 얼마나 깊이 자리하고 있는지 깨달았다. 베스는 언제나 남을 먼저 생각하고 남들을 위해 살고자 했다. 누구나 가지고 있고 그 어떤 재능이나 돈, 미모보다도 더 아끼고 소중히 해야 하는 그 단순한 미덕을 실천하면서 베스가 이 가정을 행복하게 만들어 왔다는 것을 조는 깨달았다.

집을 떠나 있는 에이미는 집에 돌아가고 싶었다. 이제는 아무 것도 안 하는 것이 더 짜증 나고 힘들었고, 자신이 게으름 피우며 하지 않았던 그 많은 일을 베스가 알아서 다 해 주었던 것이 떠오르면서 후회스럽고 슬픈 마음에 얼른 돌아가서 셋째 언니를 돌봐 주고 싶었다. 로리는 유령처럼 힘없이 집 안을 돌아다녔고, 로렌스 씨는 석양이 드리운 저녁을 즐거움으로 채워 주던 어린 이웃이 떠오르는 게 견딜 수 없이 힘들어서 그랜드 피아노를 닫아 버렸다. 모두가 베스를 그리워했다. 우유배달부, 빵집 주인, 식료품상 주인, 그리고 푸줏간 주인까지 베스의 안부를 물었다. 가엾은 후멜 부인은 집으로 찾아와 자신의 생각이 모자랐다고 용서를 구하며 미나를 위해 수의를 얻어 갔다. 이웃들 모두 가족을 위로하며 베스가 얼른 낫기를 빌었다. 베스를 제일 잘 아는 줄 알았던 가족들은 그토록 수줍음 많은 어린 베스에게 이렇게 친구가 많았다는 사실이 그저 놀랍기만 했다.

베스는 낡은 인형 조애너와 함께 침대에 누워 지냈다. 아픈 중에도 베스는 쓸쓸하게 있을 오랜 친구를 잊지 않았다. 고양이들까지 곁에 두고 싶었지만 병이 전염될까 봐 포기했다. 조용한 시간이면 조를 걱정했다. 그리고 에이미에게 사랑이 담긴 편지를 보냈고 언니들에게는 엄마에게 자신이 곧 편지를 보낼 수 있을 거라고 전해 달라고 했다. 자신이 아빠를 잊어버린 게 아니라는 걸 알리고 싶다면서 연필과 종이를 달라고 부탁하기도 했다. 하지만 이렇게 정신이 돌아오는 시간도 점점 짧아져, 누워서 이리저리 몸을 뒤척이며 앞뒤가 맞지 않는 헛소리를 하거나 식사도 하지 않고 깊이 잠드는 때가 많아졌다. 뱅스 선생은 하루에 두 번씩 왕진을 왔고, 헤너는 뜬눈으로 밤을 지새웠다. 메그는 언제든 보낼 수 있도록 책상 위에 전보용지를 준비해 두었고 조는 베스 옆에서 꼼짝도 하지 않았다.

네 자매에게 12월의 첫날은 겨울처럼 추웠다. 차디찬 바람이 불어오고 눈이 펑펑 쏟아지면서 한 해의 마지막으로 내달리는 것 같았다. 그날 아침 왕진을 온 뱅스 선생이 베스를 한참 보더니 열이 올라 뜨거운 베스의 두 손을 쥐고 있다가 천천히 내려놓고는 낮은 목소리로 헤너에게 말했다.

"마치 부인이 부군을 두고 오실 수 있는 상황이라면 지금 빨리 오시라고 전하는 게 좋겠습니다."

헤너는 입술이 부들부들 떨려 아무 말도 못 하고 고개만 끄덕였다. 그 말을 듣는 순간 메그는 팔다리의 힘이 쭉 빠진 듯 의자에 털썩 주저앉았고, 조는 창백한 얼굴로 잠시 서 있다가 거실로 달려가 전보용지를 집어 들고 물건을 대충 챙겨 바람처럼 뛰쳐나갔다. 그리고 곧 다시 돌아와 조용히 망토를 벗는데 로리가 편지 한 통을 들고 찾아와서 마치 씨가 다시 회복되는 중이라고 말했다. 조는 감사한 마음으로 편지를 받아서 읽었지만 무거워진 마음은 그대로였고 얼굴에도 걱정이 가득했다. 로리가 물었다.

"왜 그래, 베스 안 좋아졌어?"

"어머니한테 전보 보냈어." 슬픈 얼굴로 고무장화를 벗으려고 잡아당기며 조가 말했다.

"잘했어, 조! 너 혼자 결정한 거야?" 로리는 조를 거실 의자에 앉히고 손을 덜덜 떠는 친구를 대신해서 부츠를 벗겨 주었다.

"아니, 의사 선생님이 그렇게 하라고 했어."

"저런 조, 설마 그렇게 나쁜 건 아니지?" 충격을 받은 얼굴로 로리가 물었다.

"아니야, 많이 안 좋대. 베스는 지금 우리 얼굴도 못 알아봐. 초록 비둘기 떼라고 부르던 벽지의 덩굴 이파리 이야기도 안 해. 내가 알던 베스처럼 안 보여. 이 상황을 버틸 수 있게 기댈 사람도 없어. 엄마 아빠 다 지금 안 계셔. 하느님도 너무 멀리 있어서 찾을 수가 없어."

가엾은 조가 뺨 위로 눈물을 줄줄 흘리면서 어둠을 붙잡기라도 하려는 듯 맥없이 손을 내밀었다. 로리가 그 손을 잡아 주며 꽉 잠긴 목소리로 애써 힘을 내 말했다.

"여기 내가 있잖아. 나한테 기대, 조!"

조는 말없이 로리에게 기대었다. 따뜻한 로리의 손이 조의 아픈 마음을 위로해 주었고, 고통 속에 빠져든 조를 유일하게 버티게 해 줄 성스러운 하느님의 품에 좀 더 가까이 데려다주는 것만 같았다. 로리는 다정하면서 위로가 되는 말을 하고 싶었지만 적당한 말이 떠오르지 않았다. 그래서 그냥 말없이 서서 마치 부인이 그랬던 것처럼 푹 숙인 조의 머리를 쓰다듬어 주었다. 이 행동이 로리가 해 줄 수 있는 최고의 선물이었다. 어떤 멋진 말보다도 훨씬 더 위로가 되었다. 조는 로리가 자신의 슬픔을 공감하는 것을 느낄 수 있었다. 아무 말 하지 않았지만 로리는 다정한 위로가 되어 슬픔을 어루만져 주었다. 오래지 않아 조는 눈물이 멎었다. 마음이 진정된 조가 고마워하는 표정으로 고개를 들었다.

"고마워, 테디. 이제 괜찮아. 그렇게 비참하지 않아, 만약 일이 벌어진다고 해도 이겨 낼 거야."

"가장 좋은 가능성만 기대하자. 그러는 게 너한테 도움이 될 거야, 조. 어머니도 곧 돌아오실 거고, 모든 게 다 괜찮아질 거야."

"아빠가 호전되셨다니 정말 다행이야. 이제 엄마도 아빠를 두고 오시는 걸 망설이지 않을 거야. 아, 어떡해! 힘든 일은 한꺼번에 밀려오는 거 같아. 내 어깨에 짊어진 짐이 너무 무거워." 눈물 젖은 손수건을 무릎에 펼치며 조가 한숨을 내쉬었다.

"메그 누나는 아무것도 안 하는 거야?" 로리가 화난 얼굴로 물었다.

"그런 거 아니야. 언니도 애쓰고 있어. 하지만 언니보다는 내가 베스를 더 많이 아낀단 말이야. 언니는 나만큼 베스를 그리워하지 않을 거야. 베스는 내 양심 같은 존재야. 난 그 아이 포기 못 해. 못 해, 포기 못 한다고!"

젖은 손수건에 얼굴을 묻고서 조가 자포자기한 듯 소리 내어 울었다. 지금까지 용감하게 참아 왔던 조가 울음을 터뜨리자 로리도 손으로 눈을 가렸다. 목구멍을 짓누르는 감정을 애써 삼킬 때까지 아무 말도 할 수 없었다. 그리고 간신히 떨리는 입술을 진정시켰다. 남자답지 못한 것처럼 보일 수도 있지만 어쩔 수 없었다. 로리의 이런 모습은 인간적으로 보였다. 조의 흐느낌이 줄어들자마자 로리가 희망적인 목소리로 말했다. "난 베스가 죽을 거라고 생각 안 해. 베스는 말할 수 없이 착한 아이야. 우리 모두 베스를 정말 사랑하잖아. 신이 벌써 베스를 데려갈 리 없어."

"착하고 좋은 사람들도 언젠가는 죽어." 조가 신음하듯 말했다. 그래도 울음은 멈췄다. 두렵고 불안하기는 했지만 친구의 말에 기운이 생겼다.

"가엾은 친구야! 너 지금 너무 지쳤어. 이렇게 괴로워하는 건 너한테 어울리지 않아. 잠깐이라도 기운을 내 봐. 내가 널 기운 나게 만들어 줄게."

로리가 계단을 두 개씩 내려갔다. 조는 피곤한 머리를 베스의 자그마한 갈색 후드에 묻었다. 이 후드는 아무도 치울 생각을 못 해서 베스가 마지막으로 놓아둔 자리에 그대로 놓여 있었다. 그런데 후드 속에 마법의 힘이 숨어 있었는지, 착한 주인의 온화한 영혼이 조에게 스며들었다. 와인 한 잔을 들고 뛰어 내려오는 로리를 보고는 미소를 지으며 와인 잔을 받아들었다.

"마실게……. 베스가 건강해지길! 넌 좋은 의사야. 그리고 의

지가 되는 친구야. 이걸 어떻게 다 보답하지?" 와인이 몸을 편
안하게 해 주고, 친절한 말이 고통스러운 마음을 달래 주자 조
가 말했다.

"내가 차례차례 청구서를 보낼게. 오늘 저녁에는 와인보다 네
마음을 더 따뜻하게 만들어 줄 무언가를 줄게." 로리가 뭔가 감
추는 듯한 얼굴로 신이 난 듯 조를 바라보며 말했다.

"뭔데?" 호기심 덕분에 슬픔을 잠시 잊고 조가 물었다.

"내가 어제 네 어머니한테 전보를 보냈는데 브룩 선생님이 어
머니께서 즉시 출발하실 거라고 답을 보냈어. 오늘 저녁에 네
어머니가 돌아오실 거고 그러면 모든 게 다 괜찮아질 거야. 내
가 전보 보낸 거 잘한 거지?" 로리는 흥분해서 얼굴이 새빨갛게
달아오른 채 빠르게 말했다. 마치 자매들을 실망시키거나 베스
에게 해가 될까 봐 숨겨 왔던 일이기 때문이다.

조는 얼굴이 창백해지더니 의자에서 벌떡 일어났다. 그러고
는 로리가 말을 멈추자마자 그의 목을 두 팔로 끌어안아 친구를
깜짝 놀라게 하고는 기쁜 듯 소리쳤다. "와, 로리! 아, 엄마! 잘
했어. 너무 잘했어!" 조는 흐느끼는 대신 미친 사람처럼 웃었다.
뜻밖의 소식에 살짝 정신이 나간 것처럼 몸을 바들바들 떨며 친
구에게 매달렸다. 로리는 너무 놀랐지만 침착하게 행동했다. 조
의 등을 토닥이며 달래 주었다. 흥분이 가라앉자 조는 로리에게
수줍게 입을 맞췄다. 그러다 문득 정신을 차리고는 난간을 붙잡
고 로리를 살짝 밀어내며 숨 가쁘게 말했다. "어, 아냐, 난 그럴

생각 아니었는데 나도 모르게. 헤너가 말리는데도 넌 나서서 전보를 보냈어. 그래서 내가 너무 기뻐서 흥분했나 봐. 다 이야기해 줘. 와인은 주지 마. 와인 때문에 이렇게 흥분한 거잖아."

"괜찮아!" 로리가 타이를 매만지며 웃었다. "그게, 내가 안절부절못하는 거 봤잖아. 할아버지도 마찬가지셨어. 우리는 헤너가 연락을 못 하도록 막는 게 너무 심하다고 생각했어. 너희 어머니가 알아야 할 일이잖아. 만약에 베스에게 무슨 일이 벌어진다면 너희 어머니는 절대 우리를 용서 안 하실 거야. 할아버지께 지금이야말로 우리가 뭔가를 해야 할 때라고 말씀드렸어. 그래서 어제 내가 우체국으로 달려갔어. 의사 선생님 표정이 심상치 않아 보였잖아. 내가 전보를 치자고 하면 헤너가 내 머리를 뽑을 것처럼 반대할 것 같았어. 내가 그런 잔소리에 물러설 사람이 아니잖아? 그래서 내 생각대로 했지. 너희 어머니 곧 오실 거야. 마지막 기차가 새벽 2시에 있어. 내가 모시러 갈게. 넌 흥분 가라앉히고, 축복된 숙녀께서 돌아오실 때까지 베스 잘 지켜."

"로리, 넌 천사야! 이 은혜 어떻게 다 갚아?"

"그럼 나한테 다시 안겨. 좋던데." 로리가 지난 2주 동안 한 번도 보여 주지 않던 장난스러운 표정으로 말했다.

"됐거든. 그건 네 할아버지 오시면 그분께 할 거야. 나 그만 약 올리고 집에 가서 쉬어. 너 제대로 잠도 못 잘 텐데. 고마워, 테디. 넌 축복받을 거야!"

뒤로 물러선 조는 말을 마치자마자 곧장 부엌으로 들어가 서랍장 위에 앉더니 모여든 고양이들한테 "말할 수 없을 정도로 너무너무 행복해!"라고 고백했다. 그사이 로리는 상황을 깔끔하게 정리했다는 뿌듯함을 안고 집으로 돌아갔다.

"내가 본 중에 제일 참견하기 좋아하는 사람이지만 용서해 줘야겠네. 마치 부인이 얼른 오시면 좋겠어요." 조에게서 반가운 소식을 들은 헤너가 마음이 놓인다는 듯 말했다.

메그는 조용히 기뻐하더니 편지를 다시 읽었다. 그사이 조는 베스가 누워 있는 방을 정리했고, 헤너는 '예상하지 못한 동행'이 있을 것에 대비해 파이를 두 개 만들기 시작했다. 신선한 공기가 집 안으로 흘러 들어오고 햇살보다 더 밝은 무언가가 조용한 집을 환히 밝혀 주는 것 같았다. 집 안 가득 희망이 넘치는 듯했다. 베스의 새도 다시 지저귀기 시작했다. 창밖에 있는 에이미의 장미나무에서도 반쯤 피어오른 장미 봉오리가 눈에 띄었다. 난롯불도 훨씬 더 힘차게 타오르는 것처럼 보였다. 두 자매는 서로를 마주할 때마다 창백하던 얼굴에 미소가 떠오르며 서로 꺼안고 격려의 말을 속삭였다. "엄마가 오고 계신대! 엄마가 오신다고!"

모두 다 기뻐하고 있었지만 베스만은 예외였다. 희망과 즐거움, 불안과 두려움도 모른 채 여전히 깊은 잠에 빠져 있었다. 장미처럼 예쁘던 얼굴은 이제 생기라고는 찾아볼 수 없고, 부지런히 움직이던 손은 힘이 빠져 축 늘어져 있었다. 미소 짓던 입술은 표정이 사라졌고, 아름답고 단정하던 머리카락은 베개 위에 어지럽게 흩어져 있었다. 너무도 가련하고 애처로웠다. 이제 베스는 하루 종일 침대에 누워 있다가 이따금 몸을 일으켜 바짝 마른 입술로 알아듣기 힘들게 "물!"이라고 중얼거렸다. 조와 메그는 하루 종일 베스의 침대 곁을 맴돌며 지켜보고, 기다리고, 하느님과 어머니를 믿으며 희망을 품었다. 하루 종일 눈이 내리고 차가운 바람이 매섭게 불었다. 시간은 천천히 흘러갔다. 드디어 밤이 되고 시계가 종을 울릴 때마다 베스의 침대 좌우에 앉아 있던 두 자매는 눈을 반짝이며 서로를 바라보았다. 시간이 간다는 것은 엄마가 점점 더 가까이 오고 있다는 뜻이기 때문이었다. 의사 선생은 자정이 되어야 더 좋아질지 아니면 나빠질지를 알 수 있으니 그때쯤 다시 오겠다고 했다.

헤너는 기운이 빠져 베스의 침대 발치 소파에 주저앉자마자 잠이 들었다. 로렌스 씨는 마치 부인을 기다리는 게 아니라 반란군 부대를 기다리기라도 하는 듯한 기세로 거실을 왔다 갔다 했다. 로리는 카펫에 앉아 쉬는 것처럼 보였지만 생각에 잠긴 얼굴로 벽난로 불을 뚫어지게 바라보고 있었다. 불빛을 바라보는 소년의 검은 눈은 부드러우면서도 또렷했다.

마치 자매는 이날 밤을 절대 잊지 못할 것이다. 무기력함에 짓눌려 잠들지 못하고 시계만 쳐다보았다.

"하느님이 베스를 살려 주신다면 다시는 불평 같은 거 안 할 거야." 메그가 진지하게 속삭였다.

"하느님이 베스를 살려 주신다면 평생 하느님을 사랑하고 섬길 거야." 조도 언니와 똑같이 간절하게 말했다.

"마음이 없었으면 좋겠어. 지금 마음이 너무 아파." 잠시 조용히 있던 메그가 한숨을 내쉬며 말했다.

"삶이 지금처럼 힘들 때가 많다면 앞으로 살아갈 수 없을 것 같아." 조도 낙담한 듯 말했다.

시계가 열두 번 종을 쳤다. 두 자매는 창백한 베스의 얼굴에 조금의 변화라도 일어나기를 기다리며 지켜보느라 다른 것은 생각도 못 했다. 집은 무덤처럼 고요했고 흐느끼는 듯한 바람소리만 간간이 깊은 침묵을 깨뜨렸다. 지친 헤너는 잠에서 깰 기미가 안 보였다. 두 자매만이 금방이라도 창백한 그림자가 드리울 것 같은 작은 침대를 지켜보았다. 한 시간쯤 후에 로리가 조용히 기차역으로 출발한 것 말고는 아무 일도 일어나지 않았다. 다시 한 시간이 흘렀지만 아무도 오지 않았다. 눈보라 때문에 늦어지는 건 아닌지, 오는 길에 사고가 난 건 아닌지, 아니면 최악의 경우에 워싱턴에서 큰 슬픔이 벌어진 건 아닌지 하는 두려움이 가엾은 자매를 괴롭혔다.

2시가 지났다. 수의 같은 흰 눈에 뒤덮인 창밖을 내다보며 우울함에 빠져 있던 조는 침대에서 부스럭 움직이는 소리가 나자 얼른 뒤돌아보았다. 메그가 얼굴을 손으로 감싼 채 엄마의 큼직한 안락의자 앞에 무릎을 꿇고 있었다. 그 모습을 본 순간 조는 너무 두려워서 온몸이 얼어붙었고 머릿속에 이런 생각이 스쳤

다. '베스가 죽었구나. 메그 언니가 차마 그 이야기를 나한테 못 하는 거야.'

조는 조금 전까지 서 있던 동생의 침대 곁으로 돌아갔다. 슬픔이 차오른 조의 눈에는 모든 것이 너무도 달라 보였다. 베스의 얼굴은 더 이상 열에 달아올라 빨갛지도 않았고 고통스럽게 찡그리지도 않았다. 사랑스러운 작은 얼굴은 너무도 창백하고 평화로워 보였다. 조는 울고 싶지도 않고 비통해하고 싶지도 않았다. 사랑하는 동생 위로 허리를 숙여 축축한 이마에 사랑을 담아 입을 맞췄다. 그리고 속삭였다.

"잘 가. 사랑하는 베스, 잘 가."

그 순간 헤너가 화들짝 놀라 깨더니 급히 침대 곁으로 와서 베스를 살펴보고, 손을 잡아 보고 입술에 귀를 댔다. 그러고는 머리 위로 앞치마를 벗어 던지더니 털썩 주저앉아 앞뒤로 몸을 흔들며 흥분해서 말했다.

"열이 내렸어요. 잘 자는 거야. 피부도 촉촉하고, 숨도 편하게 쉬네. 기도를 들어주신 거야! 아이고 살았네, 살았어!"

의사가 와서 이 행복한 진실을 확인시켜 주었다. 뱅스 선생은 결코 잘생긴 얼굴이 아니었지만 미소를 지을 때면 무척 다정해 보였다. 그는 아버지처럼 자애로운 모습으로 말했다.

"그래요. 꼬마 아가씨가 이겨 낸 것 같군요. 주위를 조용하게 하고 푹 자도록 둬요. 그리고 깨어나면 줘야 할 것이……."

무엇을 해야 하는지 메그와 조 둘 다 듣지 못했다. 둘은 어두운 복도로 나와서는 계단에 앉아 가슴이 벅차올라 말도 하지 못한 채 그저 서로 꼭 끌어안고 기쁨을 나눴다. 다시 베스의 침대 곁으로 돌아오자 헤너가 두 사람에게 입을 맞추고 얼싸안았다. 베스는 평소처럼 손으로 뺨을 받친 채 누워 있었다. 더 이상 시체처럼 창백하지도 않았고, 방금 잠든 것처럼 숨소리도 평온했다.

"이제 엄마만 오시면 되는데!" 겨울밤이 저물어 가는 시각에 조가 말했다.

"이것 봐." 메그가 반쯤 피어난 하얀 장미 한 송이를 보여 주며 말했다. "만약 베스가 우리 곁을…… 떠나면 내일 이 꽃을 베스의 손에 쥐어 주지 못하겠구나 생각했어. 이 꽃이 밤새 피어나면 꽃병에 꽂아 둘 거야. 베스가 깨어나면 제일 먼저 이 장미랑 엄마 얼굴을 볼 수 있게 말이야."

태양이 이렇게 아름답게 떠오른 적이 있었던가. 세상이 이렇게 아름다웠던 적이 있었던가. 길고 힘들었던 밤샘 간호를 끝내고 새벽을 맞이하는 메그와 조의 무거운 눈에는 온 세상이 너무도 아름다워 보였다.

"마치 동화 같아." 커튼 뒤에 서서 눈부시게 솟아오르는 태양을 바라보며 메그가 미소 띤 얼굴로 혼잣말을 했다.

"들어 봐!" 조가 벌떡 일어나며 소리쳤다.

아래층 현관문에서 종소리가 들리고, 헤너가 소리를 질렀다. 곧이어 로리가 들어와 신이 나서 속삭였다. "다들 와 봐. 어머니가 오셨어, 오셨다고!"

19

❦

에이미의 유언장

집에서 이런 엄청난 일들이 벌어지는 동안 에이미는 마치 할머니 집에서 힘든 시간을 보내고 있었다. 힘든 망명 생활을 한다고 느낀 에이미는 태어나서 처음으로 자신이 집에서 얼마나 사랑받고 귀여움을 받으며 살았던가를 깨달았다. 마치 할머니는 한 번도 누군가를 사랑으로 쓰다듬어 본 적이 없는 사람이다. 쓰다듬는 걸 좋아하지도 않는다. 하지만 그런 마치 할머니도 예의 바른 꼬마 에이미가 아주 마음에 들어서 이 아이에게 잘 해 주고 싶어졌다. 비록 인정하고 싶은 생각은 전혀 없지만 이 할머니의 마음속에도 조카의 아이들에 대한 애정이 숨어 있었던 것이다. 할머니는 에이미를 행복하게 해 주기 위해 최선을 다했지만, 아, 이를 어쩌나, 그 방법이 크게 잘못된 것이었으니! 나이 들어 주름살과 흰머리가 있더라도 가슴속에 젊음을 간직한 이들은 어린 사람들이 관심을 갖고 즐기는 것을 함께 좋아하고 그들이 불편하지 않게 대할 줄을 안다. 또한 신나게 놀 때는 인생의 충고를 가장한 잔소리를 삼가며, 서로 불쾌하지 않게 우정을 주고받는다. 하지만 마치 할머니는 그런 태도를 타고나지 못해서 자신만의 규칙과 명령, 고지식한 태도, 그리고 길고 지루한 잔소리로 에이미를 속상하게 만들었다. 조보다 에이미가 더 고분고분하고 다정하다는 걸 알게 된 마치 할머니는 이 아이가 가족의 나쁜 영향에서 벗어나도록 최대한 노력해야 한다는 사명감을 느꼈다. 그래서 에이미를 붙잡고 자신이 60년 전에 배운 그대로를 가르쳤다. 에이미는 자신이 굵은 거미줄에 걸린 파리 신세가 된 것처럼 힘들고 괴롭기만 했다.

매일 아침 컵을 씻어야 했고, 유행이 지난 스푼들과 큼직한 은 찻주전자 그리고 유리잔들은 반짝반짝 윤이 나게 닦아야 했다. 그다음에는 방의 먼지를 닦아야 했는데 그 일이 얼마나 힘든지 모른다! 할머니는 티끌 하나도 놓치는 법이 없는데 가구마다 동물 발 모양으로 복잡하게 만든 다리에 조각 장식이 가득해서 먼지 닦기가 여간 어렵지 않았다. 이 일이 끝나면 이번에는 앵무새 폴리한테 먹이를 주고, 할머니의 작은 애완견을 빗질하고, 다리를 절기 때문에 좀처럼 의자에서 일어나려 하지 않는 할머니를 위해 위층과 아래층을 수십 차례 오르락내리락해야 했다. 이렇게 성가신 일 다음에는 공부가 기다리고 있는데, 이

때는 에이미가 지닌 모든 덕목을 시험하는 것 같았다.

여기까지 모두 마친 후에야 딱 한 시간 놀거나 쉴 수 있는 시간이 주어지니 이 시간이 얼마나 신날까? 이때가 되면 로리가 매일 찾아와 할머니를 살살 달래서 에이미의 외출을 허락받아 함께 산책하거나 마차를 타고 다니며 즐거운 시간을 보냈다. 이른 저녁 식사를 마친 다음에는 꼿꼿이 앉아 할머니한테 큰소리로 책을 읽어 드려야 하는데, 마치 할머니는 첫 번째 쪽을 다 읽을 때쯤에 잠이 들어서 대개 한 시간 정도 잔다. 이 일이 끝나면 패치워크를 만들거나 수건에 수를 놓는다. 겉으로는 얌전한 얼굴을 하면서도 속으로는 반항심이 부글부글 끓어오르는 채로 땅거미가 질 때까지 바느질을 하고 나면, 차 마시는 시간이 될 때까지는 하고 싶은 일을 할 수 있었다. 하루 중에 제일 싫은 시간은 저녁이다. 마치 할머니가 자신의 젊은 시절에 대해 길게 이야기를 하기 때문이다. 그 이야기라는 것이 말할 수 없을 정도로 지루해서 에이미는 자기 전에 이 힘든 운명을 한탄하며 엉엉 울겠다고 마음먹지만, 대개는 기껏해야 눈물 한두 방울만 흘리고 잠이 들었다.

로리와 이 집의 나이 든 하녀 에스터가 없었다면 에이미는 마치 할머니 집에서 지내는 끔찍한 시간을 견뎌 내지 못했을 것이다. 앵무새 폴리도 에이미를 힘들게 했다. 폴리는 에이미가 자신을 좋아하지 않는다는 것을 금방 알아차리고는 부릴 수 있는 말썽이란 말썽은 다 부려서 괴롭혔다. 에이미가 가까이 올 때마다 머리카락을 잡아당기고, 새장을 깨끗이 치우고 나면 빵과 우유를 엎어 버리고, 할머니가 졸 때 일부러 강아지 모프를 쪼아서 멍멍 짖게 만들기도 했다. 게다가 손님이 와 있을 때 에이미를 욕하는 등, 못된 늙은 새가 할 수 있는 나쁜 짓은 다 했다. 앵무새만 말썽을 부리는 게 아니었다. 마치 할머니의 뚱뚱하고 못된 애완견 모프도 대소변 뒤처리를 해 주는 에이미에게 으르렁거리고 짖어 대는가 하면, 털을 빗질해 줄 때는 벌렁 드러누워 네 다리를 허공에 대고 버둥거렸고, 먹고 싶은 것이 있을 때는 아주 멍청한 표정을 지었다. 이런 일이 하루에 열두 번도 넘게 벌어졌다. 뿐만 아니라 요리사는 성질이 고약하고 늙은 마부는 귀가 멀어서 어린 에이미에게 관심 가져 주는 이는 하녀 에스터뿐이었다.

프랑스 여자인 에스터는 '마담'이라고 부르는 주인과 수십 년을 함께 살아서 자신이 없으면 아무것도 못 하는 주인에게 오히려 자신이 주인처럼 굴곤 했다. 에스터의 진짜 이름은 에스텔이지만 마치 할머니가 이름을 바꾸라고 명령했고, 에스터는 종교를 바꾸라는 요구만은 하지 말아 달라는 조건으로 그 명령을 받아들였다. 그녀는 에이미를 '마드무아젤'이라고 부르며 큰 관심을 갖고 아꼈다. 꼬마 아가씨가 마치 할머니의 레이스를 뜨개질할 때면 옆에 앉아서 프랑스에서 살던 시절에 대한 신기한 이야기를 많이 해 주었다. 커다란 저택 안을 마음대로 뛰어다니게 해주었고, 까치마냥 물건을 버리지 않고 쌓아 두는 마치 할머니가 커다란 옷장들과 오래된 상자들 속에 넣어 둔 신기하고 예쁜 것들도 마음대로 구경할 수 있게 해 주었다. 그중에서 에이미가 제일 좋아하는 것은 특이한 것들이 든 서랍들과 작은 칸들, 진귀하고 신기한 오래된 장신구들이 든 비밀스러운 칸들로 가득한 인도산 보관장이었다. 이런 물건들을 구경하고 정리할 때 제일 마음에 드는 건 보석 상자들이었다. 보석 상자들을 열면 40년 전 미인을 꾸며 주던 장신구들이 벨벳 쿠션 위에 얌전히 놓여 있다. 그중에는 마치 할머니가 외출할 때 다는 석류석 장신구 세트도 있고, 할머니의 아버지가 결혼식 때 선물했다는 진주 장신구 세트, 연인에게 선물 받은 다이아몬드 장신구, 흑요석으로 만든 추도 반지와 핀, 죽은 친구들의 초상화와 머리카락이 들어 있는 신기하게 생긴 로켓(사진이나 머리카락 같은 기념품을 넣어 목걸이에 다는 작은 갑 – 옮긴이)들, 하나뿐인 어린 딸이 차던 아기 팔찌들, 빨간 물개가 있어서 아이들이 많이 가지고 놀았던 마치 할아버지의 큰 시계도 있고, 할머니의 결혼반지가 든 상자도 있다. 이 반지는 이제는 굵어진 할머니의 손가락에 들어가지 않지만 여기 있는 것들 중에서 가장 소중한 보물처럼 고이 간직되어 있었다.

"마치 마담께서 유언장을 작성한다면 마드무아젤은 어떤 걸 받고 싶어요?" 옆에서 잘 살펴보며 귀중한 것들을 챙겨 넣고 잠그며 에스터가 물었다.

"저는 다이아몬드 장신구들이 제일 마음에 들어요. 하지만 그 세트에는 목걸이가 없어요. 저는 목걸이 좋아하거든요. 전 목걸이가 잘 어울려요. 그래서 골라야 한다면……." 이렇게 말하면서 에이미는 금과 상아로 된 무거운 십자가가 달린 황금과 상아 구슬 목걸이를 탐나는 듯 바라보았다.

"나도 이게 탐나는데 목걸이라서 그런 건 아니에요. 절대, 아니지! 나 같은 신실한 천주교 신자는 이걸 묵주로 쓴답니다." 멋진 목걸이를 아쉬운 듯 바라보며 에스터가 말했다.

"이것도 아주머니 안경에 달린 좋은 향기 나는 나무 구슬 목걸이처럼 사용하는 거예요?" 에이미가 물었다.

"맞아요. 기도를 할 때 쓰죠. 이렇게 아름다운 걸 장신구로 쓰면서 허영심을 채우기보다 묵주로 사용하며 기도하면 성인들이 더 기뻐하실 거예요."

"에스터 아주머니는 기도하면서 많은 위로를 받는 것 같아요. 기도하고 나면 차분해지고 기분이 좋아지는 것처럼 보이던데, 저도 그렇게 되고 싶어요."

"마드무아젤이 천주교인이라면 참된 위안을 찾을 수 있을 거예요. 하지만 천주교인이 아니니까 내가 지금의 마담 전에 모셨던 훌륭한 여주인처럼 매일 명상과 기도를 하는 것도 도움이 될 거예요. 그분은 작은 기도실을 가지고 계셨는데 그 안에 들어가면 많은 고통을 벗고 위로를 받을 수 있었답니다."

"저도 그렇게 해도 괜찮을까요?" 가족과 떨어져 외롭던 에이미는 마음을 위로받고 싶었고 베스가 곁에 없기 때문에 성경을 보며 기도하는 것도 자주 잊어버린다는 생각이 들었다.

"아주 훌륭하고 좋은 생각이에요. 마드무아젤이 원한다면 작은 옷방을 기도실로 만들어 줄게요. 마담한테는 말하지 말아요. 마담이 주무실 때 혼자 가서 좋은 생각도 하고, 하느님께 언니 병을 낫게 해 달라고 기도해 봐요."

신심이 깊은 에스터는 진심 어린 충고를 해 주었다. 다정한 사람이어서 에이미의 언니들에 대해 많이 걱정하고 있었다. 에이미는 에스터의 생각이 마음에 들어서 도움이 되었으면 하는 바람으로 자기 방 옆 옷방을 기도실로 만들라고 부탁했다.

"마치 할머니가 돌아가시면 이 아름다운 것들이 다 누구에게 갈지 궁금해요." 반짝이는 묵주를 원래 있던 자리에 천천히 놓고 보석 상자들을 하나씩 닫으며 에이미가 말했다.

"마드무아젤과 언니들에게 간답니다. 내가 다 알죠. 마담께서 내게 이야기해 주셨거든요. 내가 그분 유언장 증인인데 그렇게 되어 있었어요." 에스터가 미소를 지으며 속삭였다.

"와, 신난다! 그냥 지금 주셨으면 좋겠어요. 미루는 건 좋지 않아요." 다이아몬드 장신구들을 마지막으로 한 번 더 바라보며 에이미가 말했다.

"이런 것들은 어린 아가씨들이 착용하기에는 너무 일러요. 제일 먼저 약혼하는 분이 진주 장신구들을 물려받을 거예요……. 마담께서 그렇게 말씀하셨답니다. 내 생각에 마드무아젤이 약혼할 때는 작은 터키석 반지를 물려받을 것 같아요. 마드무아젤이 훌륭한 태도와 좋은 예의범절을 보여 주었으니까요."

"그렇게 생각하세요? 그 아름다운 반지를 가질 수만 있다면 양처럼 순해질게요! 키티 브라이언트 것보다 이게 훨씬 더 예뻐요. 이제 마치 할머니가 너무 좋아요." 에이미는 신이 난 얼굴로 파란 보석 반지를 끼어 보며 이 반지를 꼭 물려받겠다고 굳게 다짐했다.

그날부터 에이미는 고분고분 말을 잘 들었고, 마치 할머니는 자신의 가르침이 성공을 거두었다며 흡족해했다. 에스터는 옷방 안에 작은 탁자를 놓고 그 앞에 발판을 놓은 다음 위에는 잠겨 있는 방들 중 하나에서 꺼내 온 그림을 걸었다. 별로 값어치가 나가지 않는 그림처럼 보이는 데다 마담이 이 그림이 어떻게 되었는지에 대해 앞으로도 절대 모르고 또 관심도 없을 거라는 걸 알고 있었다. 에스터는 이 그림에 큰 가치가 없다고 생각했지만 사실 이 그림은 세계적으로 유명한 그림의 아주 값비싼 복사본이었다. 아름다운 그림을 좋아하는 에이미는 그림 속의 아름답고 성스러운 얼굴을 올려다보는 일이 단 한 순간도 지겹지 않았다. 그림을 보는 동안 마음속에는 여러 생각이 복잡하게 지나갔다. 에이미는 탁자 위에 작은 성경책과 찬송가책을 하나씩 두고 로리가 가져다주는 제일 좋은 꽃을 가득 담은 꽃병을 놓았다. 매일 와서 혼자 앉아 좋은 생각을 하고 베스 언니를 지켜 달라고 하느님께 기도했다. 에스터는 에이미에게 까만색 구슬에 은 십자가가 달린 묵주를 주었다. 하지만 에이미는 개신교 기도에 어울리지 않는다는 느낌이 들어서 그 묵주를 사용하지 않고 그냥 걸어 두었다.

이 꼬마 아가씨는 이 모든 일을 열심히 했다. 집이라는 안전한 둥지에서 혼자 떨어져 나와 있다고 생각하니 자신을 이끌어 줄 자상한 사람이 간절히 그리웠다. 그래서 본능적으로 아버지와 같은 사랑으로 어린 자녀를 감싸 주는 강하고 다정한 하느님을 찾게 되었다. 에이미는 자신을 이해해 주고 이끌어 줄 엄마가 그리웠지만 어디서 그 도움을 얻을 수 있는지 배우고 나서는 옳은 길을 찾으려 애쓰고 그 길을 자신 있게 걸어갔다. 물론 에이미는 아직 어린 순례자였기 때문에 짊어진 짐이 너무 무겁게만 느껴졌다. 그렇지만 봐 주는 이도 없고 칭찬하는 이도 없는데도 근심을 잊고 즐겁게 지내고 옳은 일을 하는 것에 만족하려고 애썼다.

착한 사람이 되려는 첫 번째 노력으로 에이미는 마치 할머니가 한 것처럼 유언장을 만들기로 결심했다. 자신이 아파서 죽게 되면 가진 물건을 공평하고 너그럽게 나눠 주기로 했다. 자신의 눈에는 마치 할머니의 보석만큼이나 소중한 보물들을 남에게 준다는 생각만 해도 에이미는 마음이 아파 왔다.

어느 날 쉬는 시간에 에이미는 법적 용어에 대해 에스터의 도움을 받으면서 힘이 닿는 대로 중요한 유언장을 작성했다. 착한 프랑스 여성 에스터가 증인으로 유언장에 서명을 마치자 에이미는 마음이 놓였고, 곧 두 번째 증인으로 선택한 로리에게 서명을 받으려고 유언장을 놓아두었다.

그날은 비가 와서 에이미는 폴리를 친구로 데리고 커다란 방들 중 하나에 들어가 놀기로 했다. 이 방에는 고풍스러운 드레스들이 가득 든 옷장이 있었다. 에스터한테 이 옷들을 입으며 놀아도 된다고 허락을 받은 뒤로 에이미는 색 바랜 비단옷들을 몸에 두르고 긴 거울 앞에서 왔다 갔다 하며 놀았다. 우아하게 걷다 보면 긴 드레스 자락이 바닥에 쓸려 사락거리는 소리에 기분이 좋아졌다. 이날은 옷을 갈아입고 노는 데에 정신이 팔려서 로리가 종을 울리는 소리를 못 들었다. 로리가 몰래 숨어서 지켜보는 것도 모른 채 진지한 얼굴로 앞뒤로 걸어 다니고, 부채로 얼굴을 부치고, 파란 비단 드레스와 노란 퀼트 페티코트에 어울리지 않는 분홍색 터번을 쓴 채 고개를 뒤로 젖히며 거울을 봤다. 하이힐을 신었기 때문에 걸음걸이는 조심스러웠다. 나중에 로리는 이날에 대해 조에게 말하길, 에이미가 화려한 옷을 입고 부자연스럽게 종종걸음 치는 모습과 에이미 뒤에서 에이미 흉내를 내며 고개를 까딱거리는 폴리의 모습이 아주 우스꽝스러웠다고 했다. 폴리는 에이미를 흉내 내다 가끔은 멈춰 서서 이렇게 소리쳤다. "우리 멋지지? 저리 가 괴물아! 말조심해! 그대여, 나한테 뽀뽀해. 하하!"

로리는 여왕 놀이를 하는 에이미를 방해할까 봐 웃음이 터지려는 걸 간신히 참고 방문을 두드렸다. 에이미는 우아하게 로리를 맞이했다.

"앉아 있어. 나 이것들 치울게. 아주 진지하게 상담할 게 있어." 에이미는 화려한 옷들과 장신구들을 보여 주고 폴리를 구석에 데려다 놓으며 말했다. "저 새는 진짜 골칫거리야." 에이미가 계속 중얼거리면서 머리 위에 산처럼 솟아 있는 터번을 벗었다. 그사이 로리는 의자 등받이가 앞으로 오도록 양다리를 벌려 거꾸로 앉았다.

"어제, 할머니가 잠드시고 나서 내가 생쥐처럼 조용히 있으려고 하는데 폴리가 새장 속에서 꽥꽥 소리 지르고 날개를 퍼덕이면서 난리를 치잖아. 그래서 꺼내 주려고 가 보니까 새장 안에 커다란 거미가 있는 거야. 내가 거미를 새장 밖으로 밀어내니까 그 거미가 책꽂이 밑으로 달아났어. 폴리는 곧장 거미를 쫓아가서 몸을 굽혀 책꽂이 아래를 들여다보더니, 눈을 치켜뜨고서 우스꽝스러운 목소리로 '나랑 산책 가자'라고 하는 거야. 내가 웃음을 터뜨리니까 폴리가 욕을 하고 그 바람에 할머니가 잠을 깨서 우리 둘 다 혼났어."

"그 거미는 친구의 초대를 받아들였어?" 로리가 하품을 하며 물었다.

"응, 거미가 밖으로 나오니까 폴리가 겁을 먹고 도망쳤어. 내가 거미 잡으러 쫓아가는 사이에 폴리는 '저거 잡아, 저거 잡아, 저거 잡아!'라고 소리치면서 할머니 의자로 기어 올라갔어."

"거짓말! 하느님 맙소사!" 앵무새가 소리를 지르며 로리의 구두코를 쪼았다.

"네가 내 거였으면 네 목을 비틀었을 거야, 이 말썽꾸러기야."

로리가 소리치며 앵무새를 향해 주먹을 휘둘렀다. 그러자 폴리는 고개를 옆으로 홱 숙이며 낮은 소리로 꽥꽥거렸다. "할렐루야! 단추에 축복을!"

"다 됐어." 에이미가 옷장을 닫고 호주머니에서 종이 한 장을 꺼내며 말했다. "부탁인데 이것 좀 읽어 봐. 그리고 법적으로 올바른지 알려 줘. 인생은 어떻게 될지 모르는데 내 무덤 앞에서 기분 나빠 하는 사람이 있는 게 싫어서 이걸 꼭 하고 싶었어."

로리는 수심 어린 얼굴로 말하는 에이미한테서 살짝 고개를 돌린 채 웃음을 참느라 입술을 깨물었다. 그리고 철자를 조심히 살피며 진지하게 문서를 읽었다.

나의 마지막 유언장과 증언

나 에이미 커티스 마치는 온전한 정신으로 나의 모든 이승의 재산을 무려준다('물려준다'를 잘못 쓴 것 – 옮긴이). 즉, 다시 말해, 정확히 말하자면 다음과 같다.

아빠에게는, 내 가장 소중한 그림들, 스케치들, 지도들, 예술 작품들을 액자와 함께 드립니다. 그리고 내 100달러도 드리니 마음대로 쓰세요.

엄마에게는 호주머니 있는 파란색 앞치마를 빼고 내 옷 전부를 드립니다. 그리고 애정을 듬뿍 담아 내 사랑과 메달을 드립니다.

사랑하는 마거릿 언니에게는 터키석 반지(만약 내가 물려받게 된다면)를 주고, 비둘기 장식이 있는 초록색 상자와 언니 목에 두를 수 있는 진짜 레이스, 그리고 언니의 '작은 소녀'를 기억할 수 있도록 언니를 그린 내 스케치를 물려주겠습니다.

조 언니에게는 봉랍으로 수선한 브로치와 내 청동 잉크스탠드(뚜껑은 언니가 잃어버렸습니다), 그리고 내가 조 언니의 원고를 불태워 버렸기 때문에 미안해서 가장 소중하게 여기는 토끼 석고상을 물려주겠습니다.

베스 언니(만약 언니가 나보다 더 오래 산다면)에게는 내 인형들과 작은 책상, 부채, 린넨 칼라, 그리고 언니 몸이 나은 뒤에 살이 빠져 신을 수 있다면 새 슬리퍼를 물려주겠습니다. 그리고 낡은 조애너를 놀린 것에 대해 후회한다는 말을 남기겠습니다.

친구이자 이웃인 테오도어 로렌스에게는 종이 서류 가방과 로리가 목이 없다고 타박했던 진흙 말을 물려주겠습니다. 고통의 시간에 베풀어 준 큰 친절에 대한 보답으로 내 예술 작품 중 마음에 드는 것을 하나 주겠습니다. 노트르담이 최고입니다.

존경하는 후원자인 로렌스 씨에게는 뚜껑에 거울이 달린 자주색 상자를 드립니다. 이 상자는 로렌스 씨의 펜을 보관하기에 좋을 것입니다. 세상을 떠난 소녀가 그분이 소녀의 가족에게, 그중에서도 특히 베스 언니에게 베풀어 준 은혜에 감사한다는 것을 기억나게 해 줄 거예요.

내가 제일 좋아하는 친구 키티 브라이언트에게는 파란색 실크 앞치마와 금구슬 반지, 그리고 입맞춤을 주고 싶습니다.

헤너에게는 평소에 갖고 싶어 하던 내 판지 상자와 '볼 때마다 나를 기억해 주기를 바라는 마음'에서 내가 만든 패치워크를 모두 남깁니다.

내가 가장 아끼는 물건들을 모두 나눠 주었으니 모두 다 만족하고 죽은 자를 비난하지 말기를 바랍니다. 나는 모두를 용서하며 우리 모두 천사의 낭팔(나팔을 잘못 쓴 것 – 옮긴이) 소리가 들릴 때 함께 만날 거라고 믿습니다. 아멘.

이 유언장과 증언에 내 손을 얹고 기원하(기원후를 잘못 쓴 것 – 옮긴이) 1861년 11월 20일에 봉인합니다.

에이미 커티스 마치

증인: 에스텔 발노르, 테오도어 로렌스

이름은 연필로 쓰여 있었는데, 에이미는 로리에게 그 위에 잉크로 다시 쓰고 봉인하면 된다고 설명했다.

"누가 이런 생각을 네 머릿속에 집어넣은 거니? 베스가 자기 물건을 남들에게 준 걸 누가 너한테 이야기했어?" 로리가 심각하게 물었다. 에이미는 빨간 테이프와 봉인용 밀랍, 가는 양초, 그리고 잉크스탠드를 꺼내 놓고 있었다.

에이미는 로리의 질문에 설명을 하고서 걱정스럽게 물었다. "좀 전에 베스 언니에 대해서 한 말은 뭐야?"

"그 이야기 해서 미안해. 어차피 말 꺼냈으니까 제대로 알려 줄게. 베스가 굉장히 아픈 날이었나 봐. 조한테 자기 피아노는 메그 누나한테 주고, 새는 너한테 주고, 가엾은 낡은 인형은 자신을 대신해서 아껴 줄 조에게 주고 싶다고 했대. 그리고 줄 것이 너무 적어서 미안하다면서 나머지 사람들에게는 머리카락을

한 줌씩 주고, 가장 큰 사랑을 할아버지한테 남기겠다고 했대. 하지만 베스도 유언장 생각은 안 했어."

그렇게 말하면서 로리는 서명을 하고 유언장을 봉인했는데, 굵은 눈물방울이 유언장 위에 뚝 떨어졌다. 고개를 드니 에이미의 얼굴에 근심이 가득했다. 에이미는 이 말밖에 못 했다. "유언장에도 가끔은 추신 같은 거 쓰겠지."

"응, 그건 '유언 보충서'라고 불러."

"그럼 나도 그거 하나 쓸래⋯⋯. 내 곱슬머리를 모두 잘라서 친구들한테 주고 싶어. 그걸 잊어버렸어. 그렇게 하고 싶어. 내 모습이 흉해지긴 하겠지만."

로리는 에이미의 마지막이자 가장 큰 희생에 미소 지으며 이 꼬마 아가씨의 말을 유언장에 추가했다. 그런 다음 한 시간 동안 에이미와 놀아 주면서 꼬마 아가씨가 겪는 시련에 큰 관심을 보였다. 로리가 집에 돌아가려고 하자 에이미가 그를 붙잡더니 떨리는 입술로 속삭였다. "베스 언니 정말 위험해?"

"그런 것 같아. 하지만 우리는 최선의 상황을 기대해야 돼. 그러니까 울지 마." 로리는 오빠처럼 한 팔로 에이미를 감싸 안았고 그 손길에 에이미는 마음이 많이 안정되었다.

로리가 떠나자 에이미는 자신의 작은 기도실로 가서 석양빛 속에 앉아 베스를 위해 기도했다. 눈물이 줄줄 흐르고 마음이 아팠다. 상냥한 막내 언니를 잃는다면 터키석 반지를 백만 개 받아도 위로가 되지 않을 것 같았다.

20

❧❧❧ ✦ ❦❦❦

일급비밀

내가 엄마와 딸들의 재회에 대해서 어떻게 이야기를 해야 할지, 너무 아름다운 시간이었지만 묘사하기가 어려워서 독자들의 상상에 맡기려고 한다. 다만 그들의 집이 진심 어린 행복으로 가득했고, 메그의 애정 어린 소망이 이루어졌다고만 이야기하겠다. 메그의 소원대로, 길고 긴 치유의 잠에서 깨어난 베스가 제일 먼저 본 것은 작은 장미와 엄마의 얼굴이었다. 무언가에 궁금증을 가질 정도의 기운도 없었기 때문에 베스는 그저 미소만 지으며 자신을 안아 주는 엄마의 품에 기대어, 그토록 애타게 기다리던 엄마의 사랑을 마음껏 느꼈다. 그러고서 다시 잠이 들었는데, 엄마가 셋째 딸이 잠든 후에도 계속 안고 있었기 때문에 두 언니는 엄마를 기다려야 했다. 헤너는 반가운 마음을 달리 표현할 길이 없어서 먼 길을 온 마치 부인에게 한 그릇 가득 아침 식사를 차려 주었다. 메그와 조는 효성 깊은 어린 황새들처럼 엄마에게 식사를 권하면서 어머니의 이야기에 귀를 기울였다. 아빠의 상태에 대한 이야기, 그리고 브룩 선생이 아빠 곁에 남아서 간호하겠다고 약속했다는 것, 집으로 돌아오는 중에 폭풍을 만나 시간이 지체되었고, 기차역에 도착해서 만난 로리의 희망적인 얼굴이 말할 수 없는 위안이 되어 피로와 불안과 추위를 씻어 주었다는 등의 이야기를 엄마는 작은 소리로 속삭였다.

낯설지만 얼마나 즐거운 날이었는지! 집 밖은 마치 온 세상 사람들이 밖으로 나와 첫눈을 맞이하는 것처럼 밝고 떠들썩한데, 집 안은 조용하고 평온했다. 환자를 지켜보며 간호하느라 지쳐 모두 잠이 들었고 안식일의 고요함이 집 안에 가득했다. 헤너도 꾸벅꾸벅 졸며 현관 앞을 지키고 있었다. 무거운 짐을 벗은 행복함에 메그와 조는 지친 눈을 감았다. 폭풍을 이겨 내고 조용한 항구에 정박한 배처럼 누워서 편히 쉬었다. 마치 부인은 베스 곁을 떠나지 않고 커다란 의자에 앉아 쉬었다. 그러면서 수시로 눈을 떠 잃어버렸던 보물을 되찾은 구두쇠처럼 셋째 딸을 살피고, 쓰다듬고, 품에 안았다.

그사이 로리는 에이미를 위로하기 위해 달려가 모든 이야기를 해 주었다. 어찌나 얘기를 잘 했는지 마치 할머니가 '내 그럴 줄 알았다'라는 말은 안 하고 콧방귀만 몇 번 뀔 정도였다. 작은 기도실의 효과가 결실을 맺었는지 에이미는 예전보다 의연하게 잘 견디고 있었다. 꼬마 아가씨는 얼른 눈물을 닦으며 당장이라도 달려가 어머니를 보고 싶은 마음을 꾹 참았다. 터키석 반지는 생각도 나지 않았다. 마치 할머니도 에이미가 '훌륭한 작은 아씨'처럼 행동했다는 로리의 의견에 진심으로 동의했다. 심지어는 폴리도 감명을 받았는지 에이미를 '착한 아이'라고 부르며 축복한다고 말하고 애정을 듬뿍 담은 목소리로 '나가서 산책하자'고 졸랐다. 다른 날 같으면 에이미도 밝은 겨울 날씨를 즐기러 나가고 싶었을 것이다. 하지만 로리가 피곤함을 숨기려고 애쓰는데도 밀려오는 졸음에 꾸벅꾸벅 조는 모습을 본 에이미는 그에게 소파에서 쉬라고 하고서 어머니에게 편지를 썼다. 한참 동안 편지를 쓰고 돌아와 보니 로리는 두 팔을 머리 밑에 받치고 다리를 쭉 편 채 자고 있었고, 마치 할머니는 커튼을 닫고서 평소와 달리 인자하게 앉아 있었다.

어느 정도 시간이 흐르자 두 사람은 밤이 될 때까지 로리가 깨지 않을 거라는 생각이 들기 시작했다. 에이미가 엄마를 보고 기뻐서 소리 지르지 않았다면 로리는 밤이 되도록 깨지 않았을 것이다. 그날 도시 안과 근교에 행복한 소녀들이 많았겠지만, 엄마의 무릎에 앉아 따뜻하게 미소 지으며, 또 사랑을 듬뿍 담아 다독이는 엄마의 손길에 위로받으며 자신이 겪은 힘든 일들을 이야기하던 에이미가 가장 행복한 소녀였을 것이다. 단둘이 에이미의 작은 기도실에 갔을 때 엄마는 기도실의 용도에 대해 설명을 듣고서 반대하지 않았다.

"이곳이 아주 마음에 드는구나." 마치 부인은 윤기 잃은 묵주부터 손때가 묻어 낡은 성경 그리고 상록수 잎으로 장식한 아름다운 그림까지 살펴보며 말했다. "화나거나 슬픈 일이 있을 때 조용히 있을 곳을 마련한다는 건 참 멋진 생각이야. 우리의 인생에는 힘든 일이 참 많단다. 그렇지만 옳은 방법으로 도움을 구하면 얼마든지 그 어려움을 이겨 낼 수 있어. 우리 꼬마 아가씨가 그걸 배운 것 같은데?"

"맞아요, 엄마. 그리고 나, 집에 돌아가면 큰 옷방 한쪽에 내 책들을 두고 내가 그리고 있는 저 그림 복사본을 걸어 둘 거예요. 성모 마리아의 얼굴을 아름답게 그리지는 못했어요. 너무 아름다워서 똑같이 그릴 수가 없었어요. 하지만 아기 예수는 잘 그려서 마음에 들어요. 예수님도 한때는 아기였다고 생각하니까 예수님과 가깝게 느껴져서 도움이 돼요."

에이미는 아기 예수가 성모 마리아의 무릎에 앉아 미소 짓는 그림을 가리켰다. 그런 에이미를 바라보던 마치 부인은 들어 올린 딸의 손을 보고 미소를 지었다. 어머니가 아무 말도 안 했지만 에이미는 어머니가 미소 짓는 이유를 이해했고, 잠시 가만히 있다가 심각하게 말을 이었다.

"이것에 대해서 말씀드리고 싶었는데 까먹었어요. 할머니가 오늘 반지를 주셨어요. 저를 불러 입을 맞추시고는 손가락에 반지를 끼워 주시면서 제가 자랑거리이고 늘 가까이 두고 싶다고 하셨어요. 할머니가 이 터키석 반지가 제 손에 너무 크다고, 빠지지 않게 이 괴상하게 생긴 반지를 터키석 반지 위쪽에 끼라고 같이 주셨어요. 이 반지 끼고 싶어요. 어머니, 그래도 돼요?"

"정말 예쁘구나. 하지만 에이미, 내 생각에는 이런 장신구를 하기에 넌 아직 어려." 마치 부인은 반지를 낀 통통하고 작은 손을 보며 말했다. 에이미는 하늘색 보석들이 박힌 반지와 작은 황금 손 두 개가 서로 깍지 낀 모양을 한 괴상한 반지를 검지에 끼고 있었다.

"자랑하지 않도록 노력할게요." 에이미가 말했다. "무조건 예뻐서 이 반지를 좋아하는 게 아니에요. 이야기에 나오는 소녀가 어떤 교훈을 잊지 않으려고 팔찌를 차는 것처럼 저도 뭔가를 기억하기 위해서 이 반지를 끼고 싶어요."

"마치 할머니를 말하는 거니?" 어머니가 웃으며 물었다.

"아니에요. 이기적으로 굴지 말아야 한다는 걸 기억하고 싶어서예요." 에이미가 너무 진실하고 간절한 얼굴로 말해서 어머니는 웃음을 멈추고 꼬마 아가씨의 계획을 진지하게 경청했다.

"요즘에 '내가 한 수많은 말썽'들에 대해서 생각했는데, 그중에서 이기적인 태도가 제일 많았어요. 그래서 할 수 있다면 그 점을 고치려고 노력하고 있어요. 베스 언니는 이기적이지 않죠. 그래서 모두들 언니를 좋아하고 언니를 잃는다는 생각에 슬퍼한 거예요. 만약 내가 아프다면 사람들은 언니한테 느낀 슬픔의 절반도 안 느낄 거고, 저는 그런 대접을 받는 게 당연해요. 하지만 저도 많은 친구들한테 사랑받고 싶고 제가 없어진다면 많은 친구들이 슬퍼해 주면 좋겠어요. 그래서 베스 언니처럼 되려고 할 수 있는 한 노력하고 있어요. 저는 결심을 자주 잊어버리는 편이에요. 그런데 결심을 기억나게 해 주는 것을 항상 가지고 다닌다면 더 잘하게 될 거 같아요. 그렇게 해도 돼요?"

"그래. 하지만 나는 큰 옷방 안의 기도실에 더 믿음이 가는구나. 그 반지는 그대로 끼렴. 그리고 최선을 다하렴. 나는 네가 잘 해낼 거라고 생각해. 좋은 사람이 되고자 하는 마음을 먹는다는 게 벌써 전투에서 반은 이긴 거나 다름없기 때문이지. 자, 그럼 난 이제 다시 베스에게 가봐야겠구나. 계속 노력하렴, 아가. 우리가 곧 너를 집으로 데리고 가마."

그날 저녁, 메그가 엄마의 무사 귀환에 대해 아빠에게 편지를 쓰는 사이 조는 몰래 위층으로 올라가 베스의 방으로 들어갔다. 그리고 늘 있던 자리에 있는 엄마를 보자, 손가락으로 머리카락을 비비 꼬며 결정을 못 하겠다는 얼굴로 걱정스러운 듯 그 자리에 섰다.

"무슨 일이니, 아가?" 마치 부인이 무슨 이야기든 들어 줄 듯 믿음이 가는 얼굴로 손을 내밀며 물었다.

"드릴 말씀이 있어요, 어머니."

"메그에 대한 거냐?"

"정말 눈치도 빠르시다니까! 맞아요. 언니에 대한 거예요. 별거 아닌데 그냥 신경이 쓰여요."

"베스는 잠들었다. 목소리 낮춰서 이야기해 보렴. 모팻 씨네 아들은 여기 안 왔겠지?" 부인이 예리하게 물었다.

"절대 안 왔어요. 만약 그 사람이 왔다면 제가 면전에서 문을 쾅 닫아 버렸을걸요." 어머니 발치 바닥에 앉으며 조가 말했다. "지난여름에 메그 언니가 로렌스 씨 저택에 장갑 한 켤레를 놓고 왔는데 그중 한 짝만 돌아왔잖아요. 그러고서 우리 모두 그 일을 잊고 있었는데, 테디가 그러는데 브룩 씨가 나머지 장갑 한 짝을 가지고 있대요. 그 사람이 조끼 호주머니에 장갑을 넣어 뒀는데 한번은 그 장갑이 밖으로 나왔대요. 그래서 테디가 그걸 가지고 놀리니까 브룩 씨가 메그 언니를 좋아한다고 인정했는데, 언니가 너무 어리고 자신은 너무 가난해서 함부로 말할 수 없다고 했대요. 이거 정말 '끔찍한' 상황 아니에요?"

"메그도 그 사람한테 관심 있다고 생각하니?" 마치 부인이 걱정 어린 얼굴로 물었다.

"어휴! 전 사랑 같은 헛소리에 대해서는 아무것도 모르거든요!" 조가 관심과 경멸이 뒤섞인 웃긴 표정을 하면서 소리쳤다. "소설에서는 여자들이 사랑을 하면 깜짝 놀라고 얼굴이 빨개지고, 기절하고, 바싹 마르고, 바보처럼 굴어요. 메그 언니는 그런 행동은 안 해요. 이성적인 존재답게 잘 먹고 잘 마시고 잘 자요. 언니는 내가 그 남자 이야기를 하면 내 얼굴을 똑바로 봐요. 그리고 테디가 연인들에 대해 농담을 할 때만 살짝 얼굴이 빨개져요. 내가 테디한테 그런 소리 하지 말라고 하는데 걔는 내 말에 신경도 안 써요."

"그럼 너는 메그가 존에게 관심 없다고 생각하니?"

"누구요?" 조가 엄마를 노려보며 소리쳤다. "브룩 씨 말이다. 이제는 그 사람을 '존'이라고 부른단다. 병원에서 그렇게 부르기로 했는데 그 사람도 좋다고 하더구나."

"말도 안 돼! 엄마도 그 사람 좋아할 줄 알았어요. 그 사람이 아빠한테 잘 해 주니까 엄마도 그 사람을 멀리하지 않을 거고, 그래서 메그 언니가 원하면 그 사람하고 결혼하게 허락하겠죠. 못된 사람이야! 아빠한테 잘하고 엄마한테 굽실거리면서 자기를 좋아하게 만들었잖아요." 조는 화가 나서 다시 한 번 머리카락을 잡아당겼다.

"애야, 화내지 마라. 어쩌다 그렇게 됐는지 내가 설명해 주마. 존은 로렌스 씨의 요청으로 나를 데려다줬고, 가엾은 네 아버지께 헌신적으로 해 주었기 때문에 좋아하지 않을 수가 없었단다. 그 사람은 메그를 사랑한다고 솔직하게 말했고 고결한 생각을 갖고 있더구나. 메그를 사랑하지만 안락한 집을 마련하고 난 다음에 청혼할 거라고 했어. 그저 메그를 사랑하고, 메그를 위해 일하고, 메그에게 사랑받을 수 있도록 허락해 달라고 하더구나. 그 사람 정말 훌륭한 젊은이이기 때문에 그의 말을 듣지 않을 이유가 없었단다. 하지만 이렇게 어린 나이에 약혼하는 것에 대해서는 허락하고 싶지 않구나."

"당연히 안 되죠. 그건 바보 같은 짓이에요! 그런 나쁜 마음을 품고 있을 줄 알았어. 느낌이 왔다고요. 제가 상상한 것보다 더 나빠요. 생각 같아서는 제가 메그 언니하고 결혼해서 우리 집에서 안전하게 보호하고 싶어요."

말도 안 되는 조의 생각에 마치 부인은 미소를 지었지만 이내 진지한 목소리로 말했다. "조, 나는 너를 믿고 다 이야기한 거야. 메그한테는 아직 아무 말도 하지 말아 주면 좋겠다. 존이 돌아오고 두 사람이 함께 있는 모습을 보고 나면 그 사람에 대한 메그의 마음을 제대로 판단할 수 있을 것 같으니까 말이야."

"언니는 언니가 늘 말하는 그 사람의 잘생긴 눈을 볼 거고, 그리고 결정하겠죠. 언니는 마음이 약해서 누구든 감상적으로 자길 바라보기만 해도 태양 아래 버터처럼 마음이 녹아 버릴 거예요. 언니는 어머니 편지보다 그 사람이 보내는 짧은 보고서를 더 자주 읽었어요. 제가 그런 사실을 말하면 저를 꼬집었어요. 갈색 눈을 좋아하고, 존이라는 이름도 괴상하다고 생각하지 않을 테니 언니는 분명 사랑에 빠질 거예요. 그럼 우리가 함께하던 평화도 즐거움도, 아늑한 시간도 모두 끝이에요. 분명히 그럴 거예요! 둘이 같이 집 안을 돌아다닐 테고 그러면 우리는 자리를 피해 줘야 되겠죠. 메그 언니는 그 사람한테 완전히 빠져서 저한테는 더 이상 잘 해 주지 않을 거예요. 브룩 씨는 어떻게든 재산을 모으면 언니를 빼앗아 갈 테고, 우리 집에 구멍을 내놓을 거예요. 저는 가슴이 찢어질 거고, 모든 게 얼어붙을 거예요. 아, 어떡해요! 우리가 왜 남자로 안 태어났을까요? 그랬다면 이런 일로 신경 안 써도 되는데!"

조가 절망에 빠진 듯 어머니의 무릎에 턱을 괴고 존이 눈앞에 있기라도 한 것처럼 주먹을 휘둘렀다. 마치 부인이 한숨을 내쉬자 조는 안심한 얼굴로 엄마를 쳐다보았다.

"엄마도 싫죠? 다행이다. 그 사람은 자기 일 하라고 보내 버리고 메그 언니한테는 이런 이야기 한 마디도 하지 말아요. 그러면 예전처럼 우리 다 즐겁게 지낼 수 있어요."

"괜히 한숨을 쉬었구나, 조. 때가 되면 너희 모두 각자의 가정을 꾸리는 게 자연스럽고 옳은 일이야. 난 내 딸들을 가능한 한 오래 내 곁에 두고 싶단다. 메그는 이제 겨우 열일곱 살인데 이런 일이 이렇게 빨리 일어난 게 안타까워. 존이 메그와 가정을 꾸릴 수 있을 때까지는 아직도 시간이 많이 남아 있단다. 너희 아버지와 나는 네 언니가 스무 살이 되기 전까지는 결혼은 물론이고 그 어떤 구속도 받지 않게 하자는 데 동의했어. 만약 메그와 존이 서로를 사랑한다면 두 사람은 그때까지 기다릴 수 있을 테고 그렇게 함으로써 서로에 대한 사랑을 시험할 수도 있을 거야. 메그는 성실한 아이니까 그 아이가 존을 불친절하게 대할 거라는 걱정은 안 해. 사랑스럽고 마음이 착한 내 딸! 메그가 행복해지기를 바란다."

"언니를 부자하고 결혼시켜야 하는 거 아니에요?" 마지막 말을 할 때 엄마 목소리가 자신을 잃은 듯 살짝 흔들리자 조가 물었다.

"돈이 귀하고 쓸모 있는 건 사실이야, 조. 나도 내 딸들이 너무도 절박하게 돈을 필요로 하지도 않고 그렇다고 해서 돈에 너무 큰 유혹을 느끼지도 않으면서 살기를 바란단다. 존이 어떤 일을 하든 잘 풀려서 확고하게 기반을 다졌으면 좋겠어. 빚을 지지 않고 살 수 있을 만큼의 수입이 있으면 메그도 편히 살 수 있을 거야. 엄청난 재산이나 상류층의 지위를 가진 남자를 바라지 않고, 내 딸들을 대단한 사람으로 만들어 주기를 바라지도 않아. 지위와 돈뿐만 아니라 사랑과 미덕까지 겸비한 남자가 있다면 고맙게 받아들이고 너희가 누리게 된 행운에 감사할 거야. 하지만 내 경험으로 보자면, 그날그날 먹을 것을 벌고 작은 기쁨에도 즐거워할 수 있는, 약간의 궁핍이 있는 작고 소박한 집에서도 진정한 행복을 누릴 수 있단다. 나는 메그가 겸손해지고 있어서 기뻐. 만약 내가 착각한 것이 아니라면, 메그는 분명히 좋은 남자의 마음을 얻게 될 거야. 그건 재물을 얻는 것보다 훨씬 더 좋은 일이란다."

"엄마 말씀은 이해해요. 그리고 저도 동의해요. 하지만 메그 언니한테 실망했어요. 언니를 테디하고 결혼시켜서 평생 부유하게 살게 만들 계획이었단 말이에요. 그게 더 낫지 않아요?" 조가 조금 전보다 밝아진 얼굴로 올려다보며 물었다.

"너도 알다시피 그 아이는 메그보다 어리잖니." 마치 부인이 말을 시작하는데 조가 끼어들었다.

"어, 그런 건 상관없어요. 걔는 나이에 비해 늙어 보이고 키도

커요. 그리고 마음만 먹으면 어른처럼 행동할 줄도 알아요. 그리고 부자고, 마음도 착하고, 우리를 다 좋아하잖아요. 내 계획이 깨져서 속상해요."

"내가 보기에는 로리가 메그한테 어울릴 만큼 철이 든 것 같지 않구나. 그 누가 의지하기에는 마음이 진중하지 못해. 조, 그런 계획은 세우지 마. 시간과 각자의 마음이 이끄는 대로 기다리렴. 그런 문제에 함부로 간섭해서는 안 돼. 네가 '낭만적인 헛소리'라고 부르는 일에는 끼어들지 않는 게 좋아. 안 그러면 우정을 망칠 수도 있어."

"안 그럴게요. 그렇지만 여기 좀 잡아당기고 저기 좀 자르면 쫙 펴질 것 같은데 모든 일이 어긋나고 꼬이는 게 싫어요. 머리 위에 다리미를 얹어서 자라지 못하게 만들면 좋겠어요. 그래도 장미 봉오리는 꽃을 피우고, 새끼 고양이는 어미 고양이가 되고…… 아, 너무 불행해!"

"다리미하고 고양이가 뭘 어쨌는데?" 메그가 다 쓴 편지를 손에 들고 살그머니 방에 들어와 물었다.

"내가 쓴 웃긴 이야기야. 난 그만 자러 갈래. 가자, 언니." 움직이는 퍼즐처럼 몸을 펴며 조가 말했다.

"맞아. 아름답게 잘 썼어. 존에게 내 사랑을 보낸다고 덧붙여 주렴." 마치 부인은 메그가 건넨 편지를 살펴보고 나서 돌려주며 말했다.

"그 사람을 '존'이라고 부르세요?" 메그가 순진한 눈으로 엄마를 내려다보며 물었다.

"응. 아들처럼 우리를 따라서 우리도 그 사람이 아주 좋아졌단다."

"잘됐네요. 그 사람 아주 외로운데. 안녕히 주무세요, 엄마. 엄마가 돌아오셔서 말로 다 표현 못 할 만큼 마음이 편해요." 메그가 조용히 말했다.

마치 부인은 큰딸에게 아주 다정하게 입을 맞췄다. 메그가 떠나자 부인은 다행이다 싶으면서도 아쉬운 듯 말했다.

"저 아이가 아직은 존을 사랑하지 않지만 머지않아 그렇게 될 거야."

21

·》》· ·《《·

로리의 장난과 조의 화해

다음 날, 조는 비밀을 가지고 있는 게 힘들고 버거웠다, 비밀을 가지고 있는 걸 들키지 않고 심각하지 않은 척하는 것도 쉽지 않았다. 메그는 조의 얼굴이 평소와 다르다는 걸 알아차렸지만 굳이 물어보지는 않았다. 조를 다루는 가장 좋은 방법은 반대로 행동하는 거라는 걸 경험을 통해 알고 있기 때문이다. 아무것도 묻지 않으면 조가 알아서 이야기해 줄 거라고 믿었다. 그런데 조가 계속 말을 하지 않자 메그는 뜻밖이라 좀 놀랐다. 조가 깔보는 듯한 태도를 보이자 기분이 나빠진 메그는 앙갚음을 하려고 짐짓 위엄 있는 태도로 말을 아끼며 엄마하고만 있었다.

마치 부인이 베스 간호를 맡으면서, 조는 오랫동안 못 쉬고 밖에 나가지도 못하고 놀지도 못한 것을 보상받을 여유가 생겼다. 에이미가 마치 할머니 댁에 가고 없으니 같이 놀 만한 상대는 로리뿐이었다. 원래는 로리와 함께 있는 걸 좋아하지만 지금은 만나는 게 두려웠다. 로리는 감당하기 힘들 정도로 장난을 치는데, 그러다 비밀을 들킬까 봐 겁이 났기 때문이다.

조의 생각이 맞았다. 장난을 좋아하는 이 소년은 조가 비밀을 감추고 있다는 걸 금방 알아차리고는 그 비밀을 알아내려고 조를 괴롭히기 시작했다. 듣기 좋은 말로 살살 구슬리고, 뇌물을 주고, 놀리고, 협박하고, 야단치기까지 했다. 조가 자기도 모르게 비밀을 털어놓도록 일부러 무관심한 척하기도 하고, 자기는 다 알고 있으니까 관심 없다고 말하기도 했다. 그러다 결국에는 진득하게 기다린 끝에, 그 비밀이 메그와 브룩 선생님에 관한 것이라는 확신을 얻었다. 로리는 자신의 개인 교사인 브룩 선생님이 자신에게는 비밀을 털어놓지 않았다는 사실에 화가 났고, 머리를 써서 살짝 앙갚음을 하기로 마음먹었다.

그사이 메그는 아버지의 귀환 준비에 바빠 이런 상황을 잊어버렸다. 그런데 갑자기 무슨 변화가 생긴 듯, 이틀간 완전히 딴사람처럼 굴었다. 누가 말을 걸기만 해도 깜짝깜짝 놀라고, 누가 보기만 해도 얼굴이 빨개지고, 말수가 줄어들고, 겁먹고 걱정 가득한 얼굴로 앉아서 바느질을 했다. 어머니가 물으면 괜찮다고만 말했고 조가 물으면 혼자 있게 내버려 두라고 애원했다.

"그걸 느낀 거예요. 사랑 말이에요. 이제 아주 빨리 진행될 거예요. 그 증상들이 다 나타나고 있잖아요. 바들바들 떨다가 짜증 내고, 먹지도 않고, 잠도 못 자고, 구석에 처박혀 있어요. 언니가 '은빛 목소리의 개울(개울은 영어로 brook, 즉 브룩이다 - 옮긴이)'에 대한 노래를 부르는 것도 봤고 어머니처럼 브룩 씨를 '존'이라고 말하고는 양귀비처럼 빨개진 얼굴로 뒤돌아보는 것도 본 적 있단 말이에요. 우리 이제 어떡해요?" 조가 폭력적인 방법을 써서라도 막겠다는 듯한 얼굴로 어머니에게 물었다.

"기다리는 수밖에 없어. 내버려 두렴. 친절하게 기다려 주자. 아버지가 돌아오시면 모든 게 해결될 거야." 어머니가 대답했다.

"언니한테 편지 왔어. 완전히 밀봉됐네. 이상하기도 해라! 테디는 나한테 편지 보낼 때 밀봉 안 하는데." 다음 날 조가 새집 우편함에서 가져온 것들을 나눠 주면서 말했다.

마치 부인과 조가 자신들 일에 빠져 있는데 갑자기 메그 소리가 들려서 고개를 들어 보니, 메그가 겁에 질린 얼굴로 편지를 뚫어지게 보고 있었다.

"애야, 왜 그러니?" 어머니가 큰소리로 물으며 딸에게 달려갔다. 조는 말썽을 일으킨 편지를 메그한테서 빼앗으려고 했다.

"이건 다 실수예요……. 그 사람이 보낸 거 아니란 말이에요……. 아, 조, 너 어떻게 이런 짓을 할 수 있어?" 메그는 두 손에 얼굴을 묻고 가슴이 무너진 것처럼 울음을 터뜨렸다.

"나? 나 아무 짓도 안 했어. 언니 지금 무슨 말 하는 거야?" 조도 당황한 듯 소리쳤다.

메그는 늘 다정하던 눈이 분노로 무섭게 변해서는, 호주머니에서 구겨진 편지를 꺼내 조에게 홱 던지며 비난하듯 말했다.

"이거 네가 쓴 거잖아. 못된 사내아이가 너 도와주고. 어쩜 우리 둘한테 이렇게 무례하고, 심술궂고, 잔인할 수 있어?"

조는 어머니와 함께 이상한 필체로 쓴 편지를 읽느라 메그가 하는 말을 제대로 듣지 못했다.

나의 사랑하는 마거릿……

더 이상 내 열정을 주체할 수 없고 내가 돌아가기 전에 내 운명을 알아야만 하겠습니다. 당신 부모님께는 차마 말하지 못하였으나, 우리가 서로를 사모하는 것을 안다면 두 분도 승낙하실 것입니다. 로렌스 씨께서 제가 좋은 자리를 얻도록 도와주실 테니, 그렇게 되면 나의 사랑스러운 소녀여, 당신을 행복하게 해 줄 수 있을 것입니다. 아직 당신 가족에게는 아무 말도 말아 주기를 간청하지만, 로리를 통해 희망의 말은 전해 주십시오.

그대에게 헌신하는 '존'

"우와, 이 나쁜 녀석! 내가 엄마와의 약속을 지키니까 이런 식으로 복수한다 이거지. 실컷 욕해 준 다음에 여기 데려와서 용서를 빌게 만들 거야." 당장 정의를 실천하겠다고 불같이 화를 내며 조가 소리쳤다. 그런데 마치 부인이 평소답지 않은 얼굴로 조를 말렸다.

"그만해, 조. 우선, 네 자신부터 확실히 하렴. 너 그동안 장난 많이 쳤잖니. 네가 이 일에 관련이 있는 게 아닌지 걱정되는구나."

"맹세하는데요, 엄마, 전 절대 아니에요! 이 편지, 본 적도 없고, 아는 것도 하나도 없어요. 진짜예요!" 조가 너무도 진실되게 말해서 모두 이 아이의 말을 믿었다. "내가 이 일에 조금이라도 관여했다면 이것보다는 훨씬 더 잘 썼을 거예요. 내용도 더 논리적으로 썼을 거라고요. 나라면 브룩 씨가 이따위 편지 쓸 리 없다는 걸 언니가 안다고 생각했을 거라고요." 경멸하듯 편지를 툭 내던지며 조가 말했다.

"그 사람 글씨랑 비슷하단 말이야." 메그가 들고 있던 편지와 조한테 건네받은 편지를 비교하며 떨리는 목소리로 말했다.

"오, 메그, 답장을 하진 않았겠지?" 마치 부인이 빠르게 물었다.

"했어요, 했단 말이에요!" 메그가 수치심에 어쩔 줄을 몰라 다시 두 손으로 얼굴을 가리며 말했다.

"큰일 났네! 내가 그 못된 녀석 데려와서 해명하게 하고 따끔하게 가르칠게요. 그 녀석 붙잡아 오기 전까지는 나 아무것도 못 해." 조가 다시 문으로 향했다.

"쉿! 이건 내가 알아서 처리할게. 내가 생각한 것보다 상황이 더 안 좋구나. 마거릿, 상황을 전부 다 나한테 이야기해라." 마치 부인은 조가 뛰어가지 못하게 꽉 잡은 채로 메그 옆에 앉으며 단호하게 말했다.

"이 첫 번째 편지를 로리가 가져다주었는데 그때는 그 아이가 이 일에 대해 전혀 모르는 것 같았어요." 메그는 얼굴을 들지도 못한 채 말을 시작했다. "처음에는 걱정이 돼서 어머니한테 이야기하려고 했어요. 그러다 어머니가 브룩 씨를 얼마나 좋아하는지 생각나서 제 작은 비밀을 며칠 더 감춘다고 해도 어머니가 화내지는 않으실 거라고 생각했어요. 아무도 이걸 모를 거라고 생각했다니, 제가 어리석었어요. 답장에 무슨 말을 어떻게 해야 할지 고민하는 동안, 책 속의 소녀들이 된 기분이 들었어요. 용서해 주세요, 어머니. 제 어리석음에 대한 대가를 치르는 거예요. 다시는 그 사람 얼굴을 못 볼 것 같아요."

"그 사람한테 뭐라고 답장을 했니?" 마치 부인이 물었다.

"이런 걸 하기에는 아직 너무 어리다고만 했어요. 어머니한테 비밀을 숨기기도 싫다고 했고, 그 사람한테는 아빠께 반드시 말하라고 했어요. 그 사람이 친절을 베풀어 준 건 정말 고맙고 친구로 지낼 수는 있지만 그 이상은 안 된다고, 당분간은 안 될 거라고 했어요."

마치 부인은 아주 만족스러운 듯 미소를 지었고 조는 크게 웃으며 신이 난 듯 박수를 쳤다.

"신중함의 귀감이 되는 캐럴라인 퍼시하고 거의 똑같아! 언니, 그래서 그 사람이 언니 답장에 대해 뭐라고 써 보냈어?"

"오늘 받은 두 번째 편지 내용이 처음 편지와 너무 달랐어. 자기는 연애편지를 쓴 적이 한 번도 없다면서, 내 개구쟁이 동생 조가 우리 이름을 가지고 마음대로 편지를 쓴 것 같아서 안타깝다고 썼어. 아주 친절하고 공손한 편지였지만 너무 창피하고 끔찍해!"

메그는 절망에 빠진 얼굴로 어머니에게 기댔고, 조는 방 안을 쿵쿵 돌아다니며 로리를 욕했다. 그러다 갑자기 딱 멈춰 서더니 편지 두 장을 들어 올려 자세히 들여다보다가 단호하게 말했다. "브룩 씨는 이 편지 두 개 다 몰라. 둘 다 테디가 쓴 게 확실해. 나한테 우쭐대려고 언니 답장을 숨긴 거야. 내가 절대 개한테 비밀을 말하지 않을 거라는 걸 아니깐 복수하려고."

"조, 비밀은 만들지 마. 엄마한테 다 말씀드려. 그래야 곤란한 일을 피할 수 있어. 나도 그랬어야 하는 건데." 메그가 경고하듯 말했다.

"그럼! 엄마도 나한테 그렇게 말씀하셨어."

"그만해라, 조. 내가 메그를 달래 줄 테니까 너는 가서 로리 데려와. 이 일은 내가 직접 처음부터 낱낱이 따져 봐야겠구나. 이런 장난은 즉시 그만두게 해야 돼."

조가 달려가자 마치 부인은 메그에게 브룩의 진심에 대해 조심스럽게 이야기했다. "자, 얘야, 네 진짜 마음은 어떠니? 그 사람이 너를 위해 가정을 꾸릴 수 있을 때까지 기다릴 수 있을 만큼 그 사람을 사랑하니, 아니면 지금은 자유로운 상태로 있기를 원하니?"

"전 너무 무섭고 걱정이 됐어요. 연인이 생기는 일 같은 건 한참 동안은 하고 싶지 않아요…… . 아니 영원히 싫어요." 메그가 화난 듯 말했다. "만약 존이 이런 말도 안 되는 상황에 대해 전혀 모른다면, 그 사람한테 아무 말도 하지 마세요. 조와 로리에게도 이 일에 대해 입 다물라고 하세요. 다시는 이렇게 속고, 괴롭힘 당하고, 놀림 당하고 싶지 않아요…… . 아 너무 창피해요!"

평소에는 순한 메그가 흥분한 데다 이 짓궂은 장난에 자존심을 많이 다친 것을 본 마치 부인은, 이 일에 대해 절대 말하지 않겠으며 미래에 대해 신중하게 생각하겠다고 약속하며 딸을 달랬다. 현관에서 로리 발소리가 들리자마자 메그는 서재로 달아났고 마치 부인 혼자 범인을 맞이했다. 이유를 말해 주면 로리가 오지 않겠다고 할까 봐 조는 왜 오라고 하는지 로리에게 말해 주지 않았다. 하지만 마치 부인의 얼굴을 보는 순간, 자신을 오라고 한 이유를 눈치 챈 로리는 죄책감을 느끼는 듯 모자를 빙빙 돌리며 가만히 서 있었다. 이 모습만으로 로리가 범인임을 확인할 수 있었다. 조는 나가 있으라는 말을 들었지만 죄수가 도망칠까 봐 불안해하는 보초병처럼 현관 앞 복도를 왔다 갔다 했다. 반시간 정도 거실에서 커졌다 작아졌다 하는 목소리가 들렸다. 하지만 그 안에서 정확히 어떤 이야기가 오갔는지 자매들은 알 수가 없었다.

안으로 들어오라는 소리에 거실에 들어가 보니 로리는 뉘우치는 얼굴을 하고 어머니 옆에 서 있었다. 그 모습을 보자마자 조는 로리를 용서했지만, 이런 속마음을 바로 알리지 않는 것이 좋겠다고 판단했다. 메그는 로리의 겸손한 사과를 받아들였다. 그리고 브룩 선생님은 이 장난에 대해 아무것도 모른다고 로리가 확언하자 크게 안심했다.

"내가 죽는 날까지 선생님한테 말 안 할게⋯⋯. 사나운 야생마도 내 안에서 이 일을 끄집어내지는 못할 거야. 나 용서해 줘, 메그 누나. 내가 얼마나 미안해하는지 속속들이 보여 줄 수 있는 일이 있으면 뭐든 다 할게." 자신이 한 짓을 몹시 부끄럽게 여기는 얼굴로 로리가 말했다.

"노력해 볼게. 어쨌든 그건 아주 신사답지 못한 짓이었어. 네가 그렇게 교활하고 심술궂은 줄 몰랐어, 로리." 당황스런 마음을 억누르며 메그는 진지하게 로리의 잘못을 나무랐다.

"정말 끔찍한 짓이야. 한 달 동안 나하고 말 안 하겠다고 해도 나는 할 말이 없어. 하지만 그러지는 않을 거지?" 로리가 애원하듯 두 손을 모으더니 온순하게 뉘우치는 눈빛으로, 설득당할 수밖에 없는 목소리로 말했다. 로리가 이렇게 말하니까 그가 저지른 못된 장난에도 불구하고 차마 얼굴을 찌푸릴 수가 없었다. 메그는 로리를 용서했다. 냉철하게 대처하려 했던 마치 부인 역시 모든 종류의 고행을 통해 속죄하고 다친 노린재 앞에 있는 벌레처럼 자신을 낮추겠다는 로리의 말에 근엄한 표정이 부드러워졌다.

그사이 조는 초연한 듯 서서 로리에 대해 마음을 단단히 먹었지만 불만스러운 표정만 간신히 지을 뿐이었다. 로리는 한두 번 조를 쳐다봤지만 조가 조금도 화를 풀 기미를 보이지 않자 풀이 죽어서 다른 사람들이 용서를 할 때까지 조에게 등을 돌리고 있었다. 그러더니 조에게 살짝 고개 숙여 인사하고는 말 한마디 건네지 않고 가 버렸다.

로리가 가자마자 조는 조금 더 용서하는 모습을 보여 줄걸, 하는 후회가 들었다. 메그와 어머니가 위층으로 올라가자 조는 외로워지면서 테디가 그리워졌다. 잠시 참아 보려고 애썼지만 결국 충동에 굴복하고 만 조는 돌려줄 책 한 권을 무기 삼아 거대한 로렌스 저택으로 갔다.

"로렌스 씨 계세요?" 계단을 내려오던 하녀에게 조가 물었다.

"네, 아가씨. 하지만 지금은 만나실 수 없을 거예요."

"왜요, 어디 아프세요?"

"아, 아니요, 아가씨! 지금 로리 도련님과 한바탕하셨어요. 도련님이 무슨 일 때문인지 성질을 부렸는데, 그것 때문에 주인님께서 짜증이 나셔서 저도 그분 곁에 가지 못해요."

"로리는 어디 있어요?"

"자기 방에 들어갔는데 문을 두드려도 대답 안 해요. 저녁 식사를 어떻게 해야 할지 모르겠어요. 준비는 다 됐는데 먹으러 올 사람이 없네요."

"내가 가서 무슨 문제인지 알아볼게요. 나는 두 사람 다 무섭지 않아요."

위층으로 올라간 조는 로리의 서재 문을 빠르게 두드렸다.

"그만해. 안 그럼 내가 나가서 그만하게 만들 거야!" 위협하는 목소리로 젊은 신사가 방 안에서 소리쳤다.

조는 다시 문을 두드렸다. 방문이 휙 열렸고 조는 놀란 로리가 정신을 차리기 전에 냉큼 안으로 들어갔다. 로리는 정말 화가 나 있었다. 로리를 다룰 줄 아는 조는 뉘우치는 표정으로 멋지게 무릎을 꿇으며 온순하게 말했다. "내가 심하게 짜증 낸 거 용서해 줘. 화해하려고 왔어. 화해할 때까지는 나 못 가."

"괜찮아. 일어나. 바보같이 굴지 마, 조." 용서해 달라는 애원에 로리가 무심하게 대답했다.

"고마워, 그럴게. 무슨 문제인지 물어봐도 돼? 마음이 편해 보이지 않아서 그래."

"날 잡고 흔들다니 참을 수가 없어!" 로리가 화나서 으르렁대듯 말했다.

"누가 그랬는데?" 조가 물었다.

"그야 당연히 할아버지지 누구겠어. 다른 사람이었다면 내가 그냥……." 상처 받은 소년은 오른팔을 힘껏 휘두르는 것으로 말을 대신했다.

"별거 아니네. 나도 너 자주 잡고 흔들지만 너 신경 안 쓰잖아." 조가 달래 주듯 말했다.

"내 참, 넌 여자애잖아. 네가 하는 건 장난이지. 하지만 남자가 붙잡고 흔드는 건 허용 못 해."

"천둥 품은 먹구름 같은 네 얼굴 보면 너한테 함부로 할 사람 없을 것 같은데. 할아버지가 왜 그러셨는데?"

"네 어머니가 나를 왜 부르셨는지 내가 말 안 한다고 그러신 거야. 말 안 하기로 약속했단 말이야. 그 약속 절대 깨지 않을 거야."

"다른 방법으로 할아버지 마음을 풀어 드릴 수는 없을까?"

"절대 없어. 할아버지는 사실을 알고 싶어 하셔. 다른 건 다 필요 없어. 오직 사실만 필요해. 메그 누나를 끌어들이지 않고 내가 한 짓을 말씀드릴 수만 있다면 그렇게 했을 거야. 하지만 그럴 수 없기 때문에 입을 다물 수밖에 없었고, 할아버지는 야단을 치다가 나를 잡고 흔들기까지 하신 거야. 나도 화가 나서 뛰쳐나와 버렸어. 내가 무슨 짓을 할지 몰라서 말이야."

"잘한 건 아니지만, 할아버지도 미안해하실 거야. 그러니까 내려가서 사과드려. 내가 도와줄게."

"그럴 바에는 차라리 목을 매달지. 그깟 장난 한번 쳤다고 모든 사람한테 잔소리 듣고 혼나기는 싫어. 나도 메그 누나한테 한 짓은 잘못했다고 생각해. 그래서 남자답게 용서를 빌었잖아. 하지만 할아버지한테는 잘못하지도 않았는데 또 그렇게 용서를 비는 짓은 절대 못 해."

"할아버지는 그런 사정을 모르시잖아."

"그래도 할아버지는 나를 믿었어야지. 나를 아기 대하듯 대하시면 안 돼. 네가 나서봤자 소용 없어. 조, 할아버지는 내가 혼자서도 알아서 할 수 있다는 걸 아셔야 돼. 손 붙잡고 이끌어 줄 사람 없어도 된단 말이야."

"너 정말 고집불통이구나." 조가 한숨을 내뱉었다. "그럼 이 일을 어떻게 해결할 생각인데?"

"음, 할아버지가 용서를 빌어야지. 그리고 내가 무슨 일인지 말할 수 없다고 하면 내 말을 믿어 줘야지."

"세상에! 할아버지께서 그러실 리 없잖아."

"그렇게 하시기 전까지는 나 아래층으로 안 내려갈 거야."

"자, 테디, 현실적으로 생각하고 좋게 넘겨. 어떻게 할 수 있는지 내가 설명해 줄게. 너 여기 계속 있을 수는 없잖아. 이렇게 흥분하는 게 무슨 소용 있어?"

"여기 오래 있을 생각은 없어. 몰래 빠져나가 돌아다닐 거야. 그러다 할아버지가 나 그리워서 찾아오시면 된 거야."

"그래, 그럴 수도 있겠네. 하지만 도망쳐서 할아버지께 걱정 끼치는 건 안 돼."

"나한테 설교하지 마. 난 워싱턴에 가서 브룩 선생님 만날 거야. 그럼 재미있을 거야. 힘든 일 겪었으니까 재미있게 놀 거야."

"재미있기는 하겠다! 나야말로 도망치고 싶어!" 치열한 삶의 전쟁터에 나선 선배 역할을 하려던 걸 까맣게 잊고 조가 말했다.

"그럼 너도 가자! 뭐 어때? 같이 가서 넌 네 아버지 깜짝 놀라게 해 드리고 나는 브룩 선생님을 놀라게 하는 거야. 정말 기가 막히게 재미있을 거야. 그렇게 하자, 조! 우리 무사하다는 편지

써 놓고 얼른 가자. 나 돈은 충분히 있어. 네 아버지한테 가는 거니까 너한테도 좋고, 아무 문제 없을 거야."

아주 잠깐이지만 조도 동의하고 싶었다. 즉흥적인 계획이 마음에 들었기 때문이다. 집에만 갇혀 동생을 돌보느라 지쳐 있었기에 뭔가 변화가 필요했다. 소설에서 본 군부대, 야전병원, 그리고 자유와 즐거움에 대한 유혹과 아빠에 대한 그리움도 마음을 흔들었다. 생각에 잠긴 듯 창문을 향해 돌아서는 조의 눈이 반짝거렸다. 그런데 창밖으로 오래된 자기 집이 보이자 조는 슬픈 결정을 내리며 고개를 가로저었다.

"내가 남자아이였다면 너하고 같이 도망쳐서 재미있는 시간을 보냈겠지. 하지만 비참하게도 난 여자아이야. 집에서 바르게 생활해야 돼. 나 유혹하지 마, 테디. 이건 미친 계획이야."

"그러니까 재미있는 거잖아!" 고집불통에다 어떻게든 현실에서 벗어나고 싶어 안달 난 로리가 다시 말을 시작했다.

"닥쳐!" 조가 귀를 막으며 소리쳤다. "점잔 빼고 사는 게 내 운명이야. 난 그렇게 살기로 마음먹었어. 널 설교하러 여기 온 거지, 그런 이야기 듣고 내 결심을 바꾸려고 온 게 아니야."

"메그 누나라면 이런 제안에 질색했겠지만 너는 좀 더 용기가 있을 줄 알았어." 로리가 에둘러 말했다.

"못된 녀석, 조용히 해. 앉아서 네 잘못에 대해 반성해, 나까지 잘못하게 만들지 말고. 만약 내가 너희 할아버지를 모시고 와서 너를 화나게 한 것에 대해 사과하게 하면 도망친다는 계획은 포기할 거야?" 조가 심각하게 물었다.

"당연하지. 하지만 넌 그렇게 못 할걸." 할아버지와 '화해'하고 싶었지만 화난 마음부터 달래는 게 우선이라고 느낀 로리가 대답했다.

"내가 어린 로렌스를 다스릴 수 있으면 늙은 로렌스도 다스릴 수 있어." 로리는 두 손으로 머리를 떠받치고 철도 지도 위로 몸을 숙였다. 그런 로리를 놔둔 채 조는 중얼거리면서 방을 나갔다.

"들어와라!" 조가 문을 두드리자 로렌스 씨가 안 그래도 걸걸한 목소리가 더 걸걸해져서는 소리쳤다.

"저예요. 책 돌려드리려고 왔어요." 조는 붙임성 있게 말하며 안으로 들어갔다.

"더 보고 싶은 건 없니?" 노신사는 짜증 나고 속상해 보였지만 그런 티를 내지 않으려고 애쓰고 있었다.

"예, 있어요. 저는 새뮤얼 존슨(18세기 영국의 작가 - 옮긴이)이 아주 좋아요. 2권도 읽어 볼까 해요." 로렌스 씨가 추천한 보스웰스가 쓴 『존슨 전기』의 다음 권을 읽겠다고 하면 그의 기분이 좋아질까 기대하며 조가 말했다.

찡그리고 있던 숱 많은 눈썹이 살짝 순하게 바뀌면서 로렌스 씨는 책꽂이용 사다리를 새뮤얼 존슨 추종자들의 책이 있는 곳으로 밀고 갔다. 조는 사다리로 올라가 제일 꼭대기 칸에 앉았다. 책을 찾는 척하면서 속으로는 자신의 위험한 임무를 어떻게 실행할지, 즉 여기 찾아온 진짜 이유를 어떻게 밝혀야 할지 고민했다. 로렌스 씨는 조가 속으로 다른 생각을 하고 있는 걸 알아차린 눈치였다. 서재 안을 빠르게 돌아다니다 휙 돌아서 다짜고짜 말을 거는 바람에 조는 『라셀라스』(새뮤얼 존슨이 쓴 풍자적 산문 – 옮긴이)를 떨어뜨리고 말았다.

"그 녀석은 뭘 하고 있니? 그 녀석 편들어 줄 생각 하지 말아라! 그 아이가 나쁜 짓 했다는 건 알고 있다. 집에 돌아올 때 하는 행동을 보고서 눈치 챘단다. 그런데 녀석이 그 일에 대해서 한 마디도 안 하더구나. 사실을 털어놓게 하려고 화를 좀 냈더니 냉큼 위층으로 올라가서는 자기 방문을 잠그고 안 나오지 뭐냐."

"로리가 잘못을 하기는 했는데 우리가 용서했어요. 그리고 그 일에 대해 아무한테도 말하지 않기로 약속했어요." 조가 마지못해 설명을 했다.

"그걸로는 부족하다. 그 아이는 너희처럼 마음 착한 소녀들의 약속 뒤에 숨어선 안 돼. 잘못을 저질렀다면 고백하고, 용서를 구하고, 벌을 받는 게 도리다. 당장 사실대로 말해 보렴, 조! 내가 모르는 채로 있을 수는 없어."

로렌스 씨가 너무도 걱정스러운 표정으로 단호하게 말해서 조는 할 수만 있다면 당장이라도 그 자리에서 달아나고 싶었다. 하지만 자신은 책꽂이 사다리 맨 위에 걸터앉아 있고 로렌스 씨는 사다리 발치에 서 있다. 사자가 길목을 지키고 있는 셈이니 조는 용기 내서 상황을 설명하는 수밖에 없었다.

"저기, 정말로 말씀드릴 수가 없어요. 어머니께서 절대 말하지 말라고 하셨단 말이에요. 로리는 잘못을 고백했고, 용서를 구했고, 충분히 벌도 받았어요. 우리가 비밀을 밝히지 않는 건 그 아이를 위해서가 아니라 다른 사람을 위해서예요. 만약 로렌스 씨께서 관여하시면 문제가 더 심각해질 거예요. 그러니까 제발 나서지 마세요. 어느 정도 제 잘못도 있지만, 지금은 다 해결됐으니까 그냥 잊어 주세요. 이제 새뮤얼 존슨의 『램블러』잡지나 다른 재미있는 거 이야기해요."

"지금 『램블러』가 문제가 아니다! 이리 내려와서 앞뒤 분간 못 하는 내 손자 녀석이 배은망덕하거나 버릇없는 짓을 저지르지 않았는지 똑바로 말해라. 너희 가족이 그렇게 잘 해 주었는데도 그 녀석이 그런 짓을 저질렀다면, 내 손으로 직접 그 녀석을 매질할 테다."

무시무시하게 들릴 수 있는 협박이었지만 조는 무섭지 않았다. 화 잘 내는 이 할아버지가 사실은 손자에게 손가락 하나 댄 적 없다는 걸 잘 알고 있었기 때문이다. 조는 순순히 사다리를 내려와, 메그를 배신하지도 않고 그렇다고 해서 진실을 왜곡하지도 않으면서 농담처럼 가볍게 상황을 설명했다.

"음! 허! 그래, 만약 내 손자가 고집 때문이 아니라 약속 때문에 입을 다물고 있는 거라면, 나도 그 아이를 용서할 수 있다. 그 녀석은 고집스러운 아이라서 다루기가 쉽지 않구나." 로렌스 씨는 머리카락을 문질러 흡사 강풍 맞은 것 같은 모습이 되더니 안도한 듯 찡그렸던 눈썹을 폈다.

"저도 마찬가지예요. 하지만 왕의 모든 말들, 왕의 모든 신하들이 와도(영국 전래 동요 〈흰 달걀 험티덤티〉의 가사 "험티덤티가 떨어졌네. 왕의 모든 말들, 왕의 모든 신하들이 와도 붙일 수가 없네"를 인용한 표현 - 옮긴이) 다스릴 수 없는 자를, 친절한 말 한마디가 다스릴 수도 있어요." 조는 친구에게 도움이 될 말을 하려고 했다가 괜히 긁어 부스럼을 만든 것 같은 느낌이 들었다.

"너는 내가 그 아이한테 잘 못해 준다고 생각하니?" 노인이 예리하게 질문했다.

"어머, 그렇지 않아요. 지나치게 잘 해 주실 때도 있는걸요. 그러다 로리가 로렌스 씨의 인내심을 시험한다 싶을 때면 조금 예민하신 것뿐이에요. 그렇다고 생각하지 않으세요?"

결판을 내야겠다고 결심한 조는 대담한 발언을 마치고서 몸이 떨렸지만 아무렇지 않아 보이려 애를 썼다. 그런데 뜻밖에 그리고 다행히, 이 노신사는 안경을 벗어 탁자 위에 달그락 내려놓고는 솔직하게 말했다.

"네 말이 맞다. 난 그런 사람이야! 난 내 손자를 사랑한다. 하지만 그 아이는 내가 참을 수 없는 한계까지 내 인내심을 시험한단다. 우리가 계속 이런 식으로 나가면 어떻게 끝이 날지 모르겠구나."

"제가 말씀드릴게요……. 걔는 도망칠 거예요." 조는 말을 내뱉자마자 후회했다. 원래는, 로리가 통제를 잘 견디지 못하니 로렌스 씨가 어린 로리에게 좀 더 관대했으면 좋겠다고 말할 생각이었다.

로렌스 씨는 불그스름하던 얼굴빛이 싹 바뀌더니 탁자 위에 걸린 잘생긴 남자의 그림을 괴로운 듯 바라보며 주저앉았다. 그림의 주인공은 젊은 시절 집을 뛰쳐나가 고압적인 부친의 뜻을 어기고 결혼한 로리의 아버지였다. 조는 로렌스 씨가 과거를 떠올리며 후회하고 있다는 생각이 들어 방금 전에 한 말을 뉘우쳤다.

"로리는 그런 짓 안 할 거예요. 너무 심하게 몰아치지만 않는다면요. 가끔 공부가 지겨워졌을 때 가출하겠다고 위협할 수도 있지만요. 저는 특히, 머리카락을 자른 후로 그러고 싶다는 생각을 자주 해요. 우리가 사라지면 소년 둘을 찾는다고 광고를 내세요. 그리고 인도로 가는 배들을 뒤져 보세요."

조가 웃으면서 말했고, 로렌스 씨는 이 모든 것을 농담으로 받아들이는 듯 안심한 표정을 지었다.

"말괄량이 아가씨, 어떻게 감히 그런 말을 할 수 있지? 공손하고 예의 바른 조는 다 어디로 간 게냐? 이 아이들을 어쩐다! 정말 골칫거리구나. 그래도 우리는 너희 없이는 못 산다." 장난스럽게 조의 볼을 꼬집으며 로렌스 씨가 말했다.

"가서 그 아이를 저녁 식사 자리에 데리고 오너라. 다 괜찮다고 말해 주고, 할아버지 앞에서 비극에 빠진 척하지 말라고 전해 주렴. 견딜 수 없구나."

"걔는 안 올 거예요. 사실을 말할 수 없다고 했을 때 할아버지가 자기 말을 믿어 주지 않아서 화가 많이 났대요. 잡고 흔든 것 때문에 굉장히 상처를 받은 것 같아요."

조는 불쌍해 보이려고 했지만 실패한 것 같았다. 왜냐하면 로렌스 씨가 웃음을 터뜨렸기 때문이다. 어쨌든 그렇다면 성공한 거라고 조는 생각했다.

"그 점에 대해서는 미안하구나. 그 아이가 나를 잡고 흔들지 않은 것을 고맙게 여겨야겠네. 도대체 그 녀석이 바라는 게 뭐냐?" 노신사는 성급했던 것이 조금 부끄러운 표정이었다.

"제가 로렌스 씨라면 그 아이한테 사과 편지를 쓸 거예요. 로리는 사과를 받기 전까지는 내려오지 않겠다고 말했어요. 그리고 워싱턴에 대해 이야기하면서 터무니없는 말을 했어요. 정식으로 사과를 하시면 자신이 얼마나 어리석은지 깨닫고 다시 쾌활한 모습으로 돌아오게 만들 수 있을 거예요. 한번 해 보세요. 로리는 장난을 좋아하고, 이 방법이 말로 하는 것보다는 더 나을 거예요. 제가 전달하고 그 아이가 해야 할 의무에 대해서도 가르쳐 줄게요."

로렌스 씨가 조를 매섭게 한 번 보더니 안경을 쓰고 천천히 말했다. "엉큼한 고양이 같으니라고! 너하고 베스가 나를 좌지우지하는 건 상관없다. 자, 종이를 좀 다오. 이 말도 안 되는 상황을 끝내야지."

편지에는 신사가 자신이 심한 모욕을 준 다른 신사에게 용서를 구하기 위해 쓴 것 같은 내용이 담겨 있었다. 조는 로렌스 씨의 벗어진 정수리에 입을 맞추고는 위층으로 뛰어 올라가 로리의 방문 밑으로 편지를 밀어 넣었다. 그런 다음 문 열쇠 구멍을 통해 순순히 말 듣고 예의 바르게 굴라고 말하고서, 듣기엔 그럴듯하지만 쉽게 행하기 어려운 것들도 요구했다. 방문이 잠긴 것을 다시 한 번 확인한 조는 편지가 힘을 발휘하도록 놔두고 조용히 방 앞에서 물러났다. 마침내 문을 열고 나온 문제의 어린 신사가 난간을 따라 미끄럼을 타고 내려가 계단 맨 밑에서 조를 기다렸다. 굉장히 온순한 얼굴을 하고서 말이다. "너 정말 좋은 친구야, 조! 너한테 화내셨어?" 그가 웃으며 물었다.

"아니. 그분은 굉장히 현명하셔."

"아! 그럼 됐네! 너도 나를 버리는구나. 어차피 결투하러 갈 작정이었어." 로리가 미안하다는 듯 말했다.

"그런 식으로 말하지 마. 마음 고쳐먹고 다시 시작해, 테디. 제발."

"난 늘 마음 고쳐먹는데 습자 책을 망치는 것처럼 번번이 다시 망쳐. 그리고 시작은 많이 하는데 끝나는 게 하나도 없어." 로리가 처량하게 말했다.

"가서 저녁 먹어. 그러면 기분이 나아질걸. 남자는 원래 배고프면 징징거리는 법이야." 조가 말하고는 현관문으로 쓱 나갔다.

"그건 '남자'에 대한 '모둑(모독을 일부러 잘못 말한 것 – 옮긴이)'이야." 로리는 에이미의 말투를 흉내 내어 대답했다. 그러고는 다소 굴욕적이지만 할아버지와 함께 사슴 내장 파이를 먹었다.

로렌스 씨는 그날 하루 종일 마치 성자라도 된 듯 성질도 부리지 않고 부담스러울 정도로 손자를 존중해 주었다.

모두가 이 문제는 이것으로 끝나고 먹구름이 사라졌다고 생각했다. 그런데 다른 사람들은 이 장난을 잊어버렸지만 단 한 사람, 메그는 기억하고 있었다. 내색하지 않았지만 메그는 그 사람에 대해 좋은 마음을 가졌고 그 전보다 훨씬 더 많은 상상을 하게 되었다. 어느 날, 조가 우표를 찾으려고 언니 책상을 뒤지다가 종이 하나를 발견했다. 거기에는 '존 브룩 부인'이라고 적힌 글자 위로 줄이 벅벅 그어져 있었다. 그 순간 조는 괴로운 듯 신음 소리를 내지르며 그 종이를 벽난로 속에 집어 던졌다. 마주하기 싫은 악마 같은 그날이, 로리의 장난 때문에 더 빨리 다가왔다는 느낌이 들어서였다.

22

꙳꙳꙳ ꙳꙳꙳

즐거운 초원

폭풍우 뒤에 찾아온 햇살처럼 평화롭고 반가운 날들이 몇 주나 계속되었다. 환자들은 빠르게 회복되었고 마치 씨가 새해 초에는 돌아올 수 있을 것이라는 소식이 들렸다. 오래지 않아 베스도 낮에는 서재 소파에 누워 있을 수 있게 되어서, 사랑하는 고양이들과 함께 놀면서 그간 미뤄 두었던 인형 바느질도 할 수 있게 되었다. 예전에는 재빠르게 잘 움직이던 손발이 뻣뻣하고 힘도 없었다. 그래서 조가 베스를 데리고 매일 집 주변을 산책했다. 메그는 '소중한 사람'을 위해 하얀 손이 까맣게 되고 데는 것도 아랑곳하지 않고 즐겁게 요리를 했다. 터키석 반지를 두고 한 약속을 지키기 위해 에이미는 집에 돌아온 기념으로 언니들한테 자신의 소중한 보물들을 줄 수 있는 한 많이 선물했다.

크리스마스가 다가오면서 이맘때쯤이면 늘 찾아오는 궁금증이 온 집 안에 퍼졌다. 조는 아주 특별한 이번 크리스마스를 기념하겠다면서 걸핏하면 전혀 말이 안 되거나 엄청나게 황당한 파티를 제안해서 가족을 당황하게 만들었다. 로리 역시 비현실적이긴 마찬가지여서, 할 수 있었다면 모닥불을 피우고 로켓을 쏘아 올리고 개선문까지 만들었을지도 모른다. 수많은 언쟁과 핀잔 끝에, 야망이 넘치던 이 둘은 터무니없는 계획을 포기한 듯 맥 빠진 얼굴로 돌아다녔다. 이 둘 덕분에 그래도 가족들은 더 크게 웃을 수 있었다.

겨울답지 않은 맑은 날씨가 며칠 동안 계속되다가 아름다운 크리스마스가 찾아왔다. "흔치 않게 근사한 날이 될 거라고 뼛속 깊이 느껴져요"라고 하던 헤너는 진짜 예언자였다. 그녀의 말처럼 모든 사람들과 모든 일이 엄청난 성공을 만끽할 운명이었나 보다. 우선, 마치 씨가 곧 집에 돌아올 수 있다는 편지를 보내 왔다. 베스는 그날 아침 평소와 다르게 상태가 좋아서 어머니가 선물한 부드러운 진홍색 메리노 양모 가운을 입고 기분 좋게 창가로 갔다가 조와 로리의 선물을 발견했다. 못 말리는 두 사람은 자신들의 별명에 걸맞게 요정처럼 밤새 공들여서 즐거운 깜짝 선물을 준비했다. 호랑가시나무 관을 쓰고, 한 손에는 과일과 꽃이 든 바구니를 들고 다른 손에는 새 악보 두루마리를 든, 그리고 차가운 어깨에는 무지개 색 아프간 숄을 두른 커다란 눈 아가씨가 정원에 서 있었다. 눈 아가씨의 입술에는 크리스마스 캐럴이 적힌 분홍색 종이 장식 끈이 마치 노래가 흘러나오듯 붙어 있었다.

베스에게 주는 융프라우

베스 여왕에게 신의 가호가 있기를!
그 무엇도 너를 실망시키지 않기를.
올해 크리스마스에는
건강, 평화, 행복만 함께하길.

과일은 부지런한 꿀벌에게,
꽃향기는 콧속으로,
악보는 피아노에게로,
아프간 숄은 발에게 바치네.

보라, 조애너의 초상화를.
제2의 라파엘이
엄청난 노력을 기울여
아름답고 진실되게 그렸네.

내가 청하니 빨간 리본은
마담 푸러의 꼬리에 달아 주오.

사랑스러운 메그가 만든 아이스크림은
들통에 몽블랑처럼 잔뜩 쌓아 바칩니다.

나를 만든 이들의 지극한 사랑이
눈으로 만든 내 가슴속에 있으니,
로리와 조가 바치는 이 알프스의 여인을 받아 주길.

이 글을 보고 베스가 얼마나 웃었는지 모른다. 로리는 선물을
나르느라 이리저리 뛰어다녔고, 조의 말도 안 되는 연설은 재미
있었다.

"나 지금 정말 행복해. 아빠까지 여기 같이 계셨다면 더 이상
바랄 게 없을 거야." 베스는 실컷 웃은 다음 조의 부축을 받아
서재로 돌아가다가 한숨을 내쉬며 말했다. 그리고 '융프라우'가
준 맛있는 포도를 조금 먹었다.

"나도 마찬가지야." 조가 오래전부터 갖고 싶었던 책 『운디네
와 신트람』이 들어 있는 호주머니를 찰싹 치며 말했다.

"나도 그래." 에이미도 어머니가 준 예쁜 액자 속 성모자상 복
제본을 자세히 들여다보며 따라서 대답했다.

"물론 나도야." 메그도 처음 입어 보는 실크 드레스의 은색 치
맛자락 주름을 펴면서 소리쳤다. 이 드레스는 로렌스 씨가 선물
하겠다고 고집을 부려서 받은 것이다.

"내 마음도 너희와 똑같단다!" 마치 부인이 남편의 편지와 미

소 짓는 베스의 얼굴, 그리고 네 자매가 가슴에 달아 준 회색, 금색, 갈색, 짙은 갈색 머리카락으로 만든 브로치를 차례로 보며 기쁜 듯 말했다.

흥미로울 것 없는 이 세상에도 이따금 이야기책에나 나올 법한 일이 일어나는 경우가 가끔 있어서 정말 다행이다. 모두 너무 행복해서 더 이상 행복할 수 없을 거라고 말하고 나서 반시간쯤 지났을 때, 더 행복할 일이 일어났다. 로리가 거실 문을 열고 조용히 머리를 들이밀었다. 그러고서 마치 공중제비를 돌고 인디언 같은 함성을 내지를 듯이 흥분한 얼굴로 신나게 소리를 질렀고, 모두 화들짝 놀랐다. 로리가 괴상한 목소리로 숨도 쉬지 않고 한 말은 이것이었다.

"마치 가족을 위한 크리스마스 선물이 하나 더 도착했습니다!"

로리가 말을 마치자마자 뒤로 물러섰고, 그가 있던 자리에 키 큰 두 남자가 나타났다. 그중 한 남자는 목도리를 눈까지 둘러 뭔가 말을 하고 싶은데도 하지 못하는 상태로 다른 한 남자의 부축을 받고 있었다. 모두 우르르 몰려갔다. 한동안 다들 제정신이 아닌 것 같았다. 정말 생각도 못 한 일이 벌어져서 누구도 아무 말도 하지 못했다. 마치 씨는 부둥켜안는 네 자매의 팔에 파묻혔다. 조는 창피하게도 기절할 뻔해서 도자기 찬장 옆에 있던 로리의 도움을 받아야 했다. 브룩은 실수로 메그에게 입을 맞추고는 횡설수설하며 앞뒤가 맞지 않는 말을 해댔다. 품위를 중요시하는 에이미는 등받이 없는 의자에 앉아 있다가 넘어졌는데 일어설 생각도 안 하고 아빠의 부츠가 세상에서 제일 귀한 것인 양 끌어안은 채 울음을 터뜨렸다. 이런 와중에 가족 가운데 제일 먼저 정신을 차린 마치 부인이 한 손을 들어 올리며 주의를 주듯 말했다. "쉿! 베스가 듣겠어!"

하지만 이미 늦었다. 서재 문이 열리더니 빨간 숄을 두른 베스가 입구로 나와서 허약해진 다리가 기쁨으로 힘을 얻었는지 그대로 아빠 품을 향해 달려왔다. 그 뒤로 무슨 일이 있었는지는 더 이상 설명하지 않아도 될 것이다. 모두들 감정이 북받쳐 쏟아낸 눈물로 지나간 고통을 씻어 버리고, 현재의 기쁨을 누렸다.

낭만적일 뿐만 아니라 웃음도 가득했다. 부엌에서 뛰어 나오던 헤너가 큼직한 칠면조 요리를 손에 든 채 문 뒤에서 흐느껴 우는 모습에 모두가 웃음을 터뜨렸다. 마침내 웃음소리가 잦아들자 마치 부인이 브룩에게 남편을 정성스럽게 돌봐 줘서 고맙다고 인사했다. 마치 씨가 휴식을 취해야 한다고 생각한 브룩은 로리를 데리고 서둘러 집을 떠났다. 그 뒤로 환자 두 사람에게는 휴식을 취하라는 지시가 내려져, 두 사람은 지시에 따라 커다란 의자에 함께 앉아 밀린 이야기를 나눴다.

마치 씨는 가족들을 놀라게 하기 위해 얼마나 오래 기다렸는지, 그리고 날씨가 좋아진 때를 놓치지 않으려고 의사의 허가를 받아 집에 돌아오게 되기까지 사연을 이야기했다. 브룩이 자신에게 얼마나 헌신했는지, 또 그가 얼마나 존경받을 만하고 강직한 젊은이인지에 대해서도 이야기했다. 그러던 마치 씨는 갑자기 잠시 말을 멈추더니, 벽난로 불을 사납게 쿡쿡 쑤시는 메그를 보고는 눈썹을 살짝 올리며 무슨 일이냐고 묻는 듯한 얼굴로 아내를 돌아보았다. 그 이유에 대해서는 여러분의 상상에 맡기겠다. 마치 부인은 천천히 고개를 끄덕이고는 남편에게 배고프지 않으냐고 물었다. 조는 부모님의 그런 모습을 이해할 수 있었다. 무표정한 얼굴로 와인과 비프 티(예전에 병을 앓는 사람에게 주던 곰국 같은 쇠고기 수프 - 옮긴이)를 가지고 오겠다며 응접실을 나섰고, "난 갈색 눈에 존경받을 만한 젊은이 진짜 싫어!"라고 중얼거렸다.

지금껏 이런 크리스마스 저녁 식사는 처음이었다. 우선, 헤너가 속을 채우고 갈색으로 구워서 고명을 얹은 커다란 칠면조 요리가 시선을 사로잡았다. 플럼 푸딩(여러 가지 과일을 넣고 찐 대표적인 크리스마스 푸딩 - 옮긴이)은 입안에서 살살 녹았다. 젤리도 마찬가지여서 에이미는 꿀단지에 날아든 파리처럼 젤리 옆을 맴돌았다. 모든 게 잘되었다. 천만다행이라고 헤너는 말했다. "마님, 당황해서 허둥대다가 하마터면 푸딩을 굽고 칠면조 속에 건포도를 넣을 뻔했지 뭐예요. 칠면조를 천으로 둘둘 싸지 않은 것도 다행이고요."

로렌스 씨와 손자도 마치 씨 집에서 저녁 식사를 같이 했다. 조의 따가운 시선을 받아야 했던 브룩은 로리한테 끊임없이 놀림을 당했다. 식탁 상석에 안락의자 두 개를 나란히 놓고, 베스와 아빠가 각각 앉아 닭고기 요리와 과일을 조금씩 조심스럽게

417

먹었다. 모두 축배를 들고, 이야기를 나누고, 노래를 부르고, 나이 먹은 사람들 말처럼 '옛날 일을 추억'하면서 아주 즐거운 시간을 보냈다. 썰매 타기도 계획했지만 소녀들이 아빠 곁을 떠나려 하지 않았다. 그래서 손님들이 일찍 떠났고, 석양이 질 무렵에는 행복한 마치 가족만 벽난로 불 앞에 모였다.

"일 년 전만 해도 우리는 크리스마스가 울적하기 짝이 없을 거라며 짜증을 냈어요. 다들 기억하지?" 한참 여러 가지 화제로 이야기를 이어가다 잠깐 정적이 흐르자, 조가 말했다.

"전체적으로는 즐거운 한 해였어!" 메그가 모닥불을 향해 미소를 지으며 말하고는 브룩을 점잖게 대한 것에 대해 스스로를 대견하게 여겼다.

"난 아주 힘든 한 해였다고 생각해." 에이미는 생각에 잠긴 눈으로 반지에 반사되어 반짝이는 모닥불 빛을 보며 말했다.

"이렇게 아빠가 돌아오셨으니 올해가 잘 끝난 것 같아 다행이에요." 아빠의 무릎에 앉아 있던 베스가 속삭였다.

"우리 어린 순례자들이 여행하기에는 꽤 힘든 여정이었을 게다. 특히 끝으로 갈수록 더 힘들었을 거야. 그렇지만 용감하게 잘 걸어왔다. 곧 너희가 짊어진 짐을 내려놓을 수 있을 거야." 마치 씨는 행복에 겨운 아빠의 얼굴로 곁에 모인 네 딸을 바라보며 말했다.

"그걸 어떻게 아셨어요? 엄마가 말씀하셨어요?" 조가 물었다.

"별로 많이 말하지 않았어. 지푸라기를 보면 바람이 어느 방

향으로 부는지 알 수 있는 법이지. 오늘도 여러 가지를 발견했단다."

"오, 그게 뭔지 이야기해 주세요!" 아빠 옆에 앉아 있던 메그가 소리쳤다.

"여기 하나 있지!" 마치 씨는 자신의 의자 팔걸이에 올려져 있던 메그의 손을 들어 거칠어진 검지와 화상을 입은 손등, 그리고 두세 군데 물집이 잡힌 손바닥을 가리켰다. "나는 이 손이 새하얗고 보들보들하던 때를 기억한단다. 너는 이 손을 곱고 하얗게 가꾸는 걸 제일 중요하게 여겼잖니. 그때도 이 손은 무척 예뻤지. 하지만 내 눈에는 지금 이 손이 그때보다 훨씬 더 예뻐 보이는구나. 이런 흠과 상처 속에서 나는 작은 역사를 읽을 수 있었어. 덴 자국은 허영심을 버렸다는 뜻이고, 거칠어진 손바닥은 물집을 감수하며 열심히 일했다는 뜻이지. 손끝을 수없이 찔리며 바느질한 옷들은 오래오래 튼튼할 거야. 한 땀 한 땀 정성을 들였을 테니깐. 사랑하는 메그, 나는 가정을 행복하게 유지하는 여성의 재능이 하얀 손이나 멋진 옷보다 더 귀하다고 생각한다. 이렇게 부지런하고 착한 작은 손과 악수를 할 수 있어서 자랑스럽구나. 이 손을 넘겨 줄 날이 빨리 오지 않기를 바란다."

만약 메그가 힘든 노동의 시간에 대한 대가를 원했다면, 따스한 아빠의 손과 수고를 인정해 주는 미소로 충분히 대가를 받은 느낌이었다.

"조 언니는요? 조 언니에게도 칭찬을 해 주세요. 언니도 굉장히 애썼고, 저한테 아주, 아주 잘 해 줬어요." 베스가 아빠의 귀에 귓속말을 했다.

아빠는 큰소리로 웃더니 맞은편에 앉은 키 큰 둘째딸을 바라보았다. 조의 까무잡잡한 얼굴이 평소와 달리 얌전해 보였다.

"머리가 짧고 곱슬거리지만 일 년 전 헤어질 때 본 '아들 같은 조'는 아니구나." 마치 씨가 말했다. "이제는 칼라를 핀으로 똑바로 꽂을 줄 알고, 부츠 끈을 단정하게 묶을 줄 알고, 휘파람도 안 불고, 속어를 쓰지도 않고, 카펫에 드러눕지도 않는 숙녀가 됐어. 주변을 살피고 걱정하느라 얼굴이 야위고 창백하지만, 표정은 더 온화해지고 목소리도 조용해져서 보고 있으니 기쁘다. 이제는 뛰어다니지도 않고 조용히 움직이고, 어린 동생을 어머니처럼 자상하게 보살필 줄 아는 모습을 보니 좋아. 왈가닥 딸이 그립기도 하지만, 강하고 남들에게 도움이 되고 마음이 따뜻한 여성으로 성장한 모습을 보니, 이것도 아주 기쁜 것 같아. 머리카락을 잘라서 철이 들었는지는 잘 모르겠지만, 워싱턴 어디를 가 봐도 내 착한 딸이 보낸 25달러로 살 만큼 아름다운 건 찾을 수 없었다는 것만은 장담할 수 있단다."

아빠의 칭찬을 들으며 자신이 그런 칭찬을 들을 자격이 있다는 생각이 들자, 조의 날카롭던 눈빛이 잠깐 흐려지면서 난롯불에 비친 야윈 얼굴이 빨갛게 달아올랐다.

"그럼 이제는 베스 언니 차례예요." 자기 차례가 빨리 오기를 바라면서도 참고 기다릴 줄 알게 된 에이미가 말했다.

"베스에 대해서는 길게 말하지 않으마. 그래도 예전보다는 수줍음이 줄어든 것 같은데, 칭찬을 많이 하면 조용히 사라져 버릴 것 같아서 말이다." 아빠는 기분 좋게 이야기를 시작했지만, 하마터면 셋째 딸을 잃을 뻔했던 기억이 떠올라 베스를 꼭 껴안고 볼을 맞대고서 자상하게 말했다. "베스, 네가 이렇게 무사해서 정말 기쁘다. 앞으로도 너를 이렇게 지켜 주마. 신이시여, 지켜 주소서."

잠깐의 침묵 후에 마치 씨는 자신의 발치에 귀뚜라미처럼 조용히 앉아 있는 에이미를 내려다보고 반짝이는 머리카락을 쓰다듬으며 말했다.

"저녁 식사 자리에서 에이미가 칠면조 다리를 나르고, 오후 내내 어머니 심부름을 하고, 오늘 저녁에는 메그에게 자리를 양보하고, 인내심과 웃는 얼굴로 모두의 시중을 드는 모습을 보았단다. 짜증도 많이 내지 않고, 거울을 많이 들여다보지도 않고, 자신이 끼고 있는 예쁜 반지에 대해서도 말하지 않는 것을 봤어. 에이미가 자신보다 남들을 먼저 생각하는 법을 배웠고, 찰흙 인형을 만들 때처럼 조심스러워지려고 마음먹었다고 결론 내렸지. 그래서 아주 기쁘다. 우아하고 아름다운 모습도 자랑스럽지만, 자신과 남들의 삶을 아름답게 만들 수 있는 능력을 가진 사랑스러운 딸이 된 것이 훨씬 더 자랑스럽단다."

"너 무슨 생각해, 베스?" 에이미가 아빠에게 고맙다고 말하고 자신의 반지에 대해서 이야기하는 사이 조가 물었다.

"오늘 『천로역정』을 읽었는데, 크리스천과 호프풀이 수많은 시련을 거치고 나서, 일 년 내내 백합이 피는 푸른 초원에 도착해 지금 우리처럼 행복하게 쉬었어. 여행의 마지막 목적지로 가기 전에 말이야." 베스가 말하면서 아빠 품에서 빠져나와 자신의 악기로 천천히 다가갔다. "노래 부르는 시간이야. 예전에 내가 있던 자리에 있고 싶어. 순례자들이 들었던 목동의 노래를 부를 거야. 이 부분의 가사를 좋아하시는 아빠를 위해 노래할게."

아끼는 작은 피아노 앞에 앉은 베스는 조심스럽게 건반을 두드리며, 가족들이 다시는 못 듣게 될 거라 생각했던 아름다운 목소리로 예스러운 찬송가를 불렀다. 베스에게 정말 잘 어울리는 곡이었다.

아래에 있는 자는 쓰러질 염려 없으며
낮은 자는 교만을 두려워할 필요 없으니
겸손한 자는 영원히
주님의 인도 받으리.

많든 적든
나는 내가 가진 것에 만족하니
오, 주여! 내가 여전히 만족을 갈구하는 것은
주님이 그것을 구하였기 때문이리.

순례의 길은

고난으로 가득하니

지금은 보잘것없으나 장차 더없는 행복이

영원히 이어지리!

23

⊶⇶⇶ ⇚⇚⇚∘

마치 할머니, 상황을 정리하다

그다음 날, 엄마와 딸들은 꿀벌들이 여왕벌을 따라가듯 마치 씨 주위만 맴돌았다. 그러느라 다른 일은 보지도, 듣지도, 하지도 않았다. 이 신참 환자는 과도한 친절에 파묻힐 지경이었다. 마치 씨가 베스의 소파 옆에 있는 큰 의자에 앉아 있으면 나머지 세 딸이 그 옆을 떠나지 않았고 헤너도 수시로 얼굴을 들이밀며 '귀한 분을 살폈다.' 가족들 모두 마치 씨만 있으면 다른 건 아무것도 필요 없어 보였다.

하지만 마치 씨 말고도 필요한 것이 있었다. 아무도 그 사실을 말하지는 않았지만 나이 든 이들은 알고 있었다. 마치 부부가 눈으로 메그를 좇다가 걱정스러운 표정으로 서로를 바라보았다. 그제야 조는 갑자기 정신이 번쩍 들어 브룩이 거실에 두고 간 우산을 향해 주먹을 휘둘렀다. 메그는 다른 데에 정신이 팔려 있다가 현관에서 종소리가 들리면 화들짝 놀라고 수줍게 입을 다물었다. 그리고 존의 이름이 언급될 때면 얼굴이 빨갛게 달아올랐다. 에이미가 말했다. "모두들 뭔가 기다리면서 흥분한 것 같아. 아빠는 안전하게 집에 돌아오셨는데 다들 왜 이러는 거지? 이상해." 베스는 순진하게 옆집 사람들이 왜 평소처럼 자주 놀러 오지 않는지만 궁금하게 여겼다.

오후에 집 옆으로 지나가던 로리가 창가에 있는 메그를 보더니 갑자기 연극이라도 하는 듯 눈밭에 한쪽 무릎을 꿇고서 가슴을 치고, 머리카락을 흐트러뜨리고, 뭔가를 간절히 바라는 것처럼 두 손을 맞잡았다. 메그가 얌전히 행동하라고 말하고 가 버리자 로리는 눈물 젖은 손수건을 쥐어짜는 시늉을 하더니 깊은 절망에 빠진 사람처럼 비틀거리며 모퉁이를 돌아갔다.

"저 말썽꾸러기는 왜 저러는 거야?" 메그가 모르는 척 웃음을 터뜨리며 말했다.

"언니의 존이 어떻게 지내고 있는지 보여 주는 거잖아. 감동적이지 않아?" 조가 비꼬는 투로 말했다.

"언니의 존이라고 말하지 마. 그건 옳지 않아. 사실도 아니고." 하지만 그 말이 싫지 않은 듯 메그의 목소리는 들떠 있었다. "제발 날 괴롭히지 마, 조. 그 사람에게 관심 '많지 않다고' 내가 말했잖아. 그리고 더 이상은 서로 이야기한 것도 없어. 우리는 그냥 친구이고 예전과 똑같을 거야."

"이미 한 말이 있기 때문에 그렇게는 될 수 없어. 로리가 한 장난이 언니를 망쳤어. 나도 알고 엄마도 알아. 언니는 예전의 언니와 완전히 달라졌어. 나랑 아주 멀어진 것 같아. 언니 괴롭힐 생각 없어. 어른처럼 견뎌 낼 거야. 차라리 이 모든 게 빨리 정리되었으면 좋겠어. 무작정 기다리는 게 싫어. 그러니까 언니는 뭐든 할 생각이면 얼른 해서 빨리 끝내 버리란 말이야." 조가 심통 난 듯 말했다.

"그 사람이 말할 때까지는 난 아무 말도, 아무것도 할 수 없어. 하지만 아빠께서 내가 너무 어리다고 말씀하셨기 때문에 그 사람은 말 안 할 거야." 바느질감 위로 몸을 숙인 채 말하던 메그의 얼굴에 살짝 묘한 미소가 스쳤다. 흡사 아빠의 그 말에 동의하지 않는다는 뜻인 것 같았다.

"만약 그 사람이 그 말을 하면 언니는 아무 말도 못 하고 그냥 울거나 아니면 얼굴만 빨개져서 그 사람이 하는 대로 그냥 놔둘 게 뻔해. 단호하게 '싫어요'라고 말하지도 못하고 말이야."

"네가 생각하는 것처럼 나 그렇게 어리석고 나약하지 않아. 내가 무슨 말을 해야 하는지는 다 알아. 미리 다 계획해 뒀거든. 불의의 습격을 당하지 않도록 말이야. 무슨 일이 일어날지 모르니까 미리 준비해 두고 싶었어."

자기도 모르게 매우 중요한 일인 것처럼 말하면서 발그레 볼을 붉히는 메그를 보자 조는 저절로 미소가 떠올랐다.

"그럼 어떻게 말할 건지 나한테 미리 말해 줄 수 있어?" 처음

426

보다는 더 언니를 존중하는 태도로 조가 물었다.

"당연하지. 넌 이제 열여섯 살이잖아. 내가 비밀을 알려 줄 수 있을 만큼 나이를 먹었어. 내 경험이 앞으로 너에게도 도움이 될 테고. 이런 종류의 일을 겪게 될 때 말이야."

"난 절대 그럴 생각 없거든. 남들 연애하는 거 구경하는 건 재미있는데 내가 그런 걸 하면 바보 같은 기분이 들 거야." 조는 생각만 해도 싫다는 얼굴로 말했다.

"너도 누군가를 아주 많이 좋아하고 그 사람도 너를 좋아하면 아마 생각이 달라질걸." 메그는 마치 자신에게 말하듯 말했다. 그러고는 여름 석양 속을 걷는 연인들이 자주 보였던 길을 바라보았다.

"난 언니가 그 남자한테 마음을 받아들이지 않겠다고 이야기할 거라고 생각했어." 언니의 몽상을 깨뜨리며 조가 말했다.

"오, 차분하고 단호하게 이렇게 말할 거야. '브룩 씨, 고맙습니다. 당신은 아주 친절한 분이에요. 하지만 저는 아빠와 같은 생각입니다. 저는 현재로서는 약혼을 하기에 너무 어립니다. 그러니 더는 그런 이야기 하지 말고 예전처럼 친구로 지내요'라고."

"음! 그 정도면 충분히 딱딱하고 쌀쌀맞네. 언니가 정말로 그렇게 말할 거라고는 믿지 않아. 언니가 그렇게 말해도 그 사람은 만족하지 않을 거야. 소설에 나오는 거절당한 연인들처럼 군다면, 언니는 그 사람 마음을 다치게 하고 싶지 않다며 받아들이고 말걸."

"아니야. 난 안 그럴 거야! 그 사람한테 내 마음은 이미 정해 졌다고 말할 거야. 그리고 품위 있게 그 자리를 떠날 거야."

이렇게 말하면서 메그는 자리에서 일어나 품위 있게 자리를 떠나는 연습을 하며 거실로 한 걸음 나갔다가 서둘러 자리로 돌 아왔다. 그러더니 주어진 시간에 솔기를 마무리하는 데에 목숨 이 걸리기라도 한 듯 맹렬히 바느질을 하기 시작했다. 조는 언 니의 갑작스러운 태도 변화에 숨도 못 쉬고 깔깔 웃었다. 그러 다 노크 소리가 들리자 친절함이라고는 찾아볼 수 없는 쌀쌀맞 은 얼굴로 문을 열었다.

"안녕하세요. 제 우산을 가지러 왔습니다……. 그리고 아버 님께서 오늘은 어떠신지 인사도 드렸으면 합니다만." 표정을 숨 기지 못하는 조의 얼굴에서 메그의 얼굴로 시선을 옮기며 브룩 이 조금 당황한 듯 말했다.

"우산은 잘 계세요. 아빠는 선반에 있는데, 제가 아빠 가져오 고 우산에게 브룩 씨 오셨다고 말씀드릴게요." 조가 아빠 이야 기와 우산 이야기를 허겁지겁 뒤섞어 말하며 자리를 피해 주었 다. 메그가 자기 생각을 단호하게 말하고 품위 있게 그 자리를 떠날 기회를 주기 위해서였다. 하지만 조가 그 자리를 떠나자마 자 메그는 문을 향해 쭈뼛쭈뼛 게걸음을 치며 들릴 듯 말 듯 중 얼거렸다.

"어머니가 브룩 씨를 보고 싶어 하세요. 앉아 계시면 제가 어 머니 모셔올게요."

"가지 마세요. 제가 두렵습니까, 마거릿?"

브룩이 아주 마음 아픈 얼굴로 바라보자 메그는 자신이 굉장히 무례한 짓을 했다는 생각이 들었다. 곱슬머리가 드리운 이마 끝까지 얼굴이 새빨갛게 달아올랐다. 브룩이 '마거릿'이라고 정식 이름을 불러 준 게 처음이었는데 그의 목소리로 들은 자신의 이름이 너무나 자연스럽고 달콤하게 느껴진다는 사실이 놀라웠다. 긴장하지 않은 척하면서 친절해 보이고 싶은 마음에, 메그는 신뢰를 표시하려고 한 손을 내밀며 우아하게 말했다.

"저희 아버지께 그렇게 친절히 대해 주셨는데 제가 어떻게 당신을 두려워하겠어요? 그 친절에 고마움을 표현하고 싶은 마음뿐이랍니다."

"어떻게 표현하면 될지 말해 드릴까요?" 브룩이 자신의 큼직한 두 손으로 메그의 자그마한 손을 덥석 잡고 사랑이 가득 담긴 갈색 눈으로 내려다보며 물었다. 메그는 심장이 파닥파닥 빠르게 뛰기 시작하면서 당장 그 자리에서 도망치고 싶은 마음과 그 자리에 가만히 서서 브룩의 말을 듣고 싶은 마음 사이에서 갈등했다.

"오, 아니, 이러지 마세요……. 말 안 하는 게 낫겠어요." 두렵지 않다는 말과는 달리 겁먹은 얼굴로 잡힌 손을 빼려고 애쓰며 메그가 말했다.

"당신을 곤란하게 만들 생각은 없습니다. 그저 당신이 저를 조금이라도 생각하는지 알고 싶을 뿐입니다. 메그, 당신을 너무도 사랑하고 있습니다." 브룩이 다정하게 말했다.

지금이야말로 침착하고 적절하게 이야기를 해야 할 순간이었지만 메그는 하지 못했다. 하려고 생각해 두었던 말은 모두 잊어버리고 고개를 떨군 채 이렇게만 대답했다. "잘 모르겠어요." 너무 작은 목소리로 말해서, 이 어리석고 짧은 대답을 듣기 위해 존은 허리를 숙여야 했다.

하지만 그런 수고를 들일 가치가 있는 대답이라고 생각했는지 그는 굉장히 만족한 듯 미소를 지으며 통통한 메그의 손을 더욱 꽉 움켜잡고는 설득력 있는 어조로 말했다. "그럼 한번 알아볼 생각 없어요? 저는 꼭 알고 싶습니다. 언젠가 제가 보답을 받을 수 있는지 없는지를 확인하기 전까지는 아무 일도 할 수 없을 것 같단 말입니다."

"전 아직 어려요." 메그가 떨리는 목소리로 말했다. 속으로는 '기분이 좋은데 왜 내 목소리가 떨릴까' 하고 생각했다.

"제가 기다리겠습니다. 그사이에 당신이 저를 좋아하는 법을 배울 수도 있지요. 그걸 배우는 게 힘들 거라고 생각하십니까?"

"그걸 배우는 걸 택하지 않는다면 힘들 수도 있겠죠. 하지만……"

"제발 배우는 걸 택해 주세요, 메그. 나는 가르치는 일을 좋아하는 사람입니다. 그리고 이걸 배우는 건 독일어를 배우는 것보다 더 쉽습니다." 존이 메그의 말허리를 자르고 끼어들어 말하며 메그의 다른 손까지 잡자 이 소녀는 자신의 얼굴을 감출 방법이 없었다. 그사이 존이 허리를 숙여 메그의 얼굴을 들여다보았다.

존의 목소리는 애원하는 것처럼 들렸지만 수줍게 그의 얼굴을 훔쳐본 메그는 그의 눈이 부드러우면서도 기쁨에 들떠 있으며, 자신의 성공을 의심치 않는 사람처럼 만족스러운 미소를 짓고 있다는 것을 알게 되었다. 그 미소에 메그는 짜증이 났다. 그러자 애니 모팻이 가르쳐 준 바보 같은 애교에 대한 이야기들이 생각나면서, 모든 소녀들의 가슴속에 숨어 있는 사랑의 힘이 메그의 마음속에서도 갑자기 깨어났다. 흥분되면서도 처음 느껴보는 기분에 어쩔 줄 모르던 메그는 변덕스러운 충동을 따라 자신의 손을 존의 손에서 빼내며 화난 듯 말했다. "전 그렇게 선택하지 않을 거예요. 제발 가세요. 저를 혼자 내버려 두세요!"

가엾은 브룩은 상상 속에 지은 아름다운 성이 무너지는 소리가 귓가에 울린 것 같았다. 메그가 이런 모습을 보인 건 처음이었기 때문에 어리둥절할 수밖에 없었다.

"그 말 진심입니까?" 자리를 떠나는 메그를 쫓아가며 그가 불안한 목소리로 물었다.

"네, 그래요. 저는 그런 일로 신경 쓰고 싶지 않아요. 아버지께서도 제가 그럴 필요 없다고 말씀하세요. 아직 너무 일러요. 그래서 저는 그러지 않을 거예요."

"시간이 지나면 당신의 마음이 바뀔 거라는 희망도 갖지 못하는 겁니까? 기다리겠습니다. 당신이 좀 더 시간을 갖고 생각할 때까지 아무 대답 하지 않아도 괜찮습니다. 부디 저를 놀리지 말아 주세요, 메그. 당신이 그럴 사람이라고는 생각하지 않았습니다."

"아예 저에 대해 아무 생각도 하지 마세요. 저는 당신이 저에 대해 아무 생각도 하지 않기를 바라요." 메그는 연인의 인내심 과 자신의 힘을 시험하는 것에 묘한 쾌감을 느끼며 말했다.

얼굴색이 창백해지고 심각해진 브룩은 메그가 좋아하는 소설 속 영웅처럼 단호해 보였다. 하지만 소설 속 영웅과 달리 자신 의 이마를 때리지도 않았고 방 안을 터벅터벅 돌아다니지도 않 았다. 그저 가만히 서서 안타까우면서도 너무나 다정한 눈으로 메그를 바라보기만 했다. 그 모습을 보자 메그는 자기 뜻과 상 관없이 화가 누그러들었다. 이 흥미진진한 순간에 마치 할머니 가 다리를 절뚝거리며 들이닥치지 않았다면 그다음에 어떤 일 이 벌어졌을지 나는 모르겠다.

이 노부인은 조카가 보고 싶어 안달이 났다. 로리를 만나 마 치 씨가 돌아온 이야기를 들은 마치 할머니는 곧장 마차를 타고 이 집으로 왔다. 가족 모두 집 뒤편에서 바쁘게 각자 할 일을 하 고 있어서 할머니는 그들을 놀래려고 조용히 집 안으로 들어왔 다. 그런데 식구들 모두가 아닌 이 두 사람을 놀라게 하고 말았 다. 메그는 마치 유령이라도 본 듯 놀랐고, 브룩은 서재로 도망 쳐 버렸다.

"세상에나! 이게 다 무슨 소리냐?" 노부인은 지팡이로 바닥을 쿵 치면서, 창백해진 젊은 신사에게서 새빨갛게 달아오른 어린 숙녀로 시선을 옮기며 소리쳤다.

"이분은 아버지의 친구분이세요. 할머니께서 오실 줄은 상상도 못 했어요." 이제 곧 설교가 이어지겠구나, 하고 생각하면서 메그가 더듬더듬 말했다.

"그건 확실해 보이는구나." 마치 할머니는 자리에 앉으며 말했다. "그런데 네 아비의 친구가 무슨 말을 했기에 네가 모란처럼 새빨개진 게냐? 수상한 꿍꿍이가 벌어지고 있는 게 분명한데, 그게 뭔지 내가 당장 알아야겠다!" 노부인은 또 한 번 지팡이로 바닥을 쿵 내리쳤다.

"저희는 그저 이야기를 하고 있었을 뿐이에요. 브룩 씨는 우산을 찾으러 왔어요." 브룩이 우산을 들고 무사히 집을 빠져나갔기를 바라며 메그가 대답을 시작했다.

"브룩? 저 사내아이 가정 교사 말이냐? 세상에, 이제 알겠네. 이런 거 내가 잘 알지. 조가 네 아비의 편지에서 이상한 글을 봤다면서 나한테 실토했다. 넌 아직 저 작자를 받아들이지 않았겠지?" 마치 할머니가 분개하며 소리쳤다.

"쉿! 그 사람이 듣겠어요! 어머니 모셔올까요?" 메그가 몹시 당황하며 말했다.

"아직 그럴 필요 없다. 내가 너한테 할 말이 있는데 지금 당장 해야겠구나. 대답해 봐라. 저 쿡인지 뭔지 하는 작자와 결혼할 생각이냐? 만약 그렇다면 나는 너에게 단 한 푼도 유산을 남겨 주지 않을 게다. 그 점을 잘 기억하고 분별 있게 행동해라." 노부인이 무섭게 말했다.

마치 할머니는 유순한 사람들의 반항심을 부추겨서 삐딱하게 만드는 재주가 있었다. 사람은 누구나 고집스러운 면이 있기 마련인데, 특히 젊을 때는 사랑에 있어서 외고집을 부리기 쉽다. 만약 마치 할머니가 메그에게 존 브룩을 받아들이라고 간청했다면 메그는 그런 건 생각해 본 적 없다고 말했을지 모른다. 하지만 마치 할머니가 그를 '좋아하지 말라고' 자기 멋대로 명령하자, 메그는 그 즉시 그를 좋아해야겠다는 마음이 생겼다. 원래 브룩에게 가지고 있던 호감과 젊음의 고집스러움은 결정을 쉽게 만들어 주었고, 안 그래도 몹시 흥분한 상태인 메그는 평소와 다른 기백으로 노부인의 명령에 맞섰다.

"전 제 마음에 드는 사람과 결혼할 거예요, 할머니. 그러니까 할머니는 할머니께서 좋아하는 사람한테 유산 물려주세요." 메그는 단호한 태도로 고개를 끄덕이며 말했다.

"이런 건방진! 그게 내 충고를 받아들이는 태도냐, 응? 세월이 지나서 오두막에 살면서 그 사랑이라는 것이 실패하는 꼴을 보고 나면 반드시 후회할 게다."

"큰 집에 살면서 후회하는 것보다 더 나쁘지는 않을 거예요." 메그가 쏘아붙였다.

마치 할머니는 안경을 쓰고 메그를 자세히 봤다. 이런 태도의 메그는 처음 봤기 때문이다. 메그도 자신이 왜 이러는지 알 수가 없었다. 하지만 굉장히 용감하고 독립적인 사람이 된 느낌이었다. 존을 옹호한 것이 너무 기뻤고, 그를 사랑할 수 있는 권리가 있다고 주장한 것도 기뻤다. 물론, 정말로 그를 좋아하는 경우에 그렇다는 뜻이지만. 마치 할머니는 자신이 잘못 시작했다는 생각이 들었다. 그래서 잠시 가만히 있다가 최대한 부드럽게 말하며 다시 시작해 보기로 했다.

"자, 메그, 잘 생각해 보렴. 그리고 내 충고를 받아들여라. 너를 위해서 이러는 거야. 처음 한 번의 실수로 네 인생 전부를 망치는 것을 바라지 않는다. 결혼을 잘 해서 가족들을 도와야지. 부자와 결혼하는 것이 너의 의무야. 그 사실을 명심해라."

"아빠와 엄마는 그렇게 생각 안 하세요. 존이 가난하기는 하지만 두 분 다 존을 마음에 들어하세요."

"애야, 네 아비와 어미는 갓난아기보다도 세상 물정을 더 모르는 사람들이야."

"그래서 정말 다행이라고 생각해요." 메그가 결연하게 말했다.

마치 할머니는 그런 메그의 태도는 전혀 신경 쓰지 않고 설교를 계속했다.

"룩이라는 작자는 가난해. 부자 친척도 없어. 그렇지?"

"없어요. 하지만 마음이 따뜻한 친구들은 많아요."

"친구들한테 의지해서 살아갈 수는 없다. 어디 친구들에게 들러붙어 봐라. 친구들이 얼마나 차갑게 변하는지 알게 될 테니. 그 사람은 자기 사업도 안 하잖니, 안 그래?"

"아직은 없어요. 하지만 로렌스 씨가 도와줄 거예요."

"그건 오래가지 못할 게야. 제임스 로렌스는 금방 싫증 내는 노인네야. 그래서 믿을 수가 없어. 너는 돈도, 지위도, 사업도 없는 남자와 결혼해서 지금보다 더 힘들게 일하면서 살겠다는 거로구나. 내 말을 들으면 평생 편하게 지금보다 더 잘살 수 있는데도 말이다. 그렇지? 메그, 너는 똑똑한 줄 알았는데 그게 아니었구나."

"인생의 절반을 기다린다고 해도 더 좋은 사람을 만날 수는 없을 거예요! 존은 착한 사람이고 현명해요. 재능도 아주 많아요. 일을 하려는 의지가 있으니까 분명히 좋은 일을 갖게 될 거고, 열정적이고 용감해요. 모두 다 그 사람을 좋아하고 존경해요. 그 사람이 이렇게 가난하고, 어리고, 어리석은 저를 좋아하는 게 자랑스러워요." 진심을 말하는 메그는 그 어느 때보다 더 예뻐 보였다.

"그 작자는 너한테 부자 친척이 있는 걸 알고 있어. 얘야, 그래서 너를 좋아하는 거야. 내 생각이 맞을 게다."

"마치 할머니, 어떻게 그런 말씀을 하실 수 있어요? 존은 그런 비열한 짓을 할 사람이 아니에요. 계속 그런 식으로 말씀하시면 저 더 이상 할머니 말씀 안 들을 거예요." 노부인의 부당한 의심 말고는 모두 잊은 채 메그가 몹시 화를 내며 소리쳤다. "저의 존은 돈 때문에 결혼할 사람이 아니에요. 저도 마찬가지고요. 저희는 성실히 일하면서 기다릴 생각이에요. 가난한 건 두렵지 않아요. 지금껏 가난하지만 행복하게 살았으니까요. 저는 제가 그 사람과 함께할 거라는 걸 알아요. 왜냐하면 그 사람이 저를 사랑하고 저도……."

갑자기 메그가 말을 멈췄다. 아직 마음을 정하지 않았다는 것이 생각났기 때문이다. 그리고 '저의 존'이라고 말한 것도, 앞뒤가 안 맞는 자신의 말을 그 사람이 들을지 모른다는 것도.

마치 할머니는 몹시 화가 났다. 예쁜 손녀가 조건 좋은 배필을 만나기를 바라는 노부인은 사랑에 빠진 소녀의 행복한 얼굴을 보자 슬프면서 동시에 마음이 상했다.

"좋다, 이 일에서 나는 손을 떼겠다! 정말 고집 센 아이로구나. 이 한 번의 어리석은 짓으로 너는 생각한 것보다 훨씬 더 많은 것을 잃을 게다. 이게 다가 아니야. 너한테 정말 실망했다. 지금 당장은 네 아비도 만나고 싶지 않구나. 네가 결혼할 때 나한테서 그 어떤 것도 바라지 마라. 너의 브룩 씨 친구들이 너를 돌봐 주어야 할 게다. 너하고는 이제 영원히 끝이다."

마치 할머니는 메그의 면전에서 문을 쾅 닫고는 마차를 타고 가 버렸다. 이 노부인이 메그의 용기까지 모두 빼앗아 갔는지, 혼자 남은 이 소녀는 웃어야 할지 울어야 할지 몰라 그 자리에 잠시 그대로 서 있었다. 게다가 어떻게 할지 마음을 정하지도 못했는데, 브룩이 불쑥 들어와 메그를 붙잡았다. 그러고는 단숨에 말했다.

"일부러 들은 건 아닙니다, 메그. 나를 옹호해 줘서 고맙습니다. 마치 할머니 덕분에 당신이 나를 조금이라도 생각한다는 걸 알았으니 할머니께도 감사드리고 싶군요."

"할머니께서 당신을 모욕하기 전까지는 저도 제가 그런 줄 몰랐어요." 메그가 말했다.

"그럼 저는 갈 필요 없이 기쁜 마음으로 더 머물고 싶은데…… 그래도 괜찮겠습니까?"

다시 한 번 현실을 냉정히 알려 주고 품위 있게 이 자리를 떠날 기회가 찾아왔다. 하지만 메그는 그 어느 쪽도 하고 싶지 않았다. 평생 조가 자신을 무시할 수도 있지만 부드러운 목소리로 이렇게 말했다. "그럼요, 존." 그러고는 브룩의 조끼에 얼굴을 묻었다.

마치 할머니가 떠나고 15분 뒤, 조가 조용히 계단을 내려와 거실 문 앞에서 잠시 걸음을 멈추고 서 있다가 안에서 아무 소리도 안 들리는 것을 확인했다. 그러고는 만족스러운 듯 미소를 지은 채 고개를 끄덕이고 혼잣말을 했다. "언니가 우리 계획대로 그 사람을 쫓아낸 게 분명해. 이 문제는 이제 해결됐어. 얼른 언니한테 그 이야기 듣고 실컷 웃어야지."

하지만 가엾은 조는 웃지 못했다. 눈앞에 펼쳐진 광경에 눈이 휘둥그레지고 입이 딱 벌어져 그대로 얼어붙었다. 거실로 뛰어 들어가 버림받은 적을 비웃고, 무례한 연인을 쫓아낸 심지 굳은 언니를 찬양하려던 조였다. 그런데 바로 그 적이 차분하게 소파에 앉아 있고, 심지 굳은 언니는 비굴하게 복종하는 표정을 한 채 적의 무릎 위에 앉아 있는 모습이라니, 충격 그 자체였다. 차가운 물을 뒤집어쓰기라도 한 듯 조는 숨이 탁 막혔다. 예상도 못 한 역전 상황에 말 그대로 숨이 막혔다. 갑자기 소리가 들리자 두 연인이 고개를 돌려 조를 봤다. 메그가 자랑스러우면서도 수줍은 얼굴로 벌떡 일어났다. 조가 '그 남자'라고 부르는 그는 웃음을 터뜨리더니, 깜짝 놀라며 방으로 들어온 이에게 입을 맞추고 차분하게 말했다. "조 처제, 우리를 축하해 줘요!"

이건 상처에 소금을 붓는 격이었다! 너무한 처사였다! 조는 손을 마구 휘젓고서 말 한마디 없이 그 자리를 빠져나왔다. 위층으로 달려 올라간 조는 방으로 뛰어 들어가 비참한 목소리로 소리를 질러 환자들을 깜짝 놀라게 만들었다. "우와, 제발 누가 빨리 아래층으로 내려가 봐요! 존 브룩이 끔찍한 짓을 하는데 언니가 그걸 좋아하고 있어요!"

마치 씨와 부인이 서둘러 방을 나갔다. 조는 침대에 엎어져 엉엉 울면서 베스와 에이미에게 놀라운 소식을 전하며 요란하게 화를 냈다. 그런데 어린 두 동생이 이 일을 기쁘게 받아들이며 즐거워하는 바람에 조는 이들에게서 아무런 위로도 받을 수 없었다. 그래서 조는 다락방의 피난처로 올라가 쥐들에게 자신의 괴로움을 털어놓았다.

그날 오후에 거실에서 어떤 일이 있었는지는 아무도 모른다. 다만 많은 대화가 오갔고, 평소에는 말수가 적은 브룩이 법정에 선 법관 같은 언변과 기백으로 벗들을 깜짝 놀라게 만들면서 계획을 말했으며, 자신이 원하는 대로 모든 것을 해 달라고 마치 부부를 설득했다.

브룩이 메그를 위해 만들어 주고 싶다는 천국에 대해 설명하던 중에 티타임을 알리는 종소리가 울렸다. 브룩은 자랑스러운 듯 메그를 데리고 저녁 식사 자리에 합류했다. 두 사람이 너무도 행복해 보여서 조는 질투를 하거나 괴로워할 마음도 생기지 않았다. 에이미는 존의 헌신적인 태도와 메그의 품위 있는 모습에 깊은 감동을 받았다. 베스는 멀리서 두 사람을 향해 미소를 지었다. 그사이 마치 씨와 부인은 뿌듯한 얼굴로 젊은 한 쌍을 다정히 지켜보았다. 마치 할머니가 이 부부를 가리켜 '갓난아기보다도 세상 물정을 더 모르는 사람들'이라고 한 말은 틀린 말이 아닌 것 같다. 다들 식사를 많이 하지 못했다. 하지만 모두다 행복해 보였고, 가족 중에 처음으로 사랑에 빠진 사람이 생기자 낡은 집 안에 밝은 빛이 감도는 듯했다.

"이제 메그 언니는 즐거운 일이 하나도 일어나지 않는다는 말은 하면 안 되겠다, 그지?" 에이미는 자신이 그리려는 그림에 이 두 연인을 어떻게 담을까 궁리하며 말했다.

"맞아, 그런 말은 못 해. 그 말을 한 후로 정말 많은 일이 일어났잖아! 불과 일 년 전인데 말이야." 메그가 너무도 행복한 꿈에 젖어 잠시 현실을 잊고 말했다.

"이번에는 기쁨이 슬픔을 몰아내는구나. 내 생각에는 변화가 시작된 것 같아." 마치 부인이 말했다. "어느 집이나 살다 보면 많은 일이 일어나는 해가 있기 마련이란다. 우리 집은 올해가 그런 때였어. 하지만 결국에는 모두 다 잘됐어."

"내년에는 더 좋게 끝났으면 좋겠네." 조는 자기 눈앞에서 메
그가 남한테 푹 빠져 있는 모습을 보기가 힘든지 이렇게 중얼거
렸다. 진심으로 좋아하는 사람이 많지 않은 조는 자신이 좋아하
는 사람을 빼앗기거나 그들이 주는 사랑을 빼앗기는 걸 몹시 두
려워했다.

"내후년은 더 좋게 끝나기를 바랍니다. 제 계획을 실천에 옮
길 수 있게 된다면 말입니다." 브룩이 이제 못 할 것이 없다는
듯한 얼굴로 메그를 향해 미소를 지으며 말했다.

"그때까지 너무 많이 기다려야 하는 거 아니에요?" 당장이라
도 결혼식을 보고 싶은 에이미가 물었다.

"준비가 되려면 내가 배워야 할 것이 아주 많아. 그래서 나한
테는 긴 시간이 아니야." 메그가 지금까지 한 번도 본 적 없는
사랑스러우면서도 엄숙한 얼굴로 말했다.

"당신은 그저 기다리기만 하면 됩니다. 필요한 일은 내가 다
하겠습니다." 메그의 냅킨을 집어 주는 일부터 시작하면서 존이
말했다. 그 모습에 고개를 절레절레 내젓던 조는 현관문을 쾅쾅
두드리는 소리가 들리자 안심한 듯 혼잣말을 했다. "로리가 왔
네. 이제야 조금 이성적인 대화가 가능하겠어."

하지만 그것은 조의 착각이었다. 과하다 싶을 정도로 신이 나
서 집 안으로 껑충껑충 뛰어 들어온 로리의 손에는 '존 브룩 부
인'에게 줄 결혼식 부케 같은 꽃다발이 있었다. 이 소년은 이 모

든 일이 자신의 계획하에 이루어졌다고 착각하는 것 같았다.

"브룩 선생님이 이렇게 할 줄 알았어……. 언제나 이런 식이거든. 뭔가를 해내겠다고 마음먹으면 하늘이 무너져도 해내지." 꽃다발과 축하 인사를 전하고서 로리가 말했다.

"그 소개에 대해서는 고맙게 생각한다. 미래에 대한 좋은 징조로 생각할게. 지금 이 자리에서 너를 내 결혼식에 초대하마." 세상 모든 사람을 용서할 수 있을 것 같은 브룩은 장난꾸러기 제자에게도 다정하게 말했다.

"지구 끝에 있더라도 참석할게요. 그날 조가 어떤 표정을 할지 볼 수 있다면 아무리 먼 거리라도 달려올 수 있어요. 넌 전혀 신나 보이지 않네. 무슨 일이야?" 조를 따라 거실 구석으로 가며 로리가 물었다. 다른 가족들은 로렌스 씨를 맞이하러 거실로 향했다.

"나는 이 결혼 용납 못 해. 하지만 그냥 참기로 결심했고, 이 일에 반대한다는 말은 절대 안 할 거야." 조가 엄숙하게 말했다. 그러고서 살짝 떨리는 목소리로 덧붙였다. "메그 언니를 빼앗기는 게 얼마나 힘든 일인지 너는 상상도 못 할 거야."

"언니를 빼앗기는 게 아니야. 절반만 갖는 거지." 로리가 위로하듯 말했다.

"다시는 예전처럼 살 수 없잖아. 내 가장 친한 친구를 잃어버린 거니까." 조는 한숨을 내쉬었다.

"그래도 너한테는 내가 있잖아. 물론 내가 너한테 그만큼 대단한 존재가 아니라는 건 나도 알아. 하지만 내가 곁에 있어 줄게, 조. 평생 말이야. 이 말은 꼭 지킬게!" 로리는 진심이었다.

"네가 약속 지킬 거라는 건 알아. 정말 고마워. 넌 항상 나한테 큰 위로가 돼, 테디." 고마운 듯 악수를 하며 조가 말했다.

"그러니까 우울해하지 마. 브룩 선생님 좋은 분이야. 다 잘된 거야. 봐, 메그 누나가 행복해하잖아. 선생님은 열심히 일해서 금방 자리 잡을 거야. 할아버지께서 브룩 선생님을 도와주기로 하셨어. 누나가 자신의 작은 집에 사는 걸 구경하는 것도 아주 재미있을 거야. 누나가 떠난 후에도 우리 둘이 재미있는 시간 같이 보낼 수 있어. 대학 공부는 그렇게 오래 걸리지 않을 거야. 내가 대학 공부를 마치면 우리 둘이 같이 외국에 가든지 아니면 여행을 가자. 이 정도면 위로가 되지 않아?"

"그런 것 같아. 하지만 앞으로 3년 사이에 무슨 일이 일어날지 알 수 없잖아." 조가 생각에 잠긴 채 말했다.

"그건 사실이야! 미래를 볼 수 있으면 좋겠다고 생각해 본 적 없어? 그렇다면 미래에 우리가 어떻게 될지 알 수 있을 텐데 말이야. 난 미래를 볼 수 있으면 좋겠어." 로리가 말했다.

"난 싫어. 미래가 슬플지도 모르잖아. 지금 다들 이렇게 행복한데, 미래에 이보다 더 행복할 수는 없을 것 같아." 말을 마친 뒤 조는 천천히 거실 안을 둘러보았다. 미래에 대한 희망에 젖어 모두 행복해 보였다.

마치 씨와 마치 부인은 조용히 앉아 20여 년 전 시작된 두 사람의 사랑을 추억했다. 에이미는 다른 사람들과 떨어져 앉아 둘만의 아름다운 세계에 빠져 있는 연인을 그림으로 그리고 있었다. 하지만 두 연인의 얼굴을 비추는 고결한 빛은 어린 화가가 흉내 낼 수 없었다. 소파에 누운 베스는 자신의 손을 꼭 잡아 주는 나이 지긋한 친구와 즐겁게 이야기를 나눴다. 이 나이 많은 친구는 베스의 손을 잡고 있으면 이 어린 소녀처럼 평화롭게 살아갈 수 있다고 믿는 듯 작은 손을 놓지 않았다. 조는 침울한 얼굴로 말없이 제일 좋아하는 낮은 의자에 앉아 있었다. 로리는 조가 앉은 의자 등받이 뒤쪽에 기대서서 턱을 조의 머리 높이까지 내리고 다정함이 가득한 미소를 지은 채 두 사람이 함께 보이는 거울을 보며 조를 향해 고갯짓을 했다.

메그, 조, 베스, 에이미의 이야기는 여기서 막을 내린다. 막이 다시 올라갈지 말지는, 〈작은 아씨들〉이라는 가족극의 1막에 여러분이 어떻게 반응하느냐에 달렸다.

작은 아씨들

초판 1쇄 발행 2019년 10월 18일
초판 2쇄 발행 2020년 2월 14일

지은이 루이자 메이 올컷
옮긴이 서현정
펴낸이 연준혁

편집2본부 본부장 유민우
편집3부서 부서장 오유미
디자인 신나은
일러스트 박희정

펴낸곳 ㈜위즈덤하우스 미디어그룹
출판등록 2000년 5월 23일 제13-1071호
주소 (10402) 경기도 고양시 일산동구 정발산로 43-20 센트럴프라자 6층
전화 (031) 936-4000 팩스 (031) 903-3893
홈페이지 www.wisdomhouse.co.kr

값 12,000원
ISBN 979-11-90305-57-0 04840
ISBN 979-11-6220-268-5 04080(세트)

• 이 책의 전부 또는 일부 내용을 재사용하려면 사전에 저작권자와 ㈜위즈덤하우스 미디어그룹의 동의를
  받아야 합니다.
• 인쇄·제작 및 유통상의 파본 도서는 구입하신 서점에서 바꿔드립니다.

이 도서의 국립중앙도서관 출판예정도서목록(CIP)은 서지정보유통지원시스템 홈페이지(http://seoji.nl.go.
kr)와 국가자료공동목록시스템(http://www.nl.go.kr/kolisnet)에서 이용하실 수 있습니다.(CIP제어번호:
CIP2019037892)